日本漢詩話集成

三

趙季
葉言材 輯校
劉暢

中華書局

日本詩史卷之五

品藻之難也，衒賣者其聲遠播，而其實未副焉。韜晦者其文足徵，而其名每湮焉。生其土而商搉其土藝文，猶且稱難得其要領，何况他邦人士，所謂隔靴搔癢不啻也。余讀淺舜臣所輯《崑玉集》，木實聞所著《玉壺詩稿》，張藩藝文，管見一斑。但二集撰次無倫，且不詳作者鄉貫，張人與他邦人混淆不可分别，則余所論列，訛謬固當居多耳。

余少年時，就友人案上閱《防邱詩選》，收録張藩諸家詩，今茫不記。募諸書肆，往往不知其名，殊爲悵恨。《扶桑千家詩》載清水春流詩，亦未詳其人。

木公達，名實聞。今於張藩人士無所通識，今據《崑玉》《玉壺》二集蠡測之。公達在張藩，或是南面詞壇傲睨諸子者，詳其詩體，公達必謂吾能探開天之正源，駕嘉萬之逸格，殖之以廣博之學，出之以縱横之才。意之所欲，筆必從之。噫！如此則南郭、蜕岩其猶病諸。公達無天受之妙，而强欲籠蓋萬象，是以其詩磊砢而無光澤，莽蒼而無倫理。

井鼎臣，本姓千村氏，號夢澤。《玉壺詩稿》載其詩六十餘首，大抵與公達伯仲。如曰：「馮驩彈鋏泣，宋玉至秋悲。」直是蒙求標題，且驩彈鋏歌，非泣也。此等之詩宜無録。若夫《崑玉集》所載《喜今井生過訪》五律、《歲杪書懷》七律，頗爲匀稱。要之急于名，而不遑自擇耳。

千村力之，名諸成，號莪湖，又號笠澤，井鼎臣長子也。《崑玉集》所載當少時作，然其天授才敏，大逾乃翁。五言「生白憐吾室，草玄避世人」「雀羅將設處，鳳字孰題門」「溝水通籬後，炊煙横竹邊」「未值西歸日，空爲東武吟」「客心驚短髮，官況戀扁舟」「本識地難縮，逾增鄉國愁」，七言「西風掃檻秋如水，中夜懷人月在霄」「病來空憑烏皮几，夢裏重鳴白玉珂」「世上虚名任呼馬，塵中浪跡總亡羊」「頻年風雨徒搔首，何地鶯花更解顔」等，下字有法，語亦清麗，其餘絶句殊有佳者。

井出識明，名知亮，號鳳山，力之次弟。其曰「醉後振衣花亂落，庭陰倚杖石崔嵬」「移步山光生杖屨，倚樓海色映衣襟」「病來耽句瘦逾甚，醉後發狂意卻寬」，才調雁行伯氏。《崑玉集》載季弟居卿幼時詩。鼎臣有此三子，自足烜赫藝苑。

木君恕，名貞寬，號蓬萊，尾張人。嘗客遊京師，後赴東都，講説爲業。其詩較之公達、鼎臣，頗占地步，而雋句警聯，亦復不多。若夫《崑玉集》所載《中秋無月》云：「金莖雲黑光猶動，紫陌燈明夜未深」，聲華可挹，但金莖漢武所設，我邦無此。或曰：「唐明詩中多用金莖，用之何害？」殊不知唐玄宗、明世宗酷好神仙，詩人假借以詠時事者。此等之事，余於授業篇已詳論之。

沖野孝寬，號南溟；田中尚章，名采蕙，號雁宕；晁涵德，名文淵，號玄洲；清水彦八，名虎；賀安長，號精齋。五人竝張藩人，其詩見《熙朝文苑》者不過一二首，姑録其姓名以備重考。

松秀雲，亦張藩人。《熙朝文苑》載其詩七首。頃日大江稚圭刻《玄圃集》，贈余一部，有秀雲序。斯知其人無恙，老益把弄翰墨。

《崑玉》《玉壺》二集，撰次無倫，余已前論。其張人與他邦人相混不可分別，則姑從二集所録，以論及一二。若夫張人與不張人，姑置之耳。伊長卿，名章，號崆峒。《玉壺詩稿》載其詩二首。《歲晚寄井良重》七律，雖剿竊嘉靖七子，而漸近自然。但第五句「芳樽萬里河山邈」，不免日上文王之謗，若作「芳樽一夕」則佳矣。又《贈人》小詩「東海多秋思，况逢夜色新。遥知奠水月，不照去年人」，雖無奇警，亦自可誦。德良弼《春城寓目》華贍可觀，澤元喜《寄蘭皋夢澤二子》七律頗能結構，又《留別諸子》絶句云「落魄無人不可憐」一句，太是悲愴，惜乎結不成語。岡長祐《詠雪》云「一庭地白非關月，萬樹花明不待春」，興象甚肖，惜乎首尾不稱。福昌言《九日作》，中南來《池亭》五律，尾有乎七絶二首，竝占得地步。其餘天信景、磯長博、鈴子都、嶺文溪、出敬迓、野俊明、關德亮、元文邦、藤本弘、江子永、林文清、喬惟寧、葉日洞、山泰信、山芝岩、池子圭、仲文輔、井天目、倉立大、關範良、須玉澗、谷秀實、丁忠利、竹山東、馬意信、村馬六、筒恒德、森東發、蒲梧窗、陸知規、吉大璽、田仲文、源基長、源長英、平蘭溪等，其中不無玉石之辨，而余未詳其人。且二集所載，人不過一二篇，則亦俟重考云。

《崑玉》《玉壺》二集所載僧詩亦夥，今論其一二。僧竇性《寄夢澤》云：「伏枕青春日，聞君解綬歸。鳥窺移柳地，童待映花扉。探勝支公馬，舞雩曾點衣。昨宵芳草夢，相引到漁磯。」頗華暢矣。《興善寺分韻作》亦佳。據二詩，則足稱方外作家。

僧宜牧詩，嘉靖七子之末響，極意勦襲，然其中自有佳者。《宿圓通寺》云：「古寺鐘聲度翠微，階庭柏葉亂斜暉。巖中説偈花爲雨，定裏忘機月照衣。巢鳥閑窺雙樹入，香煙細結五雲飛。上方遥出藤蘿外，杖錫探奇信宿歸。」首尾匀稱，足稱合作。

僧惠仁詩，《崑玉集》載之殊多。其《京館雜詩》中云：「晚來比屋絃歌起，疑是諸天贊我聲。」可謂狂妄。又曰：「此中無不有，唯少天女侍。」雖用維摩事，亦復甚矣。近時學者動曰「僧詩不可有香火氣」，余則曰：「僧詩不可有香火氣也，又不可無也。蓋有香火氣，以法害詩；無香火氣，以詩累德。」僧家學詩者宜了得此義。

尾張東鄰參河，在參河，則《扶桑千家詩》載村田通信詩，余未詳其人。近時源京國，仕刈谷侯，既已前録。岡崎侯儒學秋子帥，名以正，所著有《澮園初稿》，余未見之。又田原侯太夫雍子方，有《爽鳩詩稿》。子方姓鷹見，省見爲鷹。又惡鷹字不雅，更爲雍姓者。名正長，爽鳩其號。嘗與蘐園諸子歡，是以詩名著聞。余謂蘐園諸子除服子遷外，孰不勸竊七子者，而莫甚於子方。如曰「薄官天涯耽濁酒，故人江上感綈袍」，比比是也。要之以藩國太夫，有此文雅可稱耳。

從參河以東五州，爲遠，爲駿，爲豆，爲相。文人才子，意謂當衆。余也孤陋無所聞見，則不得不傚史之闕文。上野，下野，上總，下總，安房五州，猶夫五州。

安房東爲常陸，常藩當中納言義公時，儒術文藝之盛，至今人稱東平之賢，無俟余言。當時諸子詠言，必有可觀可傳者。但常藩與京師相距隔遠，所謂風馬牛不相及者，茫乎不可考索。若夫朱子瑜，余已前録。《扶桑千家詩》載安積覺、内藤貞顯、大串元善、青野叔元、一松拙忠、石井收、內藤延春、安藤爲明、名越正通、人見野傳、清水三世、相田信也、白井信胤等十三人同詠菊，詩各一首，蓋陪宴授簡之作，一時文雅可想。安積覺，字子先，夙聞其名，所著有《澹泊文集》，余未見之。其餘未詳其人。又鵜飼金平、栗山伯立、森尚謙三人，亦常藩學職。金平名信勝，石齋長子云。

常陸東北爲陸奥，陸奥大國，大小藩府無慮二十，而仙臺爲大。余聞藩中以儒業世禄者有十數人，而其文藻無所聞見。會津亦大藩，往時山崎黯齋講學其地，至今人重經業，如其詩章，亦無所聞見。森山，常藩支封，夙以好學聞。藩中或多作家，若夫《本朝詩纂》，可謂盛舉。余嘗過書肆，暫時寓目，其所收載京攝作者，殊有可笑，所謂鸞鳳伏竄鴟梟翺翔不啻也。亦唯距京攝絶遠，無由物色耳。今余論及關東，胡以異此？爲之可發大噱。松前僻在海外，與蝦夷接壤。或曰陋如之何，不知其地富庶，政寬俗樸，爲一樂土。往者富仲達傳松前侯命，請詩於余。又松前醫生來學京師，染指藝苑者前後不斷。則其地頗嚮文雅可知也。從陸奥傍北海而西，則有出羽，有越後，二州亦廣大，而其藝業未有所徵。佐渡固亡論耳。

信濃在越後南，諏訪侯好文藝，讀服子遷集知之，謂下必有甚焉者。亦俟異日考索。信地以山稱焉，唯松本廓然矣，乃有湖松江在。松江，姓多湖，字玄岱。少時從學桂義樹，能詩能文，兼工臨池之伎。松江父字元泰，蜕岩《萬菴集》中稱湖柏山是也。柏山父稱玄甫，至松江三世以醫仕松本侯，而專以儒術文藝著稱焉。松江尚氣節，慚食糈於方伎。侯察其意，今春松江嗣子玄室代松江爲侍醫，更命松江爲儒學教授。蓋特恩云。

飛驒在信之西北，在萬山中。地出良材，如高山府號爲殷富，俗頗事伎藝，而學事無聞。東涯《盍簪録》曰：「先人講學時，弟子無國不至，唯飛驒、佐渡、壹岐三州人不至。」其土風可知也。然客歲余遊越中，高山人某因富山渡邊公庸，請詩於余，斯知其士人近稍嚮文學。飛驒之北即越中云。

越中都會有高岡，有富山。富山，賀藩支封。閭閻之富，有志學者。往芳野于鵠遊學京師，時問字余弟。厥後西野士明，因于鵠亦謁余弟。客歲之春，佐伯季艭遊京，數過余家。聞余好山水，盛説立山奇絶。遂以秋九月余遊富山，留五十日。季艭名樸，詩才絶人，惜乎不甚好學，不讀書焉。余謂季艭曰：「子如讀書三年，可爲北陸道第一才子。」季艭曰：「小子心期海内，何論北陸。」彼也少年逸氣，漫爲大言，恐終不讀書。季艭詩《山居》云：「結廬白雲裏，白日亦堪眠。啼鳥時驚夢，山花落枕邊。」又《過岡子龍舊居有感》云：「春林鳥返夕陽斜，終日空關叔夜家。唯有鄰人吹玉笛，荒園滿地落梅花。」季艭伯父佐伯子桂，名望，往爲富山侯文學，已没云。士明天授不及季艭，而黽勉讀書，潛思敲推，不懈有成。

能登在越中西北，近時僧環空出自其地，爲僧金龍徒弟，從師在京師。弱齡好吟哦，頗有詩才。一朝短折，有遺稿在。

加賀在越中西。余遊越中，路出金澤，泱泱大都會哉，無物不有。如其藝文，但未遑考。往時木靖恭、室滄浪竝爲賀藩文學，已前録。《扶桑千家詩》載平岩仙桂詩，余未詳其人。

越前在加賀西南。自余先大父以及兄弟辱越藩文學，余恐事涉不敬，因不論列。而余弟數稱清圓寺瑩上人，信義粹然，且好詩。越前南爲美濃州。

在美濃，則岐阜最稱富庶。三十年前，學詩於余者有十數人。迨余爲吏職，都絶音耗，唯山田大藏一人通問至今。其人於詩頗有見解，時見合調。大垣亦一都會，如守秀緯已前録。又谷大齡、田吉記，二人詩見《崑玉集》。嶺三折、鈴木藤助，二人詩見《熙朝文苑》，竝美濃人云。美濃之西南爲近江。

近江文雅，必推彦藩，有龍草廬、野公臺二人在。又往有澤村伯揚，雖其人没，遺稿行世。伯揚，名維顯，稱宫内，號琴所，享保中人。其詩雖乏藻繪之美鏗鏘之音，而清澹雅整，足稱作家。五言律最當行矣。《早行》中聯云「林聒棲禽散，江平宿霧流。鐘殘黄葉寺，露滿白蘆洲」。江之森山有宇彦章，時時往來京師，名聲顯著。日野邑則有建達夫，少時頗稱才穎，而數奇轗軻，糊口方伎，遂廢吟哦。可惜！下迫村則有柚木伯華，爲仲素兄。好讀書，少時從學義兄青郊先生，辨博且能詩。

若狹在近江西北。《千家詩》載宫腰歷齋詩，余不詳其人。厥後有小栗鶴皋，在小濱，槖鑰一鄉文雅。余嘗覽《崑玉》《玉壺》二集所載佐元凱者，詩甚佳，因詳其人，乃知其爲鶴皋。蓋鶴皋少時有故，客寓於張，爾時變姓名，稱佐佐木才八云。其詩雖蹈襲嘉靖七子，而天授自富，鑪錘有法，是以往往有合調。《登後瀨山》云：「峰回徑仄石梯懸，杖屨飄飄度碧天。萬頃海波涵越迴，兩行驛樹入江連。孤城鐘動寒雲外，極浦鳥還落日邊。臨眺自堪銷世慮，何勞燒煉學登仙。」小濱以鶴皋故，至今言詩者衆。士之豪稱組屋者，數百年之家，今當户者名翰，字子鳳，博涉群籍，詩才殊雄，其人亦奇。又吹田定孝學詩於余，歲時不懈，漸入佳境。若狹西南爲丹波。

丹波，則《扶桑千家詩》載人見卜幽詩，未詳其人。近時龜山侯太夫多好文雅，若夫松崎白圭，詳于服子遷文。今嗣職者君修，文辭益蔚，名聲煥發。篠山有儒學關士濟。

丹後，則宮津水上士遜，最可傳者。子遜，名謙，自幼好讀書，能詩能書。其人篤恭，季世無倫。今既八十餘歲，余恐子遜操行終泯没，近爲著傳略。又有三上宗純爲士遜詩友，亦七十餘云。

自丹後以西，但、因、伯、雲、石、隱六州，藝文未有所考。雲州桃井源藏著《世説考》，引證精當可嘉。近覽其絶句數首，詩或非長技。

山陰、山陽二道，到長門而盡。長門南北西三面濱海，縣次公以來，以文學聞。次公已前録。服子遷所撰《周南墓碑》中列叙門人曰：「若山子濯、田望之、津士雅、倉彦平、藤子蕁、田子恭、仲子路、魯子泉、林義卿、瀧彌八、縣魯彦、秦貞父，彬彬輩出。」義卿夙講學京師，彌八今在東都聲名烜爀。士雅、子蕁，前卷已論及。子濯，姓山根，名清，號華陽。子遷集中褒稱特至，《蘐園録稿》載其詩，如《鶴臺春望》七律殊雋爽矣。其男泰德，客歲遊京師，因武南山見余，頗能論詩，自運亦可觀。爾時謀刻乃翁集。望之、彦平、子恭、子路、子泉、魯彦、貞夫，未詳其人。又左沕真、晁世美二人，見《儒林姓名録》。又《扶桑千家詩》載山田原欽詩。

從長門逾海，抵豐前州。土伯曄、石麟洲前録，豐後莊子謙亦前録。豐後而筑前，而筑後，《扶桑千家詩》收録二州人士殊多。竹田春菴、黑田一貫、柴田風山、鶴原君玉、荻原隆亮、林恒德、林重一，竝前州人。伊藤慎菴、伊福勝之、村井定菴、松下雪堂，竝後州人。若夫貝原氏之於前州，安藤氏之於後州，亦已前録。又前州神屋亨著《歸鞍吟草》，其詩雖多蕪累，而議論昂昂，定非碌碌士矣。

長崎，隸肥前州。往有林道榮、劉宣義、僧玄光、僧獨立、僧道本、僧玄海等，有詩見諸選。道本，清人，隨緣到此，所著有《蕭鳴草》。《扶桑名勝詩集》載南部昌明《長崎八景》詩，余不詳其人，或是草壽兄弟。近時高君秉，詞鋒頗鋭，嘗東遊京師，締交諸文士。西歸後作七言律八首併書寄余，余心許和答而未果。亡何，君秉没焉。君秉本姓渡邊，名彝，號暘谷。

肥後，近時有藝文之稱。秋玉山名聲焕發，詩才可嘉。又藪震菴、墨君徽、水屏山、水博泉四人，見《儒林姓名録》。余未詳其人。

薩摩州及隅、日二州無考。對馬學事，前卷論及。

自海西九州沿南海而東，歷長門、周防到安藝。藝之都會曰廣島，大藩也。其文學，二屈氏及松原一清，竝已前録。又味允明，見《姓名録》。其人名虎，號立軒，所著有《問楼録》云。近時竹原邑有賴惟寬，有才子稱，今住浪華。本莊邑有平賀中南，在京師講説。本莊邑北有佛通寺，奇巖環寺，地極幽邃。往有僧寰海好詩偈，已寂，有遺稿二卷，閲之疵謬殊多，蓋雖有資才，師承不正，致此鹵莽。可惜！

三原雖在備後，入藝侯封内。山海環抱，殊覺形勝。頗有好詩者，芥彦章往遊其地，尋余遊巖島，彦章貽書三原諸子，爲余西道主人。宇士龍、安子桓、川則之，敬待最至。三子好詩，士龍最錚錚矣。三原東有尾道，一名珠浦，地當海陸之衝，人煙稠密，多素封家，而文雅無聞。近有松本達夫者，子桓姻婭也。請賀島記於余。其人少時受學東涯，文辭則余不知焉。

備中文藝，余未考之。近揔社邑人藤野如水遊京師，數過余家。爲人短小黑瘦，口訥訥焉，見之如無才者。會晤再三，漸測其所藴殊爲該博。其詩雖乏華藻，意義自全。特怪西歸後，寥乎無音問。

備前，往時熊澤了芥爲政其國，舉世所知。余嘗閲松原一清《出思稿》，其《牛窗泊舟》詩有「漁家兒女亦知字，笑將孝經教老翁」句，一時教化可想，至今泮宫之設尚有典刑云。若夫三宅氏，已前録。《崑玉集》載近藤士業詩殊多。士業名篤，備前學職云。又湯之祥、井子叔，二人竝以文學仕其國。之祥名元禎，子叔名通熙。備前北有美作州，文雅無聞。東則爲播磨。

播州藩府，西近備前者曰赤穗，赤松良平以詩雄視其鄉。赤穗東北有龍野，和田宗允爲其儒學，文辭無聞。《儒林姓名録》以川口子深爲姬路侯文學，名光遠，所著有《斯文源流》云。姬路東有魔川邑，邑有清田君履，名綏，號藍卿，余族也。既有學殖，又有文辭，恬不近名，人以長者稱。若夫赤石，梁蜕岩以詩賦雄乎海内，前卷既詳論焉。赤石隔海近對淡州云。

淡州航海達阿州，阿州學職有數人，柴野彦助有文辭。去年余弟祇役東都，屢相往來云。由岐浦，有井河玄益，謹篤之士，詩文亦如其人，余弟詳録於《孔雀樓筆記》。平島有島津琴王，時有詩筒寄余。阿州而讚州，《扶桑千家詩》載岡部拙齋詩。近時高松侯文學岡仲錫有文辭，《玉壺詩稿》載其詩云「渺渺春波夕照微，白蘋風起鳥雙飛。曾攀楊柳江橋上，楊柳挂絲人未歸」，婉順可誦。丸龜，亦讚之都會。僧羽山往遊其地，藩大夫某聞之，要羽山於途，邀遊山莊。爾後至今詩筒無斷，其風雅可稱。羽山，余方外友，屢稱其事。余老善忘，不記其大夫名氏。讚州而豫州，松山侯文學前田子績詩見諸選。子績名時棟，所著有《二酉洞吟譜》云。豫州而土州，大高季明前録。土州隔海東對紀州云。

紀藩稱多學職，若夫活所、南海、玄輔，已見前卷。永田善齋，名道慶，羅山門人，著《膾餘雜録》，其詩見《千家詩》。荒川敬元，名秀，東涯門人。《八居題詠》有和作，又附録他作三首，頗巧整矣。陰山淳夫，名元質，强記無倫，至今爲藝苑話柄，著作非所長也。又山君彝，名鼎；根伯修，名遜志：竝徂徠門人。在紀藩而著《七經孟子考》文者，詩竝見《蘐園録稿》，又有本村源進，名之漸，東涯門人。享保中，蘭嵎應聘紀藩，尋勸源進。源進没而無子，今嗣職者任甫，名景尹，受業蘭嵎，本姓岩橋氏，因藩府命爲源進嗣，遂冒姓木村。

伊勢，宗廟所在。山田宇治之間，大小祠官無慮數百。奉職多暇，往往馳伎藝途，而以文辭稱者無幾。《八居題詠》附録度會清在、福島末茂二人詩。又有臼田陽山者，在山田講説，詩文無所解焉。丁亥之歲，祠官荒木田興正遊學京師，屢過余家。戊子之秋，余父子遊勢州，留山田凡三十日，館於興正家。興正以乃翁遺稿示余，翁名正富，字君忠，其詩間有可傳，今録其一。《答能州菊南山》云：「孤鴻傳信落滄州，玉露金風兩地秋。北海清樽分手後，南天明月使人愁。」當今山田能詩者數人，度會雅樂爲翹楚云。津城，勢州大藩，闤闠之富浮於山田。文學奥田士亨，嘗受業東涯，世稱三角先生。又有石川某，亦其文學云。近時山田東仙、片岡順伯二人，來京師攻黄岐術，兼學詩於余，頗有才思，不懈有成，恐以刀圭故廢耳。又有大冢公黍，字稷卿，稱正藏，秉志堅固，將以有成，而溘乎夭折。頃日得一詩於篋底，覽之慘然，因爲附録。《聞鶯》云：「翠柳參差弄晚晴，爲聞黄鳥不堪情。一身已作他鄉客，辜負春風喚友聲。」津城支封有久居，《熙朝文苑》多載其士人士平玄龍、押正胤、佐柳意、服彦進、西正意、平一興等，余不知其人，所睹一篇一章，難别殿最。桑名，亦勢之一都會。《崑玉集》載平義憲、水應春二人詩。又有南川文伯，以詩著稱。嘗來京師，因僧金龍見余。又南宫喬卿，往下帷桑名，後遷津城。余自山田還路出津城，留止數日，邂逅喬卿。喬卿邀余父子讌其家樓。喬卿今在東都。又石大乙、滕文二，受業喬卿者。文二從喬卿在東都，大乙蚤來京師，講説爲業。

志摩也，伊賀也，二國文雅無考。大和則南都松元規詩，見《熙朝文苑》。當今今井邑有足高文碩者，其人奇，其詩亦可傳。受業余弟者，河内則有生駒山人者，詩集行世。和泉則唐金興隆，詩見《八居題詠》。

攝之顯者，若水春叟、守静等，既已前録。今追考諸書，菅子旭、阮東郭以下，脱漏不尠。異日重考補遺，今不復喋喋。若夫當今下帷授徒，島山、片山之輩名聲顯著，無俟余言，亦復亡論耳。余男悰秉在時，論詩不可一世之人，其所唱和，唯攝之葛子琴。子琴實工詩者，聞子琴社中，雁行子琴者有數人。

京師藝文，第三卷詳之。今追考之，遺逸殊多，亦俟異日重考。若夫當今藉甚之聲，無俟余之揄揚，亡論耳。湮晦無聞，而其實好詩善詩者，亦復不尠。如松尾祠官田雨龍，爲好詩者；如端文仲，爲善詩者。文仲，東都人，失意去鄉西遊，窮困益甚。前日播磨堀生，口占文仲《秋日遊巨椋湖》詩三首，記得一首：「欲得新詩漫獨遊，斜陽半晌又爲留。菰蒲經雨沙初冷，雁鶩畏人禾未收。山色猶明危塔外，水煙徐起去帆頭。終宵弄月知何處，萬頃汪汪風露秋。」

日本詩史跋

《詩史》就矣，使予及姪孔均校焉。予會奉藩職於關東，孔均勤焉。未畢，孔均没矣。予適歸，乃始從事云。論詩選詩，俱非容易。期主張者，率入頗僻；主調停者，或流軟弱。加之勢威所赫，得失所眩，愛憎是非，自誣誣人。楚王弟與方城外尹，證驗非必真；鵝延項鼈縮頭，冷熱非必實。魏蛺蝶非無史才，史以穢稱；胡釘鉸豈有詩學，詩藉妖顯。政理道術，皆有斯諸弊，近日詩家莫甚焉。必如斯書所論，而後可謂公且正矣。若夫命名之義，讀者自當得之云。

明和辛卯之春，弟清絢拜撰。

盛唐詩格

大江玄圃

《盛唐詩格》五卷，大江玄圃（一七二九—一七九四）撰。據寶曆十年（一七六〇）平安書肆宜春館發行時習堂藏家塾刻本《盛唐詩格》校。

按：大江玄圃（おおえげんぽ OE GENPO），江户時代儒者。京都（今屬京都府）人，名資衡，字稚圭，世稱「靭負」，號玄圃。本姓久川。從龍草廬學詩，從岡白駒學古文，擁戴「徂徠學」。從宫崎筠圃學書法，且自成一家。享保十四年五月生，寬政六年二月二十五日歿，享年六十六歲。

其著作有：《唐詩冕》四卷、《唐詩紳》一卷、《唐詩靴》一卷、《唐詩履》一卷、《盛唐詩格》五卷、《唐三體詩格》、《詩學詠物入門》一卷、《女學範》二卷、《女早學問》二卷、《間合早學問》二卷、《學翼》三卷、《學範》、《詩聯光彩數量箋》二卷、《詩聯光彩通用箋》一卷、《和歌職原捷徑》二卷、《古文後集旁訓》二卷、《續文鑑録》、《和翰名苑》三卷、《臨米元章千字文》、《應制詩帖》、《名媛墨妙集》三卷、《書家略圃》、《友詩玉振集》七卷、《問佩集》一卷、《玄圃集》十卷、《玄圃詩集》、《古點考》、《孝經古點》、《大學古點》、《歷朝詠物詩選》四册（校訂）等。

盛唐詩格序

余於詩文，與生徒約法二章曰：「寧法勝而掩辭，勿以巧傷格。乃才不才亦各竭其力，氣韻神趣在其中矣。失於法與格，雖有才之美，亦奚以爲！」大江稚圭作《盛唐詩格》，求叙於余曰：「以蕞爾書，安有於言詩？亦唯不有博弈者乎？以蕞爾書，亦可庶幾哉。」余深然其旨。蓋今文雅日開，而狡者佻者，則孤注譚經，奇貨言詩，非衒奇僞，則倡苟簡，誇智鬪術，詭遇而獲之，以蔑視力學之徒，而所謂寡君之介弟圍與方城外之尹，月旦由之。則滔滔者以耳食焉。嗟呼！儒者之道，經世爲本，不在其位，亦不可行也。俯而事藝文之末，尚且狥名失實，不亦甚乎！斯書便蒙士，而達者亦可裨益，稚圭力焉。余也衰朽，日廢一日。所熱於中，不可終閟，假道斯書而發之。稚圭若賦《相鼠》，余無以答。

寶曆庚辰之春，播磨清絢。

盛唐詩格叙

格者何也？法準之義也。法準者何也？必有法準焉。《詩》不云乎，「有物有則」。詩其可道矣。動乎性情，發乎言辭，三代邈乎。漢魏而六朝，靡靡麗矣。至唐而備而盛，其盛莫開天盛也。翕純皦繹，鏗然其聲；婉孅嫺雅，炯然其辭。洋洋乎遺響存焉。格之既設矣，格諸開天而施于今，今之詩猶古之詩乎。語曰：「寧玉而瑕，莫石而璠。」瑕猶可磨，質豈可變耶？是之爲詩之格。余嘗應友人本生之需，而有玆舉云。誦肄之餘，捃摭擷捋，爰薈斯編。開天之際所收者且數十家矣。稿未脱，生奄作異代。筆硯代驢鳴，而風流若掃。荏苒星霜，交相代謝。忽發思舊之情，有感于玆舉，迺嘆曰：「吾過矣。吾過矣。」其人雖喪乎，言猶在耳。俯仰今昔，責在後死，其豈可食哉？因取于廢簏中，就繙閱焉。心目再新，似出它手。遂加釐正，以附剞劂。代挂劍之誼云爾。

寳歷己卯冬十一月，平安大江資衡稚圭書。

盛唐詩格目次

卷之一

愁殺二首　愁見　愁將　愁聽　牽愁

○欲字格凡六條

欲到　欲問　欲過　欲盡　欲登　欲識

○遥字格凡六條

遥看　遥見　遥指二首　遥知　遥送　遥在

○爲字格凡七條

爲報二首爲問二首爲覓二首爲見　爲誰二首　爲君　爲言

卷之二

○却字格凡八條

却望　却聽　却向二首　却來　却羨　却教　却恨　却嫌

○還翻字格凡八條

還有　還須　還向　還欲　還共　還過　還發　翻爲

○也又復字格凡五條

也須　也夢　又惜　復遣　況復

○若如字格凡七條

若教　若爲　若道　若非　若遣　如此　如今

○莫無字格凡一十五條

莫道三首　莫言　莫學　莫許　莫惜　莫愁　莫向　莫遣　莫將　莫教　莫聽　無限三首　無那　無數　嘗無

○有在或字格凡九條

有誰　有意　有時　別有二首　先有　在時　多在二首半在　或看

○不字格凡三十五條

不見二首　不語　不道　不知三首　不識　不覺二首　不歸　不到　不解　不得二首　不破　不向　不醉　不犯　不入　不爲

卷之三

卷之四

應是二首　應悲　應上　應作　應見　應寫　應未　應須　應將　當取　當懸　當一　正是二首　正値

○始初終字格凡八條

始是　始覺　始知　初從　初下　終是　終須　終同

○今昨昔字格凡七條

今日三首　今朝　今夜二首　至今三首　即今三首　昨夜二首　昔日

○得字格凡七條

得意　得及　得問　記得　親得　睹得　願得

○會幾縱能字格凡一十五條

會盡　會向　會須　幾許　幾何　幾處　凡幾二首　縱令　縱使　縱隨　能使二首　能留　能得　偏能　竟能

○長時暫因字格凡一十三條

長作　長在　長思　時時三首　時聞　時有　來時　暫因　暫同　暫就　因成　因知　因何

○君字格凡五條

思君二首　憶君二首　勸君二首　與君　送君

卷之五

○雜格凡七十九條

借問二首　豈知二首　遮莫二首　意氣二首　聞道二首　直到二首　疑是二首　疑見　見説　看取　看他　回看　試看　傳道　傳語　笑入　笑倚　別作　皆是　皆言　願値　謂已　謂言　舊來　舊隨　寄將　寄報　賭命　即遣　坐看　坐恐　難將　難進　元非　元聽　多少　偏坐　總是

通計三十五格，三百九十六條。詩四百八十九首，其九十九首再出。

盛唐詩格世次

玄宗皇帝一首　孟浩然五首　張子容三首　蔡希寂一首　李白七十二首　李頎三首　薛據一首　崔國輔二首　綦毋潛一首　盧象一首　王維二十一首　儲光羲九首　王昌齡六十二首　王之渙五首　吴象之一首　裴迪一首　賈至十七首　高適十四首　岑參三十三首　杜甫七十五首　張旭三首　嚴武一首　張謂四首　常建九首　元結二首　王縉一首　薛維翰二首　李華一首　張潮二首　沈頌二首　張偁一首　孟雲卿一首　獨孤及四首　崔惠童一首　冷朝光一首　崔興宗一首　王烈二首　張敬忠一首　張諤一首　盧弼三首　開元名公一首　亡名氏一首，才調集　亡名氏一首，蘆中集　亡名氏一首，唐音　僧皎然八首　楊貴妃一首　梅妃一首　關盼盼二首　廉氏一首　劉瑗一首　趙氏一首

右總計五十一人，詩三百九十首，而再出者九十九首，通四百八十九首。

盛唐詩格引用諸書目録

孟浩然詩集　李白詩集　王維詩集　王昌齡詩集　高適詩集　岑參詩集　杜甫詩集　千家詩謝枋得編　三體詩法周弼選　詩林廣記蔡正孫編　名賢詩評俞允文編　唐絶句洪文敏輯　唐詩選李攀龍選　唐詩正聲高廷禮選　古今詩删李攀龍選　唐詩品彙高廷禮選　唐詩拾遺　唐詩雋孫月峰選　才調集韋縠集　蘆中集　絶句選王士禎選　唐音　唐詩紀方一元編　唐詩歸鍾惺選　唐詩類苑張之象輯　文體明辯徐師曾纂　唐詩七言畫譜　全唐詩

凡二十有八家

盛唐詩格凡例

一、此選爲初學作詩者設之。考諸唐詩，採氣格高逸、音響明亮者以彙編之。分作五卷，凡三十有五格，三百九十有六條。

一、盛唐詩人之世次，大抵據于廷禮《品彙》而定之。如有遺漏者，考于諸書而補焉。如張旭、薛維翰、崔惠童、冷朝光、崔興宗、楊貴妃是也。

一、張旭詩取於《文體明辯》《唐絶句》等之書也。薛維翰取于《詩歸》《唐絶句》等也。崔惠童取于《詩歸》《詩刪》等也。冷朝光取于《詩歸》《全唐詩》等也。崔興宗取于《右丞集》中也。楊貴妃取于《詩歸》也。

一、如王烈、張敬忠、張謂、盧弼四家，及《才調》《薫中》之二集亡名氏者，僉滄溟《古今詩刪》中列于盛唐詩人之末，故今收以次第之。

一、僧皎然之世次，考于諸書，不分明也。獨孫月峰《唐詩雋》中列爲盛唐之人，今傚此。

一、世有《連珠詩格》者，編輯博雜，氣格卑陋，大失風雅之音矣。蘐老曰「宋儒毒于人」，宜哉。所以今著此篇，欲使學詩者得高人之風調也。滄浪曰「夫學詩者以盛唐爲師，不作開天以下人物矣」，古人於唐詩，中晚不取，況于宋元乎？大江資衡識。

盛唐詩格卷之一

自字格凡一十三條

自有　玄宗皇帝　林亭自有幽真趣，况復秋深爽氣來。

　王昌齡　春來明主封西岳，自有還君紫綬恩。

自在　杜甫　留連戲蝶時時舞，自在嬌鶯恰恰啼。

自落　李華　芳樹無人花自落，春山一路鳥空啼。

自是　李白　自是客星辭帝坐，元非太白醉揚州。

自見　李白　爲客裁縫君自見，城烏獨宿夜空啼。

自愛　李白　此行不爲鱸魚鱠，自愛名山入剡中。

自埋　關盼盼　自埋劍履歌塵散，紅歇香銷一十年。

自嘆　王維　自嘆鶺鴒臨水別，不同鴻雁向池來。

自説　杜甫　自説二女嚙臂時，迴頭卻向秦雲哭。

自把　高適　自把玉釵敲砌竹，清歌一曲月如霜。

自解　王烈　明鏡不須生白髮，風沙自解老紅顔。

自失　亡名氏見《唐音》　漢家自失李將軍，單于公然來牧馬。

自今　杜甫　自今已後知人意，一日須來一百迴。

更字格凡九條

更喜　李白　諸侯不救河南地，更喜賢王遠道來。

更取　李白　初從雲夢開朱邸，更取金陵作小山。

更盡　王維　勸君更盡一杯酒，西出陽關無故人。

更催　嚴武　更催飛將追驕虜，莫遣沙場匹馬還。

更道　高適　更道玄元指李日，多於王母種桃年。

更添　賈至　月色更添春色好，蘆風勝似竹風幽。

更肯　杜甫　群盜相隨劇虎狼，食人更肯留妻子。

更恐　杜甫　且休悵望看春水，更恐歸飛隔暮雲。

更名　李白　石鏡更名天上月，後宮新得照蛾眉。

且字格凡五條

且喜　裴迪　逍遥且喜從吾事，榮寵從來非我心。

且作　張偁　辭君且作隨陽雁，海内無家何處歸。

且休　杜甫再出　且休悵望看春水，更恐歸飛隔暮雲。

且就　李白　且就洞庭賒月色，將船買酒白雲邊。

且盡　杜甫　莫思身外無窮事，且盡生前有限杯。

一字格凡一十條

一時　盧弼　半夜火來知有敵，一時齊保賀蘭山。

一夜　高適　借問落梅凡幾曲，從風一夜滿關山。

岑參　萬箭千刀一夜殺，平明流血浸空城。

一段　王昌齡　新聲一段高樓月，聖主千秋樂未休。

一曲　高適再出　自把玉釵敲砌竹，清歌一曲月如霜。

一掃　李白　南風一掃胡塵静，西入長安到日邊。

一動　岑參　都護行營太白西，角聲一動胡天曉。
一望　孟浩然　日暮孤舟何處泊，天涯一望斷人腸。
一起　李白　驚波一起三山動，公無渡河歸去來。
一片　岑參　數枝門柳低衣桁，一片山花落筆牀。
一一　李白　戰艦森森羅虎士，征帆一一引龍駒。

空字格凡六條

空餘　王維　埋骨白雲長已矣，空餘流水向人間。
空隨　賈至　世情已逐浮雲散，離恨空隨江水長。
空惹　薛據　時命不將明主合，布衣空惹洛陽塵。
空留　岑參　羽蓋霓旌何處在，空留藥臼向人間。
空懸　王昌齡再出　卻恨含情掩秋扇，空懸明月待君王。
空見　僧皎然　相思一夜在孤舟，空見歸雲三兩片。

相字格凡九條

相逢　王昌齡　堯時恩澤如春雨，夢裏相逢共入關。

岑參　馬上相逢無紙筆，憑君傳語報平安。

相呼　元結　唱橈欲過平陽戍，守吏相呼問姓名。

相學　杜甫　擁兵相學干戈鋭，使者徒勞萬里迴。

相看　高適　到處盡逢歡洽事，相看總是太平人。

岑參　胡笳一曲斷人腸，坐客相看淚如雨。

相對　李白　兩岸青山相對出，孤帆一片日邊來。

相問　王昌齡　洛陽親友如相問，一片冰心在玉壺。

相思　僧皎然再出　相思一夜在孤舟，空見歸雲三兩片。

關盼盼　相思一夜情多少，地角天涯未是長。

相憶　獨孤及　他時相憶雙航葦，莫問吴江深不深。

相趁　杜甫　背飛鶴子遺瓊蕊，相趁鳧雛入蔣芽。

知字格凡六條

知有　杜甫　竟能盡説諸侯入，知有從來天子尊。
盧弼再出　半夜火來知有敵，一時齊保賀蘭山。
知是　王昌齡　秋天曠野行人絶，馬首東來知是誰。
知來　張子容　朝雲暮雨連天暗，神女知來第幾峰。
知君　岑參　五日也須應到舍，知君不肯更淹留。
焉知　蔡希寂　逢君貰酒因成醉，醉後焉知世上情。
熟知　杜甫　熟知二謝將能事，頗學陰何苦用心。

忽字格凡五條

忽見　王昌齡　忽見陌頭楊柳色，悔教夫婿覓封侯。
忽聞　王昌齡　欲訪桃源入溪路，忽聞鷄犬使人疑。
忽枉　崔興宗　今朝忽枉嵇生駕，倒屣開門遥解顔。
忽用　杜甫　朝廷忽用哥舒將，殺伐虚悲公主親。

乍摇　楊貴妃　輕雲嶺上乍摇風，嫩柳池邊初拂水。

已字格凡五條

已收　杜甫　已收滴博雲間戍，欲奪蓬婆雲外城。

已過　李白　兩岸猿聲啼不盡，輕舟已過萬重山。

已報　王昌齡　前軍夜戰洮河北，已報生擒吐谷渾。

已逐　賈至再出　事情已逐浮雲散，離恨空隨江水長。

已傳　杜甫　已傳童子騎青竹，總擬橋東待使君。

愁字格凡五條

愁殺　李白　白浪如山那可渡，狂風愁殺峭帆人。

常建　即今江北還如此，愁殺江南離别情。

愁見　王維　遥知漢使蕭關外，愁見孤城落日邊。

愁將　王昌齡　曉夕雙帆歸鄂渚，愁將孤月夢中尋。

愁聽　王昌齡　憶君遥在湘山月，愁聽清猿夢裏長。

牽愁　李白　橫江欲渡風波惡，一水牽愁萬里長。

欲字格凡六條

欲到　李白　月光欲到長門殿，別作深宮一段愁。
欲問　王昌齡　欲問吳江別來意，青山明月夢中看。
欲過　元結再出　唱橈欲過平陽戍，守吏相呼問姓名。
欲盡　崔國輔　坐恐玉樓春欲盡，紅綿粉絮裛妝啼。
欲登　沈頌　欲登此地銷歸恨，卻羨雙飛去不回。
欲識　獨孤及　欲識桃花最多處，前程問取武陵兒。

遥字格凡六條

遥看　王昌齡　英寮携出新豐酒，半道遥看驄馬歸。
遥見　王昌齡　樓頭少婦鳴箏坐，遥見飛塵入建章。
遥指　李白　美人一笑褰珠箔，遥指紅樓是妾家。
王維　微臣欲獻唐堯壽，遥指南山對袞龍。

遥知　王維　遥知兄弟登高處，遍插茱萸少一人。

遥送　王昌齡　遥送扁舟安陸郡，天邊何處穆陵關。

遥在　岑參　長安遥在日光邊，憶君不見令人老。

爲字格凡七條

爲報　岑參　隴山鸚鵡能言語，爲報家人數寄書。

亡名氏見蘆中集　爲報習家多置酒，夜來風雪過江寒。

爲問　高適　爲問軒皇三百歲，何如大道一千年。

杜甫　爲問淮西米貴賤，老夫乘興欲東流。

爲覓　杜甫　今日南湖采薇蕨，何人爲覓鄭瓜州。

杜甫　欲存老蓋千年意，爲覓松根數寸栽〔一〕。

爲見　盧象　爲見行舟試借問，客中時有洛陽人。

爲誰　杜甫　江山路遠羈離日，裘馬爲誰感激人。

〔一〕栽：底本訛作「裁」，據《杜詩詳註》卷九改。

杜甫　痛飲狂歌空度日，飛揚跋扈爲誰雄。

爲君

王維　相逢意氣爲君飲，繫馬高樓垂柳邊。

爲言

岑參　爲言地盡天還盡，行到安西更向西。

盛唐詩格卷之二

却字格凡八條

却望　王昌齡　酒酣不識關西道，却望春江雲尚殘。

却聽　綦毋潛　黄昏半在山下路，却聽鐘聲連翠微。

却向　杜甫　却向青溪不相見，回船應載阿戎遊。

杜甫再出　自説二女嚙臂時，迴頭却向秦雲哭。

却來　李白　謂言挂席度滄海，却來應是無長風。

却羨　沈頌再出　欲登此地銷歸恨，却羨雙飛去不回。

却教　杜甫　始是乾坤王室正，却教江漢客魂銷。

却恨　王昌齡　却恨含情掩秋扇，空懸明月待君王。

却嫌　杜甫　却嫌脂粉涴顔色，淡掃蛾眉朝至尊。

還、翻字格凡八條

還有　李白　北地雖誇上林苑，南京還有散花樓。

還須　李白　知君先負廟堂器，今日還須贈寶刀。

還向　王昌齡　銀燈青瑣裁縫歇，還向金城明主看。

還欲　李白　記得長安還欲笑，不知何處是西天。

還共　王昌齡　明主恩波非歲久，長江還共五溪濱。

還過　李白　春風試暖昭陽殿，明月還過鳷鵲樓。

還發　岑參　庭樹不知人去盡，春來還發舊時花。

翻爲　李白　樓船一舉風波静，江漢翻爲雁鷺池。

也、又、復字格凡五條

也須　岑參再出　五日也須應到舍，知君不肯更淹留。

也夢　岑參　嚴灘一點舟中月，萬里煙波也夢君。

又惜　王昌齡　送君歸去愁不盡，又惜空度涼風天。

復遣　杜甫　意氣即歸雙闕舞，雄豪復遣五陵知。

况復　岑參　玉關西望堪腸斷，况復明朝是歲除。

若、如字格凡七條

若教　李白　若教月下乘舟去，何啻風流到剡溪。

若爲　儲光羲　若爲别得横橋路，不意宫中玉樹花。

若道　王維　若道春風不解意，何因吹送落花來。

若非　李白　若非群玉山頭見，會向瑶臺月下逢。

若遣　僧皎然　若遣花開只笑妾，不如桃李自無言。

如此　李白　即今欲渡緣何事，如此風波不可行。

如今　王維　爲報故人憔悴盡，如今不似洛陽時。

莫、無字格凡一十五條〔一〕

莫道　王昌齡　莫道絃歌愁遠謫，青山明月不曾空。

王昌齡　莫道薊門書信少，雁飛猶得到衡陽。

賈至　莫道巴陵湖水闊，長沙南畔更蕭條。

莫言　獨孤及　離別莫言關塞遠，夢魂長在子陵家。

莫學　李白　歸時儻珮黄金印，莫學蘇秦不下機。

莫許　岑參　細看只似陽臺女，醉著莫許歸巫山。

莫惜　岑參　荆南渭北難相見，莫惜衫襟著淚痕。

莫愁　高適　莫愁前路無知己，天下誰人不識君。

莫向　僧皎然　莫向舒姑泉口泊，此時嗚咽易傷情。

莫遣　嚴武再出　更催飛將追驕虜，莫遣沙場匹馬還。

莫將　王昌齡　行到荆門上三峽，莫將孤月對猿愁。

〔一〕實二十四條。目録有「無數」一條，正文無。

莫教　王昌齡　表請回軍掩塵骨，莫教兵士哭龍荒。

莫聽　王之涣　莫聽聲聲催去棹，桃花淺處不勝舟。

無限　李白　解釋春風無限恨，沉香亭北倚闌干。

杜甫　玉局他年無限笑，柏楊今日幾人悲。

僧皎然　難將此意臨江別，無限春風葭菼青。

無那　王昌齡　更吹羌笛關山月，無那金閨萬里愁。

嘗無　常建　漢家此去三千里，青塚嘗無草木煙。

有、在、或字格凡九條

有誰　王昌齡　萬乘旌旗何處在，平臺賓客有誰憐。

有意　李白　我醉欲眠卿且去，明朝有意抱琴來。

有時　李頎　有時捫虱獨搔首，目送歸鴻籬下眠。

別有　李白　桃花流水窅然去，別有天地非人間。

開元名公　別有玉盤承露冷，無人起就月中看。

先有　杜甫　青溪先有蛟龍窟，竹石如山不敢安。

在時　王昌齡再出　吴王在時不得出，今日公然來浣紗。

多在　王之渙　夜半酒醒凴欄倚，所思多在明月中。

半在　杜甫　聞道殺人漢水上，婦女多在官軍中。

　　綦毋潛再出　黄昏半在山下路，卻聽鐘聲連翠微。

或看　杜甫　或看翡翠蘭苕上，未掣鯨魚碧海中。

不字格凡三十五條

不見　王昌齡　山長不見秋城色，日暮蒹葭空水雲。

　　杜甫　黄衫年少來宜數，不見堂前東逝波。

不語　王昌齡　醉别便須更惆悵，回頭不語便垂鞭。

不道　王昌齡　但令意遠扁舟送，不道滄浪百丈深。

不知　李白　醉客滿船歌白紵，不知霜露入秋衣。

　　杜甫　鐵馬長鳴不知數，胡人高鼻動成群。

　　常建　竹竿嫋嫋白波際，不知何者吞吾鈎。

不識　王昌齡　酒酣不識關西道，卻望春江雲尚殘。

不覺　杜甫　今人嗤點流傳賦，不覺前賢畏後生。

　　僧皎然　不覺餘歌悲自斷，非關艷曲轉聲難。

不歸　李白　明月不歸沈碧海，白雲秋色滿蒼梧。

不到　常建　相思嶺上相思淚，不到三聲合斷腸。

不解　王昌齡　腸斷關山不解説，依依殘月下簾鈎。

不得　李白　北雁春歸看欲盡，南來不得豫章書。

高適　去家百里不得歸，到官數日秋風起。

不破　王昌齡　黄沙百戰穿金甲，不破樓蘭終不還。

不向　王維　一生幾許傷心事，不向空門何處銷。

不醉　高適　虜酒千鍾不醉人，胡兒十歲能騎馬。

不犯　李白　秋毫不犯三吴悦，春日遥看五色光。

不入　王烈　白草城中春不入，黄花戍上雁長飛。

不爲　王維　不爲碧鷄稱使者，唯令白鶴報鄉人〔一〕。

賈至　東風不爲吹愁去，春日偏能惹恨長。

不肯　李白　我亦爲君飲清酒，君心不肯向人傾。

王之涣　漢家天子今神武，不肯和親歸去來。

〔一〕鶴：底本訛作「鷄」，據《王右丞集箋注》卷十四改。

不如　杜甫　不如醉裏風吹盡，可忍醒時雨打稀。
　僧皎然再出　若遣花開只笑妾，不如桃李自無言。
不與　劉瑗　淚痕不與君恩斷，拭卻千行更萬行。
不將　薛據再出　時命不將明主合，布衣空惹洛陽塵。
不勝　王昌齡　白露堂中細草跡，紅羅帳裏不勝情。
　王之渙再出　莫聽聲聲催去棹，桃花淺處不勝舟。
不起　李白　此夜曲中聞折柳，何人不起故園情。
不用　高適　青海只今將飲馬，黄河不用更防秋。
不教　王昌齡　但使龍城飛將在，不教胡馬度陰山。
不遣　李白　聖主恩深漢文帝，憐君不遣到長沙。
不及　李白　桃花潭水深千尺，不及汪倫送我情。
不能　王昌齡　高樓送客不能醉，寂寂寒江明月心。
不盡　王昌齡　撩亂邊愁聽不盡，高高秋月照長城。
　王昌齡再出　送君歸去愁不盡，又惜空度涼風天。
　賈至　輕舟落日興不盡，三湘五湖意何長。
不擬　杜甫　燕趙休矜出佳麗，宮闈不擬選才人。

不在　常建　左賢未遁旌竿折，過在將軍不在兵。

不廢　杜甫　爾曹身與名俱滅，不廢江河萬古流。

不可　岑參　京師故人不可見，寄將兩眼看飛燕。

不通　杜甫　不通姓字麤豪甚，指點銀瓶索酒嘗。

不減　李白　柳色未饒秦地緑，花光不減上陽紅。

不獨　孟雲卿　貧居往往無煙火，不獨明朝爲子推。

盛唐詩格卷之三

未字格凡五條

未絶　杜甫　最傳秀句寰區滿〔一〕，未絶風流相國能。

未盡　冷朝光　白蘋未盡人先盡，誰見江南春復春。

未寄　王維　秋逼暗蛩通夕響，寒衣未寄莫飛霜。

未醉　高適　主人酒盡君未醉，薄暮途遥歸不歸。

未須　杜甫　詩酒尚堪驅使在，未須料理白頭人。

何、那字格凡一十五條

何似　李白　樓中見我金陵子，何似陽臺雲雨人。

〔一〕秀：底本訛作「季」，據《杜詩詳註》卷十七改。

李白　君看帝子浮江日，何似龍驤出峽來。

何必　李白　且從康樂尋山水，何必東遊入會稽。

梅妃　長門盡日無梳洗，何必珍珠與寂寥。

何須　李白　湖州司馬何須問，金粟如來是後身。

王之涣　羌笛何須怨楊柳，春光不度玉門關。

何曾　王昌齡　青山一道同雲雨，明月何曾是兩鄉。

杜甫　天下何曾有山水，人間不見重驊騮。

何處　李白　日落長沙秋色遠，不知何處弔湘君。

岑參　今夜不知何處宿，平沙萬里絶人煙。

何啻　李白再出　若教月下乘舟去，何啻風流到剡溪。

何由　儲光羲　毳幕夜來時宛轉，何由得似漢王邊。

何因　王維再出　若道春風不解意，何因吹送落花來。

何如　李白　浙江八月何如此，濤似連山噴雪來。

高適再出爲問軒皇三百歲，何如大道一千年。

何日　張謂　長路關山何日盡，滿堂絲竹爲君愁。

何人　岑參　長安城中百萬家，不知何人夜吹笛。

何已　杜甫　衣冠是日朝天子，草奏何人入帝鄉。
　　　王昌齡　夕浦離觴意何已，草根寒露悲鳴蟲。
何辭　李白　千杯綠酒何辭醉，一面紅妝惱殺人。
那堪　孟浩然　胡地迢迢三萬里，那堪馬上送明君。
那知　張旭　那知海上三年別，不寄雲間一紙書。

誰、孰字格凡七條

誰知　王昌齡　遠謫誰知望雷雨，明年春水共還鄉。
　　　廉氏　誰知獨夜相思處，淚滴寒塘蕙草時。
誰謂　杜甫　誰謂朝來不作意，狂風挽斷最長條。
誰道　王昌齡　扁舟乘月暫來去，誰道滄浪吳楚分。
誰得　李白　借問漢宮誰得似，可憐飛燕倚新妝。
誰能　杜甫　誰能載酒開金盞，喚取佳人舞繡筵。
誰數　岑參　天子預開麟閣待，秪今誰數貳師功。
孰知　王維　孰知不向邊庭苦，縱死猶聞俠骨香。

須、可、宜字格凡一十條

須盡　賈至　今日送君須盡醉，明朝相憶路漫漫。
　　岑參　驅馬欲辭丞相府，一樽須盡故人心。
須及　孟浩然　仲月送君從此去，瓜時須及邵平田。
須早　王昌齡　鄂渚輕帆須早發，江邊明月爲君留。
須知　賈至　爲報延州來聽樂，須知天下欲昇平。
須上　李白　白玉高樓看不見，相思須上望夫山。
便須　王昌齡再出　醉别便須更惆悵，回頭不語便垂鞭。
可愛　杜甫　桃花一簇開無主，可愛深紅愛淺紅。
可憐　王昌齡　可憐今夜千門裏，銀漢星回一道通。
　　杜甫　可憐先不異枝蔓，此物娟娟長遠生。
可忍　杜甫再出　不如醉裏風吹盡，可忍醒時雨打稀。
宜過　杜甫　興王會盡妖氛氣，聖壽宜過一萬春。

猶、尚、仍字格凡一十二條

猶看　王昌齡　漫道閨中飛破鏡，猶看陌上別行人。

猶聞　王維再出　孰知不向邊庭苦，縱死猶聞俠骨香。

猶得　王昌齡再出　莫道薊門書信少，雁飛猶得到衡陽。

猶嫌　僧皎然　猶嫌住久人知處，見擬移家更上山。

猶對　杜甫　巫峽曾經寶屏見，楚宮猶對碧峰疑。

猶帶　王昌齡　玉顔不及寒鴉色，猶帶昭陽日影來。

猶似　岑參　君去試看汾水上，白雲猶似漢時秋。

猶自　常建　豈知一日終非主，猶自如今有怨聲。

尚有　杜甫　尚有西郊諸葛廟，臥龍無首對江瀆。

尚堪　杜甫再出　詩酒尚堪驅使在，未須料理白頭人。

仍似　岑參　道傍榆莢仍似錢，摘來沽酒君肯否。

仍未　岑參　關西老將能苦戰，七十行兵仍未休。

共、俱、與字格凡九條

共説　賈至　共説京華舊遊處，回看北斗欲潸然。

共待　儲光羲　强來前殿看歌舞，共待單于夜獵歸。

　　王昌齡　讁謫離心是丈夫，鴻恩共待春江漲。

共爲　李頎　携手當年共爲樂，無驚蕙草惜殘春。

共賽　王維　健兒擊鼓吹羌笛，共賽城東越騎神。

俱爲　賈至　朱崖雲夢三千里，欲别俱爲慟哭時。

俱從　王昌齡　明祠靈響期昭應，天澤俱從此路還。

與致　杜甫　飽聞榿木三年大，與致溪邊十畝陰。

收與　王昌齡　嶺色千重萬重雨，斷絃收與淚痕深。

恐與　杜甫　竊攀屈宋宜方駕，恐與齊梁作後塵。

只、但字格凡一十條

只今　李白　只今惟有西江月，曾照吴王宫裏人。

只見　高適　青海只今將飲馬，黄河不用更防秋。
只見　岑參　昨夜將軍連曉戰，蕃軍只見馬空鞍。
只似　岑參再出　細看只似陽臺女，醉著莫許歸巫山。
只在　杜甫　秋風嫋嫋吹江漢，只在他鄉何處人。
只是　岑參　閨中只是空思想，不見沙場愁殺人。
只須　杜甫　只須伐竹開荒徑，拄杖穿花聽馬嘶。
但使　李白　但使主人能醉客，不知何處是他鄉。
王昌齡再出　但使龍城飛將在，不教胡馬度陰山。
但用　李白　但用東山謝安石，爲君談笑盡胡沙。
但令　王昌齡再出　但令意遠扁舟送，不道滄浪百丈深。

唯、惟、秖字格凡七條

唯見　李白　孤帆遠影碧空盡，唯見長江天際流。
唯令　王維再出　不爲碧鷄稱使者，唯令白鶴報鄉人。
唯有　王維　唯有相思似春色，江南江北送君歸。
惟有　李白　宮女如花滿春殿，只今惟有鷓鴣啼。

秖有　岑參　别君秖有相思夢，遮莫千山與萬山。

秖應　杜甫　此曲秖應天上有，人間能得幾回聞。

秖今　岑參再出　天子預開麟閣待，秖今誰數貳師功。

盛唐詩格卷之四

應、當、正字格凡一十四條

應是　儲光羲　玉簫遍滿仙壇上，應是茅家兄弟歸。
　　　岑參　門前雪滿無人迹，應是先生出未歸。
應悲　杜甫　炎方每續朱櫻獻，玉座應悲白露團。
應上　盧弼　小婦不知歸未得，朝朝應上望夫山。
應作　王之涣　今日暫同芳菊酒，明朝應作斷蓬飛。
應見　杜甫　京華應見無顔色，紅顆酸甜只自知。
應寫　李白　山陰道士若相見，應寫黄庭换白鵝。
應未　高適　丈夫貧賤應未足，今日相逢無酒錢。
應須　杜甫　報答春光知有處，應須美酒送生涯。
應將　李白　破胡必用龍韜策，積甲應將熊耳齊。
當取　王昌齡　寶刀留贈長相憶，當取戈船萬户侯。

當懸　李白　斬胡血變黄河水，梟首當懸白鵲旗。

當一　王昌齡　黄鶴青雲當一舉，明珠吐著報君恩。

正是　杜甫　正是江南好風景，落花時節又逢君。

張敬忠　即今河畔冰開日，正是長安花落時。

正值　王維　正值楚王宫裏至，門前初下七香車。

始、初、終字格凡八條

始是　杜甫再出　始是乾坤王室正，卻教江漢客魂銷。

始覺　王昌齡　亂入池中看不見，聞歌始覺有人來。

始知　王維　見説雲中擒黠虜，始知天上有將軍。

初從　李白再出　初從雲夢開朱邸，更取金陵作小山。

初下　王維再出　正值楚王宫裏至，門前初下七香車。

終是　張謂　縱令然諾暫相許，終是悠悠行路心。

終須　沈頌　縱使榴花能一醉，終須萱草暫忘憂。

終同　杜甫　傾銀注玉驚人眼，共醉終同卧竹根。

今、昨、昔字格凡七條

今日　王昌齡　吴王在時不得出，今日公然來浣紗。

崔惠童　眼看春色如流水，今日殘花昨日開。

亡名氏見《才調集》　逢春漸覺飄蓬苦，今日紛飛一涕零。

今朝　崔興宗再出　今朝忽枉嵇生駕，倒屣開門遥解顔。

今夜　高適　故鄉今夜思千里，愁鬢明朝又一年。

岑參再出　今夜不知何處宿，平沙萬里絶人煙。

至今　王昌齡　至今八十如四十，口道滄溟是吾家。

王昌齡　聞道秦時避地人，至今不與人通問。

盧弼　鄉國近來音信斷，至今猶自著寒衣。

即今　李白再出　即今欲渡緣何事，如此風波不可行。

高適　即今江海一歸客，他日雲霄萬里人。

杜甫　即今耆舊無新語，謾釣槎頭縮項鯿。

昨夜　王昌齡　昨夜雲生拜初月，萬年甘露水晶盤。

岑參再出　昨夜將軍連曉戰，蕃軍只見馬空鞍。

昔日　僧皎然　昔日經行人去盡，寒雲夜夜自飛還。

得字格凡七條

得意　趙氏　良人得意正年少，今夜醉眠何處樓。

得及　李白　草樹雲山如錦繡，秦川得及此間無。

得問　張謂　歸來得問茱萸女，今日登高醉幾人。

記得　李白再出　記得長安還欲笑，不知何處是西天。

親得　李白再出　石鏡更名天上月，後宮親得照蛾眉。

賭得　岑參　將軍縱博場場勝，賭得單于貂鼠袍。

願得　李白　漢酺聞奏鈞天樂，願得風吹到夜郎。

會、幾、縱、能字格凡一十五條

會盡　杜甫再出　興王會盡妖氛氣，聖壽宜過一萬春。

會向　李白再出　若非群玉山頭見，會向瑶臺月下逢。

會須　杜甫　會須上番看成竹，客至從嗔不出迎。

幾許　王維再出　一生幾許傷心事，不向空門何處銷。

幾何　杜甫　人生幾何春已夏，不放香醪如蜜甜。

幾處　張子容　孤山幾處看烽火，戰士連營候鼓鼙。

凡幾　儲光羲　借問高歌凡幾轉，河低月落五更時。

高適再出　借問落梅凡幾曲，從風一夜滿關山。

縱令　張謂再出　縱令然諾暫相許，終是悠悠行路心。

縱使　張旭　縱使晴明無雨色，入雲深處亦沾衣。

縱隨　張謂　樓殿縱隨煙焰去，火中何處出蓮花。

能使　賈至　岳陽城上聞吹笛，能使春心滿洞庭。

杜甫　因知貧病人須棄，能使韋郎跡也疎。

能留　王昌齡　百花仙醞能留客，一飯胡麻度幾春。

能得　杜甫再出　此曲秖應天上有，人間能得幾回聞。

偏能　賈至再出　東風不爲吹愁去，春日偏能惹恨長。

竟能　杜甫再出　竟能盡説諸侯入，知有從來天子尊。

長、時、暫、因字格凡一十三條

長作　李白　天子一行遺聖跡，錦城長作帝王州。

長在　獨孤及再出　離別莫言關塞遠，夢魂長在子陵家。

長思　張子容　征馬長思青海上，胡笳夜聽隴山頭。

時時　孟浩然　時時引領望天末，何處青山是越中。

儲光羲　借問故園隱君子，時時來往住人間。

杜甫　洶洶人寰猶不定，時時戰鬪欲何須。

時聞　王縉　林中獨酌鄰家酒，門外時聞長者車。

時有　王維　爲見行舟試借問，客中時有洛陽人。

來時　王昌齡　來時浦口花迎入，采罷江頭月送歸。

暫因　王昌齡　暫因問俗到真境，便欲投誠依道源。

暫同　王之渙再出　今日暫同芳菊酒，明朝應作斷蓬飛。

暫就　李白　暫就東山賒月色，酣歌一夜送泉明。

因成　蔡希寂再出　逢君貰酒因成醉，醉後焉知世上情。

因知　杜甫再出　因知貧病人須棄，能使韋郎跡也疎。

因何　薛維翰　兒家門户重重閉，春色因何入得來。

君字格凡五條

思君　李白　夜發清溪向三峽，思君不見下渝州。

賈至　思君獨步華庭月，舊館秋陰生緑苔。

憶君　王昌齡再出　憶君遥在湘山月，愁聽清猿夢裏長。

岑參再出　長安遥在日光邊，憶君不見令人老。

勸君　王維再出　勸君更盡一杯酒，西出陽關無故人。

岑參再出　驄馬勸君皆卸卻，使君家醖舊來濃。

與君　王昌齡　與君醉失松溪路，山館寥寥傳暝鐘。

送君　岑參　送君九月交河北，雪裏題詩淚滿衣。

盛唐詩格卷之五

雜格凡七十九條

借問　高適再出　借問梅花何處落，風吹一夜滿關山。

杜甫　借問夔州壓何處，峽門江腹擁城隅。

豈知　賈至　借問清都舊花月，豈知遷客泣瀟湘。

常建再出　豈知一日終非主，猶自如今有怨聲。

遮莫　岑參再出　别君秪有相思夢，遮莫千山與萬山。

杜甫　久拚野鶴如霜鬢，遮莫鄰鷄下五更。

意氣　王維再出　相逢意氣爲君飲，繫馬高樓垂柳邊。

王昌齡　少年獵得平原兔，馬上横鞘意氣歸。

聞道　王昌齡再出　聞道秦時避地人，至今不與人通問。

杜甫　逆氣數年吹路斷，蕃人聞道漸星奔。

直到　李白　我寄愁心與明月，隨風直到夜郎西。

常建　故人家在桃花岸，直到門前溪水流。

疑是　李白　飛流直下三千尺，疑是銀河落九天。

張謂　不知近水花先發，疑是經冬雪未消。

疑見　李白　疑見老僧休念誦，腕前推下水晶珠〔一〕。

見説　王維再出　見説雲中擒黠虜，始知天上有將軍。

看取　僧皎然　隋家古柳數株在，看取人間萬事空。

看他　王維　科頭箕踞長松下，白眼看他世上人。

回看　賈至再出　共説京華舊遊處，回看北斗欲潸然。

試看　岑參再出　君去試看汾水上，白雲猶似漢時秋。

傳道　賈至　傳道五原烽火急，單于昨夜寇新秦。

傳語　岑參再出　馬上相逢無紙筆，憑君傳語報平安。

笑入　李白　落花踏盡遊何處，笑入胡姬酒肆中。

笑倚　李白　西施醉舞嬌無力，笑倚東窗白玉牀。

別作　李白再出　月光欲到長門殿，別作深宫一段愁。

〔一〕晶：底本訛作「昌」，據《李太白集分類補註》卷二十四改。

皆是　常建　髑髏皆是長城卒，日暮沙場飛作灰。

皆言　薛維翰　皆言賤妾紅顔好，要自狂夫不憶家。

願值　賈至　願值回風吹羽翼，早隨陽雁及春還。

謂已　獨孤及　到君仙洞不相見，謂已吹簫乘早霞。

謂言　李白再出　謂言挂席度滄海，卻來應是無長風。

舊來　岑參　驄馬勸君皆卸卻，使君家醖舊來濃。

舊隨　杜甫　舊隨漢使千堆寶，少答胡王萬匹羅。

寄將　岑參再出　京師故人不可見，寄將兩眼看飛燕。

寄報　岑參　長安二月眼看盡，寄報春風早爲催。

賭命　李白　丈夫賭命報天子，當斬胡頭衣錦回。

即遣　杜甫　即遣開花深造次，便覺鶯語太丁寧。

坐看　孟浩然　坐看今夜關山月，思殺邊城遊俠兒。

坐恐　崔國輔再出　坐恐玉樓春欲盡，紅綿粉絮裛妝啼。

難將　僧皎然再出　難將此意臨江别，無限春風葭菼青。

難進　儲光羲　芰荷覆水船難盡，歌舞留人月易低。

元非　李白再出　自是客星辭帝坐，元非太白醉揚州。

元聽　杜甫　比訝漁陽結怨恨，元聽舜日舊簫韶。
多少　闕盼盼再出　相思一夜情多少，地角天涯未是長。
偏坐　王維　偏坐金鞍調白羽，紛紛射殺五單于。
總是　高適再出　到處盡逢歡洽事，相看總是太平人。
總擬　杜甫再出　已傳童子騎青竹，總擬橋東待使君。
思殺　孟浩然再出　坐看今夜關山月，思殺邊城遊俠兒。
羨爾　李頎　寄書河上神明宰，羨爾城頭姑射山。
此中　李白　四海此中朝聖主，蛾眉山下列仙庭。
此去　常建再出　漢家此去三千里，青塚嘗無草木煙。
是日　杜甫再出　衣冠是日朝天子，草奏何人入帝鄉。
盡日　張旭　桃花盡日隨流水，洞在青溪何處邊。
添作　李白　萬國煙花隨玉輦，西來添作錦江春。
雙懸　李白　少帝長安開紫極，雙懸日月照乾坤。
漫道　王昌齡再出　漫道閨中飛破鏡，猶看陌上別行人。
賴逢　張潮　賴逢鄰女曾相識，并著蓮舟不畏風。
徒勞　杜甫再出　擁兵相學干戈鋭，使者徒勞萬里迴。

必用　李白再出　破胡必用龍韜策，積甲應將熊耳齊。

隨意　王昌齡　吴姬緩舞留君醉，隨意青楓白露寒。

强擬　杜甫　江邊老病雖無力，强擬晴天理釣絲。

遍滿　儲光羲再出　玉簫遍滿仙壇上，應是茅家兄弟歸。

吾將　李白　九江秀色可攬結，吾將此地巢雲松。

最傳　杜甫再出　最傳秀句寰區滿，未絶風流相國能。

人傳　張潮　妾夢不離江上水，人傳郎在鳳凰山。

分明　王昌齡　火照西宫知夜飲，分明複道報恩時。

急送　杜甫　君家白碗勝霜雪，急送茅齋也可憐。

感吾　李白　感吾恩重許君命，太山一擲輕鴻毛。

期向　王昌齡　薊門秋月隱黄雲，期向金陵醉江樹。

幸分　杜甫　江上舍前無此物，幸分蒼翠拂波濤。

醉殺　賈至　笙歌日暮能留客，醉殺長安輕薄兒。

常求　李白　天外常求大白老，金陵捉得酒仙人。

好是　元結　停橈静聽曲中意，好是雲山韶濩音。

休縱　杜甫　北極轉愁龍虎氣，西戎休縱犬羊群。

便欲　王昌齡再出　暫因問俗到真境，便欲投誠依道源。
往往　孟雲卿再出　貧居往往無煙火，不獨明朝爲子推。
處處　杜甫　晴浴狎鷗分處處，雨隨神女下朝朝。
新承　王昌齡　平陽歌舞新承寵，簾外春寒賜錦袍。
行盡　岑參　枕上片時春夢中，行盡江南數千里。
重入　杜甫　苞茅重入歸關内，王祭還供盡海頭。
從來　裴迪再出　逍遥且喜從吾事，榮寵從來非我心。
稍似　儲光義　朝來馬上箜篌引，稍似宫中閑夜時。
擬對　杜甫　梅熟許同朱老喫，松高擬對阮生論。
早隨　賈至再出　願值回風吹羽翼，早隨陽雁及春還。
斜抱　王昌齡　斜抱雲和深見月，朧朧樹色隱昭陽。
恰似　杜甫　恰似春風相欺得，夜來吹折數枝花。
渾是　吴象之　一擲千金渾是膽，家無四壁不知貧。

句格凡九條

前對格

儲光羲再出　西行隴上泣胡天，南向雲中指渭川。毳幕夜來時宛轉，何由得似漢王邊。

杜甫再出　落落出群非櫸柳，青青不朽豈楊梅。欲存老蓋千年意，爲覓松根數寸栽。

後對格

王維　廣武城邊逢暮春，汶陽歸客淚沾巾。落花寂寂啼山鳥，楊柳青青渡水人。

岑參　嗚笳叠鼓擁回軍，破國平蕃昔未聞。丈夫鵲印摇邊月，大將龍旗掣海雲。

常建　勝景門開對遠山，竹深松老半含煙。素月殿中三度磬，水精宫裏一僧禪。

前後對句格

儲光羲　朝來仙閣聽絃歌，暝入花亭見綺羅。池邊命酒憐風月，浦口回船惜芰荷。

杜甫再出　蕭關隴水入官軍，青海黄河卷塞雲。北極轉愁龍虎氣，西戎休縱犬羊群。

前二句不用虚字格

杜甫再出　瀼東瀼西一萬家，江北江南春冬花。背飛鶴子遺瓊蕊，相趁凫雛入蔣芽。

獨孤及再出　金屋瓊臺蕭史家，暮春三月渭川花。到君仙洞不相見，謂已吹簫乘早霞。

後二句不用虚字格

賈至　江山相逢皆舊遊，湘山永望不堪愁。明月秋風洞庭水，孤鴻落葉一扁舟。

杜甫　十二年來多戰場，天威已息陣堂堂。神靈漢代中興主，功業汾陽異性王。

用地名格

王昌齡再出　白花原頭望京師，黄河水流無盡時。秋天曠野行人絶，馬首東來知是誰。

岑參再出　苜蓿峰邊逢立春，胡蘆河上淚沾巾。閨中只是空思想，不見沙場愁殺人。

用人名格

李白再出　日本晁卿辭帝都，征帆一片繞蓬壺。明月不歸沈碧海，白雲秋色滿蒼梧。

崔國輔　江邊楓落菊花黄，少長登高一望鄉。九日陶家雖載酒，三年楚客已沾裳。

杜甫再出　復憶襄陽孟浩然，清新句句盡堪傳。即今耆舊無新語，謾釣槎頭縮項鯿。

結句疊字格

高適再出　相逢旅館意多違，暮雪初晴候雁飛。主人酒盡君未醉，薄暮途遥歸不歸。

獨孤及再出　客鳥倦飛思舊林，徘徊猶戀衆花陰。他時相憶雙航葦，莫問吴江深不深。

冷朝光再出　越王宫裏如花人，越水溪頭采白蘋。白蘋未盡人先盡，誰見江南春復春。

拗體

王昌齡再出　青鸞飛入合歡宫，紫鳳銜花出禁中。可憐今夜千門裏，銀漢星回一道通。

賈至　楓岸紛紛落葉多，洞庭秋水晚來波。乘興輕舟無近遠，白雲明月吊湘娥。

玄圃大江稚圭《盛唐詩格》成矣，使不佞益宣校正之。取而閲之，則詩學者帳中秘，不可一日無者也。大凡唐詩之粹，橐籥于初學者亦不尠焉。緊稚圭也，亦燮理於斯文者矣哉。不佞初見稚圭于僚友橘生之所，扼腕高論，傾蓋不啻宛如舊相識也。橘生兼官于棘署，故得時時相接。今也知己之命，何爲可辭？雖然，益宣也非深于詩者，聊勒顛末云。

寶歷庚辰春三月，正七位下行縫殿大屬紀益宣謹識。

詩學新論

原田東岳

《詩學新論》三卷，原田東岳（一七二九—一七八三）撰。據文會堂《日本詩話叢書》本校。

按：原田東岳（はらだ とうがく HARADA TOGAKU），江户時代儒者。豐後（今屬大分縣）人，名直、殖，字温夫，世稱「吉右衛門」，號東岳。本姓酒田，過繼豐後日出藩（今屬大分縣日出町）世臣原田氏。受日出藩主之命赴京都，從伊藤東涯學習四年，又赴江户，從服部南郭學習三年古文辭學，後隨藩主數次往來於江户。其經義採自伊藤仁齋，詩文據於蘐園古文辭，通曉諸子百家，時與小倉藩（今屬福岡縣北九州市）儒者增井玄寛於經義方面齊名，被稱爲「九州原增」。因做人剛介不屈，與國老（老臣）不睦，辭任赴京都講學，後於中津藩（今屬大分縣中津市）以賓客身份講學。享保十四年生，天明三年十二月三日歿，享年五十五歲。

其著作有：《論語箋注》、《孟子徵》、《經説拾遺》二卷、《唐詩正聲箋注》、《詩學新論》三卷、《席上腐談》一卷、《東岳學的》二卷、《東岳筆疇》六卷、《卧遊漫鈔》一卷、《東岳文集》、《東岳遺稿》、《茶詩》一卷、《茶詩選》、《郡縣考》、《封建考》、《逸氏史略》三卷等。亦曾使用「原東岳」之名。

詩學新論序

古曰：「學業其何謂乎？　君子所習謂之學，爲政之術謂之業。」古之君子靡弗學，學成而仕，爲政之術於是乎試焉，治平之道於是乎生焉。　道合服從，不合則去。　古籍所載照然可見也。　周綱解紐，學教否否，君子道消，肉食不業，於是天降我聖人，欲匡救之以復古道。　而否否極，天不能勝人，朝魯夕衛，道終不行。　乃退删定《詩》《書》，以惠後學。　學之離事業，職此之由。　然而聖人之心何曾須臾忘業？　故一日在位，即必有所施爲。　三都之隳，兩觀之誅，夏時殷輅周冕韶舞之訓，比比可徵也。　顔、閔不仕，有待然者。　由之與求，從政何有？　武城莒父，雖割鷄之小，未嘗不試牛刀。　而孟子亦曰：「人幼而學之，壯而欲行之。」意亦同矣。　漢興以來，訓詁紛緼，益遠事業。　迨科舉之盛，天下以詩書代羔雁，已異古制。　然士尚繇此而進，得試所習云。　我邦亦嘗定試士法，而今已邈矣。　當今封建之制，度越前古，玉燭緝熙，百六十年于此矣。　朝紳公侯，所不敢論。　至若諸藩，大夫世大夫，士世士。　即曰漢家自有制度。　上不以學擢士，下不以學尚士。　其中雖有一二號文學教授者，上下視以爲文具，則學者亦自視以爲文具，不復砥厲其事業。　曰經學，曰文章，均是空論徒説，抗顔爲人師，羅織虚名，以驕生徒。　若論其行事，曾閭閻庸夫之不如。　於是武人俗吏相與挑笑之，以謂學無用於家國。　滔滔者海内皆是，可勝嘆乎？　若有能拔其中復古業者，豈不嘉嘆之以爲君子之人乎？以余所聞，日出侯大夫東岳君即其人非邪？大夫名直，字温夫。幼而穎悟，侯聞召見，稱之曰：「後必爲偉器。」自兹眷顧殊他。既而弱冠，侯使其東遊京師，受經於東涯，蓋特命云。大夫在京若干年，學成西歸。則已從大夫之後，得試其所習，而侯眷注益渥。尋從駕東都，乃從遊子遷之徒，攻古文辭。於是經學文章竝優，爲政之術益精審，侯之眷遇逾益隆重，而遂當路其國。後有故辭職，嘗有所著《詩學新論》，在大夫學業緒餘耳。至此刻成，千里寄示於余，且徵序言。其書雖論駁不一，要爲嘉靖諸才子發耳。蓋明人倡復古者，北地、信陽著之先鞭，李王繼起，超乘而上，其徒逐影馳騖者不知幾人。而二袁鍾譚之輩則反礱李王，别開蹊徑者。錢謙益編《列朝詩集》，號爲兼愛泛取，而褊心不除，動牴觸李王，頗多誣辭。今也大夫一洗其寃，峻辯通論，語挾風霜，起李王於九原，使其與牧齋對壘應答，不過如此。可謂李王忠臣矣。然在大夫特學業緒餘耳。日出雖小藩，有民人，有社稷，大夫於其國固君子之人。古之君子靡弗學，學成而仕。道合服從，不合則去。古之學業也，大夫悉有。且也大夫受古義於東涯，又攻古文辭，於子遷復古實有所承，可謂不背所學也。來書又曰：「我斯著論，無足壽梓。特恐泯没我侯特命之訓。」嗚呼！有大夫之資，而無侯之藻鑒之明、勸學之訓，安能到此？然則日出侯君人之德，亦奚可没乎？併書以爲序云。

明和壬辰秋七月，平安北海江村綬撰。浪華永維迪謹書。

詩學新論卷之上

詩，吟詠情性而已矣。古者民之質矣，風尚敦厖，情愛委曲，厚而盡之，誠而不駁者，唯《三百篇》爲然焉耳。蓋人之情隱而飾之，矯而罔極，豈易知耶？聖人爲政，必以知民情爲先。夫情靜於中，而物蕩於外，欲之與誠從衷而發，相誘而不可已焉。是乃人之所不能免，而好惡美刺之實由是顯矣。其風不翅竿旌誹木也，則其所關者不是細故。是故收裒邦國之詩，隸諸樂官。卿士大夫聽以審聲，誦而察辭，是以不待户到家訪，乃諳天下之情。若夫《鹿鳴》《頍弁》之宴好，《黍離》《有蓷》之哀傷，《氓》蚩、《晨風》之悔嘆，《柏舟》《終風》之憤懣〔一〕，《葛屨》《祈父》之譏訕，《黄鳥》《二子》之痛悼，《小弁》《何人斯》之怨誹，《小宛》《鷄鳴》之戒惕，《大東》《何草不黄》之困疵，《巷伯》《鶉犇》之惡惡，《雄雉》《伯兮》之思懷，《北山》《陟岵》之行役，《伐檀》《七月》之勤敏，《棠棣》《蓼莪》之大義，皆出於天真，而直而不濫，情思懇惻，莫不腆也。只其胸懷陰私之感，如其「貽我彤管」「貽我佩玖」，悦慕之色自有難掩者。故又自庶士謂之，吉士誘之，至於桑中之期，風雨如晦，關於情者，其人雖賤，其事雖微，亦不逸遺。而後好惡美刺，如視諸掌也。且其有罪也，不但察冤，譬諸魚以

〔一〕之：底本脱，據上下文例補。

泉涸而煦沫，而退省其私，則不必可爲之過。出於情，逼於勢，不得已而然爾。《三百篇》所陳，大氐是已。成周蓋有詩卷，猶易册也，仲尼因俾之得其所也已，非編纂也。後世欽仰王者之跡，學之而施諸言語政事之間，其益博大，無以尚焉。然而理學家媿諸《論語》，肇爲教戒之書，而温柔敦厚之旨蔑如也。心學家以淫奔詩概爲後人作，不肯説之，則欲與删正同其聖趣，猶以抗衡仲尼，而自我爲古也。豈其然乎？粤遡觀戰代，天猶不喪斯文，能衣被詞人而假黼黻，風雅青衿而極遺愛，亦猶學製美錦者，其唯靈均也歟？運雖否塞，不苟逃難。《離騷》《畔牢》，似續《雅頌》。當此之時，懷王不君，善人載尸，靡所止疑。然而辭句之間醖藉婉辨，不敢徑情。是故心術既形，英華乃贍。譬諸日月雖終古常見，而光景常新。嗟與！蔚矣乎。其文也，如彼隨和發彩流潤，如彼錦繢列素點絢。自漢而魏而晋，降爲舉業，弱冠王孫，綺紈公子，鬻聲鈎世，華而不實。胡望楚人，况於《三百篇》乎？蓋《詩》表文辭，周人所修。仲尼以此稱子産，則《詩》之用從而可知矣。而公卿大夫苟無文辭，則婦女之情多而風雲之氣鮮矣。然而文而亡質，則鐘鼎壺鑑復是殷人所惡，何足以臧？夫水性虚而淪漪結，木體實而華萼振〔一〕，韡韡所以尚也。然文必易著，著焉則情薄，情薄則質喪。譬如翠綸桂餌反失魚，宜矣乎君子衣錦尚褧。繇是觀之，文質相須，布實舒華，而後可與言詩也已。而才傾海内，鍾美鄴京，雋逸群才，竝驅追漢之公子而雁行，雖固難爲兄難爲弟，而藻若

〔一〕振：底本脱，據《文心雕龍·情采》補。

湧泉，微若抽繭，昔人唯于曹植道之，則其爲倫魁可知矣。於乎！建安七子辭彩葱蒨，隨睹而誦之，乃使其風采髣髴如接目睫，謂之靈匠。雖然，逸麗焜燿而質力不足，焉可以磬折靈均也。意者阿瞞作俑，典午效尤，則風化既衰，不絶如髮，胡暇擇大雅耶？夫銓衡群彦，接萼均芳，駢麗相競，不復知畫繢之後素功，而反喜文之太章。然而「思君如流水」「高臺多悲風」，疏亮之士猶披沙簡金，遂以爲玉臺一體矣。而全備風人之體，緝熙光明，而可爲永世之法者，惟唐詩爲然。若夫盧駱高岑李杜王楊，此乃唐之純萃，渢渢馴雅矣。大曆而下漸變，乃至開成以後再變，而盛唐純式，存者纔什一二矣。而世之措大，徒知盧駱王陽李杜諸公之爲可學，而不知李王儲常超秀四傑，雅怨粲溢，楨幹絢彩，實爲律家正始也。髦傑懷璧，敦琢其旅，牢固精緻，律定格立。跨乎《離騷》，式於九圍者，吾於此數人見之矣。而况于老杜乎？其質如荆璞未琢，其文如流風迴雪。《三百篇》以還，於萬斯年，竟不復可有諸公。則諸公之於後世也，真爲金科玉條矣。於是歌行近體，千載更熙，猗與盛哉！爰洎明祖膺籙，斯道復興。或曰，明猶唐也，唐猶明也。而其間雖綿世浸遠，治亂不同乎？方其調相契，幾如魯衛之政兄弟也。北地、信陽，磬控於前；歷下、司寇，縱送于後。盛麗如遊金張之堂，妖冶如攬嬙施之袪。初，歷下厭薄訓詁，學古文辭。衆不曉何語，咸指歷下狂生。歷下夷然不屑也，曰：「吾而不狂，誰當狂者？」此非駿邁名世之才，不能受而安也。斯時宋元不雅之風猶存焉，歷下、鳳洲，譬如干城岨隘，嚴禦勁敵，一人荷戟，萬夫趑趄。乃以天授輔翼，其從如水，竟立古文辭一代之制，復古之業可謂盛矣。而村學究動口李王二公，而未之辨其優劣也。

劉子威曰：「元美集有于鱗，有獻吉，有往哲。而又自有元美，廣大變化，不能測其所至。」張夏鍾曰：「余又聞先生之言曰：『吾讀書萬卷，未嘗從六經入。每欲牽衣廊廡之末，而有避忌。吾雖未聞道，然誦法一念，迄死不敢忘。』」嗟乎！此又非于鱗之所能及也。陳眉公祭先生文曰：「公與于鱗焚舟而濟，初爲敵國，晚難兄弟。公之虚左，亦有深意。以大事小，菜羹必祭。」乃知其推轂反賢於于鱗，不啻伏龍鳳雛也。且弘嘉群傑相從，虎嘯海内，學者風飈雹激，才情雋永。鎔式盛唐，豐藻富贍，金玉其相，可謂落霞與孤鶩齊飛，秋水與長天一色者矣。雖然和璧隨珠皆是天下之絶寶，而倘有玉工精明，極之細檢，乃未必無指微瑕言之者也。吾雖非誹駿疑桀者，然稍不能無間然矣。于鱗嘗爲浙江時，徒託宓子賤之治單父，不屑經濟，是故績缺明試，較諸小范老子，人之與績爲皆不如也。鳳洲先生則不然也。吏事精絶，不可悉數。以文發術，摘伏如神。若夫青州治盜，及欒平王事，最奇而不可測者。此乃喬神君不啻也。比諸珠還合浦，猶爲妙絶。然而甘心曇陽，以焚筆硯。所謂誦法一念迄死不忘者。吁！此何言也。無乃是沾泥絮歟？既而弇山結社，朋復盍簪，似亦甄明法門。修静作文已然如此，則其心必是歆然缺英雄之舉。余閲其文辭意，此處將讓劉文成公而立其下風，最可惜哉。然而連城之價，何可以此減乎哉？妙思鎔裁，斐然摛藻，不假借，不勉强，恰淡自然，天真逢湧，則又勝於于鱗之文巉刻太汰。繇此觀之，漢魏而來，人之與文雕琢有章，與日月争光者，吾於先生觀之矣。如崆峒執戟前驅，爰方啓行，其餘皆供左右給事焉耳。先生會萃百家之典而不遺，則一部《四部稿》而足矣。而余每讀之不之放過，其他如李何邊徐等集，不必讀也。而世儒之於明文也，有二病焉。一則欲徒取全明諸家，殫讀之以不遺焉，無識故爾。一則不惟不擇取捨，相併排擯也已，錯諸机上，猶至相戒，謂之絞刺，無才故爾。以此雖欲攀龍附鳳，得乎？然而若夫歸有光，是一顓門者，而猶謗鳳洲先生，輒謂「妄庸人爲之鉅子」。嗟乎！亦妒賢嫉能之意，歸氏宜必無者，而其言猶如此。則馬鄭陰賊，復何可怪？如先生事赫耀青史，將從青史乎？將從歸氏乎？先生果爲妄庸人者也乎？非是公論。要之歸有光、唐順之、王遵巖皆崇質野，而不崇文華，故褊心激昂，不敢薫陶，妄抑李王，强相背馳，脱是本路臨岐，不只誤入邪徑，吾恐惑而乘驥，狂而操吴干將也。夫詩有興舍，識者稽焉。乃謂唐降爲宋，斯道遂喪。又興爲明，文運丕闡。嘉隆之際，於斯爲盛。且以明季較諸宋元諸公，陽文敦洽，妍媸昭晰，有眼者皆能辨之。况於其盛時乎？詩云「大道如砥，其直如矢」，此之謂也。是故高廷禮有《唐詩正聲》，李于鱗有《唐詩選》，是皆師友淵源，千古指南也。而今雖兒童皆能讀之。然恨左袒于鱗，輒以《正聲》爲弁髦。蓋廷禮以韻爲重，辭句次之。于鱗因辭爲式，音韻相該。劉勰以爲異韻相從謂之和，同聲相應謂之韻。韻氣一定，故餘聲易遺；和體抑揚，故遺響難契。屬筆易巧，選和至難。張茂先論韻，謂「士衡多楚，可謂銜靈均之聲餘，失黄鐘之正響也」。繇是觀之，聲之爲重，如斯彰矣。則廷禮《正聲》懷爲和氏，欲以與昭乘同價，其至文理密察，迺是具眼應辨焉。因謂《唐詩品彙》、《古今詩删》匹也，皆可覽觀。荆山傍以玉打鵲，滿地珠璣，鼉采可掇也。于鱗氏《唐詩選》簡當嚴深，妙於摭捃矣。然屬眼太過，猶有遺珠之詆。胡應麟氏以爲嬌枉之過，則與《正聲》自有解何？夫詩可解也，如不解則欛柄不入手。但不必解，必解則屬穿鑿，詩最忌穿鑿故也。且不可淺，淺則俗；不可深，深則澀；不可有意，有意則枉；不可無意，無意則濫。唯其淺深有無之間，天真鎔裁，自然觸境，意匠巧靈，神解奥舒，莫不逢其原焉，是爲得之。吾故有取廷禮氏之選爾。

濂涪二翁流毒吟詠，乃至南渡鴻儒磨練禪偈，窮矣。大雅之害，無此爲酷。夫帝羓北去，白甲靡爛。太祖便以杯酒解權爲謀，則開國壓本，威靈頓損。道君之初，吾不必歸咎花石綱。回霸雖狡，弗耀威武。燕雲禍烈，開門揖盜，猶劇童貫。哀哉！明皇之時，安史猖獗。兩京雖陷，焉得問鼎輕重？時屯而亨，運蒙而正，是皆由國初解兵與否故也爾。設解兵以詒厥孫謀，辟諸以羊犢之弱而扞虎狼之敵，迺不束手就擒者，未之有也。乃汴京不守，神州盡没於金，宋氏遂南。懲羹吹虀，權輿一種理學，南人脱套。嗟乎！二帝北狩，趙氏不絶如帶。《説郛》載徽宗一絶云：「徹夜西風撼破扉，蕭條孤館一燈微。家山回首三千里，目斷天南無雁飛。」此蓋北狩時作也，意殊可悲。又欽宗「紇干山頭凍死雀，何不飛去生處樂」，當時父子情況如此，豈止令人酸鼻哉？當此之時，宋人不哀，玩歲愒月，舉一世安於君父之讐，不復愍傷，只拱手高談性命，其習彌漫朝署，衣冠皆以此爲悦者也。且如游酢，程門高弟。上疏薦賊檜。賊檜秉政，固執和議，乃誅岳武穆父子。岳武穆父子誅，不唯宋祚不修，迺失二帝染指之望。竟至使二帝爲重昏侯，金主賜服也。噫！是不之痛，孰復可痛？雖有道學先生，何裨之有？爾後崖山流離，猶至讀《大學章句》。張陸握齱，不曉事務，故國家土崩，其咎不必繫賈似道。拙謀之至，甚於刻舟也。淳熙中，周必大薦朱熹。熹將入奏事，或要于路曰：「正心正意，上所厭聞。」熹曰：「吾平生學問只在於此焉，豈可隱默欺君乎？」吴與弼兩召不起，曰：「宦官、釋氏不除，而欲天下治，難矣。必除，吾可入。」人笑其迂。此二事雖有差異，而至其愚愎清狂則同。夫窮理之學興而人才差池，正心之説隆而氣象抑厭。若夫韓范諸賢，雖不有聞正心之説，而皆以穆行能著經綸之績。中世道學與金竝興，無不猥大焉。是以大雅既亡，宋祚隨之矣。道學諸公，多是縮朒不任事，未曾有一人企及韓范諸公者，亦可怪哉。意者天厭宋德爾乎？不然蓋是正心之説害之也。若專以正心爲其極功，拘一心上，終身守株，殆如土偶，調息静座，徒曠光陰。人各有職，豈其暇乎？且人心本活，安可灰哉？佯莫雖緊，何益？是以人之氣象爲之局促，應接膠柱，不必快活，才器亦從而委頓。夫億兆氣質固雖不齊乎，大氐不是出於静爽波湛闊達輕駿數者矣，而各自視其資之所得，而鋭志藝文，必是才氣發揚，語妙天下。譬之飛黄結緑，其步驟符采，娓娓自爲國器。用則績顯雲臺，行則聲垂竹素，處則學修武藝。既有其備矣，或王或霸，均是爲碩輔之材。此迺古訓之要，通儒之舉爾。能學經濟謂之通儒，如八元、八愷及伊尹、傅説等是也。而如老莊仙佛、陰陽九流之類，無益於人民社稷者，謂之雜學。理學亦此類焉耳，豈可修耶？蓋天生蒼生，帝化於陶均之上，銓衡君子資治其下，體聖蹈賢，紹天闡繹，滋液滲漉，移風平俗，薰風潛暢，頌聲遐舉。想夫王風既正，則人仰極治，必有天縱之才，乃乘氣運而翔起，風調以顯朝野，倡酬以盛天下，爲唐爲明，辭韻依韋，協氣横流，自契《承雲》。如南宋何可洎耶？禮教彫衰，衣冠日失其序，人皆抱危懼，心膽墜於地矣。此時禪儒輩出，欲與毗其怯心，乃襲佛性孤明之説，以爲虛靈不昧之體。然憂其説相同而渝之，輒謂近理而亂真。殊不知古書謂性，皆就質言之，未嘗曰理也。昔者民俗渾厚，言意温雅，平昔實就其所見聞，相呼乃爲性也。何如後世之刻乎哉？《漢書·董仲傳》「性者，質也」，《禮·禮器》「禮，釋回，增美質」是也，豈指空虛爲之言耶？而「窮理」二字雖出於《大傳》，而理學家之所説其意殊異。其專言之者，只佛也耳。若乃非彼是此，實此虛彼，欲以交争一理，而加氣相奪，假令窮終身之力，幾如摶景，不啻必不可得。遁辭回互，辭氣下者應是語塞。言各相悖不同，則任恣睢佛然，顔如渥丹而駁之。理本無形，無不可以言者。則爲西爲東，爲右爲左，泛然不可窮詰。其卒必曰「自悟而已」矣。嗟乎！關責千載無益之理，徒曠歲月，悠悠輒至老大。而見勝於己者，則猶將喋喋作色也。何暇可以聞頌聲耶？余以道學爲無益，恐人以爲過論而不信，是故更就事實，乃俾佩觿之士知其害已大，其餘可以類推矣。李温陵名贄，號卓吾。本傳載，公少舉孝廉，後爲姚安太守，未知學。有道學先生語之曰：「何不學道學？道學所以免生死也。」公曰：「有是哉？」遂潛心道妙，久之自有所契。初與楚黄安耿子庸善，罷郡遂不歸，曰：「我老矣。得一二勝友終日晤言，即爲至快，何必故鄉也？」遂客黄安。中年得數男，皆不育。澹於聲色，又癖潔惡近婦人。故雖無子，不置妾婢。後妻欲歸，輒歸之。自稱「流寓客子」。既無家累，又斷俗緣。參求乘理，極其超皮剔膚見骨，迥絶理路。出爲議論，皆爲劍刀上事。遂至麻城龍潭湖上，與僧無念、周友山、丘坦之、楊定見聚，閉門下鍵，日讀書爲事。性愛掃地，數人縛帚不給。衿裾浣洗極其鮮潔，拭面拂身，有同水淫。不喜俗客，客不獲辭而至，但一交手即令之遠座，嫌其臭。言笑意所不契，寂無一語。所讀書皆抄寫，詩不多作，書每研墨伸紙，則解衣大叫，作兔起鶻落之狀。一日惡頭癢，倦於梳櫛，遂去其髮，獨存鬢鬚。始有以幻語聞當事，當事者逐之。左轄劉公東星迎公武昌，又有以幻語聞，當事者又逐之，火其蘭若。馬卿史經綸遂躬迎之通州，又會當事者欲刊異端以正文體，疏論之。遣金吾緹騎逮公〔一〕。公于獄舍中，作詩讀書自如。一日呼侍者薙髮，侍者去，遂持刀自割其喉，氣不絶者兩日。侍者問：「和尚痛否？」以指書其手曰：「不痛。」又問：「和尚何自割？」書曰：「七十老翁何所求？」遂絶。嗟乎！卓老道學之魁，而覺醒道妙，齒德共高。卻是薙髮作僧，侍者乃呼爲和尚。余讀之而至於此，噴飯滿案。余實儒品，謬掌軍官。武藝之外雖有稍學，而因陋就寡，何解道妙？然少從覲而東行，乃就南郭服君聞徂徠先生之訓。其後休告遊於京師，學于東涯先生。皆憂我無似，一片婆心和盤托出矣。雖然，質本豚犢，如之何其可以龍虎之所爲而責耶？乃至綱維典刑之爲重，稍有曉焉。而只有齊栗恭謙，日夕惕厲而已矣。暇日雖講武藝，志于有用，皆不能也。吁！人各有職，任重道遠。何暇可洎會得空理乎哉？昔在梁武帝，中年甚信浮屠。祖禰祭祀，去肉供菜，戒齋清規，殆如僧尼。當時識者流涕太息，爲社稷必不血食之漸矣。未幾，侯景大破臺城闌入，露刃上殿。武帝及昭明太子，俱至曰渴餓死。嗟乎哀哉！想者佛之道蓋畫略耳。爲救胡黠之弊而起，豈爲不易耶？其

〔一〕騎：底本訛作「綺」，據《後漢書·百官志四》改。

所爲道清苦孤艱，静練一心，乃其纏繞繫戀者，排遣不遺，夢幻泡影，隳廢人倫，唯知有一心之爲尊，而不知有斯道最爲尊也。故不言天，言天則不及儒。夫皇建有極，經緯成德。綱維洪化，休烈浹洽。乃禮乃樂，光被六合；允文允武，範圍八紘。三辰垂象，天地昭明。更使聖者裁成輔相宇宙無疆之道，儒之所學而道者是也。故不言理，言理則致渾殽。可見天之與理，界限隔閡較然明矣。何煩多言？蓋仲尼祖述堯舜，憲章文武，其言粲然，亦孔之炤，如泰山白日，舉目便能瞰之，何有一之可疑而論者也哉？若夫宗門機鋒，相私屢中於人，此仲尼之訓無之也。恒惡佞者，特誡之而已矣。誡之則安有可以使後之人紛缴争言也耶？伊洛儒先，其學自與禪氏區畫鴻溝。搢紳吹噓，議論騷然。此時獨有陳龍川乃至闕，言其詭乎時務，人以爲狂，而無不笑者矣。嗚乎！榘矱其修，沉潛其負，古心樸貌，唯此人在焉。而議者選耎，宋德可知也已。前代狄仁傑，真豪傑也。屈强僞朝，維持唐祚。乃不以利回，不以屈阻。抱直履真，愉愉侃侃，殆裕如也。乃能以佛爲胡，譎以極諫，道學先生奚如斯得翊頹持仆也哉？然至蜀江四君子，非是尋常。灑翰淋漓破町畦，狀景叙物，森焉該，潑焉躍，乃是理發禪林，道學淵源也。繇此蜀黨洛黨理機交争，鵝湖紛閱兆於此歟？是以變調相競，更鑄新辭，鎔裁盛式掃地而盡矣。夫明之興隆，誠有以焉。太祖起兵濠，卒能撥亂反正。謀臣武將固雖儷景同翻，而剋平之力頗在劉公。公之爲人雋邁卓拔，材兼文武，智埒良平。宋之趙普亦開國之謀臣，自謂吾讀《論語》以資創業。公少遊燕，偶入書肆，見象占經閲之，默記無遺。鬻者欲以遺公，公曰：「已在胸中，無勤惠也。」相竝觀之，公之胸中兼容天地，不可窺測。則三方鼎峙，猶爲不足爲焉，而况於趙普乎？千古英雄矣。余觀《覆瓿集》，甚喜之矣。《感懷》二十四首，今録一首，公之意可見矣。「翡翠翔江湖，亡身爲毛羽。不如道旁李，尚得滋味苦。驅車上太行，還顧望梁甫。高岡多烈風，茂林化爲岵。空餘澗底藤，蒙蘢蔓煙雨。」《詠史》二十一首，又節一首：「天狗吠梁野，七雄扇妖氛。吴徒二十萬，剽若狼虎群。鼓行破棘壁，長驅似輕雲。漢將二十六，朱旗燿天垠。救梁不奉詔，太尉真將軍。遂令千載下，知人稱孝文。哀哉潼關戰，百萬徒紛紛。」此等氣格，殆如初唐。又觀其《書劉禹疇行孝傳後》，喟然嘆曰：「嗚呼！今之愚俗，何爲取迷不自覺悟，妄信浮屠之甚也？」歐陽永叔、朱晦菴皆有本論，詆誹攘斥雖極其力，而專依其家習致之辨駁，則如以湯止沸，沸愈不止。吾知其未得肯綮。然而歐陽公新選唐史，以爲劉煦無識，乃取《舊唐書》僧傳盡删去，不復立傳。可謂賢矣。伯温先生此論，吐露肝膽，昭韙見戒，比諸韓氏《佛骨表》最爲的確。所謂天授佐命，其文世所希見，而英雄之氣象溢於辭句之間。因謹録之，表彰傳諸人間，庶幾粘之家家壁上，使夫人讀之醒悟爲桀黠所誘，以改佞媚陋劣之習也。其文曰：「世之所謂浮屠者，果何道而能使人信奉之若是哉？人情莫不好安樂而惡憂患，故惴之必於其所恒懼，誘之必於其所恒願，然後不待驅而自赴。浮屠氏設爲禍福之説，其亦巧於致人歟？夫四海之衆林林也，而無不爲其所致，何哉？彼固非止惑愚昧而已也。人情無不愛其親，親没矣，哀痛之情未置，而謂冥冥之中欲加以罪，孰不惕然而動於其心？間有疑焉，則群咻之，若目見其死者拘囹圄受箠楚而望救。故中材之人，莫不波馳而蟻附。雖有篤行守道之親，則亦文致其罪，以告哀於土偶木俑之前。彼固自以爲孝，而不知其爲大不孝，豈不哀哉？且彼謂戕物者必償其死，故有牛馬羊豕蛇虺之獄。是天下之蠢動者舉不可殺也。今夫虎豹鷹鸇搏擊蜚走以食，日不知其幾何，而獨無罪乎？人殺物有獄矣，虎豹食人而無獄，何其重禽獸而輕人也！彼又謂婦人育子者必有大罪，故兒女子尤篤信其説，以致恩於其母。吾不知司是獄者爲誰。人必有母，將舍其母而獄人之母歟？將併與其母而獄歟？獄其母不孝，舍其母而獄人之母不公。不孝不公，俱不可以，令二者必居一焉〔一〕，將見群起而攻之矣。雖有獄，誰與治之？宰天地者，帝也。彼則謂有佛焉。至論佛之所爲，呴呴嘔嘔，若老婦然。有呼而求救，不論是非，雖窮凶極惡，無不引手援之。使有罪者勿恒刑，是以情破法也。夫法出於帝，而佛破之，是自獲罪於天也。吾知其必無是事也昭昭矣。以劉子之賢，其不爲所惑無足怪者。吾獨悲夫天下之爲劉子者不多也。故又爲之言，以寤夫知愛其親而不知道者。」

古今詩賦用「青雲」二字頗多，本指顥蒼凝氣而言也，又謂高明也，假借又謂玄妙之意也。昔者秦室如燬，苛法煩憯。黔首嬰不測之罪者，多是株送之徒，救死於其頸，敺以就役。是以當時雋彦之士，亦避具獄亡匿者日相倍蓰。是故天下傾心仰慕南山采榮之士，則不得不以沉冥爲期，蜚遁爲事也。漢興，雖或破觚斲琱，猶承其弊。清教行於上下，有以修得恬静澹泊者，則以爲得玄珠

〔一〕居一：底本錯作「一居」，據《誠意伯文集》卷七改。

赤水者矣。宜乎太子羽翼輒成冥寂之士也。又且從司馬遷《史記》推尊伯夷，置《傳》起頭，迺滔滔者天下皆是也。魏晋而來，清道轉熾，不翅玄談修辭也已。政教詩賦，已業以此展布，乃至設爲充隱。江左風尚既已如斯，是以操觚之士朝夕西園，麗矚佳區，潭思妙物，偃蹇欲以尋老莊高蹈之跡，多用「青雲」二字寓其意爾。爰悗舉一二易睹者以示童蒙，其餘可以類推矣。《史記・伯夷傳》「非附青雲之士，惡能施於後世哉」，皇甫謐《高士傳》許武仲曰「吾志在青雲，何乃劣劣當作九州伍長乎」，嵇康謂堯召許由爲九州長，由不欲聞之，洗耳於潁水濱。按叔夜老莊之徒，芻狗萬物，土木形骸，清虚恬漠，必不以仕進爲意，故亦曰「早有青雲志」。《楚辭・九歌》「青雲衣兮白霓裳」，《淮南子》「志厲青雲，非誇矜也」，《魏志・荀攸賈詡傳贊》注「張子房青雲之士，非陳平之倫」，按子房之言曰「吾其從赤松子之遊乎」，蓋以此爲青雲之士也。《甘泉賦》「吸青雲之流霞兮，飲若水之露英」，《續逸民傳》王鈞謂孔稚珪曰「形入紫闥而意在青雲」，郭元瑜謂孟公明曰「此鳥飛青雲之外，翔深谷之中。自東自西，何可籠也」，江淹《雜體遊仙詩》「偃蹇尋青雲，隱淪駐精魄[一]」，顔延之《五君詠》「仲容青雲器，實稟生民秀」，王康琚《反招隱詩》「放神青雲外，絶跡窮山中」，謝靈運《還舊國詩》「託身青雲上，栖巖挹飛泉」，阮嗣宗詩「抗身青雲中，網羅孰能施」，李白《送韓準裴政孔巢父還山詩》「所以青雲人，高歌在巖户」，又「崔公生民秀，緬邈青雲姿」，又東方朔《十洲記》天漢三

〔一〕淪：底本訛作「倫」，據《先秦漢魏晋南北朝詩》之《梁詩》卷四改。

年，月氏國獻神香，使者曰「青雲干呂，連月不散，意中國將有妙道君，故搜奇異而貢神香」。其他青雲之交、青雲之想皆是也。佩觿之童若以此意求之，思盈半矣。《史記・范睢傳》「不思君能致青雲之上」，此與東方朔《答客難》「抗之則在青雲之上，抑之則在深淵之下」其意相同，皆是形容高明稱之也，非必謂登仕途也。又揚雄《解嘲》「當途者升青雲，失路者委溝渠。旦握權則爲卿相，夕失勢則爲匹夫」，宋人由是蓋爲登仕途之義，果其言是乎？已謂升青雲，又謂爲卿相乎？所謂屋下架屋，甚無意義。要之，升青雲者蓋亦高明聞望，上達道教之辭，自可知矣。且下文即謂其實得喪互發，乃「尊之則爲將，卑之則爲虜；用之則爲虎，不用則爲鼠」，其意各有攸當，不可囫圇看過。夫天子不能得而爲臣，諸侯不能得而爲友，超然遐舉，高尚其事，殆如鴻飛冥冥，弋者絶望，故託青雲爲言。張九齡詩「宿昔青雲志」者，其意蓋亦如之。設以此爲仕進之志，陋劣無味。古人之於仕進也，多有不得已之意，如九齡是也。故以青雲爲志，豈不然乎？聖代熙事，欲野無遺賢，而能舉巖穴之士，用致休烈，故轉化以尚其高風。又曰青雲。如江淹《詣建平王上書》「方今聖曆欽明，天下樂業。青雲浮洛，榮光塞河」，《易飛候》「青雲潤澤在西北爲舉賢良」，孟浩然詩「君登青雲去」，賈至詩「青雲北望紫微遥」，亦皆爾也。《楚辭・遠遊》「涉青雲以汎濫遊兮」，司馬彪《贈山濤詩》「上淩青雲霓，下臨千仞谷」，杜甫詩「山瓶乳酒下青雲」，又「鷙鳥舉翮連青雲」，此類不遑枚舉，亦皆就其本言。又李商隱《商於新開路》詩〔一〕「更誰開捷徑，速擬上青雲」，王鴻緒曰「青雲，驛名。」此復一義，應是剖析精詳，不可孟浪。曹松《送邵安石及第歸覲》詩「青雲重慶少，白日一飛高」，其謬胎胚乎唐，何怪宋儒？唐順之曰：「青雲士，謂聖賢立言傳世者，非謂附仕路也。」《京房易占》「青雲覆，其下必有賢人」，《隱逸傳》陶弘景見葛洪法書，便曰「仰青雲，睹白日，不爲遠矣」，皆指在上者言。宋人用青雲字于登科詩中，遂誤至今不改，此言確可以相證。京師有一措大，嘗論「青雲」二字曰：「楊慎博雜而不精，何見《范雎傳》乎？」余謂楊修撰當時早稱淵雲再出，誠方聞之士也。孰謂博物君子而弗記《范雎傳》歟？《丹鉛》論青雲者雖未詳悉，而其所言大有深美，夫也不自量力，譬諸鷄之博狸。嗟乎！有鈎玄探賾之素，而後可論其不精者。若以呰窳之力，踈鹵之功，妄評博雅，恐識者愕然掩耳而走。余據鄭樵《通志》，乃爲説曰：天公問下方人：「何衣？」曰：「衣蠶。」「蠶若何？」曰：「喙那那類馬，色頒頒類虎矣。」天公以爲謾。棘寄諸國聞漢人語蠶吐絲而衣，亦以爲欺。若夫妄措大疑用修之説，不肯以爲然，亦蠶説也。

《苕溪漁隱》：拗句格出老杜。「寵光蕙葉與多碧，點綴桃花舒小紅」是也。王勉夫曰：張説詩「山接夏空險，臺留春日遲」此亦拗句格也。余謂：杜詩中取方合此者，以爲拗句格者恐不是。少陵豈有意於此耶？蓋是後人牽合，以意題之。其他復有似之者，王摩詰詩「勸君更盡一杯酒，西

〔一〕商：底本脱，據《李義山詩集》卷中補。

出陽關無故人」是也。黄魯直詩「只今滿座且尊酒，後夜此堂空月明」，又曰「田中雖問不納履，坐下適來何處蠅」。或曰「似亦拗句格」非。此爲换字對句法也，亦與拗句格異。前此未有人作此體，自魯直變之。夫唐之歌行律絶各有格式，嚴然若行三軍，步伐能有止齊處。後世爲標準者，爲此故也。然至蘇黄二公，專任才氣，不欽正法，畔岸曼漶，格式頓壞，不可救藥。徂徠先生有言曰：「本邦之人不識華音，讀書作詩，一唯和訓是憑。故其弊也，視麗若華，則裴頠倡陋，長慶之風蔓延朝署。誦偈侔雅，則元僧流毒，蘇黄之派汎濫江湖。其可哀哉。又或經生作詩，先入爲主，則宋風淪髓，汗下不能祛。其最惑人者長崎人詩，日與華客相酬和，則以爲師承淵源莫真於是也。殊不知王李後，明風屢變，其存於今者，非公安、竟陵，則箕生所謂𦬸中佻外者已。文章之道，與氣運盛衰。方今明亡而胡興，推之前古草昧間文氣尚閟，其踵習晚明，亦猶洪永襲元餘也。盛唐之道，至弘嘉始闡，亦宇宙所稀見。則王李袁鍾，彼未有定論者。吾雖不涉渤溟踐華域，猶指諸掌爾。」

楊用修曰：《三體唐詩》有杜常《華清宫》詩，孫公談圃以爲宋人，近注者亦引談圃而不正指其非唐人，蓋不欲顯選者之失耳。《宋史》有《杜常傳》云「杜常，太后之侄」。以史與談圃參之，其爲宋人無疑。焦弱侯曰：「余嘗見杜常一硯，凡數詩，《華清宫》絶句居首。前書『殿中丞杜常』，後題『元豐年月』。其詩與今所傳微不同：『一别家山十六程，曉來和月到華清。朝元閣上西風急，都入長楊作雨聲。』」蓋周弼不惟迷其世代，且妄改其詩矣。大氏《三體》《鼓吹》所取皆晚唐之最下者，其人無識而寡學，要不足辨。瞿宗吉《詩話》：「杜常《華清宫》詩，向見一善本，作『曉乘殘月入華清』。」以余觀之，此詩周弼改作，或不之知也。以其連用「入、風」二字，蓋又改換「乘」字。要之此詩不似唐調。郭秃俚習，何足取焉？右諸公論辨杜常非唐人尤明矣。清人而菴《唐詩解》近來東渡，亦收入杜常《華清宫》詩。因謂清人之説唐詩率屬忽突，難以學唐詩者之爲階梯也。然如七律解間發藴奥，此可以觀矣。至夫《唐詩合解》及而菴解，淺而不詳，何足觀哉？且《三體唐詩》，村學究傳而習之，焦唇乾嗌，日夜讀之。都鄙之間，厥聲載路。世之有識乃謂「惑而乘驥，何得正路？不翅以碔砆混璠璵也已」。三法立黷範式，屑然以穿鑿取新，殆如婢作夫人，舉止羞澀，終不似真。

詩學新論卷之中

錢牧齋《列朝詩集》，其選拘泥，不自知鑑識齟齬，肆然輘轢李王二公而無忌憚。其他至於何仲默、李獻吉、汪伯玉〔一〕、胡應麟，排擠醜詆，無此爲酷。妄駕私言，欲强抑明。故無所榘矱而拙，銜玉而鬻石。吾知有其所阿而爾也，今舉其已甚者論之以是正，何敢殫爲的當，聊抒鄙悃，以竢博雅定論云。錢謙益曰：「姜寶諸公飲于黄鶴樓，伯玉舉杯大言曰：『蜀人如蘇軾者，文章一字不通。此等秀才，當以劣等處之。』衆皆瞠眙。姜笑而應之曰：『訪問蜀中胥吏，秀才並無此人。想是臨考畏避耳。』衆爲閧堂大笑，伯玉初不以爲愧。此事可入《笑林》也。」又曰：「昔賢論仲默刺韓，以爲大言無當，嬌誣輕毀，箴膏肓。弘正以後，譌謬之學流爲種智，後生面目偭背，不知向方，皆仲默謬論爲之質的也。」又曰：「元瑞携詩謁王元美，盛相推挹。元美喜其貢諛也，姑爲奬借，以媒引海内之附己者。晚年乃大悔悟。語及《詩藪》，輒掩耳不欲聞。元瑞愚淺自專高下，徒用攀附勝流，容悦貴顯，斯真詞壇之行乞，藝苑之輿臺也。」愚謂謙益之於明，恩耀超遷，有異於他。則雖遇鼎革，而於義宜遊揚，而反酷排先覺，不啻侔於詭辯中人。如其「大言曰」及「衆皆瞠眙」「姜笑」「閧堂大笑」

〔一〕伯：底本訛作「泊」，按明汪道昆字伯玉，據改。

「伯玉不愧」「可入《笑林》」件件，謙益真如與其宴席而見其事，乃雖弄筆，其説傳播虛誕，皆非其實，從而可知矣。蓋伯玉真率，杯酒間調噱以戲之，非必「大言」也。若其曰「文章一字不通」，是只遺興諧謔之辭焉耳，豈寔？而公然訐揚詼嘲，將以附諸選集而傳。吾知此人操心之僻，刻而寡恩。其實伯玉、子瞻，才爲勝負，首鼠兩端，天下誰能可斷之也耶？而姜寶笑謔，一時乘醉，輒謂「臨考畏避」者也耳。《詩》云「善戲謔兮，不爲虐兮」，何足以愧？且如曰入《笑林》，所謂以鴟梟而笑鳳皇，謂之慢訑。若入之《笑林》，選者有眼不觀泰山，其醜不只入《笑林》也。陳明卿曰：「伯玉工于修詞，如《青蘿館詩集序》有澹韻，有雋骨，可以爲法。」李鼎曰：「伯玉《查八十傳》，腐史奇奥，最爲傑作。形容其人品，可以絶高。」可見大方家知伯玉者復既如斯，而與摘觖纖纇而詆娸者臧否粲然。李節之曰：「明之文章，至于鱗、伯玉而精。」精一字，足以見盡伯玉一生之功矣。又至其譏評何大復，其言又不穩當。然大復還大有力焉。纍珠爛繡，光彩生溢。李紹文曰：「何景明天才騰逸，咳唾成珠。嘗言『文靡于隋，韓力振之，而古文亡于韓；詩弱于陶，謝力振之，而古詩亡于謝』，人以爲智言。」謙益獨舉此語，以造訕謗。紹文更稱此言，以爲成珠璣。一反一進，是非昭昭矣。且人以爲智言，此公論也，豈皆非乎？且改弱爲溺，妄加誣呰，甚無謂也。夫建武以還，文卑質喪，麗華鬬草，惟隋爲甚。韓文公出焉，而以匡救爲任，驅濤湧雲，能致迴瀾之績。熊令君曰：「文至六代衰穢甚矣。韓昌黎談笑而反之六經。當年目爲平平，而後乃稱奇絶。以《告鱷》鱷馴，而以語皇甫輩則不懌，蔽於鱷而頑於龍蛇者，人情也。」想者文公至潮，輒鱷能馴，文之功矣。然爲其馴而自是者，此頑於龍蛇者也。大復意謂昌黎雖固功於文章，而今以古文律之，則猶平平有餘，嶢刻不足，故曰「亡于韓」，豈不然乎？謙益凡識，復不之推，而或謂大言，或謂謬論，吾知其言必欲以佞讕之計，私投時好，猶假前賢之言爲證據，此爲程嘉燧、歸有光雖祖乎左，迺皆捧心學步，不掩得其醜則一矣。而「《詩藪》掩耳」，本傳不載，委巷之談也耳，何足以信？且至「行乞、輿臺」之言，汔如彌歷廝輿之卒，妄反唇詈，非君子之言也。莫恕忠曰：「淵明『犬吠深巷中，鷄鳴桑樹巔』，摹寫鄉村景色真是絶唱。」余舊有一聯曰「干屋鷄已下，趁花蝶未還」，余愛此句，乃謂淵明何能争得其巧？蓋淵明之詩，遐舉之氣勝而忠雅不足，故曰弱。康樂排其偏弊，不拘古法。鍾嶸以爲「古今隱逸之宗」，梁昭明以爲「横素波而傍流，干青雲而直上」，其曰「宗」曰「青雲」，皆贊其高蹈之氣象而言之焉耳，非就格言之也。弇州先生曰：「信陽何子稱爲名公卿已耳，所以削溺卑瑣，振頽習，扶昌運，開中興者，何物也？於經綸孰多？」紹文亦曰：「世稱何大復文侵《謨》匹《雅》，飲《騷》儷《選》，遐追周漢，俛視六朝。」又曰：「弘治初，北地李夢陽首爲古文，以變宋元陋習，學士大夫翕焉從之。其時濟南邊貢、姑蘇徐禎卿、信陽何景明最有名，世稱四傑。」又曰：「我朝文章，議者謂自李何而古，至元美而大。」觀此諸語，則知諸君子皆有命世之才，洞視千古，相并駸駸入古文之室矣。嗟乎！錢氏獨操非僻之心，而不自知其言無驗。或曰「喜貢諛」，或曰「媒海内」，不知先生尋常應接，以大度待人，衆言莫不喜也。而其以何者爲喜諛，以何者爲媒引乎？此乃無稽之言，其誣彰彰矣。謙益又曰：「元美之才實高於于鱗。門户既立，聲價復重。譬之登峻阪，騎危墻，雖欲自下，勢不能也。迨乎晚年，閲世日深，讀書漸細，虛氣銷歇，浮華解駁，於是乎論樂府則亟稱李西涯爲天地間一種文字，論詩則深服陳公甫，論文則極推宋金華。其論《藝苑巵言》則曰『作《巵言》時年未四十，與于鱗輩是古非今，此長彼短，未爲定論。行世已久，不能復祕。惟有隨事改正，勿誤後人。』元美病亟，劉子威往視之，見其手《子瞻集》不置。其序《弇州續集》云云，而猶有高出子瞻之語。措大胸中有物，耑愚成病，堅不可療，豈不悲哉？」愚謂弇州先生之於明也，超前絶後，獨步無雙，可謂倫魁矣。謙益以爲排得先生，其餘必不待攻而破矣。故巧黠伎倆，最致深故。稍用曼辭，纔賣破綻。其曰「晚年虛氣銷歇，浮華解駁」，則弇州全集强仕前後時作頗多，體制準矱，議論的確，最應爲法，豈皆爲浮虛文而可束閣乎？張夏鍾曰：「元美包絡萬象，馳騖八極。於書無不讀，於體無不備。其翕受也如渤海之納百川也，其裁剪也如鄧林之最群材也，其驅使也如孫武、韓信之軍，即宫嬪市人無不可陳而戰也。先生真蓋代一人哉！」且先生草《史》《漢》二序時，其齒未高，識者一則以爲腐史功臣，一則以爲天下英雄。嗚乎！孰敢其謂之浮華耶？其論詩服陳公甫，論文推宋金華，蓋是欲資益其所長，而氣象然故，只有此言。乃就其曰「亟稱」曰「深服」曰「極推」，可見先生謙讓抑損，不苟自負，藹然滋潤之氣溢於言貌之間矣。嘗謂「吾黨有三甫，吾皆不能也」，其氣象亦可見矣。「隨事改正，勿誤後人」，渾厚丁寧，謙恭之德益有光輝。乃至「登峻阪、騎危墻」，意者先生之名，天縱之而造物不忌，當時天下尊信，無不願丐其文者也。古今莫盛焉，乃懼聲聞過實，有遺議焉。宜有「登峻阪、騎危墻」之想，何可以升降言之耶？人有先生之才必伐，震川猶爾也，况其他乎？先生性坦易，本不滿假之人，如論《巵言》猶恐伐善，是故多有讓於人，而自避而已矣。曹子念曰：「王司寇是大慈大悲菩薩。」夏鍾曰：「先生之才遠過于鱗甚矣，乃推于鱗至極而擬之。且子與嚴事于鱗、元美，而亡當於于鱗、元美弗存也。二公亦極推子與不置，真千古蘭臭也。」觀此等語，則先生氣象醇雅，宜有此言也。從而可知矣。謙益以此爲「喜貢諛」者誣矣。而且謂元美病時輒取子瞻集置諸枕上，子威視之乃以爲悔悟者，亦可謂誣矣。而人之看書有所愉暢故爾，豈皆悔悟乎哉？不然，則疾病則亂，吾從其治也。其以「高出子瞻」一語，輒謂「胸中有物堅不可療」，此言反助先生。夫古文辭之學，明之制也。欲使後之措大遡乎商周，是以推挽于鱗爲傑魁，麾呼諸子爲殿最，久要金蘭聚義戮力，欲以迄死不變，負擔基重，何可糊塗乎哉？此迺胸中有物堅不可療者，而磨而不磷，先生之志也。非矜誇也。陳眉公所云公之虛左者，大有深意。迺此清儒忌克前代，欲强變更其文體，趨和程朱，效顰蘇黄，多方閧辯。學者惑焉，輒謂先生之文，氣脈從子瞻來，稍潤飾以莊韓賈馬，雜以六朝，自謂得之《國策》，正是子瞻所祖耳。先生心所喜者宋，而外故避之，晚年最愛蘇長公文，至手不能釋。其《序》云「三氏之奇盡於集，而長公之奇不盡于集」，然則文章之嗜好，亦自有其時哉。嗟乎！妄哉其爲言也。先生恒以愉易平静待人，未曾乖午也。而如序記，亦豈負氣而作哉？其意必有所當以稱其人。如《蘇長公外紀》，此其彰彰者也。而今世措大不敢建言，只取諸臆，欲以媲諸已所易與也。清人之所論是已。余觀《蘇長公外紀序》曰：「當吾之少壯時，與于鱗習爲古文辭，其於四家殊不能相入。晚而稍安之。毋論蘇長公文，即其詩最號爲雅變雜揉者，雖不能爲吾式，而亦足爲吾用。其感赴節義，聰明之所溢，散而爲風調才技，於吾心時有當焉。以故取公年譜及傳志，略存之」云云。按此序《續稿》不載，則知雖曰「晚而稍安之」，而非老熟時也。如「高出子瞻」語，載在《續稿》，蓋是晚年作無疑。則學者應以此意讀《四部稿》，文思和達，心目暸然，謂帳秘蘇文而外面避之，所謂掩目捕雀，癡騃之甚也。而汝瑚亦猶時相嘯和，抑揚特甚。殊不知先生從壯而老，心目奇靈，乃至宇宙一觀，自逢其原。故觀子瞻集，便曰「稍安之」也。而其詩雅變雜揉，何足以式？然節義聰明見於其文者，惟吾所性亦既如玆，則心神通契不能已焉。故曰「心當」。然則以此謂鎔裁蘇文者，其誣殊甚。若依此言，謂心喜宋而外故避之，辟諸掩耳盜鐘，其意集中應必往往而見，而未曾有一語洎之者也。然其奇不盡於集一句，雖裁有之，是讚辭耳，難以爲真慕子瞻。越知先生才貫周漢，識邁千古，何雜六朝？何飾以賈馬？庶幾學者知其爲人，而後讀其文。《本傳》載先生「風采玉立，與客談笑，温秀之氣溢於眉目間。語及古人忠孝節烈，則有慷慨淋漓，爲泫然罷酒。平生於故舊兄弟，白首無間言。不惜以齒牙筆札緩急人。客或進而附先生似成名，名成而更立門户，且忍於詈先生以示角，先生不爲異也。既去而復來者，與如初。其大度如此。然而末段爲于鱗七子輩撈籠推輓，門户既立，聲價復重，晚年慨然悟水落石出之旨於紛濃繁盛之時」云云，《明史》本是王鴻緒脱稿，蓋爲當今更致諛媒，猶如陳壽之於《魏志》，其可惜哉！而欲乃使先生之文牽强同其源委，譬諸牛驥同皂，何可混乎？「水落石出」，子瞻之悟妙也。「紛濃繁盛」，七子之古學也。欲只舍此取彼，曖昧説破，輒至引野史，其醜窮矣。嗚乎！史者，後之所稽。而杜撰既已如此，先生地下必可惋，余亦深憾焉。而《宋詩選序》，先生晚年時作也。吴興慎子正取《宋詩選》而將梓之，先生曰：「余抑宋者也。余所以抑宋者，爲惜格也。然而代不能廢人，人不能廢篇，篇不能廢句。蓋不止前數公而已。此語格之外者也。今夫取食色之重者與禮之輕者比之，奚啻食色重？夫醫師不以參苓而捐溲勃〔一〕，大官不以八珍捐胡禄障泥〔二〕，爲能善用之也。雖然，以彼爲我則可，以我爲彼則不可。子正非求爲伸宋者也，將善用宋者也。」繇是觀之，先生之於蘇長公，乃以彼爲我，善用宋者也。而其可不可意，大有奥賾，可以爲定論矣。然則其或曰先生之文，氣脈從子瞻來，或曰晚年愛長公文至手不能釋者，皆據《明史》加誣罔，最可痛哉。先生病，偶取子瞻集觀之，劉子威見之，以爲手之而不置，亦可謂誣矣。所謂長公之奇不盡于集者，蓋咨嗟其神思輕飏，不可涯涘之辭也。此語於格之外者也。夫唐明二代，各立一代之制。二代近體，不止打作一片也已。正其於古文辭特出其右，所以盛也。而如錢氏食宋氏之遺，剽擬而少獲其似以爲真，詖而誇奓，懲而矜持，癡人面前説夢，何足以誦其言耶？夫選調謂之學唐，抑宋謂之研格，渠不知遺珠而掇礫，衒曜以誤人。崔東洲雖取子瞻，是亦古文辭家也。錢詒癡符是不收之，而如欽叔陽、唐正雅及姚旅等，劣劣道學家詩，猶妄掎摭者何也？余

〔一〕捐：底本訛作「損」，據《弇州續稿》卷四十一改。
〔二〕禄：底本訛作「緑」，據《弇州續稿》卷四十一改。

嘗觀《清朝别裁詩》，禮部尚書沈德潛歸愚纂評，有乾隆帝序，乃賜題《御製沈德潛國朝詩别裁集序》，其序曰：「沈德潛選國朝人詩，而求序以光其集。因觀之。列前茅者，錢謙益諸人也。不求朕序，朕可以不問。既求朕序，則千秋之公論繫焉，是不可以不辨。夫居本朝而妄思前明者，亂民也，有國法存。至身爲明朝達官，而甘心復事本朝者，雖一時權宜，草昧締構所不廢，要知其人則非人類也。謙益諸人爲忠乎？爲孝乎？德潛宜深知此義。今之所選，非其宿昔言詩之道也。豈其老而髦荒，子又不克家，門下士依草附木者流，無達大義具巨眼人捉刀所爲，德潛不及細檢乎？此書出，則德潛一生讀書之名壞。朕方爲德潛惜之，何能阿所好而爲之序？又錢名世者，皇考所謂名教罪人，是更不宜入選。而慎郡王，則朕之叔父也。雖諸王自奏及朝廷章疏署名，此乃國家典制，然平時朕尚不忍名之，德潛本朝臣子，豈宜直書其名？至於世次前後倒置者，益不可枚舉。因命内廷翰林爲之精校去留，俾重鋟版，以行於世。所以栽培成就德潛也。」按《别裁》詩集與《清四大家詩選》同本，似亦學張芸叟評以艷子瞻。雖然，清帝此序最確，足以補助世教，故録全篇，表而出之。清帝甚惡謙益之内險而外文，獨呼其名而誅之。若其曰「依草附木者流」，曰「具巨眼人捉刀所爲」，皆以亡狀論之，而誅意猶逮德潛。至於曰「非人類也」，又曰「名教罪人」，此甚罪不敢容忍，謂之筆誅。嗟乎！謙益窀穸枯髊猶將墳動，況於遺醜千祀乎？可悲夫！歸愚《明詩别裁集》總論：「錢謙益選明高帝以下諸帝詩，失尊君之體矣。兹編不敢采入。是選以詩存人，不以人存詩。夫唐詩蘊蓄，宋詩發露。蘊蓄則韻流言外，發露則意盡言中。」因謂歸愚此論甚善。

更卑宋詩而趣向在唐，且曰「以詩存人，不以人存詩」，最爲名言，所以爲搢紳之魁也。清帝所謂「非宿昔言詩之道」，迺謂此也。如錢謙益不可以人存詩，亦可見矣。而今檢謙益詩，有《新安汪烈婦歌》：「吁嗟乎！首陽之風今已矣，宋家枋得亦如斯。」按《宋史》，謝枋得字君直，性豪爽剛直，以忠義自任。寶祐中舉進士。爾後宋亡。元至元中，參政魏天祐欲薦枋得功曹，枋得傲岸不爲禮。天祐怒，强之。不食而死。嗟乎！謙益之詩工拙置而不論，何顔引伯夷及君直，謂「今已矣」乎？不啻顔之厚矣。内乃不自醒悟其爲罪人，外輒至假意爲烈節之辭，無乃醜於馮道之賊義歟？若有以人存詩，此賞竊寶玉大弓者也。而彼嘗欲進詩卷鑽康熙帝，阿其所好，排擠名家不遺餘力。故《列朝詩集》大氐折衷於西崑體而取之耳。里醜捧心，未關西施之顰。又其餘泊子與、茂榛，亦極刺評。矜率傅會，一概囫圇吞棗矣。何足以言！故不辨及云。

清儒輩出，只以沈歸愚爲巨擘耳。然是雖曰學唐，而檢其詩亦宋之宋者也。至其論辯，所謂妖韶女老，自有餘態者也。其他楊椒山集、容春堂集、託素文集、西郵文集、石田集、後郵集、榕村語録詩集等書，近來東渡者其麗不億，然而多是蹈襲六代綺靡，以爲覆醬瓿耳。大氐雷同伊洛，摸艶宋文。猶且欲博極宇宙，以勝於明矣。《清朝會要》《淵鑑類函》《佩文韻府》及《圖書集成》等書，爲此而出焉。《淵鑑類函》博兼二酉，檢證考徵，其益頗多。如《佩文韻府》徒引宋詩爲出處，不注義訓，侔於土苴，何益？乃至《圖書集成》最極其博，余雖未涉獵全書，偷卷度紙，爰舉其目次，以觀蒙士云。《曆象彙編》其典四：一曰乾象，二曰歲功，三曰曆法，四曰庶徵。《方輿彙編》其典四：

一曰坤輿，二曰職方，三曰山川，四曰邊裔。《明倫彙編》其典八：一曰皇極，二曰宮闈[一]，三曰官常[二]，四曰家範，五曰交誼，六曰氏族，七曰人事，八曰閨媛。《博物彙編》其典四：一曰藝術，二曰神異，三曰禽蟲，四曰草木。《理學彙編》其典四：一曰經籍，二曰學行，三曰文學，四曰字學。《經濟彙編》其典八：一曰選舉，二曰銓衡，三曰食貨，四曰禮儀，五曰樂律，六曰戎政，七曰祥刑，八曰考工。是書爲編有六，爲典三十有二，爲部六千有餘，爲卷一萬有一。於乎！是書博極宇宙，此帝之力也。青衿呫嗶，自費駒隙，恒繙《廿一史》，猶爲難讀。余觀《正德補正經解》，數嘆其博，較諸《集成》，如《經解》不足言爾，况於《廿一史》乎？而至《廿一史》，學者不可不讀焉。其他雖博，罕有要言。有况《理學彙編》如説鈴乎，雖讀之，徒耗精心焉耳。汪道昆架上牙籤不啻萬卷，客睥睨久之。道昆曰：「無苦其多，聊備檢證。人生所用書只須數種，譬之漢高取天下，其最屬意者不過三傑耳。」此言有旨夫，可不知哉？而朋友之接，最戒牴牾。舍己從人，以媲美斯文，則應麗澤薰陶，情意博暢。弇州先生謂李公曰：「子有待也，吾無待也。兹其所以埒與？子兮雪之月也，吾風之行水也。更子而千篇乎，無極我之變。加我十年，吾不能長有子境矣。」又曰：「子匠心而材古

[一]「宮闈」前底本衍「皇極」，據《古今圖書集成·明倫彙編》删。

[二] 常：底本訛衍作「職掌」，據《古今圖書集成·明倫彙編》删改。

者也，其工極矣。予之錯於材也[一]，世無通于古者，以故無稱子，亦無稱我。然而世之疑子也甚於我，即百千萬年，而其疑子也又甚於我。雖然，謂子踰勝我者獨子乎？我心耳。」嗚呼！其蘭臭猶今日也。以爲渾厖雅韻，瑩如可掬也。其辭氣之晤也，傾古今吐瑰瑋，洋洋亹亹，自資博洽，所以則也。

詩重地名，不止東山致謬。如平羌江，《明一統志》以爲在雅州，《華陽國志》以爲在嘉州。歷代遼遠，建置沿革。玁罔、亢仇，古今紛挐[二]。王勉夫曰「楚之熊繹所封丹陽，正南郡枝江之丹陽。而《西漢志》注乃以曲阿之丹陽爲楚所封。舜漁雷澤，正城陽之雷澤。而周處《風土記》乃以吳之太湖大雷山、小雷山爲舜漁之所。子胥之胥山在嘉興東南，而張晏乃以太湖之承胥二山爲子胥之山。李白讀書於匡山，正錦州大匡山小匡山之處。而《寰海記》舊注乃指江州匡廬山爲白讀書之處。楚之雲夢跨江南北，《左傳》曰『王以田江南之夢』，則知雲在江北。而郭璞注《爾雅》，乃以岳陽巴丘湖爲楚之雲夢」之類，錯誤渾糅，不遑枚舉。不但地名之當細檢也，文字義訓謬者亦不復尠矣。李陵《答蘇武》「孤負陵心」，「陵雖孤恩」，杜詩「孤負滄洲願」，韓詩「孤負平生志」，而「孤負」誤用「辜負」。辜，罪也。與負不協。又「左輔右弼，前疑後丞」，而「疑丞」誤用「凝丞」。疑，有

[一] 予：底本訛作「子」，據《弇州四部稿》卷七十七改。

[二] 挐：底本訛作「絮」，形似而訛，據改。

疑而問也。「凝」字何解？又《北山移文》「蒼黄反覆」，杜詩「形勢反蒼黄」，昌黎文「值吾南逐，蒼黄分散」，柳州之「數犬蒼黄吠噬」，而「蒼黄」誤用「倉皇」，宋人以後始有「倉皇」。又史遷云「自爲閨閤之臣」，《文翁傳》「使傳教令，出入閨閤」，注「謂東向小門也」，二字不專屬之婦人。又相避尊居閤，故云黄閤老。而「閨閤」誤用「閨閣」，乃宋後改爲「閣」。詩中唐以前宜「閤」，宋以後宜「閣」。又「爛漫」二字見《魯靈光殿賦》，而「爛漫」誤用「爛熳」。《説文》《玉篇》等書竝無「熳」字。又「匡襄」，猶贊襄也。而「匡襄」誤用「劻勷」。劻勷，急遽貌。《楚辭》「逢此世之劻勷」，杜牧詩「塵土驚劻勷」，昌黎有「新師不牢，劻勷將逋」語，何混？且如誤認「濫觴」爲「爛傷」，「清和」爲四月。《家語》孔子曰「江始出於岷山，其源始於濫觴」。濫，泛也。觴，酒杯也。言初出微，而下流始大也。近人多以濫爲爛、以觴爲傷矣。且張衡《歸田賦》「仲春之月，時和氣清」，謝靈運詩「首夏猶清和」，言四月猶二月，故下云「芳艸亦未歇」也。後人有「四月清和雨乍晴」，失卻「猶」字義矣。其他如「委靡」字、「百揆」字之類，「靡」「揆」竝上聲，無平聲者，誤讀平聲。衛有漕邑，平聲；運漕之漕，去聲。雍和、辟雍，平聲；雍州之雍，去聲。行列之行平聲，輩行之行去聲。長短之長平聲，冗長之長去聲。朝請之請非上聲，宜讀去聲。寧馨兒之寧亦然。又如蒼茫二字，古人用之皆是平聲，而子瞻所用乃是側聲。子瞻詩「蒼茫瞰奔流」，又曰「愁度奔河蒼茫間」是也。蒼字，《廣韻》音麤朗反。而茫字上聲皆不收。按揚雄《校獵賦》「鴻濛沆茫」，師古注「鴻濛沆茫，廣大貌。茫音莽」。白樂天雪詩「寒銷春蒼茫」，又曰「野道何蒼茫」，注竝音上聲。蘇子美詩亦曰「淮天蒼茫背殘臘，江路委蛇逢舊春」，自注「蒼茫，仄聲」。似此之類甚多，不可殫記。

《續編博古存什》載，昔者吴太伯長女逃之東海，酋長屬下群聚相謀，肇講繩結以分君臣，雖固無紫微登極之尊，復無班秩儀注之禮，而草昧權宜，殆猶陶復陶穴，開國質野，匆匆胥宇，推以致踐祚之意，奉以爲神聖皇帝。國於榑桑，統馭諸島。以姬爲姓，闔國相傳以爲尊稱，故中夏呼曰姬子國。釋皓曰：「近代華没於胡，《大清會典》竊禮不中，猶私欲購《百篇尚書》。瓊浦渤溟西，即福建南直隸。華舶奉牌，歲來互市。有一學究，姓高名彝，少以能詩名于閭閻，自媒輒謂『歌行近體，海内只有吾之與梁子二人焉耳』，闔境呼曰高二，自亦因以稱之。高二只喜聲譽，欲與華通，乃就里長宗而謀之。宗素與高二善，爲贈金帛，屬之象胥，每面談必及於此焉。繇此舌人相與私賄誦賣藥、錢小二及船主，一片婆心，鄭重苦諭，僉謂：『熙朝有沈尚書，見爲參政公。斐藻麗逸，翩翩奇氣，步驟杜岑，而自攄神情，駕馭盧駱，而獨相雄長。是以延譽公卿間，顯寵亦異於他矣。魁材秀士，今雖聚朝，咸不能洎焉。吾儕小人，幸蒙知遇，歸後到于沈公，乃通殷勤，以陪小心，公喜，必致之答。此事鯫生等另有理會，請莫作念。』高二大喜，準備幣帛，且録詩五篇，附一封書，乃以遞與龔、誦二商，寔是丁丑之歲孟春也。杭舶帆海，盡數而還。未幾，二商相與促裝登程，使節儀從郵驛北上。僞姬國高公之行人，悠遠踰時，遂能到于沈氏。奉書及篚，待答驛館。歸愚竊覽其書，不肯嘉納。便使屬吏卻書幣曰：『朝廷大典不可瀆溷。上俞誕章，最禁私謁。本與姬國大有界限，必不可通。不比朝鮮屬國，歲使國相貢方物。汝等無乃爲彝所屬而來歟？姬國貢使，朝有舊例。

鼎新以來，未嘗有使君相入朝。而汝等私來，敢犯嚴憲。愚賤無禮，敢復辭乎？』二商大恐，不知所爲，苦也苦也。迺又收其書筐，盡去從人，早夜兼道，狼狽迤邐，歸於杭州。相與謀之店主曰：『龔學究近客于杭，何弗屬之，俾之作答？』從之。設席速客，於是乎其餘措大亦皆相聚，乃作沈公答書，又僞七子亦爲呈章各自書者。戲慢讕辭，相次書畢，抵掌哄堂大笑。卷軸褾褙用錦，尤致耀麗。二商拜謝，使船主歷收貨物，航海又來於東，乃進里長。高二得之，再三拜跪，不知手之舞之足之蹈之。輒謂：『吾才之於姬國，曠古無有焉。』其辭曰：

奉題高先生詩集，兼志遥注，歸愚沈德潛草

昭代聲華四表光，國風十五大文章。尚教人傑鍾暘谷，猶遍歌謡譯越裳。萬里銀濤飛錦字，百篇玉戛奏笙簧。元音自是盈天地，酬唱相思嘆望洋。

大雅如林今古芳，原無人不可登堂。文鳴得似東西漢，才調能勝中晚唐。讀到君詩堪擊節，誰言我論示周行。多緣四海同心理，渺渺鍾情憶大方。

奉次高先生原韻，瞟城王鳴盛草

白雪高才莫與京，説詩真不讓匡衡。胸藏奇字何多必秘，壁有傳經信不阬。白璧無瑕原是寶，黄鍾勿棄自然鳴。可憐東海人難即，望斷瓊樓十二城。

奉次元韻，請高先生削正，曉徵錢大昕草

敢自馳驅翰墨場，卻從萬里示周行。跡同鴻冥能高蹈，品似蘭幽别有香。麈論古今霏玉屑，葩流風雅燦銀光。懷人天末思無際，合志如何地各方？

小詩次韻：

心賞奇文花怒開，不知何處得將來。漫教山海分殊俗，卻見詩歌著逸才。高望有懷隨夜月，遥情無路寄寒梅。瑶章飛渡吟哦久，不禁臨風近水臺。

奉呈姬國高先生教正，申江趙文哲拜稿

珠璣咳吐落天邊，來自瓊津書畫船。已結相思從此日，不知把臂在何年。萬言騷雅人中望，一幟詞壇海外懸。非是同文洋溢盛，豈能無地不生賢？

奉次高先生韻並政，古由拳王昶藁

文章異曲可同工，吾道原來久已東。情至文生心似錦，興酣筆落氣如虹。只嫌分野殊方俗，若是徵詩定采風。爲語聖朝無内外，聲華四海盡來同。

敬酬高先生原韻，曹仁虎來殷氏拜草

蘧廬天地總爲家，瓊浦迢迢望裏賒。緬想耽吟鏤月露，驚看妙腕走龍蛇。貞完太璞難言價，鍊到精金不著沙。結得相思千萬種，美人渺渺寄天涯。

高先生遠惠佳章，敬次奉酬，海上黄文蓮草

瀛海湯湯天際流，卜居瓊浦宅幽幽。波瀾筆湧三江浪，麗藻文成五鳳樓。片羽得來勞夢想，寸心遥結托神遊。緘詩私祝何時達，正是姬山桂子秋。歲次丁丑桂月，集書於有容書屋。

高二撫之，手不能釋，乃至以『才調能勝中晚唐』句自能，篆刻更造私印。」釋甘露皓又評：「沈公既爲禮部尚書，而其以東夷之人者，何可曰『奉題高先生詩集』乎？　又何有可謂『憶大方』也哉？　或曰『國風十五大文章』，或曰『文鳴得似東西漢』，皆是謔浪弄人之辭，而韻調亦拙。已稱『先生』，又曰『草』，恭慢矛盾。『拜草』亦俗。　如其曰『削正』，又曰『教正』，所謂變於夷者，亦非七子之所宜言者也。而彼之死不悟，而尋常滿假者蠢也。　正雖知之，猶假意衒曜者騙也。」或曰：「高二受欺，亦有據乎？」皓曰：「余嚮西遊，沈公《詩鈔餘集》東渡，開卷便觀載彝一章：

姬國臣高彝書來，乞作詩序，並呈詩五章，文采可觀。然華夷界限，不應通也。卻所請而紀其事

文教覃敷被九夷，榑桑使者寄清辭。未聞蠻布弓衣織，敢比鷄林國相知。尊奉中朝翃忱悃，章明典禮慎防維。不教筆墨傳荒遠，悵望停雲我所師。

遠夷求文衡山筆墨者，公朝服見之，不應其請。」

此詩真是歸愚之本色，乃與前數詩雅俗異體可見矣。而觀其曰「姬國臣高彝」，則二商飾詞，以彝爲公卿秉政者，亦可見矣。　蠻布賤，弓衣貴，以布織衣，未嘗有聞焉。　言夷人屬序朝廷貴官者，禮典自古無之也。　鷄林，即朝鮮也。「尊奉中朝」句，稱揚朝鮮。「章明典禮」句，誅高二之爲大臣者而不知禮也。　七八笑盡遠夷苟爲拙謀矣。　雖然，吾邦有人，豈無識者也耶？　高二本賤丈夫，歸愚不察焉。　輒爲二商所欺，爲一岳牧，著之其集，此甘盜言而墮國體，何其愚也？　皇姬原來上

帝建極，王者嗣興，樹德無疆，四方風動。吾大王中興威武，欃槍銷亡，王猷蕩平，更立一王之法。昔者宋仁宗深嘆，日出天子中夏之不可曁焉。則豈朝鮮諸蕃之所敢望耶？仲尼之後，天未喪斯文。上有放勳、重華之隆，下有莘野、藩溪之輔。慶泰景鑠，明良康哉。命世宏器，霞蔚雲興。乃王乃霸，允文允武。洪化千祀，粲然而明于世，猶陽靈之中於天也。於是四方讋服，重譯來王，猗嗟盛歟。然則何有所畏慊，可以與華交通乎哉？《詩》曰「文王在上，於顯于天」。大王有焉。

詩學新論卷之下

韋蘇州《滁州西澗》詩

歐陽公謂：「滁州城西乃是豐山，無所謂西澗者。獨城北有一澗水，極淺不勝舟，又江潮不至此，豈詩家務作佳句，而實無此景也？」胡應麟曰：「宋人謂滁州西澗春潮絶不能至，不知詩人乘興遣詞，大則須彌，小則芥子。寧此拘拘，癡人前政自難説夢也。」余謂若從歐陽公之説，此詩三四作妄駕僞，皆無實者。豈其然乎？夫世代邈矣，而經數千載，而往者不啻陵谷變遷，桑田亦將爲海。若夫九河碣石，今也不之知在何地方。然而可以此疑《禹貢》乎哉？唐宋雖鄰乎，而二公世次相違，其間不惟百年也。則澗溪野渡，庸詎可熟究的録也耶？歐陽公此論恐不然也。滁水出簸箕山入海，依水爲州名。滁州，戰國時屬楚。秦及二漢，九江郡之地。梁末屬北齊，兼置新昌郡，又徙南譙州于新昌。隋初廢新昌郡，改南譙爲滁州。煬帝初，並其地入江都郡。唐復置滁州，或爲永陽郡，屬淮南道。

幽草，江淹《雜體詩》「鸖鴿在幽草」，李白《百丈崖瀑布圖》詩「石黛刷幽草，層青澤古苔」，李商隱《晚晴》詩「天意憐幽草，人間重晚晴」。

黄鸝，《説郛》「陸機《毛詩疏》黄鸝留或謂之黄栗留，幽州人謂之黄鶯，或謂之黄鳥，一名倉庚，一名商庚，一名鵹黄[一]，一名楚雀。齊人謂之摶黍，關西謂之黄鳥。當葚熟時來在桑間，故里語曰『黄栗留看我麥黄葚熟』，亦是應節之鳥。或謂之黄袍。」

深樹，阮瑀《苦雨》詩「丹墀自殲殪，深樹猶沾裳」，錢起《早夏》詩「黄鸝好鳥揺深樹，白細佳人著紫羅」。

舟横，許渾「舟横野渡寒風急，門掩荒山夜雪深」。

一説，澗泉，謂幽草考槃之在澗也。黄鸝，巧言之如流也。春潮帶雨，國家患難之多也。晚來急，危邦亂朝如日色已晚不復光明也。舟自横，寛閑之野必有濟世之才，時君相不能用耳。嗟乎！蘇州托物何之如斯煩哉？可謂鑿矣。

然則如何？此詩蓋滁州西澗遇雨時作也。起句，緑徑爽崖，夾水之際，招揺容與，探勝而去。俯瞰則有澗邊幽卉殖而絶麗矣。二句，仰睹乃聞睍睆黄鳥飛鳴深樹之中，和圓清韻，皆可情憐。三句四句，此時忽遇驟雨，滂沛灑澗，春水帶雨，晚來厲急，彌漫滲灘，流漲晴霞，更照渡口。謝靈運《送孔令》詩「河流有急瀾」，又《溪行》詩「過澗既厲急」，又《登石門》詩「活活夕流駛」，又崔國輔《流水曲》「渡口水流急」，其義皆同，何於此詩獨生支説？乃是西澗下流，蓋有渡口，水勢駛漲，人

[一] 黄：底本訛作「庚」，據《毛詩草木鳥獸蟲魚疏》卷下改。

影夐絶，但見有一野航，寂寞添岸自横者焉耳。晚霽新象，富麗晃耀，應是涼暄天劑，快不可言也。孰謂野有遺賢歟？果其言是乎？所謂舟横野渡寒風急，其意亦然也乎？蓋亦平説，何費他義？「獨憐」二字，意繫全章，黄鸝爲重。春潮，王勃詩「江曠春潮白，山長曉岫青」。然而此詩所謂春潮者，其義差異。潮亦水也，其以溢漫謂之春潮。蓋指澗水，非謂海潮也。夫春雨汎沛，有潺有湍，洶湧澎湃，湧瀼漂流，須是有如聞潮聲，所以謂之春潮。《南康府志》，池州青陽縣有龍池山，山上巖石聳立，下二竇，泉自中出，日凡三至，故爲潮水。《藝文類聚》，鷄籠山下有一水，朝夕湧溢，號潮泉。皆以其盈謂之潮。又按《册府元龜》，吉州太和縣有潮山。唐武德間，四祖禪師飛錫至此結庵，庵前有一水奔湍迅急，盈聲若潮，因名潮水。最可相證。且錢起詩「春潮迎客船」，益明矣。

張説《送梁六》詩

蔣一葵曰：「此送梁六歸隱洞庭之詩。但言悠遠，而别意自見。美人秋水之思，當是别後意耳。」愚謂此言别後之想，不可弛忘。而即今臨别之情亦可見矣。「孤峰」二字最佳，乃是梁六所隱棲處，而其思之所存也。李白詩「道人制猛虎，振錫還孤峰」，其意自可見矣。

巴陵，《華陽國志》，巴陵，岳州府治。羿屠巴蛇於洞庭，積骨爲丘，故名。《舊唐書·地理志》：「岳州，隋巴陵郡。武德四年平蕭銑，置巴州，領巴陵、華容、阮江、羅、湘陰五縣。六年改爲岳州。

天寶元年改爲巴陵郡。乾元元年復爲岳州。」《水經注》：「巴丘山，在湘水右岸，山有巴陵故城，本吴之巴丘邸閣城也。晋立巴陵縣于此，宋立巴陵。」《江賦》「爰有包山洞庭，巴陵地道。潛逵傍通，幽岫窈窕」，且駱賓王《餞宋三之豐城序》「帝里天津，槐衢分黑龍之水；巴陵地道，楓江連白馬之門」。《括地志》，洞庭中有君山，狀如十二螺髻。君山東有艑山，在洞庭涯相望，其狀浮浮如舟。王嘉《拾遺記》，洞庭山浮於水上，其下有金堂數百間，玉女居之。四時聞金石絲竹之聲，徹於山頂。楚懷王舉群才賦詩於水湄，故曰瀟湘洞庭之樂。聽者令人忘老，雖《咸池》《九韶》不得比焉。《山海經》，洞庭之山，二女居之。蓋堯女湘君嘗居之，故名。昔秦始皇南游，浮江遇大風，因問：「湘君何神？」博士對曰：「堯女舜妃。」始皇怒，命赭其山。宋岳飛討楊幺，伐君山木爲巨筏，塞諸港汊，即此。道書以爲第十一福地。黄公紹曰：「青草湖，一名洞庭湖。在巴陵郡。」《明一統志》，在岳州府城西南一十五里。每歲六七月間，岷峨雪消，水暴漲，自荆江逆入洞庭，清海爲之改色。《山海經》，薗山湖水出焉，東流注于食水。又夸父之山，湖水出焉，北流注於河。《水經注》，水出桃林塞之材父山，廣員三百仞。元稹詩「百里油盆鏡湖水，千峰鈿朵會稽山」，孟浩然詩「八月湖水平，涵虚混太清。氣蒸雲夢澤，波撼岳陽城」，杜甫詩「吴楚東南坼，乾坤日夜浮」，李白詩「帝子瀟湘去不還，空餘秋草洞庭間。淡掃明湖開玉鏡，丹青畫出是君山」，又「巴陵無限酒，醉殺洞庭秋」，李紳詩「蕭瑟曉風聞木落，此時何異洞庭秋」，劉禹錫詩「湖光秋水兩相和，潭面無風鏡乍磨。遥望洞庭山擁翠，白銀盤裏一青螺」。洞庭湖詩甚多，不可勝識。

悠悠，《詩·國風》傳「思之長也」。又《周頌》傳「遠也」。《楚辭·七諫》「悠悠蒼天兮」，王逸注「悠悠，憂貌」。阮籍《詠懷詩》「登高望九州，悠悠分曠野」，王粲《從軍行》詩「悠悠涉荒路，靡靡我心愁」，注「悠悠，眇邈無期貌」。

神仙，盧照鄰詩「形骸寄文墨，意氣托神仙」，《天隱子》，在人曰人仙，在天曰天仙，在地曰地仙，在水曰水仙，能通變曰神仙。意謂他日吾自巴陵一望洞庭，須是山水秀麗，秋色更盈。此君之所遊施處，則吾之懷不能已焉。别後湖上徘徊求之，必不可得。只日見有孤峰遠影，面蘸水上，汎汎而來爾。君在孤峰，敻絶人間，徒見其影以爲相逢者，聊亦慰思之術耳。而洞庭本是仙境，故以仙況之。乃謂嘗聞神仙者，迺與人世緬相隔閡，必不可接。何哉？君棲遲處，自古神仙盤旋之地，則雲水漫漫，難以期復遇。應是吾心隨湖水，與浮影共悠悠，望之不可端倪。嗚呼！云何盱矣。

張繼《楓橋夜泊》詩

歐陽公謂：「句佳。但夜半非撞鐘時。」余檢《説郛》，其説不一。或曰：「此地有夜半鐘，名無常鐘。」或曰：「姑蘇寺鐘多鳴於半夜。」或曰：「姑蘇鐘，唯承天寺夜半則鳴。」或曰：「吴中山寺實以夜半撞鐘，其他皆五更鐘也。公不至吴中，故未之聞也。」或曰：「齊丘仲孚少好學，讀書以中宵鐘聲爲限。則夜半鐘其來久矣。」是皆雖難爲證，而未之曾曰「夜半非鐘鳴之時也」。按《唐六典》，更點皆擊鐘。太史門有典鐘二十八人，掌鐘漏。唐詩「促漏遥鐘動静聞」，觀此，則夜半鐘豈獨寒山寺而已哉？《六典》的確，最可信據。韋應物《寄耿爘》詩「獨尋秋草徑，夜宿寒山寺」，注「寒山寺在吴縣蘇州府城西一十里，有佛名寒山」。此時繼在舟中，夕陽遠近，觀寒山寺，故雖深夜，知其鐘聲也。李賢曰，楓橋在蘇州府城西七里，面山臨水，可以遊息。南北往來，必經於此。蓋以地多楓樹得名。又按《輿地志》，蘇州，春秋吴國之都，闔閭以後並都於此。秦置會稽郡。後漢置吴郡。隋置蘇州。因姑蘇爲名。江楓，一作江村。或曰「江楓，市名」，非。又以愁眠爲山名。余檢《明一統志》及地志，並無愁眠山。未洎推繹其他也。蓋言旅愁亡聊，終宵凄然，獨不安寢之意爾。客船二字，唐人多用之。張九齡詩「薄暮津亭下，餘花滿客船」，又杜甫詩「江畔長沙驛，相逢纜客船」，嚴維詩「皎日媚春水，緑蘋香客船」，劉長卿詩「落日掃塵榻，春風吹客船」，錢起詩「斜日背鄉樹，春潮迎客船」。又按，繼此詩本有三首，經亂離時作也云。題一作《宿楓橋寺》，又有《再到楓橋》詩，本乎有功之説。用夜半鐘爲鐘名，然本集不載。下調拙劣，決非繼作也。此詩起句，江月已落，曉鴉飛鳴，清霄奇新，更見十分霜色。月落鴉啼，暗有駭意。霜滿天，兼言霽絶。是皆天色向晨之景。言即今所睹也爾。二句，前夕之景猶接目睫，但見江楓之下，漁火閃爍，而影蘸江中，以爲夜未艾之徵。乃相對就睡，漁火縹緲，光滿船窗，醒睡無端，恍惚不分。三句四句，漁火髣髴，纔入夢去。此時應是寒山寺鐘聲，其響暗到客船，忽然覺而聞之，迺爲夜半可知矣。羈孤惆悵，思而不眠，遂至曉。初更以後，漁火觸眼，耿耿不寢，乃至夜半，又爲鐘聲所駭，瞬間更見月落鴉啼霜滿天。繼意其可慘哉！焦漪園曰：「此詩全篇倒説，前謂曉天，後及終宵夜半鐘鳴之時，忽至月落烏啼霜滿天。何則？霜夜旅愁終夜不寢，秋夜之長猶短也。」此説更加詳焉。其他詩説，猶刻鶩乎？如《三體詩》周弼注是已。且謂「説者不解詩人活語，乃以爲實半夜，故多曲説」。殊不知唐詩謂半夜鐘者甚多，皆爲實夜半。于鵠「遥聽維山半夜鐘」，白樂天「半夜鐘聲後」，皇甫冉「夜半隔山鐘」，温庭筠「無復松窗半夜鐘」，陳羽「隔水悠揚午夜鐘」，繼亦謂「夜半鐘聲到客船」，豈不彰彰也乎？

劉長卿《送裴郎中貶吉州》詩

「青山萬里一孤舟」，宋人以「一孤」二字爲重復，輒謂此亦語病也。余謂加「一」最妙。離群寂寞，單一孤舟，今欲在滔天淼漫之中，緬淩風波，瀴溟漂泊，萬里孤危。嗟乎！誰不復憂其屑没耶？此以萬里大溟，乃對一葦孤危爲之言，不翅滄海之一粟也。益見悽楚索莫之至。故謂之一孤舟。「一片孤城」亦復乎，吾知必不然也。賈至詩「江邊數杯酒，海内一孤舟」，劉眘詩「滄溟千萬里，日夜一孤舟」，此類可見。且如云「月照一孤舟」，亦謂將夐渡杳溟而泊岸也。大氐其於離情特哀，絶遠極天之意。其他或只曰孤舟耳，未必加一也。唐詩正有矩矱，不疎如斯。

吉州，今江西吉安府。按《輿地考》，戰國時屬楚。秦屬九江郡。二漢屬豫章郡。孫策分置廬陵郡。隋平陳置吉州。煬帝初州廢，置廬陵郡。唐爲吉州，屬江南道。此詩蓋文房爲南巴尉時，送裴驛館作。嚮者文房被謫爲南巴尉，未幾裴亦貶吉，故云「同作逐臣」。南巴去京師稍近於吉，故云「君更遠」。南巴即潘州南巴縣，唐武德四年置南巖州，八年改爲潘州，或爲南潘郡，屬嶺南道。

逐臣，陸機《君子行》「逐臣尚何有，棄友焉足嘆」，宋之問詩「北極懷明主，南溟作逐臣」，李白詩「九日龍山飲，黄花笑逐臣」。

猿啼、暮江，皆生哀之景。猿每至暮必啼，此時已臨離別。蕭詮詩「桂月影才通，猿啼迴入風」。蔣一葵曰：「兩『自』字有情無情之别最佳。言人有情故離別自傷心，水無情尋常自奔流。君屬無情物而行，猶可不傷心耶？」蘇武詩「俛仰内傷心」，陸機詩「春芳傷心客」。

郎中，《文獻通考》隋煬帝三年，於尚書都省初置左右司郎二人，從五品。同諸曹郎掌都省之職。唐貞觀二年，改爲郎中。龍朔二年，改爲左成務。咸通元年復舊，令掌副左右丞所管諸司事。省署抄目勘正稽失，省内宿直判都省事。員外郎，武后永昌元年置，與郎中分掌曹務。《唐六典》，吏部尚書一人，侍郎二人，掌天下官吏選授勳封考課之政令，四司屬之。吏部郎中二人，掌天下文吏之班秩品命。司封郎中一人，掌邦之封爵。司勳郎中一人，掌邦國官人之勳級。考功郎中一人，掌内外文武官吏之考課。户部尚書一人，侍郎二人，掌天下户口井田之政令，四司屬之。户部郎中二人，掌天下州縣户口之事。度支郎中一人，掌支度國用租賦多少之數，物産豐約之宜，水陸道路之利。金部郎中一人，掌庫藏出入之節，金寶財貨之用，權衡斗量之制。倉部郎中一人，掌天下庫儲出納租税禄糧倉廪之事。禮部尚書一人，侍郎一人，掌天下禮義祠祭燕饗貢舉之政令，四司屬之。禮部郎中一人，掌貳尚書侍郎，舉其儀制而辨其名數。祠部郎中一人，掌祠祀享祭，天文漏刻，國忌廟諱，卜筮醫藥道佛之事。膳部郎中一人，掌邦之牲豆酒膳，辨其品數。主客郎中一人，掌二王後及諸蕃朝聘之事。兵部尚書一人，侍郎二人，掌天下軍衛武官選授之政令，四司屬之。兵部郎中二人，掌武官之勳禄品命。職方郎中一人，掌天下之地圖，及城隍鎮戍烽炬之數。駕部郎中一人，掌邦國輿輦車乘及天下傳驛廄牧官司馬牛雜畜簿籍。康部郎中一人，掌邦國軍州戎器儀仗。刑部尚書一人，侍郎一人，掌律令刑部之事，四司屬之。刑部郎中二人，掌舉其典憲而辨其輕重。都官郎中一人，掌配役隸簿俘因之衣糧藥療等事。比部郎中一人，掌句會内外賦斂等逋欠之物。司門郎中一人，掌天下諸門關，及出入往來之籍賦。工部尚書一人，侍郎一人，掌天下百工屯田山澤之政令，四司屬之。工部郎中一人，掌經營興造之事。屯田郎中一人，掌天下屯田之政令。虞部郎中一人，掌天下虞衡山澤之事。水部郎中一人，掌天下川瀆陂池之政令，凡舟楫溉灌之利咸總舉之。又詳見於杜祐《通典》云。

此詩意謂，暫設筵席江館，相與送别。忽天色黄昏，玄猿頻啼。客皆掩涙訣去，日暮江頭，獨如情何？吾人自傷心，而江水不之知也，悠悠自流而不已，猶弗哀耶？吾之與君同作逐臣，相次乃出京師，天涯隔離，豈圖斯地邂逅相遇矣。然而晤言纔是一夕之間，而又已臨别。意者吉之與潘西南相阻，則君之所臻，猶更爲賒。嗟乎！青山萬里，曷其没矣。索莫一箇孤舟，屬江水行，如之何其可恝然無愁乎哉？

王翰《涼州詞》

周時爲狄地。秦興，匈奴既失甘泉，又使休屠渾邪王居其地。漢開之置武威郡。魏晋並置涼州。前涼張軌、後涼吕光並據之。北涼沮渠蒙遜亦遷都於此。唐初李軌據之，及剋平置涼州，或爲武威郡，屬隴右道。陳氏《樂書》：「唐明皇天寶中多以邊地名曲，如涼州、甘州、伊州之類。曲終繁聲，名爲入破。已而三州之地悉爲西蕃蹈藉，境寖削矣。」《唐書・禮樂志》：「天寶樂曲皆以邊地名。涼州曲，本西涼所制也，其聲本宫調，有大遍、小遍。」《樂苑》：「涼州，宫調曲。開元中西涼府都督郭知運進。」《幽閒鼓吹》：「段和尚善琵琶，自製《西涼州》。後傳康崑崙，即道調《涼州》也。亦謂之《新涼州》云。」王昌齡詩「胡部笙歌西殿頭，梨園弟子和涼州」。《通雅》曰：「有鼓吹，有騎吹，有雲吹，有横吹。列於殿庭者名鼓吹，列於行駕者名騎吹，水行者謂之雲吹。」又云：「其鼓吹陸則樓車，水則樓船，在庭則以簨簴爲樓。《朱鷺》《臨高臺》諸篇，鼓吹也。《務成》《黄雀》，騎吹也。《水調》《河傳》，雲吹也。今樓船所吹名曰《河調》，即《水調》。總謂之鼓吹。漢有鼓吹、横吹諸曲。」《唐・儀衛志》，鼓吹五部：曰鼓吹，曰羽葆，曰鐃吹，曰大横吹、小横吹，共七十五曲。曲名有《元驎》《合邏》《元咳》《大至遊》《漁陽》《單摇》等。其長鳴、中鳴，一曲三聲。則今之號通與大觱篥也，二者以代角與笳。唐之横吹用角、笛、簫、笳、觱篥、桃皮觱篥六種，則横吹或始以笛名，今云横吹曲，則不專爲笛矣。程大昌曰：「宋有《六州歌頭》〔一〕，本鼓吹曲也。多以古今興亡事填詞。」《後漢書・百官志》「將軍賜官騎三十人及鼓吹」，又《班超傳》「建初八年，拜超爲將兵長史，假鼓吹幢麾」。《晉書・樂志》「武帝令傅玄製鼓吹曲二十二篇以代魏曲」。又《謝尚傳》：「庚翼鎮武昌，尚嘗與翼共射，翼曰：『卿若破的，當以鼓吹相賞。』尚應聲中之，翼即以其副鼓吹給之。」《宋史・樂志》「鼓吹，軍樂也。昔黄帝涿鹿有功，命岐伯作凱歌，以建威武揚德風」，又「江左太常有鼓吹之樂」。陸機《鼓吹賦》「原鼓吹之伊始，蓋稟命于黄軒」云。

蒲桃，《漢書・西域傳》「大宛左右以蒲桃爲酒，富人藏酒至萬餘石。」《三輔决録》注「孟佗字伯郎，以蒲桃酒一斗遺張讓。讓即拜佗爲凉州刺史。」《北齊書・李元忠傳》「元忠貢世宗蒲桃酒一盤，世宗報以百練縑。遺書曰：『忽辱蒲桃，良深佩載。聊以絹百匹，以酬清德。』」庾信《燕歌行》「蒲桃一杯千日醉，無事九轉學神仙」。《廣志》蒲桃有黄白黑三種。《本草》蒲桃益氣强志，久食輕身延年。《唐詩紀事》禁中木芍藥盛開，太真以頗黎七寶杯酌西凉蒲桃酒笑飲。《魏文帝詔》：「南方龍眼荔枝，寧比西國蒲桃石蜜乎？」李白《襄陽歌》「遥看漢水鴨頭緑，恰似蒲桃初發醅」。桃作陶，義同。

夜光杯，張正見詩「琴和朝雉操，酒泛夜光杯」。

〔一〕頭：底本訛作「題」，方以智《通雅》卷二十九改。

琵琶，《妮古録》，樂器近代樂歌所作。劉熙《釋名》，琵琶本出於胡中，馬上所鼓也。推手向前曰琵，卻手向後曰琶。象其鼓時，因以爲名也。《晋書·阮咸傳》：「咸妙解音律，善彈琵琶。雖處世不交人事，惟共親知絃歌酣宴而已。」《南史·褚彦回傳》：「彦回善彈琵琶。齊武帝在東宫宴集，賜以金鏤柄銀柱琵琶。」《北史·爾朱文略傳》：「昔文襄嘗令章永興馬上彈琵琶奏十餘曲，試使文略寫之，遂得八。文襄戲之曰：『聰明人不老壽，梁郡其慎之。』」《隋書·音樂志》：「今曲項琵琶、豎頭箜篌之類，並出自西域，非華夏舊器。」《唐書·禮樂志》：「高麗琵琶以蛇皮爲槽，厚寸餘，有鱗甲。楸木爲面，象牙爲捍撥，畫國王形。」又「琵琶圓體修頸而小，號曰秦漢子，蓋絃鼗之遺制，出于胡中」。又《南蠻傳》「龍首琵琶，項長二尺六寸餘，腹廣六寸。二龍相向爲首」，又「雲頭琵琶，面飾虺皮，四面有牙釘〔一〕。以雲爲首，軫上有花象品字。三絃覆手，皆飾虺皮〔二〕。刻捍撥爲舞崑崙狀而彩飾之」。白居易《琵琶行序》：「元和十年，余左遷九江郡司馬。明年秋，送客湓浦口，聞舟中夜彈琵琶者。問其人，本長安倡女，常學琵琶於穆曹二善才。年長色衰，委身爲賈人婦。遂命酒使快彈數曲，因爲長句贈之。」李商隱《王昭君》詩「馬上琵琶行萬里，漢宫長有隔生春」。沙場，應璩《與滿炳書》：「沙場夷敞，清風肅穆。」《頭陁寺碑》：「炎區九譯，沙場一候。」王維詩

〔一〕釘：底本訛作「釬」，據《新唐書》卷二百二十二改。
〔二〕皮：底本脱，據《新唐書》卷二百二十二補。

「不省出門行，沙場知近遠」，杜甫詩「花門小箭好，此物棄沙場」。

全章大意，酒是葡萄初醱，杯是夜光寶器。物兩相得，涎液難止，欣然大喜已。欲飲時，又有彈琵琶來勸吾飲者矣。此時快活，非言辭之所能殫也。是以不知秩與其鄄，鯨飲黿酹，酩酊踉蹡，乃坐卧沙上，謂鼓琵琶人曰：「醉卧沙場，諸君莫笑。自古而來征戰之士，保全軀命而東歸者，中原幾人哉？然則今日吾身幸而存焉，豈可弗快飲醉飽耶？」

李白《蛾眉山月歌》

按《本傳》：「白，蜀之青蓮鄉人。官至翰林。王璘敗後，遂貶夜郎。天寶中遇赦歸。」或曰「白此時蓋望蛾眉山月作。山水夕麗，其景新絶，故題曰《蛾眉山月歌》」云。本集注及畫譜所圖亦可見矣。陸深《蜀都雜抄》「蜀中山水稱嘉定，自古名人寓居其間。漢則揚子雲，晋則郭景純，唐則李太白，宋則蘇東坡。於是嘉定之勝甲於天下矣。」又按《名山記》「蛾眉山在四川嘉定州眉縣南百里，或作峩山。有三峰，曰大峨峰、中峩峰、小峩峰。登大峩峰，夜半可望日出。九月前可上，十月則雪封山徑。」《唐書・地理志》「嘉州羅目縣有峨眉山」。本集注因之。《十道山川考》「蛾眉大山在嘉州蛾眉縣西七里」，《蜀都賦》「抗蛾眉之重阻」，《益州記》「蛾眉山在南安縣界，兩山相對狀如蛾眉」，《博物志》以爲牙門山也。陸深曰：「蛾眉山周迴千里，高八十里。中有光怪，每天晴雲湧，浩若銀濤。古今之勝境也。」謝肇淛曰：「峨當從蟲，不當從山。」陳子昂詩：「金鼎合神丹，世人將見歟。飛飛騎羊子，胡乃在蛾眉？」眉州，漢爲武陽、南安二縣，地屬犍爲郡。西魏置眉州。隋大業初改眉山郡。唐爲嘉州，尋析嘉州別置眉州。天寶初改通義郡。乾元初爲眉州。宋因之，改通義縣曰眉山，以州屬成都路。元屬嘉定府。明洪武中復爲州，直隸四川布政司。

半輪秋。杜甫詩「玉露溥清影，銀河没半輪」，此言銀河伴月影落西山也。秋宵銀漢自子相回，至五更西方横流。又《詠銀河》詩「含星動雙闕，伴月落邊城」是也。乃至《初月》詩或云「月生初學扇」，或云「寶鏡新磨出」，未曾曰「半輪」也。薛能詩「仿佛無全魄，依稀露半輪」此言峻巘屹峢，間生半輪，使人思慕明月也。又有以雲掩其半爲半輪者矣。荆叔詩「雲外聯娟何所似，平羌江水半輪秋」叔本乎白曰半輪，則此詩所謂半輪，山掩其半可知矣。或曰「半輪謂初月」，非。如初月，應未至夜半而没。三峽雖近，蓋可百里。白非夸父，焉可及見其景哉？若不惜月没猶順流而下，殺風景甚矣。白不必然也。世有《唐詩句解》，不但文章拙劣，義訓紕繆，惑初學者不尠矣。動以訓解爲非，猶謂蛾眉雖險，豈有巧作半輪之理乎？殊不知蛾峰岬嵑，影生半輪，玲瓏殊勝，更改常夕。影入江水，閃爍而流。滈滈彩麗，亦奇觀也。此時佳景不復常睹，則宜思君下渝州矣。而指月爲君，此稱明月之辭。風人襄羊，忽入佳境，因以稱之，特極殊快。如初月其光微薄，安可有影入江流之觀耶？然則半輪復有據乎？曰：杜甫《詠斜陽》詩「山頭落日半輪明」，可見夕陽山端，半輪更昭明矣。明月冉冉光溢生蛾眉峰，半輪之力能照江水，應是閃閃流光，殆如撒潑珠玉，其景又應有不可以筆舌言者矣。於是乃乘夜色徑下渝州。於戲！韻士之快舉哉。《訓解》雖固僞選，其所據者皆仲言解也。豈無益耶？而夫也不自知識淺學寡，公然大言曰「仲言非知詩者」云云，同社會飲，偶指大言，齊皆縮頸吐舌，舌久不能收。因謂華亭是宿學之士，能熟唐詩者也。如解此詩其義確，不以摸擬損才，不以議論傷格，百世而下必有定論。若夫妄措大不自量呰窳之力，頻抗爽言，以議先覺，譬諸蚍蜉撼大樹，豈可洎哉！

平羌江。《明一統志》「在雅州城北，舊傳羌夷入寇，諸葛亮於是平之。因名。」蘇氏《圖經》亦以爲在雅州。然檢《華陽國志》：「符縣，郡東二百里，武常元鼎二年置，治安樂水會。東接巴蜀樂城。南，水通平羌鼈縣。」又《一統志》「嘉定有平羌山」，又「有通江自岷江發源，經平羌縣」，此即平羌江也。蓋因縣名水。《輿地志》「嘉州，故夜郎國。漢武並之置犍爲郡。西魏置眉州。後周改爲青州，尋又改爲嘉州，並置平羌郡。隋煬帝置眉山郡。唐爲嘉州，或爲犍爲郡，屬劍南道。領峨眉、平羌、羅目等縣八。」《唐書・地理志》：「嘉州犍爲郡縣，平羌，中下有鐵有關。」李商隱詩「外戚平羌第一功，生年二十有重封」，繇是觀之，《一統志》及《圖經》恐誤。

清溪。《輿地志》：「資州。漢屬犍爲郡。西魏置資州。後周置資中郡。唐爲資州，或爲資陽郡，屬劍南道。領月山、龍水及清溪等縣八。」《唐書・地志》：「資州有清溪縣，本牛鞞。天寶元年更名。」按《華陽國志》「資中縣受牛鞞江」即此。又《池州志》：「清溪源出涔溪山，與石人嶺水合，北流爲玉鏡潭，又東流折而北至清溪，遂入大江。」謝靈運詩「攢念改別心，旦發清溪陰」，又李白《宣州清溪》詩「清溪清我心，水色異諸水。借問新安江，向底何如此」，是皆指池州清溪也。乃與此詩所謂清溪，其地東西相距數千許里。張旭《桃花磯》詩「桃花盡日隨流水，洞在清溪何處邊」，此又別名清溪者，不可渾殽。意者白從牛鞞江乘舟而下渝州。戴叔倫《夜發袁江》詩「半夜回舟入楚鄉，月明山水共蒼蒼」，水行翫月，意亦如斯。牛鞞江，今之安岳縣，隸鞞川州。嘉定在西，渝州在東，其境相距不甚相遠。牛鞞江東通合州涪宕渠水，西南與渝水會。杜甫詩「數杯巫峽酒，百丈內江船」，注「水自渝上合州者謂之內江，自渝由瀘州下者謂之外江」。

三峽。《晉書·桓沖傳》：「樂鄉城以上四十餘里，北枕大江，西接三峽。」《南史·梁武帝紀》：「帝謂諮議參軍長弘策曰：『斷三峽，據巴蜀，分兵定湘中，便全有上流。以此傳檄江南，風之靡草，不足比也。』」《唐·李吉甫傳》：「劉闢拒命，高崇文圍鹿頭未下，吉甫以爲宣洪蘄鄂彊弩，號天下精兵。争險地，兵家所長。請起其兵，擣三峽之虚，則賊勢必分，首尾不救矣。」《水經注》：「每至晴初霜旦，林寒澗肅，常有高猿長嘯，屬引淒異，空谷傳響，哀轉久絶。故漁者歌曰『巴東三峽巫峽長，猿鳴三聲淚沾裳』。」郝郊《入蜀記見[一]》：「渝州有明月峽、温湯峽、石洞峽，夔州有西陵峽、歸鄉峽、巫峽，竝稱三峽。」《輿地志[二]》：「巴陵楚地有三峽，明月峽、巫山峽、廣澤峽。」左思《蜀都賦》「經三峽之崢嶸」，注「三峽在巴東永安縣，謂西陵峽、歸鄉峽、巫峽也」。盛弘之《荆州記》「三峽七

〔一〕見：底本脱，據《千頃堂書目》卷八補。

〔二〕地：底本訛作「服」，據《御選唐詩》卷六《補編》注引《輿地志》改。

百里中，兩岸連山無斷處，重巖叠嶂，隱天蔽日，自非亭午，不見日月。」杜甫詩「五更鼓角聲悲壯，三峽星河影動摇」。按此詩所謂三峽，蓋指渝州三峽。干寶《晋記總論》「汎舟三峽，介馬桂陽」，亦謂渝州三峽也。

思君。指月。賞月曰君，迺親愛無他之辭。蓋昉於此。「君」字假借，不但徵君、細君。北齊後主號鷹曰「淩霄君」，《晋書》王子猷愛竹曰「此君」，韓愈《毛穎傳》管城子呼爲「中書君」，《酉陽雜俎》稱鼠爲「社君」之類，其意自可見矣。《孟子》：「鬱陶，思君爾。」《楚辭・九辨》「專思君兮不可化，君不知兮可奈何」。古詩「思君令人老，歲月忽已晚」，此等辭亦可見矣。

渝州。今重慶府。《唐書・地理志》：「渝州，南平郡下〔一〕，本巴郡。天寶元年更名。」

全章大意。白歸途中次牛鞞江，更遇良夜絶霽，乃捨舟而上，望蛾眉山月魄彩清奇。遵岬而升，山峭嶙峋，没其半輪。皓姿嬋娟，新麗如妝。半輪秋色，最可愛惜。故曰「半輪秋」。片影潤颺，始如畫圖。乃入平羌江水，吐光冷冷而流。雖然，亂峰連嶂，頻藏全魄，覿缺十分，唯是爲恨。於是反抵清溪，時已甲夜。又乘舟便發清溪，望三峽去。嶇嶔峛崺，猶尚掩月而不能見。只管思君，不可弛忘。遂順流而下渝州矣。此迺風人乘興之豪致，王徽之剡溪之遊何足道？

〔一〕下：底本脱，據《舊唐書》卷四十二補。

錢起《歸雁》詩

李善曰：「雁能候時去來，故曰歸。」《淮南子》候雁、歸燕，乃北方之鳥，故曰歸。潘岳《河陽縣作》「歸雁映蘭畤」。

瀟湘。《山海經》：「洞庭之山，帝之二女居之，是常遊於江淵。澧沅之風交，瀟湘之淵出，必以飄風暴雨。」《湘水記》：「湘水出自陽關，至清，深五六丈餘，下見底了然。石子若樗蒲，白砂如霜雪，赤岸如朝霜。雁自衡陽歸，即瀟湘間也。」王昌齡詩「留君夜飲對瀟湘，從此歸舟客夢長」，杜甫詩「飛閣捲簾圖畫裏，虛無只少對瀟湘」，柳宗元詩「蘆葉有聲疑霧雨，浪花無際似瀟湘」，許渾詩「楚客送僧歸桂陽，海門帆勢極瀟湘」。此詩亦多，不遑枚舉。

沙明。李白詩「日落沙明天倒開，波搖石動水縈洄」，白居易詩「日煎紅浪沸，月射白砂明」。

苔。陸龜蒙《苔賦》「高有瓦苔，卑有澤葵。散岩竇者曰石髮〔一〕，補空田者曰垣衣，在屋曰昔邪，在水曰陟鳌〔二〕」。

二十五絃。《漢書·郊祀志》：「泰帝使素女鼓五十絃瑟，瑟聲悲，帝禁不止，故破其瑟爲二十

〔一〕岩竇：底本訛作「岸頭」，據《甫里集》卷十四改。
〔二〕鳌：底本訛作「髮」，據《甫里集》卷十四改。

五絃。」《史記·武帝紀》云云「於是塞南越，禱祠泰一后土，始用樂舞，益召歌兒，作二十五絃及箜篌自此始。」瑟中有《歸雁操》。《淮南子》：「琴不鳴而二十五絃各以其聲應。」白居易詩「更從越壁藝成來，二十五絃不如五」。

清怨。許渾詩「鷓鴣清怨繞梁飛」，又「金谷歌傳第一流，鷓鴣清怨碧雲愁」。

錢起此詩，蓋遊瀟湘乃賦歸雁。言瀟湘之傍山水勝麗，汝宜棲宿，而何事芒芒，徒尋常棄而歸乎？蓋湘水側有瀟靈，乘夜而遊，意者所以汝歸者，得無非聞湘妃操二十五絃琴，彈之夜月而不勝悲感，卻即飛來耶？等閒，尋常也。來，還也，行也。並見於《正字通》。原來瀟湘佳麗之區，況於景物新象之時乎？汝何事輕輕尋常委而去乎？蓋是爲怪之辭。二句謂瀟湘之勝也。○唐詩絕句數首淺說，聊爲蒙士講次，述之如斯。至語大方，吾豈敢？雖然，余欲只開導兒曹，嘗著《唐詩正聲合箋》，可以觀矣。而今不贅於兹云。

《詩學新論》跋

夫有粹而王，而后有《詩三百》；有駁而霸，而后有《離騷經》。建安一變，建武再變，於是乎古文之將喪也，不翅不絶如綫。駢麗之陋，乃至綺靡，大雅窮矣。爾後唐之四傑出焉而興其廢，以亞《三百》規矩方圓之至也。近體，風詩之至也，於萬斯年，以爲律家之正始也爾。至於宋元，其衰甚於六代。其後明之四傑出焉，奮然力以事復古，偉與厥績也。豈可以小技觀之乎？昭代文明，雋邁之士繼作，然而大氏志操不確，追趨逐者，觀唐則移，觀清則移，宋元作者舉是雕蟲，亦只隨看隨移。則反是非宋非清，別作羊五焉耳，庸詎可以望開天嘉隆之盛耶？吾東岳原先生有慨乎兹矣。嘗謂：「嗟乎！徂徠先生逝矣，吾誰與語！」因著《詩學新論》三卷。雍受讀之，以爲帳秘。然平昔悵然，惜其弗至赫蹷踴直矣。敢問其事，乃謂：「傖父殘篇，假供覆瓿，其舉謂之郙婁，焉妄災木！」既而又俾菅斯文請之，而二弟子共奉校訂。至夫討究羔羊，糾彈訾違，鼯技之窮，不勝困横。雖然，日侍絳帷，閔免不苟退託。己亥渡河，金根沿舊，乃鋟版。庶幾蒙士志于古文辭者，又有屈彊于此而勃興者矣。

明和歲在辛卯冬復月，門人豐郡久恒雍再拜謹撰。浪華端山圖南書

詩律兆

中井竹山

《詩律兆》十一卷，中井竹山（一七三〇—一八〇四）撰。據文會堂《日本詩話叢書》本校。

按：中井竹山（なかい ちくざん NAKAI CHIKUZAN），江户時代中期儒學者。大阪（今屬大阪府）人，名積善，字子慶，世稱「善太」，號竹山、同關子、渫翁、雪翁。中井甃庵之長子，中井履軒之兄。師從五井蘭洲，尊奉宋學。雖於《非徵》（七卷）中以朱子學之立場抨擊徂徠學，然隨「寬政異學之禁」，與賴春水等人立於官學之側。天明二年（一八七二）其父去世後，繼爲懷德堂學主從事講學。享保十五年生，文化三年二月二日歿，享年七十五歲，謚號文惠。

其著作有：《逸史》十三卷、《逸史問答》二卷、《草茅危言》八卷、《非徵》七卷、《蒙養編》二帖、《經濟要語》一卷、《詩律兆附餘考・附录》十一卷、《革島物語》一卷、《閉距餘筆》一卷、《奠陰集》二十卷、《平洲先生感懷詩》一卷、《大學定本》一卷、《中庸定本》一卷、《易説》一卷、《易斷》五卷、《尚書管見》一卷、《左傳比事蹄》三卷、《大阪風俗誌》三卷、《建學私議》一卷、《祭祀私議》一卷、《喪祭私説集注》一卷、《國字牘》八卷、《災後蕘言》一卷、《草茅對問》二卷、《子華子行狀》一卷、《社倉私議》一卷、《小學雕題》四卷、《唐鑑雕題》一卷、《武彙》二卷、《文矱》一卷、《養子私議》一卷、《洛陽志》二卷、《清平調詩新解》一卷、《東稽》四卷、《芳原物語》一卷、同續編一卷、《稱謂問目書》一卷、《龍野貞婦記録》一卷、《答猪飼脩藏書》一卷、《報姦録》一卷、《西岡集》一卷、《新題百首詩》一卷、《奠陰略稿》二卷、《西上記》一卷、《東征稿》三卷、《遊芳山記》一卷、《淀陰志》一卷、《淀陰存稿》、《民間喻示草》(《民間さとし草》)一卷、《井田説經界圖》一卷(與其弟中井履軒共著)、《扶桑木説》、《扶桑考》一卷、《竹山雜》一卷、《竹山文集》等。

詩律兆自序

唐詩以四聲律天下，嚴哉精矣。夫詩之學多端，然基於依平側以媲青白，則在初學，此之爲急務。苟不講治於此，輒覓字句之佳，猶施丹雘乎樸斲之前也，可乎？我邦言詩，其來尚矣。寧京之盛也，聘唐之命相繼于朝，沈宋新體於是乎傳焉。平安定鼎，文教滋張，迺朝紳之以詩名家，櫛比而興。當是時，西盟不寒，留學之員往反接武，則全唐詩法見而知之者必多矣。但文獻之泯不可復徵焉。若夫曩篇廑而存者，其節族往往乎泝洄乎神龍前，未純乎開元後，是可異也已。既而喪亂蔑資，聲詩之道墜在浮屠氏，酸餡氣日皺月皺，弗絶如綫者，中間五百年。及元和偃武也，寰區維新，鉅儒崇工振乎草茅，乃攟遺音於緇間，一朝復之，天下翕然唱且和焉。前日朝廷盛業頓盈乎閭巷，典雅高華或淩駕而出矣。然其於聲律猶有未備者，何哉？蓋今之言詩法，不出於二四異，二六同等之數項。噫嘻！亦疎矣。意是法或者蔬筍餘習，當初詩家習而弗察，藉以率初學，苟簡之徑一啓，天下争而趨焉。雖有先輩頗遵正律以自標榜焉者乎，孤絶自守，物而未化。或就原法是正一二以資誘掖者，因仍自畫，淘汰之功不力。俱未足令後進痛省勇改，無回翔於故習，是以世之真才間氣，幾與古作者頡頏，而設宫分羽則未免周郎之顧，豈不惜乎哉？予自幼從學，旁修辭藝，漸摩有日，頗寤於宿弊。一旦幡然以自奮，輒出唐氏以還之集，參伍錯綜，怳爾有得也，則不自揣，釐成是編，以揭正路而截邪徑。幼學之士由此而進，庶乎芟舊穢拓前莽，以定詞壇之基矣。雖然，千載蔽痼，固非一日所能革，而我何人也，以藐爾末學，孤寒之蹤，乃從事于此，豈敢肆然以廓清自期？蓋亦爲之「兆」云爾。遂以命編，叙其由，以諗同志之朋，不知「兆」也果足以行矣與？

寶曆戊寅三月，浪華竹山居士中井積善撰竝書。

凡則十六例

一、是編闡平側排比之法，分爲恒、變二調，係以古人詩句，明其異同取捨。古人所無，或者厘厘有之不足以例，而我邦犯用弗寤者，别圖以附各篇末以砭其痼。又揀拗句可依準焉者别出爲卷，置於各體後，以廣其變。隨以餘考、附録，務極其要歸。覽者須彼此參照以記取焉。

一、圖譜，白圈之爲平，黑圈之爲側，半白之爲平仄兩可，俱仍舊貫。但七言句中，半白迭在左右者，此用側，則彼定宜用平，是係創意，覽者其審之。

一、是編分恒、變二調者，華人固有此目。然詩律每微有出入，非若詩餘之平仄一定不移，故古人未有指定其圖如詩餘譜者，輓近有圖，則又失於疎繆。今嚴加查考，定凡四唐宋明所準用，十恒居九者一圖，是爲恒調；拗一字以上，皆爲變調。若我邦所謂履仄挾平，詩家通例。其佗凡未可以「拗」名焉者，苟與夫恒調異，則概以爲變，令覽者易辨焉。

一、是編五七言恒調各以正格、偏格爲二項，因從以變調。初學之士，宜一依恒調以結構焉，不容明知故犯，任意消息。及其不能無拘窘，起結二聯逐位求諸變調，必竢有正據，然後成篇，庶無一字妄下，足以脱世習之陋矣。

一、絶句，律體半截，故五七言恒調皆全與律同，但七絶變調比律差少，又有例用多寡之微異是已。律體已通，率可推而用，然不舉成規，無徵而不信，故併恒調别標焉。至五絶變調，全是古風，不可拘束。然五律所慎，大氏五絶亦避之爲可矣，宜就律體以斡旋，今不復標也。

一、排律，律之極精嚴者，當依恒調叠之，故不别圖焉。但變調中係熟套者，時一出之固不妨，要在慎而不輕用耳。是亦不竢圖也。覽者勿以爲遺脱。

一、古人拗句有起結二聯等之異，詩家概謂之拗體而已。予悉分之，又特設正偏相半體、正偏交互體等之目以資乎初學易辨。雖是創意，亦唯指其實耳，豈自我作古云乎哉？

一、是編五七言律，恒調及拗體所引詩，每首横列，以便乎炤圖，分以雙條闌。其變調，於雙條闌内横列圖譜、圖説諸句，界以單條，每闌必横看而遞下，乃成次第。七絶變調異同。但至七絶恒調及拗體，則闌内録二首，單條界之，亦當依變調例，每二首横看而下爾。

一、所標之詩以老杜爲主，通乎四唐，涉宋明，無者闕之。但七絶直依四唐之叙，不復主於老杜，蓋以絶句之非其所長，前輩已有公論也。

一、凡所搜索，詳於唐而略於宋明，故所引亦唐居多而宋明爲少，皆理勢之然也。其所采，下止於宋明焉。元與清，置於弗問。蓋元，宋之支；清，明之裔。

一、大氏變調必具四唐宋明者，例用屬多；其參差不具者，例用屬少。然又有具焉而少，有不具焉而多，其詳各圖係之説以訂之，附圖洎拗體，亦係圖説於末以商榷之。圖説不能悉焉者，又於餘考附録卒其義云。

一、古人詩才一二見者不足以例焉，故是編變調所采，每圖大率數十首，少不下十，多至累百，但五言限以十，七言限以七者，厭書帙浩繁也。覽者勿以圖説中往往有廑廑寥寥等之語，而遽謂其所得實止於十、止於七焉。變調止舉一聯，不及全首，又就簡省，俱以便乎齎挈披閲。或者五言不滿十，七言不滿七，而間亦標者，蓋廣詩變且以竢異日填補焉耳。

一、拗體所引詩，大氐隨得録之，不復依前條簡省之限者，别自有説，具於本部，覽者其察之。

一、我邦詩籍汗牛充棟，孰得而悉讀之？予之所閲集若選蓋幾何，而疵病層出，足以證鄙説，則不必多讀也。是編既主於祛世習之痼，即不論先輩瑕纇，漫然無所徵焉。然一一指斥，不勝其煩，且也皆是一時詞宗，或係父執丈人大父行，則末學後生不欲輕議也。抑朱子嘗有言，學者「著一尊畏先輩不敢違異之心，便覺左右顧瞻，動皆窒礙」。夫尊畏前輩，謙遜長厚，豈非美事？然此處才有偏重，便成病痛。今乃奉朱門號令，舉先輩中世之尤所取信，而與予欣戚不相關者一二氏，其餘所得，概以諸家標諸變調圍外及附圖，餘白，以備證左，是不獲已也。覽者幸勿以爲好譏彈。

一、予家世清素，藏書匪多，乞假亦不廣。且以詞藝屬餘事也，始不甚專心致力，是以既不保於罔謬誤，又尤恐遺漏之甚。加之初稿成乎夙齡，作輟靡常，頗歷年所。故經查考而忽忘，抄取而遺失亦有之。幸有以浩博之才、二酉之富而留心聲律者，冀就是書，匡訛補闕，以圖其大成乎，是予之所望於將來也。予雖讀詩之不多，然積年所閲歷代諸集洎選，以至詩話隨筆諸書，五七言近體蓋累以萬，一二耐煩詳考，或至於一部再四閲，前後三易稿而後就。一人之力，餘事之功，如兹亦足矣。川澤納汙，瑾瑜匿瑕，奚必求全於一手，復枉費歲月哉？

一、圖説中，曰有、曰無、曰多、曰少、曰較多、曰較少、曰最多、曰最少，曰熟套、曰無考、曰不勝其多、曰厘厘寥寥。凡如此之類，皆就予所見言之耳。寡陋之談，惡保其實然邪？雖然，異日閲覽之士，而或加釐正乎，亦唯等而上之，無者有之，少者多，不勝多者益不勝多而已矣，决不至令其有無多少顛倒易位，是予之所自信也。見瓶水凍知天下寒，學苟得要，推之莫不準焉，又何徒博之貴爲？

明和庚寅首夏，竹山居士識。

是編之述，初意唯以備吾黨後進之來問，聊與同志共之耳。既而傳寫寖廣，未定之本，稍稍四出。是以同人相勸，遂有梓以問世之舉。則心竊燗然有不自安者。蓋天下之事自粗而入精，始略而後詳，理勢之恒。今也乘文運龍興之後，談藝之士，四方林立，結軌乎都邑，所謂人人謂握靈蛇之珠、家家謂抱荆山之玉也。乃妙解聲律，悉精極詳，不復竢予之呶呶者，意必比比而有焉。斯稿而一出，恐不免爲遼東豕矣。往聖猶稱可畏於後生，今烏敢以自信之果，誣於一世之不然歟？雖然，予之平素息交下帷也，末由於誦其篇什、傳其緒論以驗其實，則未遽爲此削稿焉。且也窮鄉晚出，蹈舊轍而弗寤者亦必多矣。乃若妙解之人，取以率後學乎，亦有足以助其頰舌之勞者，此則斯稿尚得爲孤竹馬矣乎。是可傳也，不可削也。世之覽者，其諒此意。安永紀元冬，居士再識。

詩律兆目録

〔一〕正：底本訛作「偏」，據下文表格改。

詩律兆卷一

五言律詩上　正格

恒調

◓●○○●
○○●●○
◓○○●●
◓●●○○
◓●○○●
○○●●○
◓○○●●
◓●●○○

岑參

聯步趨丹陛，
分曹限紫微。
曉隨天仗入，
暮惹御香歸。
白髮悲花落，
青雲羨鳥飛。
聖朝無闕事，
自覺諫書稀。

杜甫

東郡趨庭日，
南樓縱目初。
浮雲連海岱，
平野入青徐。
孤嶂秦碑在，
荒城魯殿餘。
從來多古意，
臨眺獨躊躇。

皇甫曾

上將宜分閫，
雙旌復出秦。
關河三晉路，
賓從五原人。
孤戍雲通海，
平沙雪度春。
酬恩看玉劍，
何處有煙塵。

杜審言

旅客三秋至，
層城四望開。
楚山横地出，
漢水接天回。
冠蓋非新里，
章華即舊臺。
習池風景異，
歸路滿塵埃。

李嘉祐

遷客投於越，
臨江淚滿衣。
獨隨流水去，
轉覺故人稀。
萬木迎秋序，
千峰駐晚暉。
行舟猶未已，
惆悵暮潮歸。

李白

塞虜乘秋下，
天兵出漢家。
將軍分虎竹，
戰士卧龍沙。
邊月隨弓影，
胡霜拂劍花。
玉關殊未入，
少婦莫長嗟。

司空圖

旅寓雖難定，
乘閑是勝遊。
碧雲蕭寺霽，
紅樹謝村秋。
戍鼓和潮暗，
船窗照島幽。
詩家多滯此，
風景似相留。

陸遊	水長鷗初泛，山寒茗未芽。深林聞社鼓，落日照漁家。渡遠呼船久，橋傾取路斜。客愁慵遠眺，不是怯風沙。
劉克莊	瞑色千村静，遥峰帶殘霞。荷鋤歸別墅，乞火到鄰家。疎鼓聞更遠，昏燈見字斜。小軒風露冷，自起灌蘭花。
何景明	大將登壇貴，三軍拔幟豪。力能分楚漢，功本冠蕭曹。故壘風雲偃，空山虎豹號。獨憐飛鳥嘆，不及范生高。
李攀龍	眼底誰同病，天涯好自親。放歌依日月，縱飲向風塵。世態摇知己，時名走衆人。朝參君莫嬾，漢王憶詞臣。

變調　二十有九腔　附十有六腔

起句		杜甫
◐●●○○ ○○●●○	以首句押韻爲變，與七言反。世所共知其爲熟用固也。	胡馬大宛名，鋒稜瘦骨成。
楊炯	王維	岑參
烽火照西京，心中自不平。	風勁角弓鳴，將軍獵渭城。	早歲即相知，嗟君最後時。
韋應物	于武陵	宋祁
楚塞故人稀，相逢本不期。	石室掃無塵，人寰與此分。	三輔古風煙，征驂悵未前。
張道洽	李夢陽	王世貞
何處出斜枝，茅檐自竹籬。	聖主下龍章，將軍入鳳陽。	十五繡鴛鴦，妝成贈阮郎。

起句	宋之問	姚合	徐文卿
◐●●○○ ○○○●○	公子正邀歡，林亭春未蘭。	居止日蕭條，庭前唯藥苗。	衝雨入窮山，山民猶閉關。
此似當套而大不如前調之多焉。四唐宋明皆然。	高適：征馬向邊州，蕭蕭嘶未休。	項斯：夜入楚家煙，煙中人未眠。	謝榛：路出大梁城，關河開曉晴。
杜甫：落日在簾鈎，溪邊春事幽。	皇甫冉：暝色赴春愁，歸人南渡頭。	林逋：岸幘倚微風，柴籬春色中。	汪道昆：片石碧摩天，高臺秋可憐。

起句	宋之問	許渾	僧善珍
◐●●○○ ●○○●○	柳變曲江頭，送君函谷遊。	懷玉泣京華，舊山歸路賒。	藥徑入雲林，晚晴扶杖吟。
後句第三字平，則第一字之仄似不妨，然比前調又爲最少	綦毋潛：羽客北山尋，草堂松徑深。	曹松：好好看花晨，六街揚遠塵。	汪廣洋：休撥紫檀槽，且傾黃濁醪。
杜甫：涕淚不能收，哭君餘白頭。	鄭谷：春亦怯邊游，此行風正秋。	歐陽修：黃鵠刷金衣，自言能遠飛。	章闓：煙霧散春晴，亂鴉深樹鳴。

起句
◐●●○●
◐○○●○

姚崇	明月有餘鑒，羈人殊未安。
張南史	歲暮欲爲別，江湖聊自寬。
尤袤	睡覺不知雪，但驚窗户明。

此固熟套，但初唐不多爾。

李白	白玉一杯酒，綠楊三月時。
温庭筠	晨起動征鐸，客行悲故鄉。
李攀龍	藉草到流水，看花延落暉。

杜甫	落日放船好，輕風生浪遲。
高適	驅馬薊門北，北風邊馬哀。
梅堯臣	適與野情愜，千山高復低。
梁有譽	岸幘坐清夜，冥冥山雨過。

起句
◐●●○●
○○●●○

張九齡	場藿已成歲，園葵亦向陽。
于良史	隱几讀黄老，閒居耳目清。
陳無己	湖嶺一都會，西南更上游。

此拗偏枯，固非若前調之甚多，而世多混用不辨焉者非矣。

岑參	公府日無事，吾徒只是閑。
王貞白	無酒汎金菊，登高但憶秋
汪道昆	野色互明滅，煙光乍有無。

老杜	江水最深地，山雲薄暮時。
嚴維	小嶺路雖近，仙郎此夕過。
曾幾	一雨遂通夕，安眠失百憂。
宗臣	可嘆日爲別，兼之歲欲殘。

起句	◓●○●○ ◓○○●○	孟浩然	北闕休上書，南山歸舊廬。	李白	楚水清若空，遥將碧海通。	孟郊	河水昏復晨，河邊相别頻。
諸家皆少，老杜及明無考，但浩然氏三見，豈其所好歟？		浩然	二月湖水清，家家春鳥鳴。	薛存誠	再入青瑣闈，忝官誠自非。	陸游	北斗垂莽蒼，明河浮太清。
孫逖	日落川逕寒，離心苦未安。	浩然	八月湖水平，涵虛混太清。	賈島	一卧三四旬，數書唯獨君。		
起句	◓●○●● ◓○○●○	宋之問	合浦塗未極，端溪行暫臨。	賈浪仙	幽鳥飛不過，我行千里間。	曾茶山	積雪何所待，凍雲終未開。
杜、白得六，岑得十六，他亦不爲少。但晚唐及明屢屢矣。		高達夫	落日風雨至，秋天鴻雁初。	張司業	楚澤南渡口，夜深來客稀。	陸放翁	澤國霜露晚，孤汀煙火微。
杜工部	光細弦欲上，影斜輪未安。	岑嘉州	郭外山色暝，主人林館秋。	曹松	曉色教不睡，垂簾清氣中。	袁表	隴阪高不極，征人行未休。

起句	◐●○●● ○○●●○	崔顥	北上途未半，南行歲已闌。	白居易	潤氣凝柱礎，繁聲注瓦溝。	梅堯臣	雨腳收不盡，斜陽半古城。
	此與前調同而後句依恒調者，老杜無考，諸家亦皆厘厘矣。	李白	高閣横秀氣，清幽並在君。	元微之	徙倚簷宇下，思量去住情。	王世貞	醉容雙眼白，繁花一樹明。
宋之問	臥病人事絶，嗟君萬里行。	張籍	苦行長不出，清羸最少年。	魏野	十月天不暖，前村到豈能。	蔣璨	大雅長往矣，遺容後代看。
起句	○●●●● ◐○○●○	孟浩然	人事有代謝，往來成古今。	李群玉	雲臥竟不起，少微空隕光。	陳無己	初雪已覆地，晚風仍積威。
	此變之甚者，杜善用，岑得四，餘不多。然世以爲失律，欠商榷。	岑參	三十始一命，宦情多欲闌。	羅隱	滄海去未得，倚舟聊問津。	王世貞	彭澤古達者，簿書安可羈。
老杜	孤雁不飲啄，飛鳴聲念群。	戴叔倫	遙夜獨不寐，寂寥庭户中。	黄庭堅	全德備萬物，大方無四隅。	韓洽	籬落遍積素，愈知顏色丹。

起句		杜少陵	起句		李白
●●●●●，◐○○●○。	此宜與前調合。今欲明其變之極，故別標焉。諸家固少，杜得五。	小雨夜復密，回風吹早秋。	◐●●●●，○○●●○。	此與前二調同，而後句依恒調者，杜及初唐無考，餘亦最少。	側疊萬古石，橫爲白馬磯。
李青蓮	孟襄陽	方玄英	孟浩然	戴叔倫	齊己
道隱不可見，靈書藏洞天。	士有不得志，栖栖吴楚間。	志業不得力，至今猶苦吟。	吾愛太乙子，飡霞卧赤城。	潮水忽復至，雲帆儼欲飛。	萬木凍欲折，孤根暖獨回。
元微之	裴説	張宛丘	馬戴	潘閬	歐陽修
十里撫稚別，一身騎馬回。	糲食擁敗絮，苦吟吟過冬。	欲學日易晚，不風寒更輕。	楊柳色已故，郊原日復低。	片片落復落，園林漸向空。	節物豈不好，秋懷獨黯然。
陳簡齋	李獻吉	王元美	王世貞	王立道	程希武
畎畝意不適，出門聊散憂。	白馬瓠子口，秋風汾上歌。	出郭已十里，晨炊猶未煙。	握手語未畢，呼童且列筵。	歲晚不一遇，知君自晏如。	獨坐耿不寐，裁詩至夜分。

起句	◐●○○● ○○○●○	駱賓王	俗遠風塵隔， 春還初服遲。	司空曙	黃葉前朝寺， 無僧寒殿開。	呂本中	雪盡寒仍在， 園荒春欲歸。
此調熟套，諸家皆多用，與第二調相似，而多寡之數則異。		李白	地擁金陵勢， 城迴江水流。	司空圖	三十年來往， 中間京洛塵。	徐禎卿	昔送宮車出， 長悲西雍門。
杜甫	野寺江天豁， 山扉花竹幽。	賈至	攜手登臨處， 巴陵天一隅。	晁君成	馬上鷄初唱， 天涯星未稀。	邊貢	幽寂耽蓬户， 淒涼還舊吟。
起句	◐●○○● ●○○●○	盧照鄰	南國佳人至， 北堂羅薦開。	賈島	毛女峰當户， 日高頭未梳。	蘇軾	曳杖青苔岸， 繫船枯柳陰。
説與第三調同。杜止二首，餘則較多。然世與前調混，則粗矣。		祖詠	別業居幽處， 到來生隱心。	杜荀鶴	早被嬋娟誤， 欲妝臨鏡慵。	王世貞	春色邢臺上， 獨吟千古愁。
老杜	夜醉長沙酒， 曉行湘水春。	白居易	滿眼江雲色， 月明樓上人。	張文潛	月暗風林静， 斗垂霜葉清。	汪道昆	絶塞遥相傍， 故園安在哉。

前聯	○○●○● ◐●●○○	陳子昂	山川亂雲日，樓榭入煙霄。	張祜	泉聲到池盡，山色上樓多。	趙蕃	夷陵護江左，斜谷顧關中。
	此我邦所謂挾平格。諸家皆尤多，但世多忽於第一字，非是。	李頎	閶門折垂柳，御苑聽殘鶯。	杜牧	青苔滿階砌，白鳥故遲留。	于謙	川縈太行驛，樹繞澤州城。
杜甫	清新庾開府，俊逸鮑參軍。	張謂	舟移洞庭岸，路入武陵源。	王安國	縱橫一川水，高下數家村。	唐順之	塵沙兩河夕，風雨二陵秋。
前聯	●○●○● ◐●●○○	孟浩然	我年已强仕，無禄尚憂農。	呂本中	極知少餘韻，何敢厭窮途。	王世貞	漢家兩司馬，吾世一攀龍。
	其調，厘厘數家之外絶無所考。我邦混前調之非，可以見焉。	張籍	月明見潮上，江静覺鷗飛。	李夢陽	有無丈人石，幾許大夫松。	李攀龍	拭砧散明月，投杵上清霜。
杜甫	客居愧遷次，春色漸多添。	白居易	碧梧葉重疊，紅藥樹低昂。	夢陽	斗然一峰上，不信萬山開。	高叔嗣	到來長春草，行坐落天花。

前聯		杜甫	前聯		杜子美
○○●●● ◐●●○○	四唐宋明皆不勝其多焉。我邦以三仄爲病，弗察甚矣。	青錢買野竹， 白幘岸江皋。	●○●●● ◐●●○○	前調之再變，諸家固不多，晚唐無考，但世以爲聲病則非。	世人共鹵莽， 吾道屬艱難。
杜審言	王維	岑參	張九齡	李太白	孟浩然
雲霞出海曙， 梅柳渡江春。	山中一夜雨， 樹杪百重泉。	江村片雨外， 野寺夕陽邊。	獨無謝客賞， 況復賈生心。	碧雲斂海色， 流水折江心。	以吾一日長， 念爾聚星稀。
劉禹錫	馬戴	黄庭堅	白樂天	韓退之	陳師道
楓林社日鼓， 茅屋午時鷄。	煙霞向海島， 風雨宿園林。	身隨腐草化， 名與太山俱。	是身老所迫， 非意病相干。	露排四岸草， 風約半池萍。	雪餘蓋地白， 春淺著梢紅。
陸游	謝榛	王穉登	呂居仁	李獻吉	何仲默
乾坤一旅舍， 日月兩車輪。	幽人掃石榻， 上客到雲蘿。	金蓮不蹈地， 羅襪似行空。	汝爲誤國賊， 我作破家人。	帝鄉不可見， 千載白雲多。	草間露彩薄， 沙上月華明。

後聯	◓●●○● ◓○○●○
	此爲熟套，與起句四同。老杜及四唐宋明皆甚多矣。
杜甫	冉冉柳枝碧，娟娟花蕊紅。
後聯	◓●●○● ○○●●○
	與起句五同。杜止三首，他亦少，明爲差多耳。勿與前調混。
老杜	老去一杯足，誰憐屢舞長。
盧照鄰	邊地草應緑，胡廷沙正飛。
孟浩然	嘗讀遠公傳，永嘆塵外蹤。
儲光羲	江水帶冰緑，桃花隨雨飛。
陳子昂	明月隱高樹，長河没曉天。
高適	白髮老閒事，青雲在目前。
韋應物	山館夜聽雨，秋猿獨喚群。
戎昱	風起塞雲斷，夜深關月開。
雍陶	山鳥宿簷樹，水螢流洞門。
梅堯臣	晚雨竹間霽，春禽花上飛。
郎士元	雲日楚山暮，沙汀白露深。
王貞白	戍卒淚應盡，胡兒語未終。
陳無己	凍水滴還歇，風簾捲復開。
王安國	巾髮雪争出，鏡顔朱半彫。
王世貞	隱士紫芝曲，朝廷黄竹謡。
梁有譽	即事易成感，會心寧在多。
張栻	山近地宜竹，溪清岸有泉。
李攀龍	來雁授衣後，黄花落帽前。
宗臣	薛荔亂江雨，魚龍犯夜潮。

後聯
◐●○●●
◐○○●○

與起七同。杜得二，岑得八，他亦間出。此類未可拘以二四異也。

杜甫
暮景巴蜀僻，春風江漢清。

後聯
◐●○●●
○○●●○

説與起八同。但杜得一，明未有，考是爲異耳。

少陵
短日行海嶺，寒山落桂林。

賀知章
始見沙上鳥，猶埋雲外峰。

岑參
洗藥朝與暮，釣魚春復秋。

白居易
新葉千萬影，殘鶯三兩聲。

張説
倏爾生六翮，翻飛戾九門。

李白
竹色溪下緑，荷花鏡裏香。

岑參
山色軒檻内，灘聲枕席間。

王建
新識鄰里面，未諳村舍情。

杜牧
髮短梳未足，枕涼閑且欹。

曹松
御柳垂著水，夜鶯啼破春。

綦毋潛
蘭若門對壑，田家路隔林。

韓愈
獨坐殊未厭，孤斟詎得醒。

貫休
白髮垂不剃，青眸笑更深。

陸游
木落山盡出，鐘鳴僧獨歸。

徐禎卿
重以桑梓念，淒其江漢情。

林尚瓊
門徑無俗轍，林園多好風。

張籍
失意還獨悟，多愁只自知。

賈島
尋水終不飲，逢林亦未栖。

陳無己
結友真莫逆，論才有不如。

後聯	駱賓王	郎士元	劉克莊
○●●●● ◐○○●○	穿漵不厭曲， 艤潭帷愛深。	歸客不可望， 悠然林外情。	真可壻芍藥， 未妨妃海棠。
與起九同，説見于前，但此老杜亦屢屢。	岑參 遥夜惜已半， 清言殊未休。	杜牧 尊酒酌未酌， 晚花顰不顰。	汪道昆 比屋鼠化虎， 連城狼牧羊。
杜甫 河漢不改色， 關山空自寒。	戴叔倫 春水去不盡， 秋風今又過。	蘇軾 衰鬢久已白， 旅懷空自清。	程希武 風勁雪欲作， 山寒雲不開。

後聯	岑參	賈島	黄庭堅
●●●●● ◐○○●○	驅馬去不見， 雙魚空往來。	此地聚會夕， 當時雷雨寒。	久立我有待， 長吟君不來。
説與起十同。凡此類，必雜用上去入，是非圖所悉，覽者審之。	白居易 壯歲忽已去， 浮雲何足論。	崔塗 漸與骨肉遠， 轉於奴僕親。	王世貞 古木徑路改， 空山樵採稀。
杜甫 草木歲月晚， 關河霜雪清。	張籍 入國自獻寶， 逢人多贈珠。	張乘 許國有寸鐵， 耕田無一成。	程希武 老樹雪壓折， 斷蓬風捲來。

後聯	◐●○○● ○○○●○
沈雲卿	暈落關山迥，光含霜霰微。
劉賓客	興廢由人事，山川空地形。
張宛丘	水落溪魚出，林深田鶴鳴。

與起十二同爲熟套，但杜不過數首，諸家明最多矣。	
王右丞	日落江湖白，潮來天地青。
鄭都官	天淡滄浪晚，風悲蘭杜秋。
李獻吉	月爲銜杯出，鴻於鳴磬過。

少陵	暫屈汾陽駕，聊飛燕將書。
孟襄陽	挂席樵風便，開軒琴月孤。
戴石屏	詩骨梅花瘦，歸心江水流。
許邦才	往事流波駛，歸心帆影摇。

後聯	◐●○○● ●○○●○
李嶠	鍔上芙蓉動，匣中霜雪明。
戴幼公	萬里交親散，故園江海空。
陳去非	春發蒼茫裏，鳥鳴黄竹間。

説與起三同。杜及賈、戴得二，劉得三是已，餘亦鮮少。	
獨孤及	前路舟休係，故山雲不歸。
賈浪仙	開篋收詩卷，掃牀移卧衣。
張以寧	楊柳煙深淺，杏花春白紅。

工部	賈傅才何有，褚公書絶倫。
劉夢得	詩酒同行樂，别離方見情。
張澤民	政爾疎還冷，忽然斜又横。
王世貞	萬態浮雲變，寸心明月空。

結句	○○●○● ◐●●○○
	與前聯一同，説見於前。但此調尤多，實爲諸變中熟套之最。
杜甫	何當擊凡鳥，毛血灑平蕪。
楊炯	寧爲百夫長，勝作一書生。
李白	閑隨白鷗去，沙上自爲群。
賈至	深情托瑶瑟，絃斷不成章。
司空曙	禪宫亦消歇，塵世轉堪哀。
周賀	臨岐惜携手〔一〕，日暮一沾巾。
梅堯臣	人家在何許，雲外一聲鷄。
王禹玉	君王自天縱，况復睿心勤。
楊基	何人夜吹笛，風急雨冥冥。
何景明	山深正愁絶，落日鷓古啼。

結句	●○●○● ◐●●○○
	與前聯二同，但較諸前聯，稍多乎云爾。世以與前調混，則非。
杜甫	故人得佳句，獨贈白頭翁。
王維	偶然值林叟，談笑滯還期。
鄭德玄	客心一如此，誰復采芳蘭。
儲光羲	九歌有深意，捐佩乃言歸。
吴鞏	且看玉尊夕，歸路賞前忘。
姚合	此情對春色，盡總欲忘情。
吕本中	客來闕佳設，親爲摘山蔬。
陳無己	白頭厭奔走，何地與爲鄰。
汪道昆	拂衣又明發，莫厭語綢繆。
楊慎	讀書有今日，曷不早供耕。

〔一〕岐：底本訛作「别」，失律。據《全唐詩》卷五百三改。

結句　○○●●●　◐●●○○

與前聯三同爲熟套，說亦具于前。

杜甫　人生五馬貴，莫受二毛侵。

王勃　無論去與住，俱是夢中人。

岑參　逍遥自得意，鼓腹醉中游。

崔顥　閑年鬬百草，度日不成妝。

皇甫曾　滄洲自有趣，不復哭途窮。

張蠙　項斯不我會，明月幾盈虚。

梅堯臣　田夫指白水，此下是雷塘。

宋祁　南山不改色，千古恨相仍。

謝榛　遥聞日本使，猶自貢長安。

王世貞　滄江有白鳥，來往釣磯邊。

結句　●○●●●　◐●●○○

同前聯四，說亦可併。按但此調，杜善用而初唐及宋無考也。

少陵　別離已昨日，應見古人情。

李白　不知白日暮，歡笑夜方歸。

張子容　故鄉可憶處，遥指斗牛西。

孟浩然　坐聽白雪調，翻入棹歌中。

白居易　既無可戀者，何以不休官。

李中　故人不可見，倚杖役吟魂。

曹鄴　月餘不敢費，留伴肘書行。

何景明　古今問答意，誰識邵公心。

謝榛　俠兒一解事，仗劍欲臨邊。

林尚瓊　此中足悦老，不羨紫芝翁。

附十有六腔

起句 ◓●○○○ ○○●●○	沈佺期 月皎風泠泠， 長門次掖庭。	我邦諸家得十一。
張九齡 湘浦多深林， 青冥晝結陰。	李攀龍 春塢花冥冥， 斜陽倒玉瓶。	
程希武 春日何遲遲， 居閒且自怡。		
起句 ◓●●○○ ●○●●○		物集二，諸家得二十四。

起句 ◓●●○● ●○●●○	孟浩然 出谷未亭午， 至家已夕曛。	物集一、服集二，諸家得三十九。
李白 斗酒勿爲薄， 寸心貴不忘。	高適 飲酒莫辭醉， 醉多適不然。	
起句 ◓●○○● ●○●●○	李白 平虜將軍婦， 入門二十年。	物集八、服集十三，諸家得一百六十八。
穆文熙 只在秋江上， 九皋不礙聲。		

前聯	○○●●● ◐●○○○	
儲光羲	青山隔遠路，明月空長霄。	物集三、服集四，諸家得二十一。
岑參	清搖縣郭動，碧洗雲山新。	
岑參	邊城細草出，客館梨花飛。	
孟郊	離杯有淚飲，別柳無枝春。	
華察	天高宿霧盡，木落空山秋。	
王世貞	山容薜荔古，水氣桃花寒。	
程希武	空遺死後令，猶作生前歡。	

前聯	●○●●● ◐●○○○	
沈佺期	四歸碧玉片，雙眼黄金瞳。	物集三，諸家得八。
李白	亂流若電轉，舉棹揚珠輝。	
李攀龍	白雲海色斷，落日秋陰來。	
前聯	○○●○● ◐●○○○	
盧照鄰	笳喧雁門北，陣翼龍城南。	
席豫	猿攀紫巖飲，鳥拂清潭飛。	
李頎	鱗鱗遠峰見，淡淡平湖春。	
岑參	看君灞陵去，匹馬成皋還。	
王維	寒燈坐高館，秋雨聞疎鐘。	

高適

蒼茫遠山口，豁達胡天開。

陸龜蒙

閒來北山下，似與東風期。

諸家得五。

王世貞

當時爽鳩氏，還作東諸侯。

王立道

清新鷺洲月，極目牛山秋。

前聯

●○●○●
◐●○○○

杜甫

不成向南國，復作遊西川。

諸家得三。

李嶠

九苞應靈瑞，五色成文章。

岑參

一身虜雲外，萬里胡天西。

前聯

◐○○●●
◐●○○○

杜甫

如何關塞隔，轉作瀟湘遊。

物集三，諸家得十二。

張九齡

奈何相送者，不是平生時。

儲光羲

可憐宮殿所，但見桑榆繁。

權德輿

寂寥紅粉盡，冥漠黃泉深。

岑參

花明潘子縣，柳暗陶公門。

柳宗元

自諧塞外意，況與幽人行。

王世貞

叩門栖鳥後，炊飯鳴鷄前。

後聯	後聯	裴説	程希武
◐●●○● ●○●●○	◐●○○● ●○●●○	日影纔添綫， 鬢根已半絲。	蒼樹分吳苑， 近江帶楚天。

	李嶠	孫一元	希武
	馬眼冰陵影， 竹根雪霰文。	雲外烏藤杖， 水邊白鷺巾。	野服荷衣便， 飯蔬菜甲香。

物集五，服集一，諸家得十一。

物集七，服集十二，諸家得一百二十八。

結句	李白	僧靈一	王立道
○○●●● ◐●○○○	淹留未盡興， 日落群峰西。	孤舟屢失道， 但聽秋泉聲。	還因漉酒便， 一解陶潛巾。

李嶠	岑參	唐順之	程希武
英靈已傑出， 誰識卿雲才。	園廬幸接近， 相與歸蒿萊。	徘徊興復盡， 還就茅齋眠。	如何版築者， 反作商家霖。

諸家得八。

結句

●○●●●
◐●○○○

諸家得四。

結句

●○●○●
◐●○○○

李嶠

得隨穆天子，何假唐成公。

諸家得二。

結句

○○●○●
◐●○○○

陳子昂

還因北山徑，歸守東坡田。

服集一，諸家得二十四。

賀知章

故鄉杳無際，明發懷朋從。

孟浩然

聊題一時興，因寄盧徵君。

王昌齡

東南具今古，歸望山雲秋。

結句

◐○○●●
◐●○○○

李嶠

還將西梵曲，助入南薰絃。

張九齡

今朝遊宴所，莫比天泉池。

岑參

江城菊花發，滿道香氛氳。

陸龜蒙

唯應報春鳥，得共斯人知。

儲光羲

此情勞夢寐，況道雙林遥。

岑參

謝君賢主將，豈忘輪臺邊。

元稹

坐看朝日出，衆鳥雙徘徊。

李攀龍	幸逢休澣出，不顧尚書期。	程希武	昨繙高士傳，龐老真吾師。
王維禎	不須愁夜讀，自有金蓮燈。		
物集一，服集五，諸家得十八。			

右所附十六圖，詩家大忌，我邦相沿熟用者甚非矣。以其靡然成習也，予嘗目之爲俗調。所引，李白起句共二腔，前聯結句各一腔，高適起句一腔，盧照鄰、李頎、王維前聯各一腔，岑參前聯共四腔，結句共三腔，陳子昂、賀知章、王昌齡結句各一腔，其全首皆係拗篇。今悉批其姓名，令覽者辨別焉，後皆仿此。夫拗體詩，變怪百出，豈容律以常調焉哉。姑舉此以示例之非例云爾。抑岑參此調所得凡二十許首，然其於前聯用三平者，結句亦率三平，而其起句必依是編變調第八腔，後聯必依是編變調第三腔。若第一腔，每篇皆然。其於偏格亦類此，未嘗恒調中突然出以此變也。蓋別是一種拗格耳。以其近古體也，後卷拗格中亦舍而弗收，今且截取數腔以信予之考索既及焉，

亦不敢極力援引以眩後學也。覽者審之，切戒勿視以爲定準，容易循蹈矣。沈佺期、張九齡起句前聯各二腔，九齡結句一腔，孟浩然起句結句各一腔，儲光羲前聯共二腔、結句一腔，陸龜蒙前聯、結句各一腔，李嶠前聯後聯各一腔、結句共三腔，席豫、杜甫、高適、權德輿、柳宗元前聯共三腔，裴説後聯一腔，僧靈一、元稹結句各一腔，蓋爲正律之變。然初盛之交，律體未純，五律往往與五古混，予又於餘考中體格款内詳論之，宜併按焉。大氐初唐亡論已，盛唐諸家，李杜孟儲最多變態，但杜於七言爲甚，是亦詩家須知也。要之，自非天寶大曆以降遵用通熟者未可以爲證據焉。而權柳陸元輩皆出於千萬首中之一，寥寥如兹，又惡乎足以爲例焉哉？且也孟高以下諸篇其有誤文亦未可知也。鄉覽孟浩然詩起句云「已失五陵道，獨逢蜀阪泥。」律全與此孟高之起同。予心竊疑「獨」「蜀」二字有一譌。後閲善本，作「已失巴陵雨，猶逢蜀坂泥」，儼然正律。自信宿疑之有以也。古詩傳寫之久，其不免陰陶帝虎也宜矣，乃孰復保此所引諸篇之無一差與？《全唐詩話》曰，裴説以苦吟難得爲工，且拘格律，嘗有詩曰「苦吟僧入定，得句將成功」，又云「是事精皆易，唯詩會卻難」，其密如此，恐不可有此紕漏也。方虚谷評孟郊此詩曰：「東野不作近體詩，唯此近乎律。」據此，要皆難於取準矣。明詩嚴整，唯程希武善爲變態，孫一元、王世貞、王立道亞之，不知多變之餘，或遂致横逸邪？華察、李攀龍、唐順之、王維禎、穆文熙亦偶墮此套耳，是則爲不及宋氏之粹矣。夫唐所不敢而明善爲之，所謂雖多亦何以爲者，其俱不足以爲正據也的矣。學者苟用心於若是之際，得以免世之頑習乎，則始可與言詩。

詩律兆卷二

五言律詩中　偏格

恒調

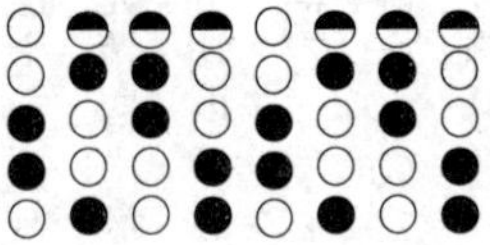

◓○○●●
◓●●○○
◓●○○●
○○●●○
◓○○●●
◓●●○○
◓●○○●
○○●●○

杜甫

風林纖月落，
衣露靜琴張。
暗水流花徑，
春星帶草堂。
檢書燒燭短，
看劍引杯長。
詩罷聞吳詠，
扁舟意不忘。

沈佺期

長歌遊寶地，
徙倚對珠林。
雁塔風霜古，
龍池歲月深。
紺園澄夕霽，
碧殿下秋陰。
歸路煙霞晚，
山蟬處處吟。

王維

晚年唯好靜，
萬事不關心。
自顧無長策，
空知返舊林。
松風吹解帶，
山月照彈琴。
君問窮通理，
漁歌入浦深。

變調　二十有七腔　附十有二腔

劉長卿

昔賢懷一飯，
兹事已千秋。
古墓樵人識，
前朝楚水流。
渚苹行客薦，
山木杜鵑愁。
春草茫茫緑，
王孫舊此游。

司空曙

故人江海别，
幾度隔山川。
乍見翻疑夢，
相悲各問年。
孤燈寒照雨，
濕竹暗浮煙。
更有明朝恨，
離杯惜共傳。

許渾

楚翁秦塞住，
昔事李輕車。
白社貧思橘，
青門老種瓜。
讀書三徑草，
沽酒一籬花。
更欲尋芝朮，
商山便寄家。

温庭筠

杜陵無厚業，
不得駐車輪。
重到曾遊處，
多非舊主人。
東風千里樹，
西日一洲蘋。
又渡湘江去，
湘江水復春。

魏野

達人輕禄位，
居處傍林泉。
洗硯魚吞墨，
烹茶鶴避煙。
閑唯歌聖代，
老不恨流年。
静想閑來者，
還應我最偏。

陳與義

江南非不好，
楚客自生哀。
摇楫天平渡，
迎人樹欲來。
雨餘吴岫立，
日照海門開。
雖異中原險，
方隅亦壯哉！

高棅

雙鳬新被命，
萬里遠從官。
聞説巴西好，
何愁蜀道難。
峽猿驚印綬，
蠻吏識衣冠。
聖德懷荒服，
賢勞莫憚煩。

李夢陽

浮雲悲故國，
積水起鳴雷。
不見長安日，
愁登古吹臺。
故人三月别，
天上一書來。
欲問經行處，
山中杜若開。

起句	◐○○●○ ◐●●○○	張九齡	溪流清且深， 松石復登臨。	賈島	孟君臨水居， 不食水中魚。	趙師秀	四園皆古今， 永日坐中心。
說與正格起句之一同，但此調老杜未有考。		孟浩然	水亭涼氣多， 閑棹晚來過。	喻鳧	林棲無異歡， 煮茗就花闌。	倪瓚	結廬溪水南， 勝處足幽探。
盧照鄰	田家無四鄰， 獨坐一園春。	司空曙	江天清更愁， 風柳入江樓。	黄庭堅	梅殘紅藥遲， 此物共春暉。	李夢陽	東南濤浪吞， 五老故今存。
起句	○○●●○ ◐●●○○	宋之問	歸來物外情， 負杖閲巖耕。	韓翃	春城乞食還， 高論此中閑。	陸游	巢山避世紛， 身隱萬重雲。
第三字、第五字拗也。較前調更整齊，諸家例用亦多於前調。		王維	單車欲問邊， 屬國過居延。	李商隱	關門鳥道中， 飛傳復乘驄。	汪道昆	浮生可自由， 吾道在滄州。
杜甫	華亭入翠微， 秋日亂清暉。	張巡	岧嶢試一臨， 虜騎附城陰。	翁卷	孤高不受埃， 老樹昔誰栽。	梁有譽	雙林喜竝過， 謝客近如何。

起句		老杜
○○●○● ◐●●○○	諸家皆多，説見于正格前聯一，可併按焉。	河間尚征戍，汝骨在空城。
虞世南	岑參	顔真卿
芬芳禁林晚，容與桂舟前。	君家舊淮水，水上到揚州。	登橋試長望，望極與天平。
皇甫曾	司空圖	宋祁
千峰待逋客，香茗復叢生。	郊居謝名利，何事最相親。	興亡作今古，事往始堪悲。
王安國	李夢陽	林鴻
春風取花去，酬我以清陰。	山鳴野風至，漢水白蕭蕭。	青山慕侯印，弓箭挂南垂。

起句		老杜
●○●⊙● ◐●●○○	杜得七，李頎得二，初唐得四已。世多與前調一視，可謂粗矣。	昔聞洞庭水，今上岳陽樓。
陳子昂	孟浩然	李頎
故鄉杳無際，日暮且孤征。	故人具鷄黍，邀我至田家。	石臺置香飯，齋後施諸禽。
項斯	僧惠洪	李夢陽
閉門不成出，麥色遍前堤。	此生已無累，一夕可窮年。	北山已奇絶，逾嶺復南湖。
李先芳	李攀龍	王世貞
北人重然諾，君子莫相忘。	可憐御溝水，見此白頭吟。	古人有羊角，一疏忤龍鱗。

起句		少陵	起句		子美
○○●●● ◐●●○○	此爲熟套，與正格前聯三同，説亦具前。	花飛有底急，老去願春遲。	●○●●● ◐●●○○	杜得六，餘與正格前聯四之説同，宜參看焉。	幸因腐艸出，敢近太陽飛。
王績	儲光羲	岑參	沈佺期	李白	韋超
東皋薄暮望，徙倚欲何依。	寒潮信未起，出浦纜孤舟。	盈盈一水隔，寂寂二更初。	古人貴將命，之子出輶軒。	羽林十二將，羅列應星文。	北風昨夜雨，江上早來涼。
劉長卿	李頻	梅堯臣	祖咏	韋應物	趙師秀
高僧本姓竺，開士舊名林。	孤帆處處宿，不問是誰家。	貂裘著不暖，牙帳曉初開。	楚山不可極，歸客自蕭條。	二爲百里宰，已過十餘年。	忽然飽不食，飲水度中年。
蘇軾	何景明	謝榛	嚴羽	何景明	王世貞
殘花帶葉暗，新筍出林香。	嚴風日以發，落葉轉紛紛。	長安月正滿，遊騎愛京華。	憶君悵不樂，立馬大江邊。	古人不可見，還上古時臺。	穆生醴酒薄，邴氏宦情微。

起句	◓○●●● ◓●○○○
此變之尤者，諸家固寥寥，說又見於附録論三，可併按焉。	
杜工部	蕭蕭古塞冷，漠漠秋雲低。
起句	◓○○●● ◓●○○○
此亦變之甚者，杜無考，諸家廑廑。說又見於附録論三可按。	
沈佺期	玉窗朝日映，羅帳春風吹。
張九齡	征驂稍靡靡，去國方遲遲。
儲光羲	精廬不住子，自有無生鄉。
李太白	行歌入谷口，路盡無人蹊。
李邕	彩雲驚歲晚，繚繞孤山頭。
孟浩然	水樓登一望，半出青林高。
浩然	拂衣何處去，高枕南山南。
孟浩然	弊廬在郭外，素産惟田園。
浩然	千林夏雨歇，爲我生涼風。
梅聖俞	青環瘦鐵纜，係在淮陰城。
許翁	隱居三十載，築室南山巔。
岑參	同君尋野寺，夜宿支公房。
韋應物	結茅臨古渡，卧見長淮流。
嚴羽	幽人以道隱，結室巖之東。
華察	看山不覺暝，月出禪林幽。
王世貞	偶然吏事薄，敢與山林期。
高叔嗣	客來嘗一望，對此西山平。
李攀龍	吾鄉張仲蔚，未是蓬蒿人。
王世貞	偶爲湖上酌，已異城中觴。

起句 ◓○●○● ◓●○○○	此前調之再變，前句係挾平者，其寥寥固也，後人勿妄犯。	杜二 無家對寒食， 有淚如金波。	前聯 ◓●●○● ◓○○●○	此爲熟套，同正格起四、後聯一，但初唐無考，下句半白明多平。	杜甫 枕簟入林僻， 茶瓜留客遲。
張九齡 孔門太山下， 不見登封時。	李白 從軍玉門道， 逐虜金微山。	孟浩然 義公習禪裏， 結宇依空林。	岑參 白鳥下公府， 青山當縣門。	高適 爲惜故人去， 復憐嘶馬愁。	皇甫曾 殘雪入林路， 深山歸寺僧。
崔顥 君王寵初歇， 棄妾長門宫。	盧綸 叢篁叫寒笛， 滿眼寒山青。	楊巨源 主人得幽石， 日覺公堂清。	戎昱 山影水中盡， 鳥聲天上來。	李洞 四五百竿竹， 二三千卷書。	葛無懷 樹下地常蔭， 水邊風最深。
梅堯臣 青袍會稽掾， 采服湘江行。	汪道昆 爾從瓦官寺， 來乞頭陀碑。	李攀龍 白雲不搖落， 湖上長悠悠。	魯交 遠水碧千重， 夕陽紅半樓。	劉基 搖落豈堪別， 躊躇空復情。	謝榛 萬嶺夕陽盡， 孤城寒色多。

前聯 ◐●●○● ○○●●○	偏枯與正格起五、後聯二同。杜止矣，他亦不多，勿與前調混。	杜甫 平地一川穩， 高山四面同。	前聯 ◐●○●● ◐○○●○	杜唯二，他亦蓋鮮，晚唐無考，正格起七、後聯三，宜參考。	少陵 不息豺虎亂， 空慚鴛鷺行。
蘇頲 滴滴泣花露， 微微出岫雲。	李白 兩水夾明鏡， 雙橋落彩虹。	高適 季弟念離别， 賢兄救急難。	宋之問 劍几傳好事， 池臺傷故人。	王維 日隱桑柘外， 河明閭井間。	高適 相識仍遠别， 欲歸翻旅遊。
戎昱 空館忽聞雨， 貧家怯到秋。	馬戴 念我一何滯， 辭家久未歸。	王立之 花竹四時好， 賓朋一座傾。	裴迪 有法知不染， 無言誰敢酬。	楊巨源 一片池上色， 孤峰雲霧情。	白樂天 野火燒不盡， 春風吹又生。
文天祥 宿雁半江畫， 寒蛩四壁詩。	倪瓚 夏果落山雨， 春衣染夕嵐。	程希武 院落葉鋪地， 鄰家樹過墻。	王安石 花發峰遞繞， 果垂猿對攀。	陸游 本去官道遠， 自然人跡稀。	王世貞 海上鴻雁色， 秋空鵬鶚鳴。

前聯	與正格起八、後聯四同，前説亦可併按焉。但此廑廑如兹，實在所削，今依例姑存焉耳，豈足準用云哉。
◐●○●● ○○●●○	

作者	詩句	作者	詩句	作者	詩句
沈佺期	受委當不辱，隨時故贈言。	孟浩然	耕釣方自逸，壺觴趣不空。	程希武	操此希世調，悠然太古音。
李白	盛德無我位，清光獨映君。	李夢陽	下馬雲際暮，開尊雨驟來。		
李頎	秋色明海縣，寒煙上里閭。	王世貞	倒日魴鯉集，長天鸛鶴飛。		

前聯	與正格起九、後聯五同，説見前，但此調，諸家最寥寥，然變甚，而間出如此，亦詩家所須知，又可以破我邦二四異之死版已。
○●●●● ◐○○●○〔一〕	

作者	詩句	作者	詩句	作者	詩句
王昌齡	春盡草木變，雨來池館清。	僧貫休	終日覓不得，有時還自來。	陸游	摩詰病説法，虞卿窮著書。
姚合	霜落葉滿地，瀨來帆近山。	曾幾	餘子不足數，此君何可無。	楊諫	溪月照隱處，松風生興時。
崔塗	高樹鳥已息，古原人尚耕。	唐庚	山静似太古，日長如小年。	程希武	秋水夜滿渡，夕陽人在船。

〔一〕◐○○●○：底本訛作「◐○○○○」，據其下例句改。

前聯 ●●●●● ◐○○●○	説同正格起十、後聯六，此調固鮮，但未比前調之寥寥耳。	戴叔倫 歲月不可問， 山川何處來。	前聯 ◐●○○● ○○○●○	此爲熟套，與正格起十二、後聯七同，但杜不多用。	杜甫 冰雪鶯難至， 春寒花較遲。
于良史 掬水月在手， 弄花香滿衣。	杜牧 大暑去酷吏， 清風來故人。	釋法照 五馬不復貴， 一僧誰奈何。	王績 樹樹皆秋色， 山山唯落暉。	岑參 草羨青袍色， 花隨黄綬新。	張巡 不辨風塵色， 安知天地心。
僧栖蟾 不覺日又夜， 爭教人少年。	杜荀鶴 一句我自得， 四方人已知。	梅堯臣 萬國睡未覺， 一聲鷄已知。	劉長卿 鳥散秋鷹下， 人閑春草生。	郭良 不辨雲林色， 空聞風水聲。	王安國 翳翳陂塘静， 交交園屋深。
趙蕃 昔尉已不醉， 今丞寧肯聾。	王世貞 野老不識拜， 兒童頻指看。	程希武 塔影落澗底， 經聲來樹中。	晁端友 北陸寒猶在， 南枝春已歸。	李夢陽 秀色澎湖浴， 諸峰廬岳尊。	汪道昆 萬里浮雲騎， 千金明月環。

前聯	◓●○○● ●○○●○
杜暨初唐、明皆無考，他亦少。正格起十三、後聯八可併按焉。	
王右丞	時倚簷前樹，遠看原上村。
後聯	○○●○● ◓●●○○
此固熟套，與起三及正格前聯結句之一同，然未似其最多也。	
杜工部	淹留問耆宿，寂寞向山川。
右丞	獨向池陽下，白雲留故山。
儲光義	日暮春山緑，我心清且微〔一〕。
張子容	以此爲長策，勸君歸舊廬。
沈佺期	西流入羌郡，東下向秦川。
李白	離顔怨芳草，春思結垂楊。
岑參	青山入官舍，黄鳥度宮墻。
冷朝陽	立掃窗前石，坐看池上山。
陳羽	漸變池塘色，欲生楊柳煙。
杜牧之	微雨池塘見，好風襟袖知。
郎士元	荒城背流水，遠雁入寒雲。
李郢	田苗映林合，牛犢傍村閑。
俞汝尚	鄰翁伴村酒，稚子課園蔬。
朱子	況入芝蘭室，又聞金玉音。
俞汝尚	宿火唯烘藥，喜晴還曬書。
趙世顯	以我思家淚，送君還故鄉。
陸游	閑傳相牛法，醉喚鬬鷄翁。
華察	疎鐘隔雲渡，殘陽映泉流。
李攀龍	狂來出真態，醉裏見浮生。

〔一〕山、且：底本訛作「天、旦」，據《全唐詩》卷一百三十九改。

後聯	●○●○● ◐●●○○
	與起四及正格前聯結句之二同，而此最鮮，杜及宋無考。
沈佺期	朔途際遼海，春思繞轘轅。
後聯	○○●●● ◐●●○○
	同起五及正格前聯結句三，諸家皆甚多，但比夫三調爲差少。
老杜	隨風隔幔小，帶雨傍林微。
宋之問	舊遊惜疏曠，微尚日磷緇。
高適	夏雲滿郊甸，明月照河洲。
儲光羲	落花滿春水，疏柳映新塘。
張九齡	人非漢使橐，郡見越王臺。
李頎	秋聲萬户竹，寒色五陵松。
崔顥	青山滿蜀道，緑水向荆州。
孟浩然	昔余卧林巷，載酒過柴扉。
李頎	四鄰見疏木，萬井度寒砧。
劉禹錫	水流白煙起，日上彩霞生。
皇甫冉	人煙隔水見，草氣入林香。
李商隱	星臨劍閣動，花落錦江流。
梅堯臣	山夔一足走，妖鳥九頭鳴。
楊巨源	翠筠入疎柳，清影拂圓荷。
汪道昆	已知出群品，聊以供諸天。
王立道	薜蘿罥僧錫，麋鹿駭樵歌。
蘇軾	山泉自入甕，野桂不勝炊。
謝榛	煙中晚雀定，露下候蟲知。
李夢陽	僧徒住石屋，雷雨拔門松。

後聯	與起六及正格前聯結句之四同，而此最匷匷，前説可按。	杜少陵	結句	同前聯一及正格起四、後聯一，而未似其最多也。	杜子美
●○●●● ◐●●○○		世情只益睡， 盜賊敢忘憂。	◐●●○● ◐○○●○		莫守鄴城下， 斬鯨遼海波。
陳子昂	張曲江	岑嘉州	張琮	李白	韋應物
自矜彩色重， 寧憶故池群。	我猶不忍別， 物亦有緣侵。	故人是邑尉， 過客駐征軒。	攬轡獨長息， 方知斯路難。	揮手自茲去， 蕭蕭班馬鳴。	慰此斷行別， 邑人多頌聲。
賈浪仙	白香山	樓穎	于武陵	温庭筠	王安國
鳥從井口出， 人自岳陽過。	百千萬劫障， 四十九年非。	水光壁際動， 山影浪中搖。	南過洞庭水， 更應消息稀。	客意自如此， 非關行路難。	惟有北山鳥， 經過遺好音。
張宛丘	鄭善夫	王世貞	翁卷	李攀龍	鄭汝美
物情懶著意， 杯酒最關身。	宦情一片影， 客淚五更聲。	覓心不可得， 縛汝竟何人。	舊日越王國， 吾今身再來。	但去卧芳艸， 山中鴻雁秋。	風度采蓮曲， 誰家遊冶郎。

結句	◐●●○● ○○●●○	與前聯二洎正格起五、後聯二同。杜止一首，前諸說可參看。
宋之問	去去獨吾樂，無能愧此生。	
姚合	小有洞中路，誰能引我行。	
梅堯臣	野鳥寂無語，公庭盡晝開。	
王維	知爾不能薦，羞稱獻納臣。	
劉滄	蕭索更何有，秋風兩鬢生。	
汪道昆	我亦許詢輩，風塵且閉關。	
杜甫	意內稱長短，終身荷聖恩。	
李頎	爲問易名叟，煙光奈夕何。	
王禹玉	桃李有慚色，枯枝試竝欄。	
謝榛	忽憶棄繻客，空慚旅鬢斑。	

結句	◐●○●● ○○●●○	此厘少與前聯四同，蓋不必存者矣。下句拗者姑併於此。前聯三及正格起句七八、後聯三四諸說亦可參照焉。
沈佺期	安得回白首，留歡盡綠樽。	
李頎	三十名未立，君還惜寸陰。	
韓翃	幽興殊未盡，東城飛暮塵。	
李白	曲在身不返，空餘弄玉名。	
白居易	水户簾不捲，風林席自翻。	
黃庭堅	不謂三日別，今成萬事空。	
沈頌	冒險當不懼，皇恩措爾躬。	
張籍	明日千里去，此中還別離。	
王世貞	假彼寒暑後，消予榮辱心。	

結句 ◐●●●● ◐○○●○	與前聯五六及正格起句九十、後聯五六同，説亦各具前。但此以其絶少也，合二腔爲一，亦應前例耳。下句不拗者，亦併於此。	
孟浩然 因向智者説，遊魚思舊潭。	岑參 勝事不可接，相思幽興長。	岑參 相憶不可見，別來頭已斑。
崔塗 青鏡不忍照，鬢毛應更新。	馬戴 臨水不敢照，恐驚平昔顔。	王安石 天黑月未上，兒曹初掩關。
杜來 病愧不遠別，寫詩霜月中。	程希武 醉倒五柳暮，歸來一杖從。	

結句 ◐●○○● ○○○●○	四唐宋明皆多，同前聯七、正格起十二、後聯七，而此最多。	杜甫 牛女年年渡，何曾風浪生。
王績 相顧無相識，長歌懷采薇。	李頎 客有歸歟嘆，凄其霜露濃。	張巡 旦夕更樓上，遙聞横笛音。
劉方平 西北浮雲外，伊川何處流。	李頻 更想前途去，茫茫滄海涯。	梅堯臣 今日尊前勝，其如秋鬢華。
陳與義 滾滾繁華地，西風吹客衣。	李先芳 卻望蒼茫裏，匡廬秋色來。	王世懋 坐見梅花落，凄其江上城。

結句 ◓●○○● ●○○●○	杜無考，他亦不多，明尤少。前聯八正格起十三、後聯八可併按。	畢乾泰 至德覃無極， 小臣歌詎酬。
王維 日欲躬調膳， 辟來何府書。	儲光羲 欲有知音者， 異鄉誰可求。	郎士元 一去蓬蒿徑， 羨君閑有餘。
于武陵 一別無消息， 水南車跡稀。	李洞 從此林棲老， 瞥然三萬朝。	曹汝弼 誰似蟾宮客， 得攀仙桂香。
趙師秀 依舊江樓別， 雪晴江月圓。	王世貞 賴有投珠意， 索居時解顏。	王立道 敢謂輕纓冕， 出門多畏途。

附十有二腔

起句 ●○●●○ ◓●●○○	老杜 夜深露氣清， 江月滿江城。	物集一，諸家得四十五。
李群玉 別筵欲盛秋， 一醉海西樓。	李敬方 到台十二旬， 一片雨中春。	
起句 ◓○○●○ ◓●○○○	王勃 關山凌旦開， 石路無塵埃。	諸家得四。
沈頌 君家東海東， 君去因秋風。	謝榛 漢南春草長， 牧馬來胡王。	

起句	白居易		後聯	杜子美	
○○●●○ ◐●○○○	涼風木槿籬， 暮雨槐花枝。	諸家得十。	○○●●● ◐●○○○	時危未授鉞， 勢屈難爲功。	物集四，諸家得十一。
前聯	程希武			駱賓王	李嶠
◐●●○● ●○●●○	對景自成趣， 會心不在言。	物集八，諸家得十七。		波隨月色浄， 態逐桃花春。	嘉賓飲未極， 君子娛倶并。
前聯	宋之問			張九齡	高適
◐●○○● ●○●●○	六國兵同合， 七雄勢未分。	物集九，服集十三，諸家得一百四十七。		論經白虎殿， 獻賦甘泉宮。	深房臘酒熟， 高院梅花新。
林調夫	王世貞			王世貞	程仲文
只見芳韶暗， 未聞笑出音。	竟日懸孤榻， 有時手一編。			登場鳥雀下， 出市魚蝦鮮。	名非白社重， 隱向青山高。

後聯 ●○●●● ◐●○○○	老杜 十年殺氣盛， 六合人煙稀。	諸家得三。
徐彥伯 驌驦已躑躅， 鳥隼方葳蕤。	王世貞 白雲海色曙， 明月天門秋。	
後聯 ○○●○● ◐●○○○	儲光羲 雲開北堂月， 庭滿南山陰。	物集一，諸家得五。
王昌齡 新知偶相訪， 斗酒情依然。	王世貞 禽歸落霞色， 花吐凌霜枝。	

後聯 ●○●○● ◐●○○○	杜子美 暫遊阻詞伯， 卻望懷青關。	諸家未考。
高適 雪中望來信， 醉裏開衡門。	適 野人種秋菜， 古老開原田。	
儲光羲 苑花落池水， 天語聞松音。	常建 海頭近初月， 磧裏多秋陰。	
蘇軾 睡餘柳花墮， 目眩山櫻然。	王世貞 此時漢京兆， 下榻吳諸生。	

後聯	孟浩然	物集四，服集一，諸家得八。
◓○○●● ◓●○○○	沿洄洲渚趣， 演漾絃歌音。	
浩然	儲光義	
遍觀雲夢野， 自愛江城樓。	浮雲歸故嶺， 落月還西方。	
光義	高適	
巖聲風雨渡， 水氣雲霞飛。	皆言黃綬屈， 早向青雲飛。	
程希武		
由來山水調， 本自宮商真。		

結句	林懋舉	物集三，服集二，諸家得九。
◓●●○● ●○●●○	有酒不能御， 爲君倍愴神。	
結句	杜審言	物集十，服集十二，諸家得十五。
◓●○○● ●○●●○	勝迹都無限， 只應伴月歸。	
林調夫	王世貞	
更向瑤臺上， 珮聲總未聞。	若過煙霞地， 爲余掃釣磯。	
程希武		
謾謂生涯拙， 豈如國步艱。		

右所附十二圖，詩家之忌，如上篇所云。王勃、沈頌起句共一腔，宋之問前聯一腔，駱賓王、儲光羲、杜甫、高適、王昌齡、岑參、常建、蘇軾後聯共五腔，皆係拗體，其不足以爲例也，上篇亦詳之。杜甫、李群玉、李敬方、白居易起句共二腔，李嶠、張九齡、徐彦伯、孟浩然及儲光羲「雲開北堂月」、高適「皆言黄綬屈」之後聯共三腔，杜審言結句一腔，乃爲正律之變。然皆千萬中之一，其除二李一白外，予所謂初唐僅唱而中晚未和者，辟如冬日狂花，以爲化工之奇則可，豈容拘執以爲花信一候乎哉。且李敬方「到台」，《全唐詩話》作「天台」，則其律自正，其佗亦無誤寫之不可保，實如上篇所論焉。謝榛起句，特追躅於王沈之拗，不得爲謹嚴。林調夫前聯不可解，必有一訛。調夫及林懋舉結句各一腔，偶入此套，亦踽踽焉者。王世貞五律多全首之拗，蓋依初唐洎孟岑等之調已。予皆概乎不收焉。今所列前後聯結句共六腔，乃以恒調出之，要是多變之溢耳。程希武前後聯結句共四腔，亦復爲然。凡此，皆無一可以依準焉者。今人犯者不少，其弗察也甚矣。餘具上篇，宜併考焉。

詩律兆卷三

五言律詩下　拗格

正格拗起句體

◒○○●●
◒●●○○
◒○○●●
◒●●○○
◒●○○●
○○●●○
◒○○●●
◒●●○○

太宗

秋光凝翠嶺，
涼吹肅離宮。
荷疎一杯缺，
樹冷半帷空。
側陣移鴻影，
圓花釘菊叢。
攄懷俗塵外，
高眺白雲中。

太宗

階蘭凝曙霜，
岸菊照晨光。
露濃晞曉笑，
風動拂殘香。
細葉凋輕翠，
圓花飛碎黃。
還持今歲色，
復結後年芳。

太宗

彤宮静龍漏，
綺閣燕公侯。
珠簾燭焰動，
繡柱月光浮。
雲起將歌發，
風停與管遒。
瑣除任多士，
端扆竟何憂。

太宗

鑾門初奉律，
仗戰始臨戎。
振鱗方躍浪，
騁翼正淩風。
未展六奇術，
先虧一簣功。
防身豈乏智，
殉命有餘忠。

太宗

春暉開紫苑，
淑景媚蘭場。
映庭含淺色，
凝露泫浮光。
日麗參差影，
風傳輕重香。
會須君子折，
佩裏作芬芳。

太宗

參差垂玉闕，
舒卷映蘭宮。
珠光搖素月，
竹影亂清風。
彩散銀燭上，
文斜桂户中。
惟當雜羅綺，
相與媚房櫳。

虞世南

芬芳禁林晚，
容與桂舟前。
橫空一鳥度，
照水百花然。
緑野明斜日，
青山澹晚煙。
濫陪終宴賞，
握管類窺天。

陳叔達

金鋪照春色，
玉律動年華。
朱樓雲似蓋，
丹桂雪如花。
水岸銜階轉，
風條出柳斜。
輕輿臨太液，
湛露酌流霞。

楊師道

眷言懷隱逸，
輟駕踐幽叢。
白雲飛夏雨，
碧嶺冠春虹。
草緑長楊路，
花疎五柞宮。
登臨日將晚，
蘭桂起香風。

李百藥

鳴笳出望苑，
飛蓋下芝田。
水光浮落照，
霞彩淡輕煙。
柳色迎三月，
梅花隔二年。
日斜歸騎動，
餘興滿山川。

許敬宗

舞商初趣節，
湘燕正迎秋。
飄絲交殿網，
亂滴起池漚。
激溜分龍闕，
斜飛灑鳳樓。
崇朝方浹宇，
宸眄俯凝旒。

王　績

百年長擾擾，
萬事悉悠悠。
日光隨意落，
河水任情流。
禮樂囚姬旦，
詩書縛孔丘。
不如高枕上，
時取醉消愁。

王　勃

空園歌獨酌，
春日賦閒居。
澤蘭侵小徑，
河柳覆長渠。
雨去花光濕，
風歸葉影疎。
山人不惜醉，
唯畏綠尊虛。

王　勃

煙霞春早賞，
松竹故年心。
斷山凝畫障，
懸溜瀉鳴琴。
草遍南亭合，
花開北院深。
閒居饒酒賦，
隨興欲抽簪。

王　勃

芝廛充分野，
蓬闕盛規模。
碧壇清桂闕〔二〕，
丹洞肅松樞。
玉笈三山記，
金箱五嶽圖。
蒼虬不可見，
空望白雲衢。

王　勃

金壇疎俗宇，
玉洞侶仙群〔一〕。
花枝棲曉露，
峰葉度晴雲。
斜照移山影，
回沙擁溜文。
琴尊方待興，
竹樹已迎曛。

盧照鄰

田家無四鄰，
獨坐一園春。
鶯啼非選樹，
魚戲不驚綸。
山水彈琴盡，
風花酌酒頻。
年華已可樂，
高興復留人。

王　勃

百年懷土望，
千里倦遊情。
高低尋戍道，
遠近聽泉聲。
澗葉才分色，
山花不辨名。
羈心何處盡，
風急暮猿清。

照　鄰

劉生氣不平，
抱劍欲專征。
報恩爲豪俠，
死難在橫行。
翠羽裝劍鞘，
黃金飾馬鈴。
但令一顧重，
不吝百身輕。

〔一〕侶：底本訛作「似」，據《王子安集》卷三改。

〔二〕闕：底本訛作「國」，據《王子安集》卷三改。

駱賓王

共尋招隱寺，
初識戴顒家。
還依舊泉壑，
應改昔雲霞。
緑竹寒天筍，
紅蕉臘月花。
金繩倘留客，
爲係日光斜。

中宗

四郊秦漢國，
八水帝王都。
閶闔雄里閈，
城闕壯規模。
貫渭稱天邑，
含岐實奥區。
金門披玉館，
因此識皇圖。

賓王

星樓望蜀道，
月峽指吴門。
萬行流別淚，
九折切驚魂。
雪影含花落，
雲陰帶葉昏。
還愁三徑晚，
獨對一清尊。

韋嗣立

茂先王佐才，
作牧楚江隈。
登樓正欲賦，
復遇仲宣來。
黄鵠飛將遠，
雕龍文爲開。
寧知昔聯事，
聽曲有餘哀。

賓王

一丘余枕石，
三越爾懷鉛。
離亭分鶴蓋，
別岸指龍川。
露下蟬聲斷，
寒來雁影連。
如何溝水上，
淒斷聽離絃。

蘇味道

紆餘帶星渚，
窈窕架天潯。
空因壯士見，
還共美人沉。
逸照含良玉，
神花藻瑞金。
獨留長劍彩，
終負昔賢心。

賓王

眷然懷楚奏，
悵矣背秦關。
涸鱗驚照轍，
墜羽怯虚彎。
素服三川化，
烏裘十上還。
莫言無皓齒，
時俗薄朱顔。

陳子昂

故鄉杳無際，
日暮且孤征〔一〕。
川原迷舊國，
道路入邊城。
野戍荒煙斷，
深山古木平。
如何此時恨，
噭噭夜猿鳴。

〔一〕日：底本訛作「四」，據《唐詩選》卷三改。

薛稷	王熊
寶宮星宿劫， 香塔鬼神功。 王遊盛塵外， 睿覽出區中。 日宇開初景， 天詞掩大風。 微臣謝時菊， 薄采入芳叢。	平生共風月， 倏忽間山川。 不期交淡水， 暫得款忘年。 興逸方罷釣， 帆開欲解船。 離心若危旆， 朝夕爲君懸。
杜審言	朱使欣
昔時幽徑裏， 榮耀雜春叢。 今來玉墀上， 銷歇畏秋風。 細葉猶含緑， 鮮花未吐紅。 忘憂誰見賞， 空此北堂中。	江如曉天静， 石似暮雲張。 征帆一流覽， 宛若巫山陽。 楚客思歸路， 秦人謫異鄉。 猿鳴孤月夜， 再使淚沾裳。
崔湜	張九齡
春還上林苑， 花滿洛陽城。 鴛衾夜凝思， 龍鏡曉含情。 憶夢殘燈落， 離魂暗馬驚。 可憐朝與暮， 樓上獨盈盈。	纖纖折楊柳， 持此寄情人。 一枝何足貴， 憐是故園春。 遲景那能久， 流芳不及新〔一〕。 更愁征戍客， 鬢老邊城塵。
張説	賀知章
二年共遊處， 一旦各西東。 請君聊駐馬， 看我轉征蓬。 畫鷁愁南海， 離駒思北風。 何時似春雁， 雙入上林中。	江皋聞曙鐘， 輕枻理還艫。 海潮夜約約， 川露晨溶溶。 始見沙上鳥， 猶埋雲外峰。 故鄉杳無際， 明發懷朋從。

〔一〕流芳：底本作「芳菲」，據《樂府詩集》卷二十二改。

開元宮人

沙場征戍客，
寒苦若爲眠。
戰袍經手作，
知落阿誰邊。
蓄意多添線，
含情更著綿。
今生已過也，
重結後生緣。

張垍〔一〕

灣潭幽意深，
杳靄湧寒岑。
石痕秋水落，
嵐氣夕陽沈。
澄澈天爲底，
淵玄月作心。
青溪非大隱，
歸弄白雲潯。

鄭德玄

長亭日已暮，
駐馬暫盤桓。
山川杳不極，
徒侶默相看。
雲夕荆臺暗，
風秋郢路寒。
客心一如此，
誰復采芳蘭。

王維

單車欲問邊，
屬國過居延。
征蓬出漢塞，
歸雁入胡天。
大漠孤煙直，
長河落日圓。
蕭關逢候吏，
都護在燕然。

韓愈

馮高試回首，
一望豫章城。
人由戀德泣，
馬亦別群鳴。
寒日夕初照，
風江遠漸平。
默然都不語，
應識此時情。

王立道

逢君未徂暑，
別去又重陽。
一官新拜命，
廿里故封疆。
木落舟檣遠，
天清驛樹長。
東昌本畿輔，
指日見輝光。

〔一〕垍：底本訛作「均」，據《全唐詩》卷九十一改。

偏格拗起句體	陳子昂
◓●○○● ○○●●○ ◓●○○● ○○●●○ ◓○○●● ◓●●○○ ◓●○○● ○○●●○	古壁仙人畫， 丹青尚有文。 獨舞紛如雪， 孤飛曖似雲。 自矜彩色重， 寧憶故池群。 江海聯翩翼， 長鳴誰復聞。
太宗	李白
年柳變池臺， 隋堤曲直回。 逐浪分陰去， 迎風帶影來。 疎黄一鳥弄， 半翠幾眉開。 縈雪臨春岸， 參差間早梅。	斗酒勿爲薄， 寸心貴不忘。 坐惜故人去， 偏令遊子傷。 離顔怨芳草， 春思結垂楊。 揮手再三別， 臨岐空斷腸。
盧照鄰	王世貞
芳樹本多奇， 年華復在斯。 結翠成新幄， 開紅滿故枝。 風歸花歷亂， 日度影參差。 容色朝朝落， 思君君不知。	且莫呼檀越， 還携貧里簞。 無法可施汝， 將心何處安。 石牀涼睡足， 僧飯午鐘殘。 聞有函經在， 能留次第看。
照鄰	
聞有雍容地， 千年無四鄰。 園院風煙古， 池臺松檟春。 雲疑作賦客， 月似聽琴人。 寂寞啼鶯處， 空傷遊子神。	

正格拗前聯體

◓●○○●
○○●●○
◓●○○●
○○●●○
◓●○○●
○○●●○
◓○○●●
◓●●○○

賓　王

千里風雲契，一朝心賞同。
意盡深交合，神靈俗累空。
草帶鎖寒翠，花枝發夜紅。
唯將澹若水，長揖古人風。

盧　照　鄰

錦里開芳宴，蘭紅艷早年。
縟彩遥分地，繁光遠綴天。
接漢疑星落，依樓似月懸。
别有千金笑，來映九枝前。

陳　嘉　言

今夜可憐春，河橋多麗人。
寶馬金爲絡，香車玉作輪。
聯手窺潘掾，分頭看洛神。
重城自不掩，出向小平津。

照　鄰

虜騎三秋入，關雲萬里平。
雪似胡沙暗，冰如漢月明。
高闕銀爲闕，長城玉作城。
節旄零落盡，天子不知名。

杜　牧

熱去解鉗鐵，飄蕭秋半時。
微雨池塘見，好風襟袖知。
髮短梳未足，枕涼閑且欹。
平生分過此，何事不參差。

駱　賓　王

展驥端居暇，登龍嘉宴同。
締賞三清滿，承歡六義通。
野晦寒陰積，潭虚夕照空。
顧慚非夢鳥，濫此厠雕蟲。

陸　游

澤國霜露晚，孤汀煙火微。
本去官道遠，自然人跡希。
木落山盡出，鐘鳴僧獨歸。
漁家閑似我，未夕閉柴扉。

偏格拗前聯體

◓○○●●
◓●●○○
◓○○●●
◓●●○○
◓○○●●
◓●●○○
◓●○○●
○○●●○

董思恭

蒼山寂已暮，翠觀黯將沉。終南晨豹隱，巫峽夜猿吟。天寒氣不歇，景晦色方深。待訪公超市，將予赴華陰。

太宗

重巒俯渭水，碧嶂插遥天。出紅扶嶺日，入翠貯岩煙。叠松朝若夜，複岫闕疑全。對此恬千慮，無勞訪九仙。

李百藥

歌聲扇後出，妝影鏡中輕。未能令掩笑，何處欲障聲。知音自不惑，得念是分明。莫見雙嚬斂，疑人含笑情。

虞世南

歌堂面緑水，舞館接金塘。竹開霜後翠，梅動雪前香。鳧歸初命侶，雁起欲分行。刷羽同棲集，懷恩愧稻粱。

許敬宗

牛閨臨淺漢，鸞駟涉秋河。兩懷縈别緒，一宿慶停梭。星模鉛裏靨，月寫黛中蛾。奈許今宵度，長嬰離恨多。

竇威

匈奴屢不平，漢將欲縱横。看雲方結陣，卻月始連營。潛軍渡馬邑，揚旆掩龍城。會勒燕然石，方傳車騎名。

盧照鄰

河葭肅徂暑，江樹起初涼。水疑通織室，舟似泛仙潢。連橈渡急響，鳴棹下浮光。日晚菱歌唱，風煙滿夕陽。

照　鄰

塞垣通碣石，
虜陣抵祁連。
相思在萬里，
明月不長懸。
影摇金岫外，
光斷玉門前。
書謝閨中婦，
愁看鴻雁天。

沈佺期

日南椰子樹，
香嫋出風塵。
叢生調木首，
圓實檳榔身。
玉房九霄露，
碧葉四時春。
不及塗林果，
移根隨漢臣。

王　勃

客心懸隴路，
遊子倦江干。
槿濃朝砌静，
篠密夜窗寒。
琴聲銷别恨，
風景駐離顔。
寧竟山川遠，
悠悠旅思難。

劉　憲

玄遊乘落暉，
仙宇藹霏微。
石梁縈澗轉，
珠旆掃壇飛。
芝童薦膏液，
松鶴舞驂騑。
還似瑶池上，
歌成周馭歸。

中　宗

眷言君失德，
驪邑想秦餘。
政煩方改篆，
愚俗乃焚書。
阿房久已滅，
閣道遂成墟。
欲厭東南氣，
翻傷掩鮑車。

杜　甫

北風破南極，
朱鳳日威垂。
洞庭秋欲雪，
鴻雁將安歸。
十年殺氣盛，
六合人煙稀。
吾慕漢初老，
清時猶茹芝。

陳子昂

平生白雲意，
疲苶愧爲雄。
君王謬殊寵，
旌節此從戎。
挼繩當係虜，
單馬豈邀功。
孤劍將安托，
長謡塞上風。

正格拗後聯體

◓	○	◓	◓	◓	◓	◓	◓
●	○	○	●	○	●	○	●
○	●	○	●	○	●	○	●
○	●	●	○	●	○	●	○
●	○	●	○	●	○	●	○

勃

玉架殘書隱，
金壇舊跡迷。
牽花尋紫洞，
步葉下清溪。
瓊漿猶類乳，
石髓尚如泥。
自能成羽翼，
何必仰雲梯。

杜　淹

伊吕深可慕，
松喬定是虛。
係風終不得，
脱屣欲何如。
且珍紈素美，
當與薜蘿疎。
既逢楊得意，
非復久閒居。

勃

上巳年光促，
中川興緒遥。
緑齊山葉滿，
紅洩片花銷。
泉聲喧後澗，
虹影照前橋。
遽悲春望遠，
江路積波潮。

李百藥

秦晋稱舊匹，
潘徐有世親。
三星宿已會，
四德婉而嬪。
雲光鬢裏薄，
月影扇中新。
年華與妝面，
共作一芳春。

盧照鄰

南國佳人至，
北堂羅薦開。
長裙隨鳳管，
促柱送鸞杯。
雲光身後落，
雪態掌中回。
到愁金谷晚，
不怪玉山頽。

王　勃

蓮座神容儼，
松崖聖趾餘。
年長金跡淺，
地久石文疎。
頽華臨曲磴，
傾影赴前除。
共嗟陵谷遠，
俄視化城虛。

任奉古

帝子陞青陛，
王姬降紫宸。
星光移雜珮，
月彩薦重輪。
龍旌翻地杪，
鳳管颺天濱。
槐陰浮淺瀨，
葆吹翼輕塵。

元萬頃

象輅初乘雁，
璿宮早結褵。
離元應春夕，
帝子降秋期。
鳴瑜合荐響，
比玉麗穠姿。
和聲躋鳳掖，
交影步鸞墀。

崔　賢

上月河陽地，
芳辰景望華。
綿蠻變時鳥，
昭曜起春霞。
柳摇風處色，
梅散日前花。
淹留洛城晚，
歌吹石崇家。

陳子昂

邊地無芳樹，
鶯聲忽聽新。
間關如有意，
愁絶若懷人。
明妃失漢寵，
蔡女没胡塵。
坐聞應落淚，
况憶故園春。

劉　憲

輿輦乘人日，
登臨上鳳京。
風尋歌曲颺，
雪向舞行縈。
千官隨興合，
萬福與時並。
承恩長若此，
微賤幸升平。

徐彥伯

香蕚媚紅滋〔一〕，
垂條縈緑絲。
情人拂瑶袂，
共惜此芳時。
驌驦已躑躅，
鳥隼方葳蕤。
跂予望太守，
流潤及京師。

解　琬

主第簪裾出，
王畿春照華。
山亭一以眺，
城闕帶煙霞。
横堤列錦帳，
傍浦駐香車。
歡娱屬晦節，
酩酊未還家。

鄭　軌

棠棣開雙蕚，
夭桃照兩花。
分庭合佩響，
隔扇偶妝華。
迎風俱似雪，
映綺共如霞。
今宵二神女，
並在一仙家。

〔一〕紅：底本訛作「江」，據《全唐詩》卷七十六改。

偏格拗後聯體

◓○○●●
◓●●○○
◓●○○●
○○●●○
◓●○○●
○○●●○
◓●○○●
○○●●○

沈頌

君家東海東，
君去因秋風。
漫漫指鄉路，
悠悠如夢中。
煙霧積孤島，
波濤連大空。
冒險當不懼，
皇恩措爾躬。

魏徵

受降臨軹道，
争長趨鴻門。
驅傳渭橋上，
觀兵細柳屯。
夜宴經柏谷，
朝游出杜原。
終藉叔孫禮，
方知皇帝尊。

駱賓王

邊烽警榆塞，
俠客度桑乾。
柳葉開銀鏑，
桃花耀玉鞍。
滿月臨弓影，
連星入劍端。
莫學燕丹客，
空歌易水寒。

蘇味道

金祇暮律盡，
玉女暝氣歸。
孕冷隨鐘徹，
飄華逐劍飛。
帶日浮寒影，
乘風進晚威。
自有貞筠質，
寧將庶草腓。

正格拗結句體

◓●○○●
○○●●○
◓○○●●
◓●●○○
◓●○○●
○○●●○
◓○○●●
○●●○○

駱賓王

唼藻滄江遠，
銜蘆紫塞長。
霧深迷曉景，
風急斷秋行。
陣照通宵月，
書封幾夜霜。
無復能鳴分，
空知愧稻粱。

張文琮

花萼映芳叢，
參差間早紅。
因風時落砌，
雜雨乍浮空。
影照鳳池水，
香飄鷄樹風。
豈不愛攀折，
希君懷袖中。

王茂時

踐勝尋良會，
乘春玩物華。
還隨張放友，
來向石崇家。
止水分岩徑，
閒庭枕浦沙。
未極清泉賞，
參差落照斜。

盧照鄰

合殿恩中絶，
交河使漸稀。
肝腸隨玉輦，
形影向金微。
漢地草應緑，
胡庭沙正飛。
願逐三秋雁，
年年一度歸。

上官昭容

放曠出煙雲，
蕭條自不群。
漱流清意府，
隱几避囂氛。
石畫妝苔色，
風梭織水文。
山室何爲貴，
唯餘蘭桂薰。

照鄰

筮仕無中秩，
歸耕有外臣。
人歌小歲酒，
花舞大唐春。
草色迷三徑，
風光動四鄰。
願得長如此，
年年物候新。

王立道

晝省猶牽袂，
征帆動渭潯。
九重將異命，
千里愜歸心。
□□□□□，
幽居忘越吟。
我亦多鄉思，
金門聊陸沈。

偏格拗結句體	董思恭
◐○○●● ◐●●○○ ◐●○○● ○○●●○ ◐○○●● ◐●●○○ ◐○○●● ◐●●○○	帝鄉白雲起， 飛蓋上天衢。 帶月綺羅映， 從風枝葉敷。 參差過層閣， 倏忽下蒼梧。 因風望既遠， 安得久踟躕。
太宗	王績
建章歡賞夕， 二八盡妖妍。 羅綺昭陽殿， 芬芳玳瑁筵。 珮移星正動， 扇掩月初圓。 無勞上懸圃， 對此即神仙。	問君樽酒外， 獨坐更何須。 有客談名理， 無人索地租。 三男婚令族， 五女嫁賢夫。 百年隨分了， 未羨陟方壺。
太宗	崔善爲
凍雲宵遍嶺， 素雪曉凝華。 入牖千重碎， 迎風一半斜。 不妝空散粉， 無樹獨飄花。 縈空慚夕照， 破彩謝晨霞。	傾條忝貴郡， 懸榻久相望。 處士同楊鄭， 邦君謝李疆。 詎知方擁篲， 逢子敬惟桑。 明朝蓬户側， 會自謁任棠。
王績	王勃
妖姬飾靚妝， 窈窕出蘭房。 日照當軒影， 風吹滿路香。 早時歌扇薄， 今日舞衫長。 不應令曲誤， 持此試周郎。	窮途非所恨， 虛室自相依。 城闕居年滿， 琴尊俗事稀。 開襟方未已， 分袂忽多違。 東岩富松竹， 歲暮幸同歸。

勃

征驂臨野次，別袂慘江垂。
川霽浮煙斂，山明落照移。
鷹風凋晚葉，蟬露泣秋枝。
亭皋分遠望，延想白雲涯。

勃

投簪下山閣，携酒對河梁。
狹水牽長鏡，高花送斷香。
繁鶯歌似曲，疎蝶舞成行。
自然催一醉，非但閱年光。

勃

東園垂柳徑，西堰落花津。
物色連三月，風光絶四鄰。
鳥飛村覺曙，魚戲水知春。
初晴山院裏，何處染囂塵。

勃〔一〕

蘭階霜候早，松露夜臺深。
魄散珠胎没，芳銷玉樹沈。
露文晞宿草，煙照慘平林。
芝焚空嘆息，流恨滿籯金。

勃

關山凌旦開，石路無塵埃。
白馬高談去，青牛真氣來。
重門臨巨壑，連棟起崇隈。
即今揚策度，非是棄繻回。

照鄰

巫山望不極，望望下朝氛。
莫辨啼猿樹，徒看神女雲。
驚濤亂水脈，驟雨暗峰文。
霑裳即此地，況復遠思君。

勃

閑情兼默語，携杖赴岩泉。
草綠縈新帶，榆青綴古錢。
魚牀侵岸水，鳥路入山煙。
還題平子賦，花樹滿春田。

駱賓王

挂瓢余隱舜，負鼎爾干湯。
竹葉離樽滿，桃花別路長。
低河耿秋色，落月抱寒光。
素書如可嗣，幽谷竚賓行。

〔一〕勃：底本訛作「盧照鄰」，據《全唐詩》卷五十六改。

王賓

芳尊徒自滿，別恨轉難勝。
客似遊江岸，人疑上灞陵。
寒更承夜永，涼景向秋澄。
離心何以贈，自有玉壺冰。

薛曜

重關鐘漏通，夕敞鳳凰宮。
雙闕祥煙裏，千門明月中。
酒杯浮湛露，歌曲唱流風。
侍臣咸醉止，恒慚遇恩崇。

王賓

遊人自衛返，逐客隔淮來。
傾蓋金蘭合，忘筌玉葉開。
繁花明日柳，疎蕊落風梅。
將期重交態，時慰不然灰。

陳嘉言

高門臥冠蓋，下客抱支離。
綺席珍羞滿，文場翰藻摛。
蓂華雕上葉，柳色藹春池。
日斜歸戚里，連騎勒金羈。

王賓

龍雲玉葉上，鶴雪瑞花新〔一〕。
影亂銅烏吹，光銷玉馬津。
含輝明素篆，隱跡表祥輪。
幽蘭不可儷，徒自繞陽春。

陳子昂

尋春遊上路，追宴入山家。
主第簪纓滿，皇州景望華。
玉池初吐溜，珠樹始開花。
歡娛方未極，林閣散餘霞。

周彥暉

砌蓂收晦魄，津柳競年華。
既狎忘筌友，方淹投轄車。
綺筵回舞雪，瓊醑泛流霞。
雲低上天晚，絲竹帶風斜。

子昂

轉蓬方不定，落羽自驚弦。
山水一爲別，歡娛復幾年。
離亭暗風雨，征路入雲煙。
還因北山徑，歸守東坡田。

〔一〕雪：底本訛作「雲」，據《全唐詩》卷七十八改。

子昂

美人挾趙瑟，
微月在西軒。
寂寞夜何久，
殷勤玉指繁。
清光委衾枕，
遙思屬湘沅。
空簾隔星漢，
猶夢感精魂。

魏元忠

大君敦宴賞，
萬乘下梁園。
酒助間平樂，
人霑雨露恩。
榮光開帳殿，
佳氣滿旌門。
願陪南嶽壽，
長奉北宸樽。

張說

天明江霧歇，
洲浦棹歌來。
緑水逶迤去，
青山相向開。
城臨蜀帝祀，
雲接楚王臺。
舊知巫山上，
游子共徘徊。

玄宗

壯從恒賈勇，
拔拒抵長河。
欲練英雄志，
須明勝負多。
譟齊山岌嶪，
氣作水騰波。
預期年歲稔，
先此樂時和。

蘇軾

郊原雨初霽，
春物有餘妍。
古寺滿修竹，
深林聞杜鵑。
睡餘柳花墮，
目眩山櫻然。
西窗有病客，
危坐看香煙。

正格拗二聯體	照鄰
◓●○○● ○○●●○ ◓●○○● ○○●●○ ◓○○●● ◓●●○○ ◓○○●● ◓●●○○	隴阪長無極， 蒼山望不窮。 石徑縈疑斷， 回流映似空。 花開緑野霧， 鶯囀紫岩風。 春芳勿遽盡， 留賞故人同。
褚亮	照鄰
蘭徑香風滿， 梅梁暖日斜。 言是東方騎， 來尋南陌車。 驪星臨夜燭， 眉月隱輕紗。 莫言春稍晚， 自有鎮開花。	梅嶺花初發， 天山雪未開。 雪處疑花滿， 花邊似雪回。 因風入舞袖， 雜粉向妝台。 匈奴幾萬里， 春至不知來。
董思恭	陳子良
歷歷東井舍， 昭昭右掖垣。 雲際龍文出， 池中鳥色翻。 流輝下月路， 墜影入河源。 方知潁川集， 別有太丘門。	微雨散芳菲， 中園照落暉。 紅樹搖歌扇， 緑珠飄舞衣。 繁絃調對酒， 雜引動思歸。 愁人當此夕， 羞見落花飛。
盧照鄰	劉憲
拂曙驅飛傳， 初晴帶曉涼。 霧斂長安樹， 雲歸仙帝鄉。 澗流漂素沫， 岩景靄朱光。 今朝好風色， 延瞰極天莊。	驪阜鎮皇都， 鑾遊眺八區。 原隰旌門裏， 風雲扆座隅。 直城如斗柄， 官樹似星榆。 從臣詞賦末， 濫得上天衢。

麴瞻	偏格拗二聯體
扈蹕遊玄地， 陪仙瞰紫微。 似邁銖衣劫， 將同羽化飛。 雕戈秋日麗， 寶劍曉霜霏。 獻觴乘菊序， 長願奉天暉。	◓○○●● ◓●●○○ ◓○○●● ◓●●○○ ◓●○○● ○○●●○ ◓●○○● ○○●●○
張正見	太宗
漾色桃花水， 相望濯錦流。 躍浦疑珠出， 依池似鏡浮。 淩波銜落蕊〔一〕， 觸餌避沈鈎。 方遊蓮葉外， 詎入武王舟。	和風吹緑野， 梅雨洒芳田。 新流添舊澗， 宿霧足朝煙。 雁濕行無次， 花霑色更鮮。 對此欣登歲， 披襟弄五絃。
	褚亮
	高臺暫俯臨， 飛翼聳輕音。 浮光隨日度， 漾影逐波深。 回瞰周平野， 開懷暢遠襟。 獨此三休上， 還傷千里心。
	盧照鄰
	倡樓啓曙扉， 楊柳正依依。 鶯啼知歲隔， 條變識春歸。 露葉凝愁黛， 風花亂舞衣。 攀折將安寄， 軍中音信稀。

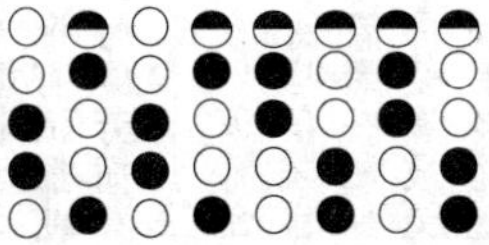

〔一〕波：底本訛作「派」，據《先秦漢魏晉南北朝詩》之《陳詩》卷三改。

駱賓王

斂容辭豹尾，緘怨度龍鱗。金鈿明漢月，玉箸染胡塵。妝鏡菱花暗，愁眉柳葉顰。惟有清笳曲，時聞芳樹春。

蘇味道

玲瓏映玉檻，澄澈瀉銀床。流聲集孔雀，帶影出羵羊。桐落秋蛙散，桃舒春錦芳。帝利終何有，機心庶此忘。

徐皓

綺筵乘暇景，瓊醑對年華。門多金埒騎，路引璧人車。蘋早猶藏葉，梅殘正落花。藹藹林亭晚，餘興促流霞。

陳子昂

金天方肅殺，白露始專征。王師非樂戰，之子慎佳兵。海氣侵南部，邊風掃北平。莫賣盧龍塞，歸邀麟閣名。

子昂

人生固有命，天道信無言。青蠅一相點，白璧遂成冤。清室閑逾邃，幽庭春未暄。寄謝韓安國，何驚獄吏尊。

李嶠

平生何以樂，斗酒夜相逢。曲中驚別緒，醉裏失愁容。星月懸秋漢，風霜入曙鐘。明日臨溝水，青山幾萬重。

前正後偏相半體	王勃
◓●○○● ○○●●○ ◓○○●● ◓●●○○ ◓○○●● ◓●●○○ ◓●○○● ○○●●○	下驛窮交日， 昌亭旅食年。 相知何用早， 懷抱即依然。 浦樓低晚照， 歸路隔風煙。 去去如何道， 長安在日邊。
太宗	盧照鄰
驤骨飲長涇， 奔流灑絡纓。 細紋連噴聚， 亂荇繞蹄縈。 水光鞍上側， 馬影溜中横。 翻似天池裏， 騰波龍種生。	古墓芙蓉塔， 神銘松柏煙。 鸞沈仙鏡底， 花没梵輪前。 銖衣千古佛， 寶月兩重圓。 隱隱香臺夜， 鐘聲徹九天。
楊師道	魏元忠
玉琯涼初應， 金壺夜漸闌。 滄池流稍潔， 仙掌露方溥。 雁聲風處斷， 樹影月中寒。 爽氣長空浄， 高吟覺思寬。	別殿秋雲上， 離宫夏景移。 寒風生玉樹， 涼氣下瑶池。 塹花仍吐葉， 巖木尚抽枝。 願奉南山壽， 千秋長若斯。
上官儀	張易之
黄鶴悲歌絶， 椒花清頌餘。 埃凝寫鄰鏡， 網結和扉魚。 銀消風燭盡， 珠滅夜輪虚。 別有南陵路， 幽叢臨葉疏。	逐賞平陽第， 鳴笳上苑東。 鳥吟千户竹， 蝶舞百花叢。 時攀小山桂， 共挹大王風。 坐客無勞起， 秦簫曲未終。

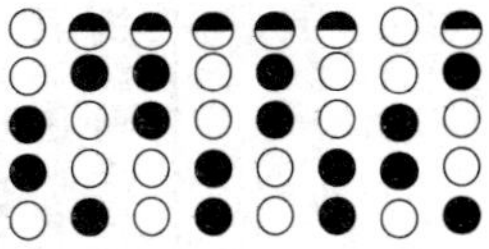

喬知之

金閣惜分香，鉛華不重妝。
空餘歌舞地，猶是爲君王。
哀絃聲已絶，艶曲亦何長。
共看西陵暮，秋煙起白楊。

高適

飲酒莫辭醉，醉多適不愁。
孰知非遠別，終念對窮秋。
滑臺門外見，淇水眼前流。
君去應回首，風波滿渡頭。

陳子昂

寶劍千金買，平生未許人。
懷君萬里別，持贈結交親。
孤松宜晚歲，衆木愛芳春。
已矣將何道，無令白髮新。

王世貞

月月山東使，平安兩字存。
昨來見書到，半是憶兒言。
汝爺心已折，汝祖念彌敦。
説到傷情處，青天日自昏。

劉憲

公主林亭地，清晨降玉輿。
畫橋飛渡水，仙閣湧臨虛。
晴新看蛺蝶，夏早摘芙蕖。
文酒娱游盛，忻叨侍從餘。

朱希晦

無事解衣坐，超然心境空。
深林翳炎日，萬壑來天風。
間停白羽扇，試拂朱絃桐。
醉罷不知夕，月生滄海東。

李伯魚

北竹青桐北，南桐緑竹南。
竹林君早愛，桐樹我初貪。
鳳棲桐不愧，鳳食竹何慚。
棲食更如此，餘非鳳所堪。

前偏後正相半體

◓○○●●
◓●●○○
◓●○○●
○○●●○
◓●○○●
○○●●○
◓○○●●
◓●●○○

褚亮

層軒登皎月，流照滿中天。色共梁珠遠，光隨趙璧圓。落影臨秋扇，虛輪入夜絃。所欣東館裏，預奉西園篇。

太宗

斜廊連綺閣，初月照宵幃。塞冷鴻飛疾，園秋蟬噪遲。露結林疎葉，寒輕菊吐滋。愁心逢此節，長嘆獨含悲。

李百藥

徘徊兩儀殿，悵望九成臺。玉輦終辭宴，瑶筐遂不開。野曠陰風積，川長思鳥來。寒山寂已暮，虞殯有餘哀。

太宗

石鯨分玉溜，劫燼隱平沙。柳影冰無葉，梅心凍有花。寒野凝朝霧，霜天散夕霞。歡情猶未極，落景遽西斜。

駱賓王

聯翩辭海曲，遥曳指江干。陣去金河冷，書歸玉塞寒。帶月凌空易，迷煙逗浦難。何當同顧影，刷羽泛清瀾。

太宗

殘雲收翠嶺，夕霧結長空。帶岫凝全碧，障霞隱半紅。髣髴分初月，飄颻度曉風。還因三里處，冠蓋遠相通。

賓王

二三物外友，一百杖頭錢。賞洽袁公地，情披樂令天。促席鸞觴滿，當爐獸炭然。何須攀桂樹，逢此自留連。

賓王	盧懷慎
重巖抱危石，幽澗曳輕雲。繞鎮仙衣動，飄蓬羽蓋分。錦色連花静，苔光帶葉薫。詎知吴會影，長抱穀城文。	時和素秋節，宸豫紫機關。鶴似聞琴曲，人疑宴鎬還。曠望臨平野，潺湲俯暝灣。無因酬大德，空此媿崇班。
劉友賢	唐遠悊
春來日漸賒，琴酒逐年華。欲向文通徑，先游武子家。池碧新流滿，岩紅落照斜。興闌情未盡，步步惜風花。	皇恩眷下人，割愛遠和親。少女風遊兑，姮娥月去秦。龍笛迎金榜，驪歌送錦輪。那堪桃李色，移向虜庭春。
劉褘之	張九齡
戒奢虚歷輅，錫號紀鴻名。地叶蒼梧野，途經紫聚城。重照掩寒色，晨飆斷曙聲。一隨仙驥遠，霜雪愁陰生。	稽亭追往事，睢苑勝前聞。飛閣凌芳樹，華池落彩雲。藉草人留酌，銜花鳥赴群。向來同賞處，惟恨碧林曛。
張昌宗	九齡
淮南有小山，嬴女隱其間。折桂芙蓉浦，吹簫明月灣。扇掩將雛曲，釵承墮馬鬟。歡情本無限，莫掩洛城關。	與君嘗此志，因物復知心。遺我鍾龍節，非無玳瑁簪。幽素宜相重，雕華豈所任。爲君安首飾，懷此代兼金。

九齡	一正一偏交互體
嘗聞繼老聃，身退道彌耽。結宇倚青壁，疏泉噴碧潭。苔石隨人古，煙花寄酒酣。山光紛向夕，歸興杜城南。	◓●○○●　○○●●○　◓●○○●　○○●●○　◓●○○●　○○●●○　◓●○○●　○○●●○
九齡	上官儀
歸舟宛何處，正值楚江平。夕逗煙村宿，朝緣浦樹行。于役已彌歲，言旋今愜情。鄉郊尚千里，流目夏雲生。	木落園林曠，庭虛風露寒。北里清音絕，南陔芳草殘。遠氣猶標劍，浮雲尚寫冠。寂寂琴台晚，秋陰入井幹。
	唐求
	旅館候天曙，整車趨遠程。幾處曉鐘斷，半橋殘月明。沙上鳥猶睡，渡頭人未行。去去古時道，馬嘶三兩聲。
	唐求
	不信最清曠，及來愁已空。數點石泉雨，一溪霜葉風。業在有山處，道歸無事中。酌盡一尊酒，老夫顏亦紅。

一偏一正交互體

◓◓◓◓◓◓◓◓
○●○●○●○●
○●○●○●○●
●○●○●○●○
●○●○●○●○

劉　斌

春林已自好，時鳥復和鳴。
枝交難奮翼，谷静易流聲。
間關纔得性，矰繳遽相驚。
安知背飛遠，拂霧獨晨征。

太　宗

芳辰追逸趣，禁苑信多奇。
橋形通漢上，峰勢接雲危。
煙霞交隱映，花鳥自參差。
何如肆轍跡，萬里賞瑶池。

王　勃

晨征犯煙磴，夕憩在雲關。
晚風清近壑，斷月照澄灣。
郊童樵唱返，津叟釣歌還。
客行無與晤，賴此釋愁顔。

太　宗

新豐停翠輦，譙邑駐鳴笳。
園荒一徑斷，苔古半階斜。
前池消舊水，昔樹發今花。
一朝辭此地，四海遂爲家。

盧照鄰

將軍出紫塞，冒頓在烏貪。
笳喧雁門北，陣翼龍城南。
雕弓夜宛轉，鐵騎曉參驔。
應須駐白日，爲待戰方酣。

太　宗

寒隨窮律變，春逐鳥聲開。
初風飄葉柳，晚雪間花梅。
碧林青舊竹，緑沼翠新苔。
芝田初雁去，綺樹未鶯來。

照　鄰

春歸龍塞北，騎指雁門垂。
胡笳折楊柳，漢使采燕支。
戍城聊一望，花雪幾參差〔一〕。
關山有新曲，應向笛中吹。

〔一〕幾：底本訛作「成」，據《全唐詩》卷四十二改。

駱賓王

振衣遊紫府，
飛蓋背青田。
虛心恒警露，
孤影尚淩煙。
離歌凄妙曲，
別操繞繁絃。
在陰如可和，
清響會聞天。

韓仲宣

他鄉月夜人，
相伴看燈輪。
光隨九華出，
影共百枝新。
歌鐘盛北里，
車馬沸南鄰。
今宵何處好，
惟有洛城春。

賓王

列名通地紀，
疎派合天津。
波隨月色净，
態逐桃花春。
照霞如隱石，
映柳似沈鱗。
終當挹上善，
屬意澹交人。

陳子昂

蜀山金碧路，
此地饒英靈。
送君一爲別，
悽斷故鄉情。
片雲生極浦，
斜日隱離亭。
坐看征騎没，
唯見遠山青。

賓王

洛川流雅韻，
秦道擅苛威。
聽歌梁上動，
應律管中飛。
光飄神女襪，
影落羽人衣。
願言心未翳，
終冀效輕微。

徐賢妃

秋風起函谷，
勁氣動河山。
偃松千嶺上，
雜雨二陵間。
低雲愁廣隰，
落日慘重關。
此時飄紫氣，
應驗真人還。

郎餘令

三春休晦節，
九谷泛年華。
半晴餘細雨，
全晚澹殘霞。
尊開疎竹葉，
管應落梅花。
興闌相顧起，
流水送香車。

薛德音

鳳樓簫曲斷，
桂帳瑟絃空。
畫梁纔照日，
銀燭已隨風。
苔生履跡處，
花没鏡塵中。
唯餘長簟月，
永夜何朦朧。

李　白
行歌入谷口，路盡無人躋。攀崖度絶壑，弄水尋回溪。雲從石上起，客到花間迷。淹留興未盡，日落群峰西。

以上諸圖，拗句之法，以其不多得也。隨所見則録之，蓋唐宋所通用。拗體變怪多端者，皆於七律，不於五律，今所引諸家，率係初唐。其得於盛唐以後及宋明者，聊聊晨星。李杜之多變，而廑得一二，則後人實難可依準。大氏一句之變，五律居多，而全篇之變，七律爲甚。是詩家所須知也。若夫正格起句、偏格結句之拗，暨前正後偏之體，例用不拗。以通盛唐已後者，有時一爲之，亦不妨焉。其佗用於擬初唐爲可。因擬其體，併摹其律，實爲詩家一手段，是不可不知也。凡所引詩，其句中或入變，而圖則每句必依正。時有不吻合焉者，蓋句中之拗已具于前卷，此圖所主在乎一篇體製，奚必屑屑，隨詩而遷就焉。後篇七言律絶拗格仿之，覽者其審諸。

詩律兆卷四

七言律詩上　正格

恒　調

◐○◑●●○○
◓●○○●●○
◓●◑○○●●
◐○◓●●○○
◓○◓●○○●
◓●○○●●○
◓●◓○○●●
◐○◑●●○○

杜　甫

崆峒使節上青霄，
河隴降王款聖朝。
宛馬總肥春苜蓿，
將軍只數漢嫖姚。
陳留阮瑀誰争長，
京兆田郎早見招。
麾下賴君才並入，
獨能無意向漁樵。

沈　佺　期

主家山第早春歸，
御輦春遊繞翠微。
買地鋪金曾作埒，
尋河取石舊支機。
雲間樹色千花滿，
竹裏泉聲百道飛。
自有神仙鳴鳳曲，
並將歌舞報恩暉。

王　維

芙蓉闕下會千官，
紫禁朱櫻出上闌。
纔是寢園春薦後，
非關御苑鳥銜殘。
歸鞭競帶青絲籠，
中使頻傾赤玉盤。
飽食不須愁内熱，
大官還有蔗漿寒。

劉　滄

太行關路戰塵收，
白日思鄉別沃州。
薄暮焚香臨野燒，
清晨漱齒涉寒流。
溪邊殘壘空雲木，
山上孤城對驛樓。
此去寂寥尋舊迹，
蒼苔滿徑竹齋秋。

崔　曙

漢文皇帝有高臺，
此日登臨曙色開。
三晋雲山皆北向，
二陵風雨自東來。
關門令尹誰能識，
河上仙翁去不回。
且欲近尋彭澤宰，
陶然共醉菊花杯。

范成大

誰將玉笛弄中秋，
黄鶴飛來識舊遊。
漢樹有情横北渚，
蜀江無語抱南樓。
燭天燈火三更市，
摇月旌旗萬里舟。
却要鱸鄉垂釣叟，
武昌魚好便淹留。

劉長卿

新年草色遠萋萋，
久客將歸失路蹊。
暮雨不知鄖口處，
春風只到穆陵西。
城孤近日空花落，
三户無人自鳥啼。
君在江南相憶否，
門前五柳幾枝低。

王世貞

薊門春草易臨岐，
回首風塵始自悲。
孤雁書來明月戍，
故人吟罷白雲司。
曲中楊柳知相憶，
別後刀環未可期。
聞道朱絃多悵望，
莫將流水受人疑。

變調　二十七腔　附十有七腔

起句	○○○●●○○ ◐●○○●●○
	此常套已，然未若平仄互用之最多也。既非一圖可該，則不能不別標焉。
杜甫	昆明池水漢時功，武帝旌旗在眼中。
沈佺期	紅樓疑見白毫光，寺逼宸居福盛唐。
李頎	知君官屬大司農，詔幸驪山職事雄。
錢起	三峰花畔碧雲懸，錦里真人此得仙。
韓翃	仙臺初見五城樓，風物淒淒宿雨收。
歐陽修	春風疑不到天涯，二月山城未見花。
何景明	金陵樓閣九天開，銀漢仙槎萬里來。

起句	●○●●●○○ ◐●○○●●○
	杜止一首，盛唐諸家未有考，但宋明俱多用。上五字唯一平，故爲變矣。
杜甫	即看燕子入山扉，豈有黃鸝歷翠微。
張說	禁林艷裔發青陽，春望逍遙出畫堂。
劉禹錫	百年物望濟時功，前路何如向此窮。
李益	綠楊著水草如煙，舊是胡兒飲馬泉。
李商隱	碧城十二曲闌干，犀辟塵埃玉辟寒。
梅堯臣	主人待月敞南樓，淮雨西來忽變秋。
梁有譽	羨君墨綬去翩翩，茂邑風流此日傳。

起句	◐○◐●○○● ◐●○○●●○	李適	金玉玉輦迎佳節，御苑仙宮待獻春。	劉滄〔一〕	經過此地無窮事，一望淒然感廢興。
第五字與第七字拗也，唐宋皆例用，白香山特多，唯明爲少。		張謂	將軍帳下來從客，小邑彈琴不易逢。	黃庭堅	癡兒了却公家事，快閣東西倚晚晴。
老杜	天門日射黃金榜，春殿晴曛赤羽旗。	白居易	郡中乞假來相訪，洞裏朝元去不逢。	李夢陽	慶陽亦是先王地，城對南山不窋墳。
起句	◐○◐●○○● ◐●○○○●○	沈雲卿	東郊暫轉迎春仗，上苑初飛行慶杯。	陳與義	衡山縣下春朝雨〔二〕，遠映青山絲樣斜。
此與前調微異爾，然唐宋皆不似前調之多，後人勿混。杜止三首，明亦至少。		白香山	遙聞境會茶山夜，珠翠歌鐘俱繞身。	陳簡齋	醉中今古興亡事，詩裏江湖搖落時。
杜工部	寒輕市上山煙碧，日滿樓前江霧黃。	劉夢得	愛名之世忘名客，多事之時無事身。	謝榛	早辭京國風塵倦，爲愛山房泉壑重。

〔一〕劉滄：底本訛作「許渾」，據《全唐詩》卷五百八十六改。

〔二〕朝：他本皆作「日」。

起句	◓○◐●○○● ◓●●○○●○
杜止一首，初盛諸家及明皆未有考，他亦厘厘，後人又勿與前調混焉。	
杜子美	重陽獨酌杯中酒，抱病起登江上臺。
白樂天	君應怪我朝朝飲，不説向君君不知。
樂天	洛川汝海封畿接，履道集賢來往頻。
李嘉祐	江皋盡日唯煙水，君向白田何日歸。
張南史	春來游子傷歸路，時有白雲邀獨行。
梅聖俞	江南臘月前夕上，照水野梅多少株〔一〕。
方巨山	水曹爲骨逋爲髓，風雪灞橋誰共看。
起句	◓○◓●●○● ◓●◓○○●○
上句第五字再與下句第五字拗换也。諸家皆甚鮮，老杜未有考。	
陶峴	匡廬舊業是誰主，吳越新居安此生。
白香山	先生老去飲無興，居士病來閑有餘。
韓致光	春陰漠漠土膏潤，春雪微微風意和。
呂居仁	一雙一隻路傍堠，乍有乍無天際星。
蕭東夫	竹根蟋蟀太多事，喚得秋來籬落間。
孫一元	烏啼野樹歲將暮，滿眼蒹葭行路難。
王世貞	野夫癡坐獨何事，屈指俄成三十三。

〔一〕株：底本訛作「林」，失韻。他本皆作「株」，據改。

起句	◐○◐●●○● ◐●○○●●○	王建	髭鬚雖白體輕健，九十三來卻少年。	羅鄴	此中來往本迢遞，況是驅羸客塞城。
此强用履仄者，杜止一首，初盛諸家及明皆未有所見，餘亦厪少。		趙嘏	昔看黃菊與君別，今聽玄蟬我獨迴。	韓琦	蕪音逢節佐賓禮〔一〕，屬和當筵盡雅才。
杜甫	洛城一別四千里，胡騎長驅五六年。	杜荀鶴	君爲秋浦二年宰〔二〕，萬慮關心兩鬢知。	張耒	已逢嫵媚散花峽，不怕艱危道士磯。
起句	◐○◐●●●● ◐●◐○○●○	梅聖俞	田家春作日日近，丹杏破顏場圃頭。	李師中	孤忠自許衆不與，獨立敢言人所難。
此變之甚者，杜無考，他亦固少，後聯六及偏格前聯結句之五可併按。		蘇子瞻	初驚鶴瘦不可識，旋覺雲歸無處尋。	朱槔	春風本自掣肘去，那更病留過一旬。
方干	未明先見海底日，良久遠鷄方報晨。	黃魯直	海南海北夢不到，會合乃非人力能。	王叔承	群飛鷗鷺去不極，予亦揚帆趨杳冥〔三〕。

〔一〕禮：他本皆作「疊」。

〔二〕二：他本皆作「三」。

〔三〕趨：他本皆作「赴」。

起句

◐○◑●●○○
◓●○○○●○

此調似熟用不厭，然杜止數首，餘亦不甚多，後人蓋取節而可。

杜甫　青簾白舫益州來，巫峽秋濤天地迴。

起句

◐○◑●●○○
◓●●○○●○

大凡仄法句，第五字平則第三字不論者，仄腳句之例，在韻句則不然。是詩家所須知。此調，四唐宋明皆尤寥寥，我邦熟用動累篇者，其粗甚矣。

宋之問　青門路接鳳皇台，素滻宸游龍騎來。

岑參　鷄鳴紫陌曙光寒，鶯囀皇州春色闌。

賈島　此心曾與木蘭舟，直到天南潮水頭。

老杜　青娥皓齒在樓船，横笛短簫悲遠天。

白居易　一年年覺此身衰，一日日知前事非。

韓子蒼　北風吹日晝多陰，日暮擁階黃葉深。

杜牧　六朝文物草連空，天淡雲開今古同。

張耒　流光向老惜芳菲，搔首悲歌心事違。

汪道昆　君王不問篋中書，賀監仍分湖上居。

張耒　吳衣壓拂洛陽塵，夢寐一尊淮海濱。

王世貞　千盤轉盡見三門，七十二峰朝至尊。

程本立　驛樓燈火見西屯，使者出門人語喧。

前聯

◓●○○●○●，◐○◑●●○○。

第五字與第六字拗，詩家之常，但第三字必平而後可，我邦多不察焉。

少陵：澗道餘寒歷冰雪，石門斜日到林丘。

前聯

◓●○○●○●，◐○◑●●○○。

此我邦所甚忌，而杜及唐宋諸家皆遵用，但明釐釐已。說又見附録論三。

老杜：逐客雖皆萬里去，悲君已是十年流。

沈佺期：溪水泠泠逐行漏，山煙片片引香爐。

崔峒：流水聲中視公事，寒山影裏見人家。

李郢：蜀客帆檣背歸燕，楚山花木怨啼鵑。

李乂：野外初迷七聖道，河邊忽睹二靈橋。

岑參：秦女峰頭雪未盡，胡公陂上日初低。

權德輿：涼夜偏宜粉署直，清言遠待玉人酬。

趙嘏：他日江山映蓬鬢，二年楊柳別漁舟。

林逋：疎影橫斜水清淺，暗香浮動月黃昏。

謝榛：日月平臨洞庭水，煙霞半入岳陽樓。

白居易：乘興還同訪戴客，解酲仍對姓劉人。

蘇軾：蒼耳林中太白過，鹿門山下德公迴。

王世貞：趺坐俄成水月觀，翻經忽動海潮音。

前聯 ◐●●○●●● ◐○◐●●○○	黄魯直	倦體卧來便穩榻〔一〕，汗顔濯去快寒泉。	程希武	白雁久淹遠客信，丹鳳偏攬異鄉愁。
此前調之再變，四唐皆無考，後人固不用而可，但炤結句三之例，姑存云爾。	饒德操	我已定交木上座，君獨求舊管城公。		
蘇子瞻	此日使君不强喜，青春風物爲誰妍。	李獻吉	安得昔時白馬將，横行早破黑山戎。	
前聯 ◐●◐○○●● ○○○●●○○	韋元旦	夾岸旌旗疏輦道，中流簫鼓振樓船。	雍陶	新水亂侵春草岸，殘煙猶傍緑楊村。
此豈變云乎哉，説與起句一同，可按焉。	李白	真訣自從茅氏得，恩波應許洞庭歸。	陸游	解籜有聲驚倦枕，飛花無力點清池。
少陵	花徑不曾緣客掃，蓬門今始爲君開。	楊巨源	雙樹爲家思舊壑，千花成塔禮寒山。	李攀龍	樹杪徑迴千洞合，窗中天盡四峰連。

〔一〕卧：他本皆作「收」。

前聯	◓●◓○○●● ●○●●●○○	韓翃	近館應逢沈道士， 北臨自識卞田君。	秦觀	照海旌幢秋色裏， 激天鼓吹月明中。
	杜止二首，初盛諸家未有考，中晚宋明自少徂多，若主唐律者當留意。	白居易	松樹千年終是朽， 槿花一夕自爲榮。	高啓	四塞山河歸版籍， 百年父老見衣冠。
老杜	石出倒聽楓葉下， 櫓摇背指菊花開。	韓偓	青草湖將天暗合， 白頭浪與雪相和。	周永年	橘染絳霜傳楚頌， 水凝白露作秦聲。
後聯	◓○◓●●○● ◓●○○○●○	崔顥	晴川歷歷漢陽樹， 芳草萋萋鸚鵡洲。	陳后山	炎方瘴癘避軒豁， 故國山河開始終。
	杜止四首，諸家亦皆不似偏格前聯一之多，是所須知。	韋蘇州	道心淡泊對流水， 生事蕭條空掩門。	謝茂秦	城雲無色日將暮， 籬菊多花天有霜。
子美	腐儒衰晚謬通籍， 退食遲迴違寸心。	温庭筠	鏡中有浪動菱蔓， 陌上無風吹柳花。	于謙	淒涼懷抱幾時歇， 縹緲音容何處歸。

後聯

◐○◐●●○●
◐●●○○●○

白香山　使君灘上久分手，別駕渡頭先得書。

蘇和仲　野桃含笑竹籬短，溪柳自搖沙水清。

但列此宜與前調併者，但比前調爲最少。明亦無考，故破格別標之云。

崔魯　天邊一與舊山別，江上幾看芳草生。

王景文　冬青匝地野蜂亂，蕎麥滿園山雀飛。

少陵　可憐賓客盡傾蓋，何處老翁來賦詩。

杜牧　莫將榆莢共爭翠，深感杏花相映紅。

陸放翁　江山常逐客帆遠，歲月不禁衙鼓催。

後聯

◐○◐●●○●
◐●○○●●○

白樂天　前臺花發後臺見，上界鐘清下界聞。

范成大　幽禽不見但聞語，野草無名卻著花。

此拗偏枯，變之尤者，杜無考，諸家亦甚少，我邦往往熟用者非是。

韓致光　年逾弱冠即爲老，節過清明卻似秋。

孫一元　巖頭老檜占風雨，石上昌陽閲歲華。

劉禹錫　語餘時舉一杯酒，坐久方聞數處砧。

蘇子瞻　每憐蒓菜下鹽豉，肯與蒲陶壓酒漿。

徐熥　秋高落木見村社〔一〕，夜靜寒潮到女墻。

〔一〕見：他本皆作「迷」。

後聯

◓○◓●○○●
◓●○○○●○

調與起四同，而說與起九同，宜併按焉。杜得四。

沈佺期　白狼河北音書斷，丹鳳城南秋夜長。
韓偓　殘春孤館人愁坐，斜日空園花亂飛。

李頎　蕭條已入寒空靜，颯沓仍隨秋雨飛。
陸游　樓臺飛舞祥煙外，鼓吹喧呼明月中。

杜甫　不貪夜識金銀氣，遠害朝看麋鹿遊。

郎士元　客來吳地星霜久，家在平陵音信疎。
李夢陽　黃花古驛風沙起，白雪陰山金鼓多。

後聯

◓○◓●○○●
◓●●○○●○

黃山谷　靈源大士人天眼，雙塔老師諸佛機。
張澤民　已成到骨詩家瘦，不賣入時宮樣妝。

唐明皆無考，世之吐棄宋者，輒用此調，累出不厭者，獨何與？抑厘厘如此，宜附于篇末。今依起句五十及偏格前聯結句四之例姑列於此，覽者其審之。

楊誠齋　西川紅錦無斯色〔一〕，南海綠羅猶帶酸。

詹中正　吟餘妓對杯中酒，歸去蝶隨頭上花。

〔一〕斯：他本皆作「此」。

後聯	◐○◐●●●● ◐●◐○○●○
	與起八同，唐無考，明得一已。後人不用而可，然欲窮詩變，亦不容不知焉。
曾茶山	柳條弄色政爾好， 梅蕊飄香殊未闌。
後聯	◐○◐●○●● ◐●◐○○●○
	此比前調變換差少，而例用反鮮矣。四唐固無所考，宋亦厘厘已。蓋本在所削，但姑炤偏格前聯六例耳。凡此類，未可以所謂二六同律之，亦可見也。
茶山	官酤快甚夏酌水， 齋釀愜於冬飲湯。
黃山谷	田中誰問不納履， 坐上適來何處蠅。
張宛丘	風標公子鷺得意， 跛扈將軍風斂威。
歐永叔	蕭條兩鬢霜後草， 瀲灩十分金卷荷。
永叔	滄波萬古流不盡， 白鳥雙飛意自閑。
曾茶山	動搖不減韓吏部， 蹴蹈非勤焦校書。
毛澤民	珠樓先曉月未落， 瑶草自春天亦私。
陸放翁	忍貧不變我自許， 挾術自營君豈然。
王具茨	逃名賣藥不二價， 寄興含毫多五言。
楊誠齋	西川紅錦無此色， 南海緑羅猶帶酸。
僧如璧	四時但覺風雨過， 一飯何須刀匕紅。
梵琦	仙林寺遠鐘已動， 靈隱塔高燈欲無。

結句	◓●○○●○● ◐●◑●●○○	張説	不惜流膏助仙鼎， 願將楨幹捧明君。
與前聯一同，諸家不勝其多，世亦知此爲熟套，而往往忽於第三字疎矣。		高適	此地從來可乘興， 留君不住益凄其。
杜甫	傳語風光共流轉， 暫時相賞莫相違。	元稹	同受新年不同賞， 無由縮地欲如何。
結句	◓●○○●●● ◐○◑●●○○	沈佺期	誰謂含愁獨不見， 空教明月照流黃。
與前聯二同，四唐宋明皆循蹈，而我邦獨以爲聲病，不肯用焉，弗思之甚。		王維	朝罷須裁五色詔， 佩聲歸向鳳池頭。
老杜	此別應須各努力， 故園猶恐未同歸。	劉禹錫	爲問中華學道者， 幾人雄猛得寧馨。

杜牧	古往今來只如此， 牛山何必獨沾衣。
黃庭堅	萬里歸船弄長笛， 此心吾與白鷗盟。
王世貞	若指夫君到時路， 赤城霞起接天台。
薛能	自古浮雲蔽白日， 洗天風雨幾時來。
林逋	卻憶青溪謝太傅， 當時未解惜蓑衣。
宗臣	欲寄愁心與白日， 浮雲滿目不勝寒。

結句	◓●●○●●● ◐○◑●●○○
白香山	獨有不眠不醉客， 經春冷坐古湓城。
張文潛	好作楚辭更下俚， 雲中一降武夷君。
此前調之再變，諸家雖少，未至如前聯三抑六仄一平，孰知其自成律邪。	
香山	最感一行絶筆字， 尚言千萬樂天君。
程仲文	憂國此生好盡瘁， 莫將心事托冥鴻。
少陵	谷口子真正憶汝， 岸高瀼滑限西東。
晏元獻	幾日寂寥中酒後， 一番蕭索禁煙中。
韓汝節	惆悵此時不忍去， 且爲輕舸越江潯。
結句	◓●◓○○●● ○○○●●○○
李嶠	鸞輅已辭烏鵲渚， 簫聲猶繞鳳凰臺。
雍陶	行子喜聞無戰伐， 閑看遊騎獵平原。
與起句一前聯四同，説已具前。	
崔顥	日暮鄉關何處是， 煙波江上使人愁。
張耒	修禊洛濱期一醉， 天津春浪緑浮堤。
工部	獨使至尊憂社稷， 諸君何以答昇平。
李端	別恨轉深何處寫， 千層唯有一登樓。
李攀龍	向夕不堪車馬散， 朱門空鎖月明孤。

結句	◓●◓○○●● ●○●●●○○
與前聯五同，但此老杜亦無考，餘具于前説。起二之説亦可按。	
劉禹錫	祇恐鳴騶催上道， 不容待得晚菘嘗。
姚合	誰得似君將雨露， 海東萬里灑扶桑。
白居易	此處相逢傾一盞， 始知地上有神仙。
賈島	心憶懸帆身未遂， 謝公此地昔曾遊。
楊公濟	今古冥冥難借問， 且持玉爵破愁顏。
梁有譽	搔首乾坤俱涕淚， 古來國士幾封侯。
吳國倫	麥飯亭前沙草合， 翠華不見使人哀。

附十有七腔

起句	◓○◓●○○○ ◓●○○○●○
劉憲	蒼龍闕下天泉池， 軒駕來游簫管吹。
物集二，諸家得九。	
李頎	遠公遁跡廬山岑， 開士幽居祇樹林。
王世貞	纍垂靺鞨青林端， 鸜鵒銜春春未殘。
起句	◓○◓●○○○ ◓●●○○●○
謝榛	客中又過黃花秋， 不見故園空倚樓。
物集二，諸家得三。	

起句	王世貞	◓○◓●○○○ ◓●○○●●○	聞君獨厭承明廬， 起草誰堪自石渠。	物集一，服集一，諸家得十六。
前聯		◓●●○●○● ◐○◑●●○○		諸家得十三。
起句	程希武	◓○◓●○○● ◓●●○●●○	江南一別經三歲， 極目白雲認故鄉。	諸家得五。
前聯	崔日用	◓●○○●○● ◓○◓●○○○	岸上丰茸五花樹， 波中的皪千金珠。	諸家得七。
起句		◓○◑●●○○ ◓●●○●●○		諸家得一百四。
鄭谷			匹馬愁衝晚村雪， 孤舟悶阻春江風。	

前聯	◐●●○●○● ◐○◐●○○○	老杜	昔去爲憂亂兵入， 今來已恐鄰人非。	諸家得六。
前聯	◐●○○●●● ◐○◐●○○○	梅堯臣	南嶺禽過北嶺叫， 高田水入低田流。	諸家得三十三。
謝榛	重霧遥吞叠嶂色， 青天倒入滄江流。	王世貞	禳火新開屬玉觀， 祠鼇別起甘泉宮。	
前聯	◐●●○●●● ◐○◐●○○○	杜甫	客子入門月皎皎， 誰家搗練風凄凄。	諸家得七。
梅堯臣	南嶺鳥過北嶺叫， 高田水入低田流。			
前聯	◐●◐○○●● ◐○◐●○○○	程希武	香泛水沉爐鴨暖， 簾開月射裘貂寒。	物集、服集俱一，諸家得四十。

類	作者	詩句 / 式	統計
後聯		◓○◓●●○● ◓●●○●●○	物集一，諸家得十一。
結句	張喬	◓●●○●○● ◓○◑●●○○ 達理始應盡惆悵，僧閑應得話天台。	服集四，諸家得二十四。
後聯	陸游	◓○◓●○○● ◓●●○●●○ 壺中自喜乾坤別，局上況知日月遲。	物集二，服集一，諸家得百三十六。
	李攀龍	直擬賊平答明詔，誰知投杼自天來。	
	張煒	莫向路岐倍惆悵，漢家事業屬經生。	
	孫一元	生來白石仙人分，老結碧山學士緣。	
	王應鐘	欲向夜深詢僧定，多慚塵跡雜禪心。	
	陳益祥	欲作杜華與王翰，卜鄰應得共翱翔。	

結句	杜子美	◓●○○●●● ◓○◓●○○○	自是秦樓壓鄭谷， 時聞雜佩聲珊珊。	物集一，諸家得三。
	子美		衮職曾無一字補， 許身愧比雙南金。	
結句	王立道	◓●◓○○●● ◓○◓●○○○	長此陸沈堪自老， 藏身何必於陵園。	物集二，服集三，諸家得十八。
結句	王維	◓●○○●○● ◓○◓●○○○	故舊相望在三事， 願君莫厭承明廬。	諸家得八。
	謝榛		尚憶長干舊遊處， 美人贈我珊瑚鈎。	

右所附十七圖，皆屬聲病。我邦往往混用，不復識别，其失甚矣。若老杜、鄭谷、梅堯臣前聯共四腔，老杜、王維結句各一腔，其全篇皆係吴體，固不可以爲法也。劉憲、李頎起句共一腔，崔日用前聯一腔，乃爲正律之變，然亦唯厪厪是已。且劉、崔俱係初唐，又何有於證據哉？張喬結句難解，且有二「應」字，恐有譌文，陸游生平詩踰萬首，縱横亡餘，今存者猶然富，而未見此一聯之比，是亦傳寫之有一誤，未可知也。《竹坡詩話》云：「陶淵明《讀山海經》詩有『形夭無千歲』句，《山海經》云『刑天，獸名也，好銜干戚而舞』，乃知五字皆錯，『形夭』乃是『刑天』，『無千歲』乃是『舞干戚』耳。」傳書之不可恃，蓋有如此者。謝榛起句、前聯、結句各一腔，皆係拗篇，即是一篇中諸句也。至若孫一元、王世貞、王立道、程希武，或是多變之溢耳。其俱不足以爲據可知也。世貞起句後一腔「承明廬」，蓋襲王維結句「承明廬」，然維本係拗格，而世貞恒調中出之，爲擇而不精者。後人多用「承明廬」，皆坐此誤。李攀龍結句，四唐所忌，渠刻意開天而爲之者何也？張煒、王應鐘、陳益祥一結累見，抑明季零細者流，豈足模範云乎哉。具于五律正格篇末。

詩律兆卷五

七言律詩中　偏格

恒調

◓●○○●●○
◐○◑●●○○
◓○◓●○○●
◓●○○●●○
◓●◓○○●●
◐○◑●●○○
◓○◓●○○●
◓●○○●●○

杜甫

獻納司存雨露邊，
地分清切任才賢。
舍人退食收封事，
宫女開函近御筵。
曉漏追隨青瑣闥，
晴窗點檢白雲篇。
揚雄更有河東賦，
唯待吹嘘送上天。

張説

別館芳菲上苑東，
飛花澹蕩御筵紅。
城臨渭水天河静，
闕對南山雨露通。
繞殿流鶯凡幾樹，
當蹊亂蝶許多叢。
春園既醉心和樂，
共識皇恩造化同。

變調，二十有五腔，附十有一腔

李　　憕	李　商　隱
別館春還淑氣催，三宮路轉鳳凰台。雲飛北闕輕陰散，雨歇南山積翠來。御柳遥隨天仗發，林花不待晚風開。已知聖澤深無限，更喜年芳入睿才。	海外徒聞更九州，他生未卜此生休。空聞虎旅鳴宵柝，無復鷄人報曉籌。此日六軍同駐馬，當時七夕笑牽牛。如何四紀爲天子，不及盧家有莫愁。
錢　　起	梅　堯　臣
日暖風恬種藥時，紅泉翠壁薜蘿垂。幽溪鹿過苔還静，深樹雲來鳥不知。青瑣同心多逸興，春山載酒遠相隨。卻慚身外牽纓冕，未勝樽前倒接羅。	天下才名罕有雙，今逢陸海與潘江。筆生造化多多辨，聲滿華夷一一降。金帶系袍回禁署，翠娥持燭侍吟窗。人間榮貴無如此，誰愛區區擁節幢。
柳　宗　元	謝　　榛
城上高樓接大荒，海天愁思正茫茫。驚風亂颭芙蓉水，密雨斜侵薜荔墻。嶺樹重遮千里目，江流曲似九回腸。共來百粵文身地，猶自音書滯一鄉。	自別梁園歲幾徂，可憐消息斷江湖。相逢白髮嗟多少，一醉黄金問有無。地接邊關秋氣早，樹翻烏鵲月明孤。百年聚散應難定，對爾長歌扣玉壺。

起句

◒●○○○●○
◐○◑●●○○

此變之常者，四唐宋明皆多用。

老杜

野老籬前江岸迴，柴門不正逐江開。

張曲江

羽衛森森西向秦，山川歷歷在清晨。

高達夫

黃鳥翩翩楊柳垂，春風送客使人悲。

盧允言

聞逐樵夫閒看棋，忽逢人世是秦時。

杜牧之

草色人心相共閑，是非名利有無間。

蘇同叔

稷下諸公今幾人，三爲諫議髮如銀。

李獻吉

九日無朋花自開，登樓獨酌當登臺。

起句

◒●●○○●○
◐○◑●●○○

杜無考，諸家亦少，明尤寥寥，我邦熟用，與前調混者疎矣。

蘇頲

東望望春春可憐，更逢晴日柳含煙。

王維

酌酒與君君自寬，人情翻覆似波瀾。

元稹

司馬子微壇上頭，與君深結白雲儔。

來鵬

獨把一杯山館中，每驚時節恨飄蓬。

周賀

病寄泗州居帶城，傍門高柳一蟬鳴。

何異

環翠閣邊無點埃，盡收清致助吟才。

楊繼盛

寥落白雲庭半虛，有功此去更何如。

起句	◓●◓○○●● ◐○◑●●○○	李適	拂露金輿丹旆轉，凌晨黼帳碧池開。	杜荀鶴	殘臘泛舟何處好，最多吟興是瀟湘。
五七之拗爲熟套，香山最多，但明較少已。第三用仄不似前調之少，是亦須知。		王維	渭水自縈秦塞曲，黃山舊繞漢宮斜。	劉克莊	昔日講師何住在，高臺猶有雨花名。
少陵	五夜漏聲催曉箭，九重春色醉仙桃。	白居易	灞滻風煙函谷路，曾經幾度別長安。	汪道昆	憐爾春宵淹故里，轉於都市憶當時。
起句	◓●○○●○● ◐○◑●●○○	賈浪仙	作尉長安始三日，忽思牛渚夢天台。	汪信民	問訊江南謝康樂，溪堂春水想扶疎。
杜止得三，諸家亦甚少，此與正格前聯結句之一同，而獨不似其多焉。		梅聖俞	滄海東邊會稽郡，朱輪遠下相臣家。	黃姬水	江上相逢是長別，百年洒泣伍胥濤。
子美	蜀主窺吴幸三峽，崩年亦在永安宮。	黃魯直	幾片雲如薛公鶴，精神態度不曾齊。	程仲文	遙憶江南老梅樹，托根長傍白雲限。

起句 ◐●○○●●○ ○○○●●○○	蘇頲 主第山門起灞川，宸遊風景入初年。	許渾 一上高樓萬里愁，蒹葭楊柳似汀州。
與正格前聯結句之四同，而說見于其起句一。	王維 無著天親弟與兄，嵩丘蘭若一峰晴。	蘇洵 晚歲登門最不才，蕭蕭華髮映金罍。
工部 童稚情親四十年，中間消息兩茫然。	耿湋 遠別悠悠白髮新，江潭何處是通津。	何景明 峻閣含風落照孤，憑高千里視平蕪。
起句 ◐●○○●●○ ●○●●●○○	白居易 渺渺錢唐路幾千，想君到後事依然。	王禹玉 控帶洪流古帝城，欲尋舊事半榛荊。
杜白得三，初盛諸家無考，中晚亦厪厪，經宋至明爲寖多，主唐律者當取節。	姚合 九陌喧喧騎吏催，百官拜表禁城開。	徐中行 廿載風塵一晤難，武陵意氣竟誰看。
杜甫 夔府孤城落日斜，每依北斗望京華。	李商隱 錦瑟無端五十絃，一絃一柱思華年。	唐順之 絕頂孤峰見廢關，短衣落月試躋攀。

起句

◐○◐○◐●○
◐○◐●●○○

此拗換之甚者，諸家寥寥固也，姑存以廣詩變耳，豈容依準哉。下調倣此。

杜子美　大家東征逐子回，風生洲渚錦帆開。

起句

◐○◐○○●○
◐○●●○○○

此比前調變更甚，説具於前矣，蓋皆係吴體，後人固勿用可。

杜工部　錦官城西生事微，烏皮几在還思歸。

李太白　杜陵賢人清且廉，東溪卜築歲將淹。

李郢　桐廬縣前洲渚平，桐廬江上晚潮生。

杜牧　句吴亭東千里秋，放歌曾作昔年遊。

工部　掖垣竹埤梧十尋，洞門對雪常陰陰。

司馬禮　洛陽古城秋色多，送君此去心如何。

譚用之　三皇上人春夢醒，東侯老大麒麟生。

韓仲止　懷王鏡臺開遠晴，靈溪葛水去無聲。

王景文　山高樹多日出遲，食時霧露且雰霏。

謝榛　壯心掀髯浩氣横，黄沙白草漫遠城。

趙章泉　誰言江南春有寒〔一〕，未經社日衣能單。

章泉　春天陰晴無定姿，陰雲未卷清風吹。

李攀龍　西施浣紗江水中，下機便入吴王宫。

〔一〕言：他本皆作「道」。

前聯	◐○◐●●○● ◐●◐○○●○	高適	百年將半仕三已， 五畝就荒天一涯。	羅鄴	買栽池館恐無地， 看至子孫能幾家。
	老杜善用，中晚俱多，宋最多，但初唐無考，明爲少已。同正格起六而多寡懸隔。	劉滄	香銷南國美人盡， 怨入東風芳草多。	梅堯臣	野梟眠岸有閒意， 老樹著花無醜枝。
少陵	映階碧草自春色， 隔葉黃鸝空好音。	趙嘏	殘星數點雁橫塞， 長笛一聲人倚樓。	王世貞	道傍燕石晝俱隕， 匣裏并刀風自鳴。
前聯	◐○◐●●○● ◐●○○●●○	岑參	漢王城北雪初霽， 韓信壇西日欲斜。	吳融	西川酌盡菊花酒， 東閣編成詠雪詩。
	諸家皆少，且往往逼數字出於不得已，非若前調爲熟套，後人勿混焉。	柳宗元	一身去國六千里， 萬死投荒十二年。	楊徽之	雲生萬壑拔龍去， 海隔三山放鶴歸。
杜甫	一聲何處送書雁， 百丈誰家上瀨船。	伍喬	碧松影裏地長潤， 白藕花中水亦香。	于謙	天涯游子十年別， 堂上慈親一笑開。

前聯	◓○◓●○○● ◓●○○○●○	趙彥昭	平樓半入南山霧，飛閣傍臨東野春。	李商隱	廣陵別後春濤隔，湓浦書來秋雨翻。
諸家例用而不甚多，李選唯太白一首可以見已，與正格起九同，説亦可按。		李白	吳宮花草埋幽徑，晉代衣冠成古丘。	王安國	千山月午乾坤晝，一壑泉鳴風雨秋。
杜甫	舊來好事今能否，老去新詩誰與傳。	白居易	何堪老淚交流日，多是秋風搖落時。	李夢陽	孤城落木天邊下，萬里浮雲江上來。
前聯	◓○◓●○○● ◓●●○○●○	雍國鈞	立當青草人先見，行傍白蓮魚未知。	陳簡齋	風流丘壑真吾事，籌策廟堂非所知。
此比前調益少，盛唐無考，正格起十、後聯五可併按焉。世人熟用爲常，非矣。		劉蘊靈	千年事往人何在，半夜月明潮自來。	張澤民	已枯半樹風煙古，纔放一花天地春。
元微之	瘴云拂地黃梅雨，明月滿帆青草湖。	趙倚樓	傷心正嘆人間事，回首更慚江上鷗。	程仲文	松聲入屋青山近，花影上墻紅日高。

前聯	◐○◐●●●● ◐●◐○○●○
說與正格後聯六同，但此唐明得數首，宋亦較多矣，是爲異耳，放翁尤多用。	
杜子美	承家節操尚不泯，爲政風流今在茲。
白樂天	緑蘿潭上不見日，白石灘邊長有風。
陸魯望	題詩朝憶復暮憶，見月上弦還下弦。
李郢	青蛇上竹一種色，黃蝶隔溪無限情。
皮日休	銅池數滴桂上雨，金鐸一聲松杪風。
陸放翁	相逢只怪影亦好，歸去始知身染香。
王世貞	汝當勤苦去宿態，吾尚淹留虛奉錢。

前聯	◐○◐●○●● ◐●◐○○●○
與正格後聯七同，但杜得二，歐得三耳。前說可併按焉。	
少陵	階前短草泥不亂，院裏長條風乍稀。
戴叔倫	流年不盡人自老，外事無端心已空。
杜牧	青苔寺裏無鳥跡，緑水橋邊多酒樓。
歐陽公	喜君再共樽俎樂，憐我久懷丘壑情。
東坡	吾廬想見無限好，客子倦遊胡不歸。
楊誠齋	何曾天上冰玉質，卻怕人間霜雪寒。
王世貞	魚鷹獵水貪不定，雁奴踐更窮可憐。

後聯

◓●○○●○●
◐○◑●●○○

張九齡
聖德由來合天道，
靈符即此應時巡。

梅堯臣
轣轆車聲輾明月，
參差蓮炬競紅顏。

與正格前聯一同，而殊不似其多，獨陸游爲甚多，是可異也。後人不累用而可。

賈至
劍佩聲隨玉墀步，
衣冠身惹御爐香。

唐庚
見說胸中卷雲夢，
莫將皮裏貯陽秋。

杜甫
殊錫曾爲大司馬，
總戎皆插侍中貂。

白居易
炮筍烹魚飽餐後，
擁袍枕臂醉眠時。

李攀龍
世路悠悠幾知己，
風塵落落一狂生。

後聯

◓●○○●●●
◐○◑●●○○

劉憲
帳殿疑從畫裏出，
樓船直在鏡中移。

蘇軾
野店初嘗竹葉酒，
江雲欲落豆稭灰。

諸家不多，然豈如世之拘拘以三仄爲病哉。正格前聯二亦可按焉，白得三。

崔湜
庭際花飛錦繡合，
枝間鳥囀管絃同。

王安國
跡入塵中漸有累，
心期物外欲何求。

杜甫
秋水才深四五尺，
野航恰受兩三人。

白居易
他日終爲獨往客，
今朝未是自由身。

王世貞
那有清商一部樂，
秪餘黃石數篇書。

後聯	◒●●○●●● ◐○◑●●○○	白居易	優詔幸分四皓秩， 祖筵慚繼二疏歡。	穆文熙	煙樹尚籠白水地， 春花還發錦官城。
此前調之再變，其厘少固也。與正格前聯三同，但唐得二耳。		晏殊	幾日寂寥中酒後， 一番蕭索禁煙中。	程希武	曠野有聲鬼嘯雨， 荒營無火竈沉煙。
杜甫	予見亂離不得已， 子知出處必須經。	趙師秀	有井極甘便試茗， 無花可插任空瓶。		
後聯	◒●◒○○●● ○○○●●○○	沈佺期	邸第樓臺多氣色， 君王鳧雁有光輝。	杜牧	天接海門秋水色， 煙籠隋苑暮鐘聲。
與正格前聯結句之四同，但此調唐諸家皆較少，初唐尤厘厘，是爲微異。		張謂	疲馬山中愁日晚， 孤舟江上畏春寒。	陳與義	萬里來游還望遠， 三年多難更憑危。
老杜	縱酒欲謀良夜醉， 還家初散紫宸朝。	錢起	明月既能通憶夢， 青山何用隔同心。	李攀龍	海上共懸明月夢， 山中堪贈白雲心。

後聯	◐●◐○○●● ●○●●●○○
	起六及正格起二、前聯結句五之説可併考焉，此調杜得四，王得一，是爲異。
杜工部	古廟松杉巢水鶴，歲時伏臘走村翁。
結句	◐○◐●●○● ◐●◐○○●○
	唯杜善用，中晚宋明皆不甚多，初盛諸家無考，蓋未如前聯一之爲熟套也。
老杜	酒闌卻憶十年事，腸斷驪山清路塵。
王維	青草廟時過夏口，白頭浪裏出湓城。
白居易	一隻蘭船當驛路，百層石磴上州門。
鄭谷	苔色滿墻思故第，雨聲入夜憶春田。
許渾	百年便作萬年計，巖畔古碑空綠苔。
項斯	中宵能得幾時睡，又被鐘聲催著衣。
劉滄	行人遥起廣陵思，古渡月明聞棹歌。
劉克莊	闕下舉幡空大學，路傍卧轍幾遺民。
劉基	未得梢雲邀鳳宿，可能映水學龍吟。
張以寧	汝港潮回平雁跡，海門雨至帶龍腥。
羅隱	滿川明月一竿竹，家在五湖歸去來。
曾幾	僧窗各自占山色，處處薰爐茶一甌。
謝榛	憑虚極望斷消息，柹葉滿巖秋自紅。

結句 ◓○◓●●○●／◓●○○●●○	趙嘏：鱸魚正美不歸去，空戴南冠學楚囚。	杜荀鶴：擁袍公子莫言冷，中有樵夫跣足行。
杜及盛中諸家皆未有考，他亦絶少。後人惡乎得頻頻遵用。	劉滄：偶將心地問高士，坐指浮生一夢中。	司馬光：浮生適意即爲樂，安用腰金鼎鼐間。
蔡希周：自憐遇坎便能止，凡託仙槎路未通。	羅鄴：關河回首便千里，飛錫南歸詎可知。	王守仁：禪堂坐久發清磬，卻笑山僧亦有心。
結句 ◓○◓●○○●／◓●○○○●○	徐彦伯：群臣相慶嘉魚樂，共哂横汾歌吹秋。	鄭谷：相呼相喚湘江曲，苦竹叢深春日西。
此爲熟套，四唐宋明皆俱多，大氏與起一相以〔一〕，而未若其最多矣。	李頎：憶君淚落東流水，歲歲花開知爲誰。	宋祁：此身疎拙真丘壑，不是當年王佐才。
杜甫：可憐後主還祠廟，日暮聊爲梁父吟。	劉禹錫：今逢四海爲家日，故壘蕭蕭蘆荻秋。	汪道昆：采蘋誰是當門子，原草蕭蕭空復春。

〔一〕以：似當作「似」。

結句	◐○◐●○○● ◐●●○○●○	劉滄	故園新過重陽節，黃菊滿籬應未凋。	韓偓	黃旗紫氣今仍舊，免使老臣攀畫輪。
此調不甚多，老杜及初盛諸家皆無考。我邦詩家勿與前調一視焉。		方干	謝公吟賞愁飄落，可得更拈長笛吹。	曾丰	天高眼迴詩囊小，收拾不多空一來。
元稹	老逢佳景惟惆悵，兩地各傷無限神。	來鵬	分明記得還家夢，徐孺宅前湖水東。	李夢陽	里名冠蓋非吾事，願訪鹿門麋鹿群。
結句	◐○◐●●●● ◐●◐○○●○	李郢	千峰靄靄水潏潏，羸馬此中愁獨行。	梅聖俞	情雖不厭住不得，薄暮歸來車馬疲。
與前聯五及正格起八、後聯六同，而此爲最少。後句依恒調，亦得數家，今不録。		鄭谷	煙濃草遠望不盡，千古漢陽閑夕陽。	黃庭堅	平生行樂自不惡，豈有竹西歌吹愁。
老杜	年過半百不稱意，明日看雲還杖藜。	歐永叔	相從一笑兩莫得，簿領區區嘆米鹽。	李于鱗	春來病起少吏事，擬草玄經還未成。

結句	與前聯六及正格後聯七同，而下句依恒調者，其寥寥固也，要皆不足準用。	楊萬里
◓○◓●○●● ◓●○○●●○		老饕要啖三百顆， 卻怕甘泉凍斷腸。
王立道	程希武	
江南應得春意早， 折寄無妨驛路長。	甕頭臘有三百斛， 好把餘年付濁醪。	

附十有一腔

起句	謝榛	物集一，諸家得一百二十八。
◓●●○●●○ ◐○◑●●○○	家在菟園隔大行， 每攄懷抱託壺觴。	
李化龍	戚繼光	
縹緲穀城帶晚霞， 山中宰相此移家。	霜角一聲草木哀， 雲頭對起石門開。	
起句		諸家得六。
◓●◓○○●● ◐○◑●○○○		

句	平仄	詩例	諸家
起句	◓●◓○●●● ◐○◑●○○○		諸家得十二。
起句	◓●○○●●○ ◐○◑●○○○	王世貞 内史臺中露未晞， 宜春館裏煙霏微。	物集三，諸家得八。
前聯	◓○◓●●○● ◓●●○●●○		諸家得三十二。
前聯	◓○◓●○○● ◓●●○●●○		物集四，諸家得九十四。
後聯	◓●●○●○● ◐○◑●●○○	白居易 十里叱灘變河漢， 八寒陰獄化陽春。	物集一，諸家得二十四。
		李攀龍 白眼自宜置丘壑， 紅顏元不染風塵。	

後聯 ◓●◓○●●● ◐○◑●○○○	杜甫 束帶發狂欲大叫， 簿書何急來相仍。	物集六，服集二，諸家得二十一。
王維 草色全經細雨濕， 花枝欲動春風寒。	唐求 書傍緑畦薅嫩玉， 夜開紅竈燃新丹。	
謝榛 秋冷河亭燕子去， 風生塞笛梅花飛。		

後聯 ◓●◓○○●● ◐○◑●○○○	鄭谷 帆去帆來風浩渺， 花開花謝春悲涼。	物集二，諸家得四十五。
結句 ◓○◓●●○● ◓●●○●●○	林尚瓊 自憐雙鬢欲垂雪， 喜對謝庭寶樹榮。	諸家得二十九
結句 ◓○◓●○○● ◓●●○●●○		物集四，諸家得八十一。

以上十一圖，詩家大忌，蓋爲俗調。杜甫、王維、唐求、鄭谷，後聯共二腔，皆係吴體，加之厪乎是已矣。求詩傳者甚少，而爲多變態，謝榛、王世貞起句各一腔，實爲無稽。但謝「菟」字安知非「粱」字以意誤寫哉？李化龍起句、林尚瓊結句各一腔，亦非誤寫則誤用。戚繼光以奕葉兵家起身乎行間，横槊之賦，雅尚可嘉焉。乃起句之墜此套，不責備而可。謝榛後聯一腔，全首皆拗，蓋學杜王者。白氏後聯，一部《長慶集》中唯得此，李攀龍承之，非擇之善者，是皆豈容遽以例焉哉。餘具前數篇之末，覽者其審之。

詩律兆卷六

七言律詩下　拗格

正格拗起句體

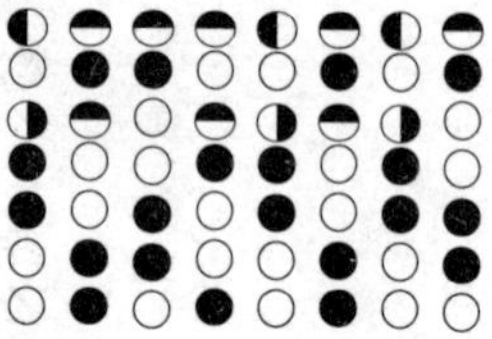

◓●○○●●○
◐○◐●●○○
◓●◓○○●●
◐○◐●●○○
◓○◓●○○●
◓●○○●●○
◓●◓○○●●
◐○◐●●○○

杜甫

搖落深知宋玉悲，
風流儒雅亦吾師。
悵望千秋一灑淚，
蕭條異代不同時。
江山故宅空文藻，
雲雨荒臺豈夢思。
最是楚宮俱泯滅，
舟人指點至今疑。

劉憲

禁苑韶年此日歸，
東郊道上轉青旂。
柳色梅芳何處所，
風前雪裏覓芳菲。
開冰池内魚新躍，
剪彩花間燕始飛。
欲識王遊布陽氣，
爲觀天藻競春暉。

王　維

積雨空林煙火遲，
蒸藜炊黍餉東菑。
漠漠水田飛白鷺，
陰陰夏木囀黃鸝。
山中習静觀朝槿，
松下清齋折露葵。
野老與人争席罷，
海鷗何事更相疑。

岑　參

節使横行西出師，
鳴弓擐甲羽林兒。
臺上霜風淩草木，
軍中殺氣傍旌旗。
預知漢將宣威日，
正是胡塵欲滅時。
爲報使君多泛菊，
更將絃管醉東籬。

王　維

何幸含香奉至尊，
多慚未報主人恩。
草木豈能酬雨露，
榮枯安敢問乾坤。
仙郎有意憐同舍，
丞相無私斷掃門。
揚子解嘲徒自遣，
馮唐已老復何論。

裴　迪

恨不逢君出荷蓑，
青松白屋更無他。
陶令五男曾不在，
蔣生三徑枉相過。
芙蓉曲沼春流滿，
薜荔成帷晚靄多。
聞説桃源好迷客，
不如高卧眄庭柯。

高　適

黃鳥翩翩楊柳垂，
春風送客使人悲。
怨別自驚千里外，
論交卻憶十年時。
雲開汶水孤帆遠，
路繞梁山匹馬遲。
此地由來可乘興，
留君不住益淒其。

嚴　武

卧向巴江落月時，
兩鄉千里夢相思。
可但步兵偏愛酒，
也知光禄最能詩。
江頭赤葉楓愁客，
籬外黄花菊對誰。
跨馬望君非一度，
冷猿秋雁不勝悲。

嚴　　武	漫向江頭把釣竿， 懶眠沙草愛風湍。 莫倚善題鸚鵡賦， 何須不著鵕鸃冠。 腹中書籍幽時曬， 肘後醫方静處看。 興發會能馳駿馬， 應須直到使君灘。
錢　　起	二月黄鸝飛上林， 春城紫禁曉陰陰。 長樂鐘聲花外盡， 龍池柳色雨中深。 陽和不散窮途恨， 霄漢常懸奉日心。 獻賦十年猶未達， 羞將白髮對華簪。
喬　　琳	三蜀澄清郡政閑， 登樓携酌日躋攀。 頓覺胸懷無俗事， 迴看掌握是人寰。 灘聲曲折涪州水， 雲影低銜富樂山。 行雁南飛似鄉信， 忽然西笑向秦關。
起	長信螢來一葉秋， 蛾眉淚盡九重幽。 鵷鵲觀前明月度， 芙蓉闕下絳河流。 鴛衾久别難爲夢， 鳳管遥聞更起愁。 誰忿昭陽夜歌舞， 君王玉輦正淹留。
劉長卿	玉輦西巡久未還， 春光又入上陽間。 萬木長承新雨露， 千門空對舊河山。 深花寂寂宫城閉， 細草青青御路閑。 獨見彩雲飛不盡， 只應來去候龍顔。
起	舊識相逢情更親， 扳歡甚少愴離頻。 黄綬罷來多遠客， 青山何處不愁人。 日斜官樹聞蟬滿， 雨過關城見月新。 梁國遺風重詞賦， 諸侯應念馬卿貧。

郎士元	韋應物
季月還鄉獨未能， 林行溪宿厭層冰。 尺素欲傳三署客， 雪山愁送五溪僧。 連雲朔氣横秦苑， 滿目寒煙隔灞陵。 借問從來香積寺， 何時携手更同登。	緑水蒼山路向東， 東南山豁大河通。 寒樹依微遠天外， 夕陽明滅亂流中。 孤村幾歲臨伊岸， 一雁初晴下朔風。 爲報洛橋遊宦侶， 扁舟不繫與心同。
士元	白居易
春半梁山正落花， 台衡受律向天涯。 南去猿聲傍雙節， 西來江色繞千家。 風吹畫角孤城曉， 林映蛾眉片月斜。 已見廟謨能喻蜀， 新文更喜報金華。	謬入金門侍玉除， 煩君問我意何如。 蟠木詎堪明主用， 籠禽徒與故人疏。 苑花似雪同隨輦， 宫月如眉伴直廬。 淺薄求賢思自代， 嵇康莫寄絶交書。
士元	居易
城上西樓倚暮天， 樓中歸望正淒然。 近郭亂山横古渡， 野莊喬木帶新煙。 北風吹雁聲能苦， 遠客辭家月再圓。 陶令好文常對酒， 相招一和白雲篇。	十五年前似夢遊， 曾將詩句結風流。 偶助笑歌嘲阿軟， 可知傳誦到通州。 昔教紅袖佳人唱， 今遣青衫司馬愁。 惆悵又聞題處所， 雨淋江館破墻頭。

居　易	游宦京都二十春， 貧中無處可安貧。 長羨蝸牛猶有舍， 不如碩鼠解藏身。 且求容立錐頭地， 免似漂流木偶人。 但道吾廬心便足， 敢辭湫隘與囂塵。
居　易	榮進雖頻退亦頻， 與君才命不調勻。 若不九重中掌事， 即須千里外抛身。 紫垣南北廳曾對， 滄海東西郡又鄰。 唯欠結廬嵩洛下， 一時歸去作閒人。
居　易	弟妹妻孥小姪甥， 嬌癡弄我助歡情。 歲盞後推藍尾酒， 春盤先勸膠牙餳。 形骸潦倒雖堪嘆， 骨肉團圓亦可榮。 猶有誇張少年處， 笑呼張丈喚殷兄。
居　易	三歲相依在洛都， 遊花宴月飽歡娛。 惜別笙歌多怨咽， 願留軒蓋少踟躕。 劍磨光彩依前出， 鵬舉風雲逐後驅。 從此求閒應不得， 更能重醉白家無。
居　易	十五年來洛下居， 道緣俗累兩何如。 迷路心回因向佛， 宦途事了是懸車。 全家遁世曾無悶， 半俸資身亦有餘。 唯是名銜人不會， 毗耶長者白尚書。
戎　昱	山上青松陌上塵， 雲泥豈合得相親。 世路盡嫌良馬瘦， 惟君不棄臥龍貧。 千金未必能移姓， 一諾從來許殺身。 莫道書生無感激， 寸心還是報恩人。

權德輿

閑卧藜床對落暉，
翛然便覺世情非。
漠漠稻花資旅食，
青青荷葉製儒衣。
山僧相訪期中飯，
漁父同遊或夜歸。
待學尚平婚嫁畢，
渚煙溪月共忘機。

嘉祐

征戰初休草又衰，
咸陽晚眺淚堪垂。
去路全無千里客，
秋田不見五陵兒。
秦家故事隨流水，
漢代高墳對石碑。
回首青山獨不語，
羨君談笑萬年枝。

德輿

旌旆翩翩擁漢官，
君行當得遠人歡。
分職南台知禮重，
綴書東觀見才難。
金章玉節鳴驄遠，
白草黃雲出塞寒。
欲散别離唯有酒，
暫煩賓從駐征鞍。

于鵠

昨日山家春酒濃，
野人相勸久從容。
獨憶卸冠眠細草，
不知誰送出深松。
都忘醉後逢廉度，
不省歸時見魯恭。
知己尚嫌身酩酊，
路人應恐笑龍鍾。

李嘉祐

梁宋人稀鳥自啼，
登臚一望倍含淒。
白骨半隨河水去，
黃雲猶傍郡城低。
平坡戰地花空落，
舊苑春田草未齊。
明主頻移虎符去，
幾時行縣向黔黎。

盧綸

高步長裾錦帳廊，
居然自是漢賢郎。
潘岳叙年因鬢髮，
揚雄託諫在文章。
九天韶樂飄寒月，
萬户香塵裛夜霜。
坐見重門儼朝騎，
可憐雲路好翱翔。

苗發

中歲分符典石城，兩朝趨陛謁承明。
闕下昨陳歸老疏，天南今切去鄉情。
親知握手三回別，几杖扶身萬里行。
伯道暮年無嗣子，欲將家事托門生。

徐禎卿

爾放金鷄別帝鄉〔一〕，何如李白在潯陽。
日暮經過燕趙客，解裘同醉酒壚傍。
徘徊桂樹涼飇發，仰視明河秋夜長。
此去梁園逢雨雪，知予遥度赤城梁。

歐陽修

積雨荒庭遍緑苔，西堂瀟灑爲誰開。
愛酒少師花落去，彈琴道士月明來。
鷄啼日午衡門静，鶴唳風清晝夢回。
野老但欣南畝伴，豈知名籍在蓬萊。

王世貞

親捧除書出未央，薊門秋色滿奚囊。
亦有故人山吏部，居然新例水曹郎。
河流雨挾千艘上，關輔雲連萬雉翔。
爲道陽春誰和者，于今粉署少輝光。

陳去非

去歲重陽已百憂，今年依舊嘆羈遊。
籬底菊花唯解笑，鏡中頭髮不禁秋。
涼風又落宮南木，老雁孤鳴漢北洲。
如許行年那可記，謾排詩句寫新愁。

世貞

猶自逢人氣未平，看君白眼太憨生。
肝膽向來曾借客，文章況爾不藏名。
贖將越石能爭禮，揖罷曹丘便有情。
莫以避讎移姓字，燕中倒屣爲誰迎。

〔一〕鄉：底本訛作「京」，失韻。據《迪功集》卷三改。

王立道

雨過仙瀛清晝涼，
啼鶯忽渡苑東墻。
蘜羽幸沾天露潤，
歌喉巧囀景風颺。
乍參鈴閣搖金報，
疑引宸居漏玉長。
青帝乘陽聰正達，
交交空借一枝藏。

偏格拗起句體

◐○◑●●○○
◓●○○●●○
◓○◓●○○●
◓●○○●●○
◓●◓○○●●
◐○◑●●○○
◓○◓●○○●
◓●○○●●○

宋之問

離宮秘苑勝瀛洲，
別有仙人洞壑幽。
岩邊樹色含風冷，
石上泉聲帶雨秋。
鳥向歌筵來度曲，
雲依帳殿結爲樓。
微臣昔忝方明御，
今日還陪八駿遊。

劉憲

蒼龍闕下天泉池，
軒駕來遊簫管吹。
緣堤夏篠縈不散，
冒水新荷卷復披。
帳殿疑從畫裏出，
樓船直在鏡中移。
自然東海神仙處，
何用西崑轍跡疲。

柳宗元

十年憔悴至秦京，
誰料翻爲嶺外行。
伏波故道風煙在，
翁仲遺墟草樹平。
直以疎慵招物議，
休將文字占時名。
今朝不用臨河別，
垂淚千行便濯纓。

居易

閒看明鏡坐清晨，
多病姿容半老身。
誰論情性乖時事，
自想形骸非貴人。
三殿失恩宜放棄，
九宮推命合漂淪。
如今所得須甘分，
腰佩銀龜朱兩輪。

白居易

嘉陵江曲曲江池，
明月雖同人別離。
一宵光景潛相憶，
兩地陰晴遠不知。
誰料江邊懷我夜，
正當池畔望君時。
今朝共語方同悔，
不解多情先寄詩。

居易

我嗟身老歲方徂，
君更官高興轉孤。
軍門郡閣曾開否，
禹穴耶溪得到無。
酒盞省陪波卷白，
骰盤思共彩呼盧。
一泓鏡水誰能羨〔三〕，
自有胸中萬頃湖。

居易

學人言語憑床行〔一〕，
嫩似花房脆似瓊。
才知恩愛迎三歲，
未辨東西過一生。
汝異下殤應殺禮〔二〕，
吾非上聖詎忘情。
傷心自嘆鳩巢拙，
長墮春雛養不成。

居易

海山鬱鬱石棱棱，
新豁高居正好登。
南臨贍部三千界，
東對蓬宮十二層。
報我樓成秋望月，
把君詩讀夜回燈。
無妨卻有他心眼，
妝點亭台即不能。

〔一〕床：底本作「林」，據《白氏長慶集》卷十五改。
〔二〕禮：底本訛作「情」，據《白氏長慶集》卷十五改。
〔三〕誰：底本作「詩」。他本皆作「誰」，據改。

居易

求榮争寵任紛紛，
脱棄金貂秖有君。
散員疏去未爲貴，
小邑陶休何足云。
山色好當晴後見，
泉聲宜向醉中聞。
主人憶爾爾知否，
抛卻青雲歸白雲。

陳去非

鄧州誰亦解丹青，
畫我贏驂晚出城。
殘年政爾供愁了，
末路那堪送客行。
寒日滿川分衆色，
暮林無葉寄秋聲。
垂鞭歸去重回首，
意落西南計未成。

居易

一辭魏闕就商賓，
散地閒居八九春。
初時被目爲迂叟，
近日蒙呼作隱人。
冷暖俗情諳世路，
是非閑論任交親。
應須繩墨機關外，
安置疎愚鈍滯身。

鞏仲至

旅中多得早朝晴，
野潤衣襟苦不清。
時時數點雨猶落，
隱隱一聲雷不驚。
山入夏來差覺老，
花從春去久無情。
長汀又涉來時路，
麥隴桑村小問程。

歐陽修

秋來紅棗壓枝繁，
堆向君家白玉盤。
甘辛楚國赤萍實，
磊落韓嫣黄彈丸。
聊效詩人投木李，
故期佳句報琅玕。
嗟予久苦相如渴，
卻憶冰漿熨齒寒。

李攀龍

白雲愁色滿秋天，
海上離心雁影懸。
那堪對酒書相憶，
况復登樓月正圓。
自爾一携龍劍合，
何人更問鶡冠篇。
莫言十日平原飲，
不是王孫得意年。

王世貞

今年正月晴明甚，
孃孃青門楊柳枝。
逗遛殘雪已無賴，
偃蹇和煙故不遲。
莫遣春光欺旅宿，
儘容風物媚吾詩。
陌頭何限芳菲意，
馬首論心知是誰。

世貞

中丞卜築雪川陰，
蘿薜春深好易尋。
長將不盡還天地，
別有無窮待古今。
門可容車寬自得，
庭堪旋馬意何深。
江湖總是相忘處，
知爾元無竭澤心。

世貞

看君匹練出吾閶，
忽爾雙旌指濟陽。
長河不散真人紫，
落日時憐我馬黃。
欲取延津爲海色，
還愁太岱壓秋霜。
登龍回阪皆吾事，
躑躅孤城淚萬行。

正格拗前聯體

◐○◑●●○○
◓●○○●●○
◓○◓●○○●
◓●○○●●○
◓○◓●○○●
◓●○○●●○
◓●◓○○●●
◐○◑●●○○

杜甫

青娥皓齒在樓船，
橫笛短簫悲遠天。
春風自信牙檣動，
遲日徐看錦纜牽。
魚吹細浪搖歌扇，
燕蹴飛花落舞筵。
不有小舟能蕩槳，
百壺那送酒如泉。

杜甫

暮春三月巫峽長，
皛皛行雲浮日光。
雷聲忽送千峰雨，
花氣渾如百和香。
黃鶯過水翻回去，
燕子銜泥濕不妨。
飛閣捲簾圖畫裏，
虛無只少對瀟湘。

盧藏用

天遊龍輦駐城闉，
上苑遲光晚更新。
瑤臺半入黄山道，
玉檻傍臨玄灞津。
梅香欲待歌前落，
蘭氣先過酒上春。
幸預柏臺稱獻壽，
願陪千畝及農晨。

李白

宛溪霜夜聽猿愁，
去國長如不係舟。
獨憐一雁飛南海，
卻羨雙溪解北流。
高人屢解陳蕃榻，
過客難登謝脁樓。
此處别離同落葉，
朝朝分散敬亭秋。

李白

鳳皇臺上鳳凰遊，
鳳去臺空江自流。
吴宮花草埋幽徑，
晋代衣冠成古丘。
三山半落青天外，
一水中分白鷺洲。
總爲浮雲能蔽日，
長安不見使人愁。

王維

居延城外獵夫驕〔一〕，
白草連天野火燒。
暮雲空磧時驅馬，
秋日平原好射雕。
護羌校尉朝乘障，
破虜將軍夜渡遼。
玉靶角弓珠勒馬，
漢家將賜霍嫖姚。

李白

吾兄詩酒繼陶君，
試宰中都天下聞。
東樓喜奉連枝會，
南陌愁爲落葉分。
城隅緑水明秋日，
海上青山隔暮雲。
取醉不辭留夜月，
雁行中斷惜離群。

王維

名儒待詔滿公車，
才子爲郎典石渠。
蓮花法藏心懸悟，
貝葉經文手自書。
楚詞共許勝揚馬，
梵字何人辨魯魚。
故舊相望在三事，
願君莫厭承明廬。

〔一〕夫：《王右丞集箋注》卷十作「天」。

韋應物	偏格拗前聯體
與君十五侍皇闈， 曉拂爐香上赤墀。 花開漢苑經過處， 雪下驪山沐浴時。 近臣零落今猶在， 仙駕飄颻不可期。 此日相逢思舊日， 一杯成喜又成悲。	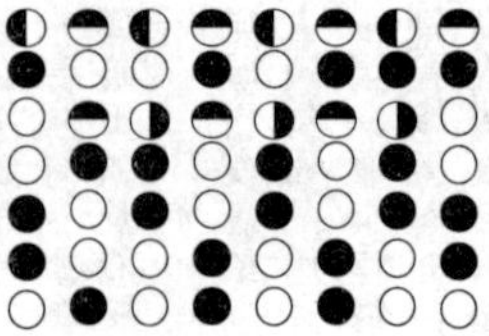 ◓●○○●●○ ◐●◑●●○○ ◓●◓○○●● ◐○◑●●○○ ◓●◓○○●● ◐○◑●●○○ ◓○◓●○○● ◐●○○●●○
白居易	未有所考
閣門下馬思徘徊， 第二房門手自開。 昔爲白面書郎去， 今作蒼頭贊善來。 吏人不識多新補， 松竹相親是舊栽。 應有題墻名姓在， 試將衫袖拂塵埃。	
張南史	
春來游子傷歸路， 時有白雲邀獨行。 水流亂赴石潭響， 花發不知山樹名。 誰家魚網求鮮食， 何處人煙事火耕。 昨日已嘗村酒熟， 一杯思與孟嘉傾。	

正格拗後聯體

◐○◑●●○○
◓●○○●●○
◓●◓○○●●
◐○◑●●○○
◓●◓○○●●
◐○◑●●○○
◓●◓○○●●
◐○◑●●○○

張　謂

花源藥嶼鳳城西，
翠幕紗窗鶯亂啼。
昨夜蒲萄初上架，
今朝楊柳半垂堤。
片片仙雲來渡水，
雙雙燕子共銜泥。
請語東風催後騎，
並將歌舞向前溪。

偏格拗後聯體

◐●○○●●○
○○◓●●○○
◓○◓●○○●
◓●○○●●○
◓○◓●○○●
◓●○○●●○
◓○◓●○○●
◓●○○●●○

杜　甫

苦憶荆州醉司馬，
謫官樽俎定常開。
九江日落醒何處，
一柱觀頭眠幾回。
可憐懷抱向人盡，
欲問平安無使來。
故憑錦水將雙淚，
好過瞿塘灩澦堆。

劉　長　卿

淚盡江樓望北歸，
田園已陷百重圍。
平蕪萬里何人去，
落日千山空鳥飛。
孤舟漾漾寒潮小，
極浦蒼蒼遠樹微。
白鷗漁父徒相待，
未掃攙搶懶息機。

曹唐

白石溪邊自結廬，
風泉滿院稱幽居。
鳥啼深樹劚靈藥，
花落閑窗看道書。
煙嵐晚過鹿裘濕，
水月夜明山舍虚。
支頤冷笑緣名出，
終日王門强曳裾。

正格拗結句體

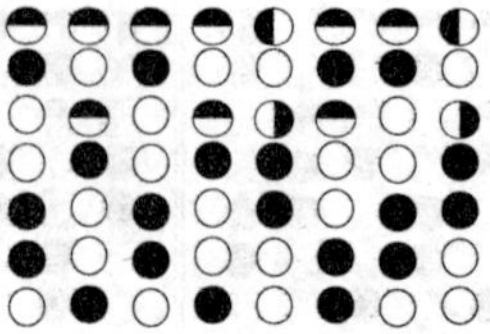

◐○◑●●○○
◓●○○●●○
◓●◓○○●●
◐○◑●●○○
◓○◓●○○●
◓●○○●●○
◓○◓●○○●
◓●○○●●○

蔡希周

天行雲從指驪宫，
浴日餘波錫詔同。
彩殿氤氲擁香溜，
紗窗宛轉閉和風。
來將蘭氣沖皇澤，
去引星文捧碧空。
自憐遇坎便能止，
凡託仙槎路未通。

苑咸

蓮花梵字本從天，
華省仙郎早悟禪。
三點成伊猶有想，
一觀如幻自忘筌。
爲文已變當時體，
入用還推間氣賢。
應同羅漢無名欲，
故作馮唐老歲年。

偏格拗結句體

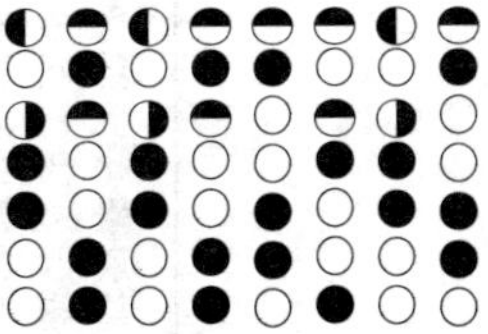

◓●○○●●○
◐○◑●●○○
◓○◓●○○●
◓●○○●●○
◓●◓○○●●
◐○◑●●○○
◓●◓○○●●
◐○◑●●○○

馬懷素

玄籥飛灰出洞房，
青郊迎氣肇初陽。
仙輿暫下宜春苑，
御醴行開薦壽觴。
映水輕苔猶隱緑，
緣堤弱柳未舒黄。
唯有裁花飾簪鬢，
恒隨聖藻狎年光。

趙彥昭

寶契無爲屬聖人，
雕輿出幸玩芳辰。
平樓半入南山霧，
飛閣旁臨東野春。
夾路穠花千樹發，
垂軒弱柳萬條新。
處處風光今日好，
年年願奉屬車塵。

懷素

萬宇千門平旦開，
天容辰象列照回。
三陽候節金爲勝，
百福迎祥玉作杯。
就暖風光偏著柳，
辭寒雪影半藏梅。
何幸得參詞賦職，
自憐終乏馬卿才。

閻朝隱

管籥周移寰極裏，
乘輿望幸斗城闉。
草根未結青絲縷，
蘿蔦猶垂緑帔巾。
鵲入巢中言改歲〔一〕，
燕銜書上道宜新。
願得長繩係取日，
光臨天子萬年春。

崔湜

澹蕩春光滿曉空，
逍遥御輦入離宫。
山河降望雲天外，
台樹參差煙霧中。
庭際花飛錦繡合，
枝間鳥囀管絃同。
即此歡娛齊鎬宴，
唯應率舞樂薰風。

〔一〕中：底本脱，以□標識。據《全唐詩》卷六十九補。

賈　至	岑　參
銀燭朝天紫陌長， 禁城春色曉蒼蒼。 千條弱柳垂青瑣， 百囀流鶯繞建章。 劍佩聲隨玉墀步， 衣冠身惹御爐香。 共沐恩波鳳池上， 朝朝染翰侍君王。	滿樹琵琶冬著花， 老僧相見具袈裟。 漢王城北雪初霽， 韓信壇西日欲斜。 門外不須催五馬， 林中且聽演三車。 豈料巴川多勝事， 爲君書此報京華。
王　維	錢　起
絳幘鷄人報曉籌， 尚衣方進翠雲裘。 九天閶闔開宮殿， 萬國衣冠拜冕旒。 日色纔臨仙掌動， 香煙欲傍衮龍浮。 朝罷須裁五色詔， 佩聲歸向鳳池頭。	爽氣朝來萬里清， 憑高一望九愁輕。 不知鳳沼霖初霽， 但覺堯天日轉明。 四野山河通遠色， 千家砧杵動秋聲。 遙想青雲丞相府， 何時開閣引書生。
王　維	錢　起
無著天親弟與兄， 嵩丘蘭若一峰晴。 食隨鳴磬巢烏下， 行蹈空林落葉聲。 迸水定侵香案濕， 雨花應共石床平。 深洞長松何所有， 儼然天竺古先生。	日暮窮途淚滿襟， 雲天南望羨飛禽。 阮腸暗與孤魂斷， 江水遙連別恨深。 明月既能通憶夢， 青山何用隔同心。 秦楚眼看成絶國， 相思一寄白頭吟。

皇甫冉	盧綸
晚節聞君趨道深，結茅栽樹近東林。大師幾度曾摩頂，高士何年遂發心。北渚三更聞過雁，西城萬里動寒砧。不見支公與玄度，相思擁膝坐長吟。	野寺昏鐘山正陰，亂藤高竹水聲深。田夫就餉還依草，野雉驚飛不過林。齋沐暫思同静室，清羸已覺助禪心。寂寞日長誰問疾，料君惟取古方尋。
郎士元	**盧綸**
柳陌乍隨州勢轉，花源忽傍竹陰開。能將瀑水清人境，直取流鶯送酒杯。山下古松當綺席，簷前片雨滴春苔。地主同聲復同舍，留連不畏夕陽催。	古塔荒臺出禁墻，磬聲初盡漏聲長。雲生紫殿幡花濕，月照青山松柏香。禪室夜聞風過竹，奠筵朝啓露沾裳。誰悟威靈同寂滅，更堪砧杵發昭陽。
司空曙	**盧綸**
迢遞山河擁帝京〔一〕，參差宫殿接雲平。風吹曉漏經長樂，柳帶晴煙出禁城。天净笙歌臨路發，日高車馬隔塵行。獨有淺才甘未達，多慚名在魯諸生。	五馬臨流待幕賓，羨君談笑出風塵。身閑就養能辭遠，世難移家莫厭貧。天際曉山三峽路，津頭臘市九江人。何處遥知最惆悵，滿湖青草雁聲春。

〔一〕京：底本訛作「居」，據《唐詩品彙》卷八十六改。

柳宗元

衡嶽新摧天柱峰，
士林憔悴泣相逢。
秖令文字傳青簡，
不使功名上景鐘。
三畝空留懸磬室，
九原猶寄若堂封。
遥想荆州人物論，
幾回中夜惜元龍。

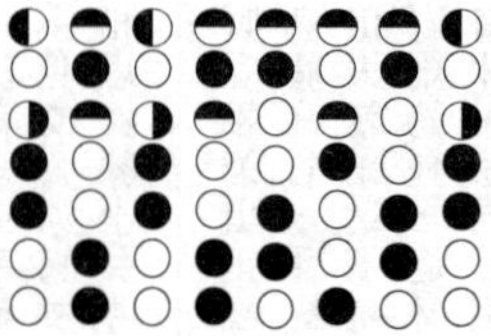

李端

半夜中峰有磬聲，
偶逢樵者問山名。
上方月曉聞僧語，
下界林疎見客行。
野鶴巢邊松最老，
毒龍潛處水偏清。
願得遠公知姓字，
焚香洗鉢過餘生。

王立道

師道于今誰獨重，
兩廛元老淑吾曹。
乍緣藥餌違青瑣，
喜見茱萸佩紫袍。
秋色已深歸院静，
春風常在仰墻高。
聖主正懷霖雨寄，
肯容黄髮老蓬蒿。

正格拗二聯體

◐○◑●●○○
◓●○○●●○
◓○◓●○○●
◓●○○●●○
◓●◓○○●●
◐○◑●●○○
◓●◓○○●●
◐○◑●●○○

杜審言

今年遊寓獨遊身，
愁思看春不當春。
上林苑裏花徒發，
細柳營前葉漫新。
公子南橋應盡興，
將軍西第幾留賓。
寄語洛陽風日道，
明年春色倍還人。

裴漼

乾坤啓聖吐龍泉，
泉水年年勝一年。
始看魚躍方成海，
即睹龍飛利在天。
洲渚遥將銀漢接，
樓臺直與紫微連。
休氣榮光恒不散，
懸知此地是神仙。

王　維

桃源面面絶風塵，
柳市南頭訪隱淪。
到門不敢題凡鳥，
看竹何須問主人。
城外青山如屋裏，
東家流水入西鄰。
閉户著書多歲月，
種松皆作老龍鱗。

王世貞

春來錦繡滿江湖，
曾是甘泉賜沐殊。
當年聖主頒魚佩，
今日親庭見鯉趨。
桂樹雲生淮海壯，
金莖月出漢臺孤。
若到里門應早下，
花間或恐有前驅。

李　白

將軍豪蕩有英威，
昔掌銀臺護紫微。
平明拂劍朝天去，
薄暮垂鞭醉酒歸。
愛子臨風吹玉笛，
美人乘月舞羅衣。
今日相逢俱失路，
何年灞上弄春暉。

世　貞

婁江西望碧如絲，
來往扁舟慰所思。
青山總愛南州榻，
白雪長飛郢里詞。
王掾不癡難自解，
殷生無恙爾何爲。
倘問別來堪寄憶，
滸東楊柳月低時。

歐陽修

少年相與探花開，
老病唯愁節物催。
蹉跎歸計荒三徑，
牢落生涯酌一杯。
潁上先生招不起，
沂州太守亦歸來。
自媿國恩終莫報，
尚貪榮禄此徘徊。

偏格拗二聯體

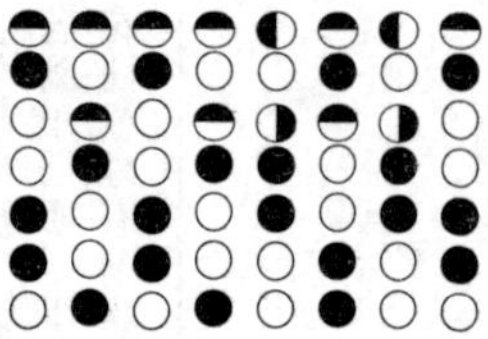

◓●○○●●○
◐○◑●●○○
◓●◓○○●●
◐○◑●●○○
◓○◓●○○●
◓●○○●●○
◓○◓●○○●
◓●○○●●○

蘇瓌

金闕平明宿霧收，
瑶池式宴俯清流。
瑞鳳飛來隨帝輦，
祥魚出戲躍王舟。
帷齊緑樹當筵密，
蓋轉緗荷接岸浮。
如臨竊比微臣懼，
若濟叨陪聖主遊。

趙彥昭

主第巖扃駕鵲橋，
天門閶闔降鸞鑣。
歷亂旌旗轉雲樹，
參差台榭入煙霄。
林間花雜平陽舞，
谷裏鶯和弄玉簫。
已陪沁水追歡日，
行奉茅山訪道朝。

王世貞

江雨難周高下田，
江風未便往來船。
西舍次男仍遣戍，
東鄰中婦復調絃。
白衣居士眼無恙，
造物小兒心可憐。
祇應點檢牀頭酒，
齊物莊生第一篇。

前正後偏相半體

◐○◑●●○○
◓●○○●●○
◓●◓○○●●
◐○◑●●○○
◓●◓○○●●
◐○◑●●○○
◓○◓●○○●
◓●○○●●○

徐安貞

北斗横天夜欲闌，
愁人倚月思無端。
忽聞畫閣秦箏逸，
知是鄰家趙女彈。
曲成虚憶青蛾斂，
調急遥憐玉指寒。
銀鎖重關聽未闢，
不如眠去夢中看。

杜甫

天門日射黄金榜，
春殿晴曛赤羽旗。
宫草霏霏承委佩，
爐煙細細駐遊絲。
雲近蓬萊常五色，
雪殘鳷鵲亦多時。
侍臣緩步歸青瑣，
退食從容出每遲。

僧廣宣

大唐國裏千年聖，
王舍城中百億身。
却指容顔非我相，
自言空色是吾真。
深殿虗心隨鳳輦〔一〕，
廣庭徐步引金輪。
古來貴重緣親近，
狂客時爲侍從臣。

杜甫

幽棲地僻經過少，
老病人扶再拜難。
豈有文章驚海内，
漫勞車馬駐江干。
竟日淹留佳客坐，
百年粗糲腐儒餐。
不嫌野外無供給，
乘興還來看藥欄。

白居易

聞停歲仗軫皇情，
應爲淮西寇未平。
不分氣從歌裏發，
無明心嚮酒中生。
愚計忽思飛短檄，
狂心便欲請長纓。
從來妄動多如此，
自笑何曾得事成。

〔一〕虗心：底本作「處身」。他本皆作「虗心」，據改。

居　易	楊　慎
帝城行樂日紛紛， 天畔窮愁我與君。 秦女笑歌春不見， 巴猿啼哭夜常聞。 何處琵琶絃似語？ 誰家咼墮髻如雲？ 人生多少歡娱事， 那獨千分無一分。	長榆塞上接龜砂， 碎葉城邊建虎牙。 夜夜月爲青塚鏡， 年年雪作黑山花。 蘇武白頭持漢節， 文姬紅淚聽胡笳。 可憐苜蓿迷征馬， 誰見蒲桃入内家。
居　易	
喜逢二室遊仙子， 厭作三川守土臣。 舉手摩挲潭上石， 開襟抖擻府中塵。 他日終爲獨往客， 今朝未是自由身。 若言尹是嵩山主， 三十六峰應笑人。	
吳　融	
三點五點映山雨， 一枝兩枝臨水花。 蛺蝶狂飛掠芳草， 鴛鴦熟睡蹺暖沙。 闕下新居非己業， 江南舊隱是誰家。 東還西去都無計， 卻羨暝歸林上鴉。	

前偏後正相半體

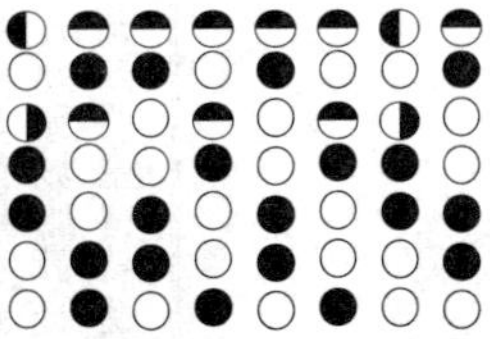

◓●○○●●○
◐○◑●●○○
◓●○○●●○
◓○◓●○○●
◓●○○●●○
◓○◓●○○●
◓●◓○○●●
◐○◑●●○○

杜甫

聞道雲安麴米春，
纔傾一盞即醺人。
乘舟取醉非難事，
下峽消愁定幾巡。
長年三老遙憐汝，
捩柁開頭捷有神。
已辨青錢防顧直，
當令美味入吾脣。

杜甫

竹里行厨洗玉盤，
花邊立馬簇金鞍。
非關使者徵求急，
自識將軍禮數寬。
百年地僻柴門迥，
五月江深草閣寒。
看弄漁舟移白日，
老農何有罄交歡。

杜甫

令弟尚爲滄水使，
名家莫出杜陵人。
比來相國兼安蜀，
歸赴朝廷已入秦。
舍舟策馬論兵地，
拖玉腰金報主身。
莫度清秋吟蟋蟀，
早聞黃閣畫麒麟。

杜甫

淮海維楊一俊人，
金章紫綬照青春。
指麾能事回天地，
訓練强兵動鬼神。
湘西不得歸關羽，
河内猶宜借寇恂。
朝覲從容問幽側，
勿云江漢有垂綸。

張九齡

天啓神龍生碧泉，
泉水靈源浸迤延。
飛龍已向珠潭出，
積水仍將銀漢連。
岸傍花柳看勝畫，
浦上樓臺問是仙。
我后元符從此得，
方爲萬歲壽圖川。

王維

漢主離宮接露臺，
秦川一半夕陽開。
青山盡是朱旗繞，
碧澗翻從玉殿來。
新豐樹裏行人度，
小苑城邊獵騎回。
聞道甘泉能獻賦，
懸知獨有子雲才。

岑參

相國臨戎別帝京，
擁旄持節遠橫行。
朝登劍閣雲隨馬，
夜渡巴江雨洗兵。
山花萬朶迎征蓋，
川柳千條拂去旌。
暫到蜀城應計日，
須知明主待持衡。

高適

高館張燈酒復清，
夜鐘殘月雁歸聲。
只言啼鳥堪求侶，
無那春風欲送行。
黄河曲裏沙爲岸，
白馬津邊柳向城。
莫怨他鄉暫離別，
知君到處有逢迎。

岑參

年紀蹉跎四十强，
自憐頭白始爲郎。
雨滋苔蘚侵階緑，
秋颯梧桐覆井黄。
驚蟬也解求高樹，
旅雁還應厭後行。
覽卷試穿鄰舍壁，
明燈何惜借餘光。

岑參

西掖重雲開曙暉，
北山疎雨點朝衣。
千門柳色連青瑣，
三殿花香入紫微。
平明端笏陪鵷列，
薄暮垂鞭信馬歸。
官拙自悲頭白盡，
不如岩下偃荆扉。

岑參

柳嚲鶯嬌花復殷，
紅亭緑酒送君還。
到來函谷愁中月，
歸去磻溪夢裏山。
簾前春色應須惜，
世上浮名好是閑。
西望鄉關腸欲斷，
對君衫袖淚痕斑。

劉長卿

冬狩温泉歲欲闌，
宮城佳氣晚宜看。
湯熏仗裏千旗暖，
雪照山邊萬井寒。
君門獻賦誰相達，
客舍無錢輒自安。
且喜禮闈秦鏡在，
還將妍醜赴春官。

錢起

半日吴村帶晚霞，
閑門高柳亂飛鴉。
横雲嶺外千重樹，
流水聲中一兩家。
愁人昨夜相思苦，
閏月今年春意賒。
自嘆梅生頭似雪，
卻憐潘令縣如花。

皇甫曾

已見槿花朝委露，
獨悲孤鶴在人群。
真僧出世心無事，
静夜名香手自焚。
窗臨絶澗聞流水，
客至孤峰掃白雲。
更想清晨誦經處，
獨看松上雪紛紛。

郎士元

村映寒原日已斜，
煙生密竹早歸鴉。
長溪南路當群岫，
半景東鄰照數家。
門通小徑連芳草，
馬飲春泉蹈淺沙。
欲待主人林上月，
還思潘令縣中花。

錢起

西日横山含碧空，
東方吐月滿禪宮。
朝瞻雙頂青冥上，
夜宿諸天色界中。
石潭倒映蓮花水，
塔院空聞松柏風。
萬里故人能尚爾，
知君視聽我心同。

權德輿〔一〕

芸閣爲郎一命初，
桐州寄傲十年餘。
魂隨逝水歸何處，
名在新詩衆不如。
蹉跎江浦生華髮，
牢落寒原會素車。
更憶八行前日到，
含淒爲報秣陵書。

〔一〕權德輿：底本誤作「郎士元」，據《全唐詩》卷三百二十六改。

韋應物

萬木叢云出香閣，西連碧澗竹林園。
高齋獨宿遠山曙，微霰下庭寒雀喧。
道心淡泊對流水，生事蕭條空掩門。
時憶故交那得見，曉排閶闔奉明恩。

劉禹錫

南國山川舊帝畿，宋台梁館尚依稀。
馬嘶古樹行人歇，麥秀空城澤雉飛。
風吹落葉填宫井，火入荒陵化寶衣。
徒使詞臣庾開府，咸陽終日苦思歸。

皇甫冉〔一〕

離別那逢秋氣悲，東林更作上方期。
共知客路浮雲外，暫愛僧房墜葉時。
長江九派人歸少，寒嶺千重雁度遲。
借問潯陽在何處，每看潮落一相思。

白居易

往歲曾爲西邑吏，慣從駱口到南秦。
三時雲冷多飛雪，二月山寒少有春。
我思舊事猶惆悵，君作初行定苦辛。
仍賴愁猿寒不叫，若聞猿叫更愁人

李嘉祐

處處征胡人漸稀，山村寥落暮煙微。
門臨莽蒼經年閉，身逐嫖姚幾日歸。
貧妻白髮輸殘稅，餘寇黃河未解圍。
天子如今能用武，祇應歲晚息兵機。

白居易

匼匝巔山萬仞餘，人家應似甑中居。
寅年籬下多逢虎，亥日沙頭始賣魚〔二〕。
衣斑梅雨長須熨，米澀畬田不解鋤。
努力安心過三考，已曾愁殺李尚書。

〔一〕皇甫冉：底本訛作「李嘉祐」，據《全唐詩》卷二百五十改。

〔二〕亥：底本訛作「玄」，據《全唐詩》卷四百三十八改。

居　易

一曲悲歌酒一尊，
同年零落幾人存。
世如閲水應堪嘆，
名是浮雲豈足論。
各從禄仕休明代，
共感平生知己恩。
今日與君重上處，
龍門不是舊龍門。

居　易

二日立春人七日，
盤蔬餅餌逐時新。
年方吉鄭猶爲少，
家比劉韓未是貧。
鄉園節歲應堪重，
親故歡迎莫厭頻〔一一〕。
試作循潮封眼想，
何由得見洛陽春。

杜　牧

日落水流西復東，
春光不盡柳何窮。
巫娥廟裏低含雨，
宋玉門前斜帶風。
莫將榆莢共爭翠，
深感杏花相照紅。
灞上漢南千萬樹，
幾人遊宦別離中。

僧　處　一

聞説花源堪避秦，
幽尋數日不逢人。
煙霞洞裏無鷄犬，
風雨林間有鬼神。
黄公石上三芝秀，
陶令門前五柳春。
醉卧白雲閑入夢，
不知何物是吾身。

僧　靈　一

客意天南興已闌，
不堪言別向仙官。
夢摇玉珮隨旄節，
心到金華憶杏壇。
荒郊極望歸雲盡，
瘦馬長嘶落日殘。
想得故山青靄裏，
泉聲入夜獨潺潺。

僧　靈　一

晝戟重門楚水陰，
天涯欲暮共傷心。
南荆雙履痕猶在，
北斗孤魂望已深。
蓮花幕下悲風起，
細柳營邊曉月臨。
前路茫茫向誰問，
感恩空有淚沾襟。

〔一一〕親：底本訛作「新」，據《全唐詩》卷四百六十改。

僧法振	嚴羽
微雨空山夜洗兵[一]，繡衣遥拂海風清。幕中運策心猶苦，馬上吟詩卷已成。離亭不惜花源醉，古道猶看蔓草生。因説元戎能破敵，高歌一曲隴關情。	浦口停留待信風，城邊落日亂流通。梧桐院落秋聲裏，橘柚人家晚照中。棹歌幾處驚寒切，砧響千村入耳同。日日愁心西北望，漢陽楓葉落無窮。
蘇軾	**王世貞**
華髮蕭蕭老遂良，一身萍挂海中央。無錢種菜爲家業，有病安心是藥方。才疎正類孔文舉，癡絶還同顧長康。萬里歸來空泣血，七年供養殿西廊。	白蓮社前倒玉甌，僧將戒律宰官聽。三車菩薩何妨聖，五柳先生不愛醒。家家湖水門前緑，處處春山雨後青。識得此中無染意，波旬能唱梵王經。
嚴羽	**世貞**
夢向三江買釣船，挂帆西去白雲邊。窻開曉色香爐見，門落寒聲瀑布懸。百年酒興陶彭澤，四海詩名孟浩然。何日真尋塵外跡，焚香酌茗話先賢。	白嶽黄山千萬峰，峰峰雲氣欲如龍。平將遠勢凌天目，雅有高名配岱宗。風光舊屬囊中草，歲月新收脚底功。應作青蓮李居士，九華拈出九芙蓉。

〔一〕空：底本作「過」，據《全唐詩》卷八百十一卷改。

王世貞

安石托根知自遠，
扶南壓酢別成鮮。
合歡枝上青猶綺，
百子池頭紅已然。
初疑宛轉珊瑚墜，
復似的皪火珠圓。
試問圖君北堂上，
何如玉樹謝庭前。

王立道

鳳輦逶迤環紫極，
春明雨露動宸思。
遍修祖祀橋山冢，
更侍慈顏太液池。
原陵迴望衣冠道，
汾水空慚簫鼓辭。
神聖於今兼孝順，
相如欲賦苦才遲。

立道

再世懸弧添麗藻，
九重賜果助新歡。
昴精遙應中台位，
德聚俄占太史官。
手和酒醴情偏渥，
天與麒麟福最完。
英物不須啼自識，
高門只在帝京看。

立道

靜閱賢書意轉疑，
嘆君年少不逢時。
天涯空自看魚雁，
春草常令寄夢思。
三秋聚散風前葉，
一著推移局裏棋。
丹桂分明天上種，
他年來折最高枝。

一正一偏交互體

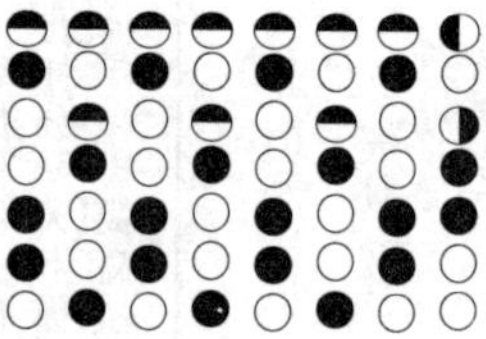

◐○◑●●○○
◓●○○●●○
◓○◓●○○●
◓●○○●●○
◓○◓●○○●
◓●○○●●○
◓○◓●○○●
◓●○○●●○

岑參

嬌歌急管雜青絲，
銀燭金杯映翠眉。
使君地主能相送，
河尹天明坐莫辭。
春城月出人皆醉，
野戍花深馬去遲。
寄聲報爾山翁道，
今日河南勝昔時。

一偏一正交互體

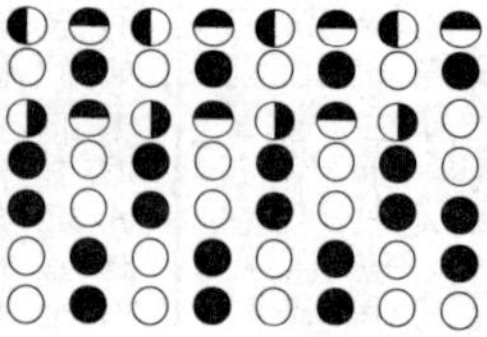

◓●○○●●○
◐○◑●●○○
◓●◓○○●●
◐○◑●●○○
◓●◓○○●●
◐○◑●●○○
◓●◓○○●●
◐○◑●●○○

李迥秀

詰旦重門開警蹕，
傳言太主奉山林〔一〕。
是日回輿羅萬騎，
此時歡喜賜千金。
鷺羽鳳簫參樂曲，
荻園竹徑接帷陰。
手舞足蹈方無已，
萬年千歲奏熏琴。

王維

酌酒與君君自寬，
人情翻覆似波瀾。
白首相知猶按劍，
朱門先達笑彈冠。
草色全經細雨濕，
花枝欲動春風寒。
世事浮雲何足問，
不如高卧且加餐。

〔一〕奉：底本作「奏」，據《全唐詩》卷一百四改。

李白

杜陵賢人清且廉，
東溪卜築歲將淹。
宅近青山同謝朓，
門垂碧柳似陶潛。
好鳥迎春歌後院，
飛花送酒舞前簷。
客到但知留一醉，
盤中祇有水精鹽。

以上諸圖，拗體可準者矣。夫七律全篇之拗多於五律，然所謂吴體者，其變百般，以至於闔闢縱橫，不可端倪焉。宋氏中葉以降，寖弭嚮，明唯王世貞、程希武輩馳騁乎變態，然皆其所獨，非通乎一世者，豈容今人而雷同焉哉。故姑揀取其可準者云爾。其拗起句，正格甚多而偏格爲少，拗結句者反是；拗前聯者，正格有之而偏格無之，正偏相半者，縮於前正後偏，而贏於前偏後正，是則今皆不可曉焉。要之，唐氏風習，口耳所便，不約而致。然宋明亦不敢隕越也已。後人第遵成式而可，不得因有例無，假縮爲贏，以濟一時之窮，藉口乎拗格也。抑我邦相承，視拗格爲詩病，一世翕然，避波浪於安流，畏崎嶇於坦途，是則弗察之甚。予嘗覽先輩答人論詩之書，波及拗格，其説含糊，不能取裁一二，所指斥亦失其竅。又嘗閲一先輩集，其七律一首係是編所謂「偏格拗起句體」，而自注乃曰「首句偶失律」，是皆一時名流士林所仰爲蓍龜，而疎且謬如此，習而弗察者非邪？後人幸留意。

詩律兆卷七

七言絶句上　正格

恒調

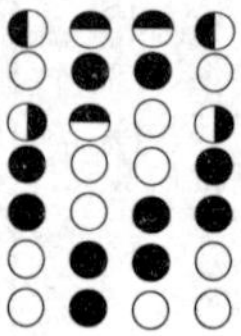

◐○◐●●○○
◒●○○●●○
◒●◒○○●●
◐○◐●●○○

王翰

蒲桃美酒夜光杯，
欲飲琵琶馬上催。
醉卧沙場君莫笑，
古來征戰幾人回。

郭知運

朔風吹葉雁門秋，
萬里煙塵暗戍樓〔一〕。
征馬長思青海上，
胡笳夜聽隴山頭。

李白

朝辭白帝彩雲間，
千里江陵一日還。
兩岸猿聲啼不住，
輕舟已過萬重山。

王昌齡

真成薄命久尋思，
夢見君王覺后疑。
火照西宫知夜飲，
分明複道奉恩時。

〔一〕暗：他本皆作「昏」。

變調　十有四腔　附八腔

岑參	張謂	盧弼	杜荀鶴
西原驛路挂城頭， 客散江亭雨未休。 君去試看汾水上， 白雲猶似漢時秋。	故人行役向邊州， 匹馬今朝不少留。 長路關山何日盡， 滿堂絲竹爲君愁。	朔風吹雪透刀瘢， 飲馬長城窟更寒。 半夜火來知有敵， 一時齊保賀蘭山。	暮天新雁起汀州， 紅蓼花疎水國秋。 想得故園今夜月， 幾人相憶在江樓。
劉長卿	李端	蘇軾	謝枋得
猿啼客散暮江頭， 人自傷心水自流。 同作逐臣君更遠， 青山萬里一孤舟。	幾人同入謝宣城， 未及酬恩隔死生。 惟有夜猿知客恨， 嶧陽溪路第三聲。	何人把酒慰深幽， 開自無聊落更愁。 幸有清溪三百曲， 不辭相送到黄州。	子規啼徹四更時， 起視蠶生怕葉稀。 不信樓頭楊柳月， 玉人歌舞未曾歸。
顧况	趙嘏	高啓	李夢陽
玉樓天半起笙歌， 風送宮嬪笑語和。 月殿影開聞夜漏， 水晶簾捲近秋河。	門前不改舊山河， 破虜曾輕馬伏波。 今日獨經歌舞地， 古槐疎冷夕陽多。	曾開鑑影照宮娃， 玉手牽絲帶露華。 今日空山僧自汲， 一瓶寒供佛前花。	碧鷄金馬古黔陽， 滇海秋摇日月光。 自此蠻中無毒熱， 行臺六月有飛霜。

起句	○○○●●○○ ◐●○○●●○	李白	名花傾國兩相歡，常得君王帶笑看。	李商隱	君恩如水向東流，得寵憂移失寵愁。
此何事於變，説見七律正格起句。		孟浩然	荆吴相接水爲鄉，君去春江正淼茫。	王安石	金爐香盡漏聲殘，翦翦輕風陣陣寒。
杜審言	知君書記本翩翩，爲許從戎赴朔邊。	錢起	瀟湘何事等閒回，水碧沙明兩岸苔。	何景明	寒螿啼斷槿園空，萬樹凋傷八月中。
起聯	●○●●●○○ ◐●○○●●○	杜子美	一辭故國十經秋，每見秋瓜憶故丘。	周必大	緑槐夾道集昏鴉，敕使傳宣坐賜茶。
杜外，盛唐未有考，他亦皆寥寥，宋明較多，然比諸七律起二亦爲鮮少矣。		王建	樹頭樹底覓殘紅，一片西飛一片東。	徐中行	笑看菡萏出盆池，並蒂三花宛宛垂。
崔敏童	一年又過一年春，百歲曾無百歲人。	温庭筠	路傍桂樹碧雲愁〔一〕，曾侍金輿幸驛樓。	屠隆	傍山結屋借煙霞，松裏藤蘿映月華。

〔一〕桂：他本皆作「佳」。

起聯	◓○◓●○○● ◓●○○●●○
初盛諸家俱少，中晚及宋皆多用焉。白香山最多，唯明爲至少。	
宋之問	前溪妙舞今應盡，子夜新歌遂不傳。
王維	可憐盤石臨泉水，復有垂楊拂酒杯。
劉禹錫	山圍故國周遭在，潮打空城寂寞回。
白居易	春來無伴閑遊少，行樂三分減二分。
杜牧	長空澹澹孤鳥沒，萬古銷沉向此中。
蘇軾	水光瀲灩晴方好，山色空濛雨亦奇。
劉基	姑蘇臺上垂楊柳，曾爲張王護禁城。

起聯	◓○◓●○○● ◓●○○○●○
唐明廑廑，盛唐唯得沈頌一首，宋亦不過十餘家，後人勿與前調混焉。	
沈佺期	洛陽舊有神明宰，輦轂由來天地中。
沈頌	衛風愉艷宜春色，淇水清冷增暮愁。
李益	心棲紫閣山中月，身過黃堆烽上雲。
張籍	汾陽舊宅今爲寺，猶有當時歌舞樓。
邵雍	因隨芳草行來遠，爲愛清波歸去遲。
陳成之	半窗圖畫梅花月，一枕波濤松樹風。
程希武	道人習静南屏下，日日樓船歌舞來。

起聯
◓○◓●○○●
◓●●○○●○

比前調更釐乎，初盛未有考，後人自非不得已乃不用而可。

白香山
青青一樹傷心色，
曾入幾人離恨中。

起聯
◓○◓●●○●
◓●◓○○●○

四唐寥寥，宋亦不多，明唯得三，獨白香山層見累出，是亦詩家須知。

韋應物
今朝把酒復惆悵，
憶在杜陵田舍時。

顧逋翁
野人自愛山中宿，
况是葛洪丹井西。

劉賓客
樽前花下長相見，
明日忽爲千里人。

元微之
來時見我江南岸，
今日送君江上頭。

白香山
百年關外夜行客，
三殿角頭宵直人。

元稹
前回一去五年别，
此别又知何日回。

陸魯望
手開一室翠微裏，
日暮白雲棲半間。

鄭谷
半煙半雨西橋畔，
間杏間桃山路中。

方秋崖
春風不到莓苔石，
山月自隨煙水身。

王世貞
人言酒是銷愁物，
不到醉時愁不休。

曾末
黄牛嗜草苦溪隔，
白鷺窺魚愁水深。

李雲巖
吴雲粘地日西瘦，
蓴滑鱸肥湖水空。

王立道
羅浮一别已如夢，
新向燕支山下來。

起聯	◓○◓●●○● ◓●○○●●○	汪遵	平泉花木好高樹，嵩少縱橫滿目前。	林鴻	煙生楊柳一痕月，雨弄荷花數點秋。
此强用履仄者，唯白氏得七，其他，唐得汪，明得程是已，後人不用而可。		蘇和仲	靈峰山下寶陀寺，白髮東坡又到來。	方秋崖	歸來彭澤幾何日，只與吟身辨秫田。
白樂天	移根易地莫憔悴，野外庭前一種春。	徐巖泉	北來快順一篙駛，南去間關百丈牽。	程仲文	問余底事不歸去，閒卻峰頭一片雲。
起聯	◓○◓●●●● ◓●◓○○●○	香山	煙波盡處一點白，應是西陵古驛臺。	張南軒	小園茶樹數十許，走寄萌芽初得嘗。
七律起結二聯有同此者，下句異調，姑併於此，其匰匰固也。要皆不可用者。		蘇東坡	城西千葉豈不好，笑舞東風醉臉丹。	宋人	草鋪橫野六七里，笛弄晚風三兩聲。
白香山	空王百法學未得，婉女丹砂燒即飛〔一〕。	陳後山	書當快意讀易盡，客有可人期不來。	王世貞	不知何物兩道士，來摘香臺石上霞。

〔一〕婉：他本皆作「姹」。

起聯

◐○◑●●○○
◓●○○○●○

七律正格起九可併按焉。此固熟套，比七律諸家皆頗多矣，但晚唐無考也。。

沈佺期

濯龍門外主家親，
鳴鳳樓中天上人。

起聯

◐○◑●●○○
◓●●○○●○

與七律正格起句十同，此調所得十餘家耳，後人切戒，勿蹈襲焉而可。

王昌齡

錢塘江畔是誰家，
江上女兒全勝花。

李白

峨眉山月半輪秋，
影入平羌江水流。

王昌齡

西宮夜静百花香，
欲卷珠簾春恨長。

劉禹錫

酒旗相望大堤頭，
堤下連檣堤上樓。

劉賓客

春江月出大堤平，
堤上女郎連袂行。

元微之

今年寒食好風流，
此日一家同出游。

陳簡齋

海棠脈脈要詩催，
日暮紫綿無數開。

陳羽

吴王舊國水煙空，
香徑無人蘭葉紅。

陳與義

中庭淡月照三更，
白露横空河漢明。

吴國倫

海門孤鶴影蕭蕭，
萬里歸棲珠樹遥。

余靖

昔年曾泛馬當灣，
團飯喚鷗篙棹間〔一〕。

方岳

柴門雖設不曾開，
俗面向人三寸埃。

許邦才

將軍白馬插雕弧，
自傍屬車誇射烏。

〔一〕鷗：他本皆作「鴨」。

結聯	◓●○○●○● ◐○◑●●○○	李白	但用東山謝安石，為君談笑净胡沙。	李商隱	休問梁園舊賓客，茂陵秋雨病相如。
此爲熟套，世所共知，但當嚴於第三字，前諸篇挾平説及，此篇末圖説可按。		王之渙	羌笛何須怨楊柳，春光不度玉門關。	蘇轍	莫把文章動蠻貊，恐妨談笑卧江湖。
馬懷素	别後相思在何處，秖應闕下望仙鳬。	張籍	邊將皆承主恩澤，無人解道取涼州。	謝榛	從此相憐有陶令，一鞭秋色過柴桑。
結聯	◓●○○●●● ◐○◑●●○○	老杜	爲問淮東米貴賤，老夫乘興欲東游。	樓穎	一去姑蘇不復返，岸傍桃李爲誰春。
四唐宋明皆準用，但不甚多耳。世以爲聲病，不肯用者，其非亦甚矣〔一〕。		王維	爲見行舟試借問，客中時有洛陽人。	蘇軾	杳杳天低鶻没處，青山一髪是中原。
沈佺期	喜遇天文七曜動，少微今夜入三台。	張籍	復恐匆匆説不盡，行人臨發又開封。	李化龍	生得胡兒挾馬上，夜深一騎到遼西。

〔一〕矣：底本訛作「奚」。按「奚」不當用句尾，據改。

結聯

◐●◐○○●●
○○○●●○○

説與起聯一同。

李白　解釋春風無限恨，沈香亭北倚闌干。

雍陶　翠輦不來金殿閉，宮鶯銜出上陽花。

岑參　庭樹不知人去盡，春來還發舊時花。

蘇軾　只恐夜深花睡去，高燒銀燭照紅妝。

杜審言　紅粉樓中應計日，燕支山下莫經年。

劉長卿　欲掃柴門迎遠客，青苔黄葉滿貧家。

李攀龍　不見薊門秋草色，愁心明月滿姑蘇。

結聯

◐●◐○○●●
●○●●●○○

劉禹錫　萬户千門成野草，只緣一曲後庭花。

韓偓　挾彈少年多害物，勸君莫近五陵飛。

初盛諸家未有考，宋明俱多，與七律正格結句五同。

王建　敕賜一窠紅躑躅，謝恩未了奏花開。

司馬光　小院地偏人不到，滿庭鳥跡印蒼苔。

郎士元　寂寞舟中誰借問，月明只是聽漁歌。

温庭筠　草木榮枯似人事，緑陰寂寞漢陵秋。

宗臣　南去不須頻出視，恐令白日下蛟龍。

起聯	◓○◓●○○○ ◓●○○○●○	
儲光羲	新林二月孤舟還， 水滿西江花滿山。	物集二，諸家得五。
李頎	洛陽一別梨花新， 黃鳥飛飛逢故人。	
徐禎卿	送君南下巴渝深， 予亦迢迢湘水心。	
起聯	◓○◓●○○○ ◓●○○●●○	
杜甫	喧喧道路多歌謡， 河北將軍盡入朝。	
王昌齡	松間白髮黃尊師， 童子燒香禹步時。	
錢起	長楊殺氣連雲飛， 漢主秋畋正掩圍。	
李攀龍	胡姬十五堪當壚， 美酒青絲白玉壺。	物集七、服集三，諸家得二十四。
王世貞	茅齋雨過秋雲鮮， 一飽匡牀自在眠。	
程希武	相逢自是高陽徒， 斗酒長歌擊唾壺。	
起聯	◓○◓●○○● ◓●●○●●○	
白居易	不明不暗朦朧月〔一〕， 不暖不寒慢慢風。	諸家得十。

〔一〕朦：他本皆作「朧」。

起聯	◐○◑●●○○ ○●●○●●○	結聯	◓●●○●○● ◐○◑●●○○	葉采	閒坐小窗讀周易， 不知春去幾多時。
		儲光羲	借問故園隱君子， 時時來往住人間。	謝枋得	夜半起來讀周易， 好看明月透梅花。
物集四，諸家得八十八。		陸游〔一〕	綠液玉甌雪花乳， 不妨也道入閩來。	李攀龍	我亦潁陽飲牛客， 猶堪擊壤共堯年。
王立道	聞道主人重華色， 笑顏不惜爲君開。	結聯	◓●◓○●●● ◐○◑●○○○	結聯	◓●◓○●○● ◐○◑●○○○
物集五、服集七，諸家得四十八。		物集一。		物集一，諸家得四。	

〔一〕陸游：底本訛作「秦觀」。按此二句爲乃陸游《試茶》七絶後聯據改。

結聯	白居易	物集、服集俱八，諸家得二十五。
◓●◓○○●● ◐○◑●○○○	縱酒放歌聊自樂，接輿争解教人狂。	
劉子翬		
顧我小詩偏發市，年年博得蕭屯瓜。		

右所附八圖，詩家禁忌，我邦相承爲熟套，觸犯累篇者，其繆蓋大矣。諸李之起共一腔，唐詩絶無而僅有者。後人置於弗問可矣。且儲此詩，首句、第三句俱用變，其七絶，今存者十有一首，而拗篇居七，其不拘也可以見焉。杜王錢之起亦寥寥是已。且錢既係拗篇，杜七絶又往往過變，多不可律焉者。結聯挾平一調，儲已如上文所云，唯宋之陸葉諸氏〔一〕，僅僅二三，難乎取準矣。白氏之起，對「朦朧」以「慢慢」，上「慢」字係誤寫，原爲平聲，未可知焉。結聯白氏「教」字，亦未保不爲

〔一〕陸：底本訛作「秦」。詳見上條注。據改。

「使」字之以意訛，其他一劉子翬而已矣，亦唯以「蕭屯瓜」成文難换也。徐禎卿、王世貞起聯各一腔，李攀龍起結各一腔，非無所受，而難爲可繼矣。王程多變之手，隘固其所，夫如是，豈皆足以爲據焉哉。學詩者，甚毋攬銜轡於犇軼之轍矣。

詩律兆卷八

七言絶句中　偏格

恒調	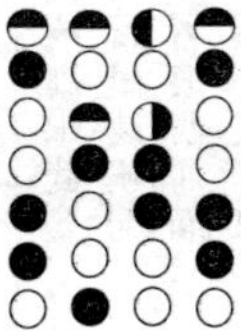
宋之問	杜審言
羽客笙歌此地違， 離筵數處白雲飛。 蓬萊闕下長相憶， 桐柏山頭去不歸。	紅粉青娥映楚雲， 桃花馬上石榴裙。 羅敷獨向東方去， 謾學他家作使君。
王維	高適
欲逐將軍取右賢， 沙場走馬向居延。 遥知漢使蕭關外〔一〕， 愁看孤城落日邊。	十里黄雲白日曛， 北風吹雁雪紛紛。 莫愁前路無知己， 天下誰人不識君。

〔一〕知：底本訛作「識」失律。他本皆作「知」，據改。

賈至	草色青青柳色黃，桃花歷亂李花香。東風不爲吹愁去，春日偏能惹恨長。	皇甫冉	秋夜沉沉此送君，陰蛩切切不堪聞。歸舟明日毗陵道，回首姑蘇是白雲。	司空曙	峽口花飛欲盡春，天涯去住淚沾巾。來時萬里同爲客，今日翻成送故人。
常建	鐵馬胡裘出漢營，分麾百道救龍城。左賢未遁旌竿折，過在將軍不在兵。	韓翃	舊事仙人白兔公，掉頭歸去又乘風。柴門流水依然在，一路寒山萬木中。	李商隱	君問歸期未有期，巴山夜雨漲秋池。何當共剪西窗燭，卻話巴山夜雨時。
杜牧	勢比凌高宋武臺，分明百里遠帆開。蜀江雪浪西江滿，强半春寒去卻來。	梅堯臣	驛使前時走馬回，北人初識越人梅。清香莫把酴醾比，只欠溪邊月下杯。	高棅〔一〕	雨裏春衣惜解攜，出門愁色草萋萋。憶君只在星溪月，無那青山杜宇啼。
温庭筠	江海相逢客恨多，秋風葉落洞庭波。酒酣夜別淮陰市，月照高樓一曲歌。	劉克莊	一夜西風入碧梧，蟬聲永巷月同孤。幾回夢裏羊車過，又是銀牀轉轆轤。	李攀龍	銅柱遙臨幕府高，武陵溪水日滔滔。桃花不及驊騮色，併與春光照錦袍。

變調　十有三腔　附六腔

〔一〕棅：底本訛作「棣」。按此爲高棅。

起聯 ◓●○○○●○ ◐○◑●●○○	李白	雲想衣裳花想容，春風拂檻露華濃。	許渾	十二山晴花盡開，楚宮雙闕對陽臺。
四唐宋明皆甚多矣，與七律偏格之起全同。	杜甫	湖月林風相與清，殘尊下馬復同傾。	歐陽修	聞説夷陵人爲愁，共言遷客不堪憂。
趙彥昭 廊廟心存巖壑中，鑾輿矚在灞城東〔一〕。	戴叔倫	盧橘花開楓葉衰，出門何處望京師。	謝榛	深夜無眠風露清，天移北斗坐間横。
起聯 ◓●●○○●○ ◐○◑●●○○	李白	昔日繡衣何足榮，今宵貰酒與君傾。	來鵬〔二〕	曉夕採桑多苦辛，好花時節不關身。
與七律偏格起二同，所得十餘家已。我邦容易用之，弗察之甚。	杜甫	何日雨晴雲出溪，白砂青石洗無泥。	葉元素	家住夕陽江上村，一灣流水護柴門。
王維 楊柳渡頭行客稀，罟師蕩槳向臨圻。	方干	遊子出遊多不歸，春風酒味勝當時。	楊維楨	塚上白楊今十年，樓頭燕子尚留連。

〔一〕東：底本訛作「中」，據《萬首唐人絶句》卷七十一改。

〔二〕來鵬：底本訛作「薛能」。按此乃來鵬《蠶婦》詩，據改。

起聯	◓●◓○○●● ◐○◑●●○○
	初盛俱少，中晚及宋皆多用焉。白氏最多，唯明爲至少，蓋嫌於窘韻耳。
盧照鄰	日觀仙雲隨鳳輦， 天門瑞雪照龍衣。
王維	獨在異鄉爲異客， 每逢佳節倍思親。
李益	回樂峰前沙似雪， 受降城外月如霜。
白居易	人道秋中明月好， 欲邀同賞意如何。
孟遲	山上有山歸不得， 湘江暮雨鷓鴣飛。
黃庭堅	九陌黃塵烏帽底， 五湖春水白鷗前。
俞憲	天子屢頒蠲税詔， 官家猶索舊緡錢。

起聯	◓●○○●○● ◐○◑●●○○
	此履仄之再變。諸家皆厘厘，與正格結聯一同，而例用多寡則懸隔，唯白得三。
許敬宗	萬乘騰鑣警岐路， 百壺供帳餞離宮。
李嶠	歲去無言忽憔悴， 時來含笑吐氛氳。
李頎	吏部明年拜官後， 西城必與故人期。
李白	蜀國曾聞子規鳥， 宣城還見杜鵑花。
戴叔倫	共醉流芳獨歸去， 故園高士日相親。
白居易	紅似臙脂膩如粉， 傷心好物不須臾。
歐陽公	憶昔嘗修守臣職， 先春自探兩旗開。

起聯	◒●○○●●○ ○○○●●○○	王昌齡	青海長雲暗雪山， 孤城遥望玉門關。	李商隱	青雀西飛竟未回， 君王長在集靈臺。
此熟爛之調，唐宋明皆甚多，正格起聯一之説可併看焉。		常建	玉帛朝回望帝鄉， 烏孫歸去不稱王。	蘇軾	淡月疎星繞建章， 仙風吹下御爐香。
張説	華萼樓前雨露新， 長安城裏太平人。	李涉	十二峰頭月欲低， 空零灘上子規啼。	王世貞	禿節漁陽去不還， 當時無夢更朝天。
起聯	◒●○○●●○ ●○●●●○○	李商隱	小鼎煎茶面曲池， 白鬚道士竹間棋。	鄭谷	花落江堤簇暖煙， 雨餘草色遠相連。
初唐無考，李杜得一二，但上句入佗腔故不録。中晚亦鮮，而宋明寖多。		竇鞏	籬外涓涓澗水流， 槿花半照夕陽收。	曾幾	梅子黄時日日晴， 小溪泛盡又山行。
王昌齡	沅水通流接武岡， 送君不覺有離傷。	賈島	揀得林中最健枝， 結根石上長身遲。	高啓	下直平明出禁門， 笑提博局伴王孫。

起聯	◓○◓○○●○ ◐○◑●●○○	白	横江館前津吏迎，向余東指海雲生。	戎昱	涔陽女兒花滿頭，毵毵同泛木蘭舟。
此變幻之尤者，以得數家也，姑列之云爾，後人不妄用而可。		杜甫	黃師塔前江水東，春光懶困倚微風。	李群玉	黃陵廟前春已空，子規啼血滴松風。
李白	故人西辭黃鶴樓，煙花三月下揚州。	王昌齡	丹陽城南秋海陰，丹陽城北楚雲深。	王世貞	紫微省中花正氛，任它公檄自紛紜。
結聯	◓○◓●●○● ◓●◓○○●○	李白	孤帆遠影碧空盡，唯見長江天際流。	陳羽	殷勤好去武陵客，莫引世人相逐來。
唐宋皆不爲少，蓋熟套耳。唯明寥寥數家。		元結	停橈靜聽曲中意，好是雲山韶濩音。	趙彦範	一聲啼鳥破幽夢，花影滿簾春晝長。
賀知章	兒童相見不相識，笑問客從何處來。	賈島	與君今夜不須睡，未到曉鍾猶是春。	張以寧	山中應是夜來雨，流出落花春水生。

結聯	◓○◓●●○● ◓●○○●●○	李頎	纔年三十佩銅印，知爾絃歌漢水清。	李頻	如何別卻故園後，五度花開五處看。
此拗偏枯，初唐無考，其佗亦皆不多，明唯汪伯玉得四，餘屢屢，切勿與前調混。		賈島	不知何處嘯秋月，閑卻松門一夜風。	蘇軾	相逢莫怪不相揖，只見山僧不見公。
李白	丈夫賭命報天子，當斬胡頭衣錦回。	陳羽	支頤忽望碧雲裏，心愛嵩山第幾峰。	張栻〔一〕	好風成我曲肱夢，起看飛雲度碧天。
結聯	◓○◓●○○● ◓●○○○●○	李白	只今惟有西江月，曾照吳王宮裏人。	李群玉	沅湘寂寂春歸盡，水綠蘋香人自愁。
與正格起聯九、七律偏格結三同，而此最爲熟套，四唐宋明皆俱多。		賈至	笙歌日暮能留客，醉殺長安輕薄兒。	文天祥	姓名變盡形容改，猶有天涯相識人。
劉庭琦	即今西望猶堪思，況復當時歌舞人。	劉商	如今送別臨溪水，他日相思來水頭。	吳國倫	開來不著人間色，落去猶聞天上香。

〔一〕張栻：底本訛作「汪道昆」。按此乃張栻七絕《題雉山禊亭》，據改。

結聯	◓○◓●○○● ◓●●○○●○	張籍	夜來新雨沙堤濕，東上閤門應未開。	趙嘏	花前獨立無人會，依舊去年雙燕來。
初盛無考，中晚至宋稍稍準用，明則復廛乎，但未比正格起聯十之寥寥耳。		薛能	人生富貴須回首，此地豈無歌舞來。	黄庭堅	滄江夜静虹貫日，定是米家書畫船。
郎士元	重門深鎖無尋處，唯有碧桃千樹花〔一〕。	許渾	夜來記得曾聞處，萬里月明湘水流。	李攀龍	情知縱酒非生事，昨日罷官今日貧。
結聯	◓○◓●●●● ◓●◓○○●○	褚載	可憐光彩一片玉，萬里青天何處來。	司馬光	紫衣金帶盡脱去，便是林間一野夫。
唐唯得二，餘亦廛廛，與正格起聯八同，其説亦可併按焉。		歐陽公	鳥歌花舞太守醉，明日酒醒春已歸。	呂仲朋	攜魚換酒共一醉，隔岸人家桃杏開。
李郢	江風徹曉不得寐，二十五聲秋點長。	蘇子美	樹陰滿地日卓午，夢覺流鶯時一聲。	王世貞	野夫晝玩興未已，夜半來眠竹畔橋。

〔一〕底本訛作「色」。據《全唐詩》卷二百四十八改。

結聯	◓○◓●○●● ◓●◓○○●○
與七律偏格前聯六同，而此尤寥乎，要存而不用爲可耳。	
高適	丈夫貧賤應未足， 今日相逢無酒錢。
適	主人酒盡君未醉， 薄暮遙遙歸不歸。
岑參	關西老將能苦戰， 七十行兵仍未休。
元稹	子規驚覺燈又滅， 一道月光橫枕前。
黃庭堅	真筌蟲蝕詩句斷， 猶託餘情開此花。
王庭珪	回頭貪看新月上， 不覺竹竿流下灘。
沈遼	不知朽骨猶在否， 山上年年黃菊花。

附六腔

起聯	◓●●○●●○ ◐○◑●●○○
崔惠童	一月主人笑幾回， 相逢相值且銜杯。
物集一、服集二，諸家得一百三十六。	
李頎	百歲老翁不種田， 惟知曝背樂殘年。
白居易	蠶老繭成不庇身， 蜂饑蜜熟屬他人。
元稹	春野醉吟十里程， 齋宮潛詠萬人驚。
穆文熙	隈外女郎蹈落紅， 連翻共作綺羅叢。

聯	作者	平仄	詩句	備考
起聯	程明道	◓●●○●○● ◐○◑●●○○	曾是去年賞春日， 春光過了又逡巡。	諸家得二。
起聯	白香山	◓●○○●●● ◐○◑●●○○	一泊沙來一泊去， 一重浪滅一重生。	我邦未考。
香山			氈帳胡琴出塞曲， 蘭塘越棹弄潮聲。	
蘇東坡			在郡依前六百日， 山中不記幾回來。	
起聯	李攀龍	◓●○○●●○ ◐○◑●○○○	薊北青山照別卮， 請君聽我秋風辭。	物集六、服集三，諸家得八。
結聯	白樂天	◓○◓●○○● ◓●●○●●○	今朝歡喜緣何事， 禮徹佛名百部經。	物集四，諸家得二百六。
李攀龍			主人把酒聽黃鳥， 黃鳥一聲酒一杯。	

結聯	鄭雲叟	諸家得三十八
◐○◐●●○● ◐●●○●●○	擬將枕上日高睡， 賣與世間富貴人。	

崔李元白之起，舉四唐唯是已。穆踵其武，爲不善擇矣。嘗按《唐詩紀》，崔詩作「一月人生笑幾回」，注云「人生」一作「主人」，莊子本語，固泛言人生，而此篇第二句「相逢相值」云者，亦兼賓主之語，乃首句何必偏指主人。作「人生」者，蓋爲善本，其律亦自正。高《彙》、李《選》皆從惡本者，何與？今也高李二編刻遍海內，人不復言有善本，故姑從世所共知以標之，因録此説以滌崔氏之寃云。元白此起，及白之一結，皆脱乎範圍者，長慶二集如彼之富，而廑廑得此一二，蓋出於不獲已耳。程子講道談經之餘事，故不可以詩家繩之。鄭雲叟詩，予獲諸《紫微詩話》，竊疑「富」是「榮」訛，如鮑溶「榮貴人間難有比」，可以例焉。果爾，本編所列，結聯第一調是也，固爲熟套。雲叟，晚

唐人，《萬唐》精律，恐不可失於炤管奚〔一〕。李攀龍起聯蓋爲無稽，其結聯唯有其所厭棄。白氏一證而已矣，不亦左乎？然其全首，連用三「黄鳥」，近乎古調，後人姑置乎不問是可。以上諸腔，我邦犯者不鮮，豈不謬乎哉？但白蘇之起聯一腔，我邦亦知禁之，蓋以犯三仄也。然是在正格結聯，暨七律二聯結句等，爲熟套，特在此起聯，而後爲不可也已。是則世未之察也。今以偶得一二也，姑附見云爾，如七律起句固無之，覽者其審諸。

〔一〕奚：疑「矣」之訛。前亦有此訛。

詩律兆卷九

七言絕句下　拗格

前正後偏體

上官儀

花輕蝶亂仙人杏，
葉密鶯啼帝女桑。
飛雲閣上春應至，
明月樓中夜未央。

盧照鄰

明君封禪日重光，
天子垂衣曆數長。
九州四海常無事，
萬歲千秋樂未央。

劉庭琦

銅臺宮觀委灰塵，
魏主園林漳水濱。
即今西望猶堪思，
況複當時歌舞人。

沈佺期

北邙山上列墳塋，
萬古千秋對洛城。
城中日夕歌鐘起，
山上惟聞松柏聲。

徐堅

郎官出宰赴伊瀍，
征傳駸駸灞水前。
此時悵望新豐道，
握手相看共黯然。

徐彦伯

晴風麗日滿芳洲，
柳色春筵祓錦流。
皆言侍蹕横谿燕，
暫似乘查天漢遊。

賀知章

稽山罷霧鬱嵯峨，
鏡水無風也自波。
莫言春度芳菲盡，
別有中流采芰荷。

玄宗

澄潭皎鏡石崔嵬，
萬壑千巖暗緑苔。
林亭自有幽貞趣，
况復秋深爽氣來。

彦伯

金谿碧水玉潭沙，
鳧舄翩翩弄日華。
鬪鷄香陌行春倦，
爲摘東園桃李花。

宋之問

可憐冥漠去何之，
獨立丰茸無見期。
君看水上芙蓉色，
恰似生前歌舞時。

張敬宗

五原春色舊來遲，
二月垂楊未挂絲。
即今河畔冰開日，
正是長安花落時。

李白

丹陽北固是吴關，
畫出樓臺雲水間。
千岩烽火連滄海，
兩岸旌旗繞碧山。

沈宇

菊黄蘆白雁初飛，
羌笛胡笳淚滿衣。
送君腸斷秋江水，
一去東流何日歸。

張説

平湖一望上連天，
秋景千尋下洞泉。
忽驚水上光華滿〔一〕，
疑是乘舟到日邊。

白

天迴北斗挂西樓，
金屋無人螢火流。
月光欲到長門殿，
別作深宮一段愁。

白

海潮南去過潯陽，
牛渚由來險馬當。
横江欲渡風波惡，
一水牽愁萬里長。

〔一〕光：底本訛作「江」，據《全唐詩》卷八十九改。

白	白	甫	甫
鏡湖流水漾清波， 狂客歸舟逸興多。 山陰道士如相見， 應寫黃庭換白鵝。	青蓮居士謫仙人， 酒肆藏名三十春〔一〕。 湖州司馬何須問， 金粟如來是後身。	楊王盧駱當時體， 輕薄爲文哂未休。 爾曹身與名俱滅， 不廢江河萬古流。	山瓶乳酒下青雲， 氣味濃香幸見分。 鳴鞭走送憐漁父， 洗盞開嘗對馬軍。
白	白	王昌齡	昌齡
乘君素舸泛涇西， 宛似雲門對若溪。 且從康樂尋山水， 何必東遊入會稽。	出門妻子强牽衣， 問我西行幾日歸。 歸時倘佩黃金印， 莫學蘇秦不下機。	吴姬越艷楚王妃， 争弄蓮花水濕衣。 來時浦口花迎入， 采罷江頭月送歸。	青鸞飛入合歡宮， 紫鳳銜花出禁中。 可憐今夜千門裏， 銀漢星迴一道通。
杜甫	甫	昌齡	王維
秋風嫋嫋動高旌， 玉帳分弓射虜營。 已收滴博雲間戍， 欲奪蓬婆雪外城。	向來江上手紛紛， 三日功成事出群。 已傳童子騎青竹， 總擬橋東待使君。	玉門山嶂幾千重， 山北山南總是烽。 人依遠戍須看火， 馬蹈深山不見蹤。	渭城朝雨浥輕塵， 客舍青青柳色新。 勸君更盡一杯酒， 西出陽關無故人。

〔一〕春：底本訛作「年」，據《全唐詩》卷一百七十八改。

王縉	身名不問十年餘，老大誰能更讀書。林中獨酌鄰家酒，門外時聞長者車。
張子容	平沙落日大荒西，隴上明星高復低。孤山幾處看烽火，戰士連營候鼓鼙〔一〕。
參	新騎驄馬復承恩，使出金陵過海門。荊南渭北難相見，莫惜衫襟著酒痕。
參	風恬日暖蕩春光，戲蝶遊蜂亂入房。數枝門柳低衣桁，一片山花落筆床。
賈至	日長風暖柳青青，北雁歸飛入杳冥。岳陽城上聞吹笛，能使春心滿洞庭。
裴迪	喬柯門裏自成陰，散髮空窗曾不簪。逍遥且喜從吾事，榮寵從來非我心。
參	黄沙磧里客行迷，四望雲天直下低。爲言地盡天還盡，行到安西更向西。
王之渙	單于北望拂雲堆，殺馬登壇祭幾回。漢家天子今神武，不肯和親歸去來。
岑參	鳴笳疊鼓擁回軍，破國平蕃昔未聞。大夫鵲印摇邊月，大將龍旗掣海雲。
參	數株垂柳欲依依，深巷斜陽暮鳥飛。門前雪滿無行跡，應是先生出未歸。
沈頌	嘗聞嬴女玉簫臺，奏曲情深彩鳳來。欲登此地銷歸恨，卻羨雙飛去不回。
元結	湘江二月春水平，滿月和風宜夜行。唱橈欲過平陽戍，守吏相呼問姓名。

〔一〕連：底本訛作「進」，據《全唐詩》卷二十七改。各本皆不著作者。

儲光羲

胡王知妾不勝悲，
樂府皆傳漢國辭。
朝來馬上箜篌引，
稍似宮中閑夜時。

光羲

朝來仙閣聽絃歌，
暝入花亭見綺羅。
池邊命酒憐風月，
浦口回船惜芰荷。

光羲

花潭竹嶼傍幽蹊，
畫檝浮空入夜溪。
芰荷覆水船難進，
歌舞留人月易低。

光羲

紅荷碧篠夜相鮮，
皂蓋蘭橈浮翠筵〔一〕。
舟中對舞邯鄲曲，
月下雙彈盧女絃。

光羲

朦朧竹影蔽巖扉，
淡蕩荷風飄舞衣。
舟尋綠水宵將半，
月隱青林人未歸。

光羲

華陽洞口片雲飛，
細雨濛濛欲濕衣。
玉簫遍滿仙壇上，
應是茅家兄弟歸。

高適

相逢旅館意多違，
暮雪初晴候雁飛。
主人酒盡君未醉，
薄暮遥遥歸不歸。

常建

家園好在尚留秦，
恥作明時失路人。
恐逢故里鶯花笑，
且向長安度一春。

張僑

秋風颯颯雨霏霏，
愁殺棲遑一布衣。
辭君且作隨陽雁，
海内無家何處歸。

綦毋潛

山頭禪室挂僧衣，
窗外無人溪鳥飛。
黄昏半在山中路，
卻聽鐘聲連翠微。

蔡希寂

綿綿鐘漏洛陽城，
客舍貧居絶送迎。
逢君貰酒因成醉，
醉後焉知世上情。

錢起

長楊殺氣連雲飛，
漢主秋畋正掩圍。
重門日晏紅塵出，
數騎胡人獵獸歸。

〔一〕皂：底本訛作「孔」，據《全唐詩》卷一百三十九改。

起	顧況	劉商	李益
連山畫出映禪扉， 粉壁香筵滿翠微。 坐來爐氣縈空散， 共指晴雲向嶺歸。	野人自愛山中宿， 況是葛洪丹井西。 庭前有個長松樹， 夜半子規來上啼。	蒼山雲雨逐明神， 唯有香名歲歲春。 東風三月黃陂水， 只見桃花不見人。	邊城已在虜塵中， 烽火南飛入漢宮。 漢庭議事先黃老， 麟閣何人定戰功。
韋應物	應物	益	柳宗元
山明野寺曉鐘微， 雪滿幽林人跡稀。 閒居寥落生高興， 無事風塵獨不歸。	獨憐幽草澗邊行， 上有黃鸝深樹鳴。 春潮帶雨晚來急， 野渡無人舟自橫。	寒山吹笛喚春歸， 遷客相看淚滿衣。 洞庭一夜無窮雁， 不待天明盡北飛。	宦情羈思共淒淒， 春半如秋意轉迷。 山城過雨百花盡， 榕葉滿庭鶯亂啼。
應物	盧綸	李長吉	白居易
今朝把酒復惆悵， 憶在杜陵田舍時。 明年九日知何處， 世難還家未有期。	出關愁暮一沾裳， 滿野蓬生古戰場。 孤村樹色昏殘雨， 遠寺鐘聲帶夕陽。	花株草蔓眼前開， 小白長紅越女腮。 可憐日暮嫣然態， 嫁與東風不用媒。	花園欲去去應遲， 正是風吹狼藉時。 近西數樹猶堪醉， 半落春風半在枝。

居易

蜀茶寄到但驚新，
渭水煎來始覺珍。
滿甌似乳堪持翫，
況是春深酒渴人。

居易

金錢買得牡丹栽，
何處辭叢別主來。
紅芳堪惜還堪恨，
百處移將百處開。

元稹

春來日日到西林，
飛錫經行不可尋。
蓮池舊是無波水，
莫逐狂風起浪心。

稹

聞君欲去潛銷骨，
一夜暗添新白頭。
明朝別後應腸斷，
獨棹破船歸到州。

居易

竹枝苦怨怨何人，
夜靜山空歇又聞。
蠻兒巴女齊聲唱，
愁殺江南病使君。

居易

遥知天上桂花孤，
試問嫦娥更要無。
月宮幸有閒田地，
何不中央種兩株。

稹

金英翠萼帶春寒，
黄色花中有幾般。
憑君與向遊人道，
莫作蔓菁花眼看。

韓愈

廉纖晚雨不能晴，
池岸草間蚯蚓鳴。
投竿跨馬蹋歸路，
纔到城門打鼓聲。

居易

安南遠進紅鸚鵡，
色似桃花語似人。
文章辯慧皆如此，
籠檻何年出得身。

居易

山陽太守政嚴明，
吏静人安無犬驚。
不知靈藥根成狗，
怪得時聞吠夜聲。

賈島

逸人期宿石牀中，
遣我開扉對晚空。
不知何處嘯秋月，
閑却松門一夜風。

李涉

荆門灘急水潺潺，
兩岸猿啼煙滿山。
渡頭年少應官去〔一〕，
月落西陵望不還。

〔一〕官：底本訛作「空」，據《全唐詩》卷四百七十七改。

杜牧	閑吹玉殿昭華管， 醉折梨園縹蔕花。 十年一夢歸人世， 絳縷猶封繫臂紗。
牧	蟪蛄寧與雪霜期， 賢哲難教俗士知。 可憐貞觀太平後， 天且不留封德彝。
趙氏	長安此去無多地， 鬱鬱葱葱佳氣浮。 良人得意少年夢， 今夜醉眠何處樓。
歐陽修	興來筆力千鈞勁， 酒醒人間萬事空。 蘇梅二子今亡矣， 索寞滁山一醉翁。
牧	江湖醉度十年春， 牛渚山邊六問津。 歷陽前事知虛實， 高位紛紛見陷人。
王喬	故人軒騎罷歸來， 舊宅園林閉不開〔一〕。 唯餘挾瑟高堂婦， 哭向平生歌舞臺。
蘇軾	卻從江夏尋僧晏， 又向東坡別己公。 當時半破峨嵋月， 還在平羌江水中。
軾	溪聲便是廣長舌， 山色豈非清浄身。 夜來八萬四千偈， 他日如何舉似人。
僧靈一	禪師來往翠微間， 萬里千峰見剡山。 何時共到天臺裏， 身與浮雲處處閑。
關盼盼	北邙松柏鎖愁煙， 燕子樓中思悄然。 自埋劍履歌塵散， 紅歇香銷一十年。
軾	半醒半醉問諸黎， 竹刺藤梢步步迷。 但尋牛矢覓歸路， 家在牛欄西復西。
黃庭堅	道人終歲學陶朱， 西子同舟泛五湖。 船窗卧讀書萬卷， 還有新詩來起予。

〔一〕閉：他本皆作「閑」。

庭堅	不趨吏部曹中版， 且鱠高沙湖裏魚。 雖無季子六國印， 要讀田郎萬卷書。
庭堅	舍人梅塢無關鎖， 携酒俗人來未曾。 舊時愛菊陶彭澤， 今作梅花樹下僧。
栻	明時未可廢談兵， 壯歲寧容便乞身。 何人爲向沙頭去， 憑杖殷勤一問津。
栻	小園茶樹數十許， 走寄萌芽初得嘗。 雖無山頂煙嵐潤， 亦有靈泉一派香。
庭堅	仙衣襞積駕黄鵠， 草木無光一笑開。 人間風日不可奈， 故待成陰葉下來。
庭堅	天將金闕真黄色， 借與洞庭霜後橙。 松滋解作逡巡麴， 壓倒江南好事僧。
高啓	洞房香吐合昏花， 月轉勾闌鳴乳鴉。 今宵有酒留君醉， 不信倡家勝妾家。
鄭善夫	鬱林東下對扶桑， 黑霧沈山日暈黄。 鷓鴣啼上桄榔樹， 一寸鄉心萬里長。
張栻	仰看鴻雁思吾弟， 連日清游只欠渠。 不知千里江南路， 亦有梅花似此無。
栻	有時散策過西鄰， 共向東風憶故人。 芙蓉亭下池水滿， 敬簡堂前楊柳春。
善夫	巴東春水錦江來， 流入荆吴萬里迴。 樓船細逐江花去， 不見瞿塘灩澦堆。
善夫	峽猿啼過下牢關， 雪嶺連天三百盤。 錦官城外西遊客， 白日高歌行路難。

何景明	李夢陽	世貞	世貞
群公陪宴柏梁臺，殿上傳呼萬壽杯。元戎節鉞來江上，使者樓船泛海迴。	將軍鐵騎戰金微，八月長安盡擣衣。砧聲欲落三更月，翡翠樓頭雁卻飛。	細娘家在大江頭，總爲工歡字莫愁。月明低按關山曲，何處行人不淚流。	魚龍曼衍戲如神，簇隊金牌色色新。珠簾不動天顔肅，始信支那有聖人。
許穀	唐順之	世貞	世貞
竹筒儲米賽忠魂，遺俗争傳楚水濱。即今南望猶堪恨，况復當時弔屈人。	青袍白馬紫茸裘，不向沙場便酒樓。夜來一賭青錢盡，尚有囊中血髑髏。	隱君家住大河西，楊柳雙橈水拍堤。明妝落日浣紗女，夾岸桃花春欲迷。	頻年搖落伴風塵，回首連枝淚滿巾。今朝兄弟茱萸酒，却向天涯憶遠人。
穆文熙	王世貞	世貞	世貞
貂裘雪滿蹈寒威，薄暮南山射虎歸。相逢醉慰無須問，明日邊城羽檄飛。	西湖是處美人妝，天竺松風吹繞梁。便携罷講諸生去，何必誇他馬季長。	林間姑惡無他語，只解將悲惱客眠。他生未斷無明盡，子午山頭作杜鵑。	南風作雨北風晴，布穀朝來也勸耕。五湖三畝逃名地，不向人間擲此生。

王立道

春光盡向筆端迴，
萬紫千紅次第開。
河陽滿縣真如錦，
却恨潘郎歸去來。

立道

赤符久已定長安，
只合歸來把釣竿。
後人不讀樊英傳，
肯信人間行路難。

立道

南陽舊是帝王家，
西入長安望已賒。
春風乍到龍飛殿，
羽扇紛紛引翠華。

立道

年來章奏滿公車，
總道遐方困未舒。
君王一出憐民隱，
扶杖山東聽詔書。

立道

由來風味此中優，
翻爲羊羔錦帳羞。
不如僵卧蓬廬者，
自是名臣第一流。

立道

天臨北極鬱崔嵬，
玉帛年年萬國來。
君王二月南巡狩，
春水朝宗江漢迴。

立道

清溪一派五湖通，
雲影波光十里同。
老人洗髓初成道，
爲訪當年河上公。

立道

滹沱易水接盧溝，
千古漁陽説上流。
聖王一統開華夏，
佳氣常朝五鳳樓。

前偏後正體		賀知章	李白
◓●○○●●○ ◐○◐●●○○ ◓●◓○○●● ◐○◐●●○○		離別家鄉歲月多， 近來人事半消磨。 唯有門前鏡湖水， 春風不改舊時波。	劍閣重關蜀北門， 上皇歸馬若雲屯。 少帝長安開紫極， 重懸日月照乾坤。
王勃	趙彥昭	白	白
早是他鄉值早秋， 江亭明月帶江流。 已覺逝川傷別念， 復看津樹隱離舟。	始見青雲干律呂， 俄逢瑞雪應陽春。 今日回看上林樹， 梅花柳絮一時新。	萬國同風共一時， 錦江何謝曲江池。 石鏡更明天上月， 後宮親得照蛾眉。	水緑天青不起塵， 風光和暖勝三秦。 萬國煙花隨玉輦， 西來添作錦江春。
上官昭容	昭容	白	白
翠幕珠幃敞月營， 金罍玉斝泛蘭英。 歲歲年年常扈蹕， 長長久久樂昇平。	沁水田園先自多， 齊城樓觀更無過。 倩語張騫莫辛苦， 人今從此識天河。	誰道君王行路難， 六龍西幸萬人歡。 地轉錦江成渭水， 天迴玉壘作長安。	白馬金羈遼海東， 羅帷繡被臥東風。 落月低軒窺燭盡， 飛花入户笑床空。

白

帝子瀟湘去不還，空餘秋草洞庭間。淡掃明湖開玉鏡，丹青畫出是君山。

杜甫

閟到房公池水頭，坐逢楊子鎮東州。卻向青溪不相見，回船應載阿戎遊。

昌齡

荷葉羅裙一色裁，芙蓉向臉兩邊開。亂入池中看不見，聞歌始覺有人來。

白

日本晁卿辭帝都，征帆一片繞蓬壺。明月不歸沈碧海，白雲愁色滿蒼梧。

王昌齡

長信宮中秋月明，昭陽殿下擣衣聲。白露堂中細草跡，紅羅帳裏不勝情。

王維

楊柳渡頭行客稀，罟師蕩槳向臨圻。唯有相思似春色，江南江北送君歸。

賈至

萬里平沙一聚塵，南飛羽檄北來人。傳道五原烽火急，單于昨夜寇新秦。

至

楓岸紛紛落葉多，洞庭秋水晚來波。乘興輕舟無近遠，白雲明月吊湘娥。

至

雙鶴南飛度楚山，楚南相見憶秦關。願值回風吹羽翮，早隨陽雁及春還。

至

江上相逢皆舊遊，湘山永望不堪愁〔一〕。明月秋風洞庭水，孤鴻落葉一扁舟。

至

今日相逢落葉前，洞庭秋水遠連天。共説京華舊遊處，回看北斗欲潸然。

至

一片仙雲入帝鄉，數聲秋雁至衡陽。借問清都舊花月，豈知遷客泣瀟湘。

〔一〕愁：底本訛作「悲」，據《全唐詩》卷二百三十五改。

至	岑參	適	適
江路東連千里潮， 青雲北望紫微遥。 莫道巴陵湖水闊， 長沙南畔更蕭條。	漢將承恩西破戎， 捷書先奏未央宫。 天子預開麟閣待， 秖今誰數貳師功。	雪净胡天牧馬還， 月明羌笛戍樓間。 借問梅花何處落， 風吹一夜滿關山。	萬騎争歌楊柳春， 千場對舞繡騏驎。 到處盡逢歡洽事， 相看總是太平人。
參	參	常建	韋應物
走馬西來欲到天， 辭家見月幾回圓。 今夜不知何處宿， 平沙萬里絶人煙。	百尺紅亭對萬峰， 平明相送到齋鐘。 驄馬勸君皆卸卻， 使君家醖舊來濃。	勝景門閑對遠山， 竹深松老半含煙。 皎月殿中三度磬， 水晶宫裏一僧禪。	秋草生庭白露時， 故園諸弟益相思。 盡日高齋無一事， 芭蕉葉上自題詩。
參	高適	應物	皇甫冉
仙掌分明引馬頭， 西看一點是關樓。 五月也須應到舍， 知君不肯更淹留。	鐵騎横行鐵嶺頭， 西看邏逤取封侯。 青海只今將飲馬， 黄河不用更防秋。	南望青山滿禁闈， 曉陪鴛鷺正差池。 共愛朝來何處雪， 蓬萊宫裏拂松枝。	悵望南徐登北固， 迢遥西塞限東關。 落日臨川問音信， 寒潮唯帶夕陽還。

盧綸

世故相逢各未閑，
百年多在別離間。
昨夜秋風今夜雨，
不知何處入空山。

長孫佐輔

野火燒之水洗根，
數圍枯朽半心存。
應是無機承雨露，
卻將春色寄苔痕。

居易

榆莢拋錢柳展眉，
兩人並馬語行遲。
還似往年安福寺，
共君私試卻回時。

居易

陶令門前四五樹，
亞夫營裏百千條。
何似東都正二月，
黄金枝映洛陽橋。

劉商

閑出東林日影斜，
稻苗深淺映袈裟。
船到南湖風浪静，
可憐秋水照蓮花。

劉禹錫

山上層層桃李花，
雲間煙火是人家。
銀釧金釵來負水，
長刀短笠去燒畬。

居易

獨酌花前醉憶君，
與君春別又逢春。
惆悵銀杯來處重，
不曾盛酒勸閑人。

居易

白浪茫茫與海連，
平沙浩浩四無邊。
暮去朝來淘不住，
遂令東海變桑田。

禹錫

巫峽蒼蒼煙雨時，
清猿啼在最高枝。
個裏愁人腸自斷，
由來不是此聲悲。

白居易

滿面胡沙滿鬢風，
眉梢殘黛臉銷紅。
愁苦辛勤憔悴盡，
如今卻似畫圖中。

居易

漠漠闇苔新雨地，
微微凉露欲秋天。
莫對月明思往事，
損君顔色減君年。

居易

青草湖中萬里程，
黄梅雨裏一人行。
愁見灘頭夜泊處，
風翻暗浪打船聲。

元稹	柳宗元	杜牧	牧
觀象樓前奉末班， 絳峰只似殿庭間。 今日高樓重陪宴， 雨籠衡岳是南山。	世上悠悠不識真， 薑芽盡是捧心人。 若道柳家無子弟， 往年何事乞西賓。	嗚軋江樓角一聲， 微陽瀲灩落寒汀。 不用憑欄苦迴首， 故鄉七十五長亭。	似火山榴映小山， 繁中能薄艷中閑。 一朵佳人玉釵上， 秖疑燒卻翠雲鬟。
劉言史	言史	張曙	沈亞之
噴沫團香小桂條， 玉鞭兼賜霍嫖姚。 弄影便從天禁出， 碧蹄聲碎五門橋。	紫禁梨花飛雪毛， 春風絲管翠樓高。 城裏萬家聞不見， 君王試舞鄭櫻桃。	千里江山陪驥尾， 五更風水失龍鱗。 昨夜浣花溪上雨， 緑楊芳草爲何人。	新郴仙亭覆石壇， 雕梁峻宇入雲端。 嶺北嘯猿高枕聽， 湖南山色捲簾看。
陳羽	秦系	裴交泰	歐陽修
鶴唳天邊秋水空， 荻花蘆葉起秋風。 今夜渡江何處宿， 會稽山在月明中。	久卧雲間已息機， 青袍忽著狎鷗飛。 詩興到來無一事， 郡中今有謝玄暉。	自閉長門經幾秋， 羅衣濕盡淚還流。 一種蛾眉明月夜， 南宮歌管北宮愁。	風格孤高塵外物， 性情閒暇水邊身。 盡日獨行溪淺處， 青苔白石見纖鱗。

蘇軾	門外橘花猶的皪， 墻頭荔子已斕斑。 樹暗草深人静處， 卷簾攲枕卧看山。
軾	總角黎家三小童， 口吹葱葉送迎翁。 莫作天涯萬里意， 溪邊自有舞雩風。
蔡天啓	人物於今嘆眇然， 孤墳宿草已生煙〔二〕。 日暮行人道旁舍， 應逢年少共談玄。
何景明	憶昨長安元夕來， 五侯絃管上樓臺。 已見炬如千樹列， 更看燈似百花開。
黄叔達	攻許愁城終不開， 青州從事斬關來。 唤得巫山强項令， 插花傾酒對陽臺。
叔達〔一〕	五十清詩一段冰， 持來恰得慰愁生。 自張壁間行坐看， 更教兒誦醉時聽。
李夢陽	楊子灣頭紅蓼秋， 水邊樓閣樹邊舟。 一日長風破萬里， 爲君三醉過瓜州。
夢陽	玉館朱城柳陌斜， 宋京燈月散煙花。 門外香車若流水， 不知青鳥向誰家。
潘大臨	翰墨精神全魏漢， 文章波浪似春秋。 可是中州著不得， 江南已遠更宜州。
張栻	玉立春深雪不如， 生香透骨雪應無。 莫遣飄零雜塵土， 芬芳留入碧琳腴。
邊貢	露冕南征火井西， 東過瀘水北泥溪。 借問鄉愁何處切， 千山明月子規啼。
許穀	春日名園錦作堆， 海棠山茶無數開。 五柳宅邊全少此， 百花灘上乞移來。

〔一〕叔達：底本訛作「庭堅」，據《山谷集》附黄叔達詩改。
〔二〕孤：底本訛作「弧」，據《兩宋名賢小集》卷一百九改。

徐禎卿

暑殿金泉枕碧山，
清涼樓閣五雲間。
赤日不行葱嶺北，
雪花長繞玉門關。

王世貞

白髮田家一老翁，
欲行翻更仗兒童。
只問勾芒甚顔色，
還呼社酒醉東風。

世貞

槐柳陰陰護帝城，
春衫載酒愛流鶯。
自是愁人聽作淚，
不關能唱兩般聲。

鄭琰

白草胡沙二月間，
窮邊孤客幾時還。
欲折梅花寄鄉信，
春風吹不到關山。

世貞

罨畫溪頭秋水多，
紅妝百疊剪青羅。
醉後遍題蓮葉句，
蘭舟翻入女兒歌。

世貞

手板抛來盡日閒，
吳峰青比玉峰殷。
若語傍人應不分，
一生長對案頭山。

世貞

金頂煒煌帝座開，
三峰那不號三台。
雨後前山飛瀑過，
共言天上白麻來。

王立道

八月秋高白露寒，
浣花溪裏倍堪嘆。
莫道紅顔多薄命，
寫真猶入畫圖看。

立道

定遠思歸限玉關，
何如出入紫霄間。
天子誇胡修羽獵，
時時射虎向南山。

世貞

獵獵風旗空際磨，
千山草木見還無。
天策府中玄甲隊，
槐山節下黑雲都。

立道

三月正當三十日，
又騎款段出城南。
欲賦送春詩未得，
柳溪花徑遍相探。

立道

一自文皇破虜還，
薊門天險壓秦關。
候騎不窺雲中郡，
屯田直至紇干山。

以上二圖，拗體之整正者，四唐凖用，如此之周。宋明相承，亦未息響。則後人何而得不由焉？我邦詩家以爲禁忌者，豈不失於考也邪？抑是編所采之詩，正變二調止於十許首，務就簡省，特在拗體，援引甚弘，略不施裁抑者，何哉？蓋拗體非惟我邦人不肯用，若華人評詩者，抑或者以爲缺陷，或者以爲非造次所能，殊不知如右二體之拗，四唐熟套，自變徂常也。予之獨見微力，奮乎千載之下，欲以一匡其謬，取信於世，勢不得厘厘印證而止焉。其於七律拗體亦然。世之覽者審此意，勿以過繁議之。但一人而踰十首廿首者，予亦厭煩，姑限以數首，不必極乎包括，於七律亦復然，覽者併察之，毋謂各人一首，多亦不出數首。七絶此外，變換之篇，古人亦寥寥，仄韻雖入近體，猶與古風伍，聲律往往不純，例用亦不多矣。今皆概乎不收也。

詩律兆卷十

餘　考

體格

《唐書》曰：建安後訖江左，詩律屢變。至沈約、庾信以音韻相婉附，屬對精密。及宋之問、沈佺期，尤加靡麗，回忌聲病，約句準篇，如錦繡成文，學者宗之。

元微之曰：唐興，能者互出，而又沈宋之流，研練精切，穩順聲勢，謂之爲律詩。

宋景文曰：唐興，詩人承陳隋風流，浮靡相矜。至宋之問、沈佺期等，研揣聲音，浮切不差，而號律詩。

謝茂秦曰：建安之作，率多平仄穩帖，此聲律之漸。而後流於六朝，千變萬化，至盛唐極矣。

王元美曰：五言至沈宋，始可稱律。律爲音律法律，天下無嚴於是者。知虛實平仄，不得任情而度，明矣。

竹山居士按：初唐詩，沈宋已前，律體未定，固如諸家所論。乃若沈宋已後，亦時有出入。

大氐初盛諸家五言詩，多未明今古界分者。老杜五古動與五排切近之類是也。諸集舊皆不分詩體，後世分部選詩者，隨其所見，或爲古，或爲律，惡乎保作者之意果爾哉？是以諸選矛盾，亦往往而有焉。若陳子昂「故人洞庭去，楊柳春風生」，李太白「去國登兹樓，懷歸傷暮秋」，高廷禮《正聲》收諸古詩，方一元《詩紀》收諸律詩之類，不可一二數也。岑嘉州集中題明言《夜過磐石効齊梁體》，而《詩紀》編之五律，其詩律固純完，然齊梁豈有律體哉？其爲誤編，的也。蓋貞觀已降，律體日開，靡然成風。故諸家雖出以古風，而章止八句，語自儷音自諧，謂之今則微缺，謂之古則過整者多有之。後人弗察，概以爲律也已。即首首而檢之，其今古之分，自非丘原之作，誰得而斷之？盛唐猶或然，況乎初唐哉？但是在五言爲然，七言不必然。蓋七言古風、律體皆創於唐氏，與五言承六朝者事體不同也。故予於本編五言變調所采，皆略乎初唐，又尤略於沈宋已前云。

又按：王元美《四部稿》中小序明言「夢餞人賦古體八句，覺後悉記之」，其詩又固古調，而編諸五律部。《四部稿》蓋其所手編，豈子弟門客助役，致此誤也邪？近世之集，躬自分詩體者猶且如此，矧唐集之世遠體雜，歷數十手後傳者乎？要不知爲不知，是可矣。

四聲之拘

《蔡寬夫詩話》曰：秦漢已前，字書未備。既多假借，而音無反切，平仄皆通用。自齊梁後，既拘以四聲，又限以音韻。故士率以偶儷聲病爲工，文氣安得不卑弱？

楊用脩曰：四聲之分，在齊梁間。成周之世，寧知有沈約韻哉？

王元美《藝苑巵言》曰：沈約以平上去入爲四聲，自以爲得天地秘傳之妙。然辨音雖當，辨字多訛，蓋偏方之舌，終難取裁耳。

又曰：沈以四聲定韻，多可議者，唐人用之足千古。然以沈韻作唐律可耳，以己韻押古《選》，沈故自失之。

居士按：諸家所論，皆得其要。今也國詩者流，論語勢有「比爲波和」等之辨，其説興於中葉，殊無意義。然在今日，苟從事於國詩者，不得不奉其律令，四聲於唐詩是已。故墨工塹人，先審其匪正，特守諸近體可矣。世或過信沈韻，以爲華域語音之妙，欲推之古詩銘贊，猶持「比爲波和」之説，以律《萬葉》一集也已。其失也遠矣。

八病之非

嚴滄浪《詩話》曰：詩有四聲，有八病。四聲設於周顒，八病嚴於沈約。八病謂平頭、上尾、蜂腰、鶴膝、大韻、小韻、旁紐、正紐之辨，作詩正不必拘此，蔽法不足據也。

《蔡寬夫詩話》曰：聲韻之興，自謝莊、沈約以來，其變日多。四聲中又別其清濁，以爲雙聲，一韻者以爲叠韻。自唐以來不復用。所謂蜂腰、鶴膝者，蓋又出於雙聲之變，尤可笑也。

《學林新編》曰：《南史·謝莊傳》云：王元謨問莊：「何者爲雙聲？何者爲疊韻？」答曰：「互護爲雙聲，磝碻爲疊韻。」蓋雙聲者同音而不同韻也，疊韻者同音而又同韻也。互護同音而不同韻，故謂之雙聲。磝碻同音而又同韻，故謂之疊韻。若熠燿、騏驥，皆雙聲也。若侏儒、童蒙，皆疊韻也。

居士按：八病中傍紐、正紐，俱自雙聲而推。大韻、小韻，俱自疊韻而分。

楊升庵曰：沈休文所載八病，以上尾、鶴膝爲最忌。休文之拘滯，正與古體相反，唯近律差有關耳。然亦不免商君之酷。今按平頭，謂第一字不得與第六字同平聲，律詩如「風勁角弓鳴，將軍獵渭城」，風之與將，何損其美？上尾，謂第五字不得與第十字同聲，如古詩「西北有高樓，上與浮雲齊」，雖隔韻何害？律固無是矣。使同韻如前詩，鳴之與城又何妨也。蜂腰，謂第二字第五字同上去入韻，如老杜「望盡似猶見」、江淹「遠與君别者」之類，近體宜少避之，亦無妨。鶴膝，第五字不得與第十五字同，如老杜「水色含群動，朝光接太虚。年侵頻悵望」之類，八句俱如是則不宜，一字犯亦無妨。五，大韻，謂重疊相犯，如「胡姬年十五，春日獨當壚」，又「端坐苦愁思，攬衣起西游」，胡與壚、愁與游犯。六，小韻，十字中自有韻，如「薄帷鑒明月，清風吹我襟」，明與清犯。七，傍紐，十字中已有「田」字，不得著「寅延」字。八，正紐，十字中已有「壬」字，不得著「衽任」字。後四病尤無謂，不足道也。

居士按：是説確矣。予嘗就唐詩考之，其犯八病者疊見層出，不可枚而舉也。則唐氏之廢沈法，章章乎實如升庵所辨。或曰：「楊既云近律差有關，又云蜂腰近體宜少避，乃非全廢也與？」曰：否哉。近體雖不由沈法，而句句蜂腰，章章鶴膝，亦有自覺瑕纇。故言差有關宜少避耳。然平上去入錯綜成文，不知而作，亦自無篇篇皆然之理。一二有之，楊亦以爲無妨。矧唐詩犯者不啻一二乎？沈法之廢，斷可知矣。抑在我邦，平入二聲皆能記認焉，但上去二聲往往易混，故詩家少留意，凡下仄處，欲其不爲皆上皆去是可耳。此是近體引商刻羽之通式，始不係沈家蔽法之廢否也。

又按：升庵是説又載《藝苑卮言》，而不差一字。升庵已爲先輩，則弇州不免於勦説焉耳矣。

王敬美《藝圃擷餘》曰：蜂腰、鶴膝、雙聲、疊韻，休文三尺法也。古今犯者不少，寧盡被汰邪？

居士按：八病之非，諸家明辨若此。然今也我邦，猶且持同音病之説服膺弗措者，獨何與？

正格偏格

沈存中曰：詩第二字側入，謂之正格。如「鳳曆軒轅紀，龍飛四十春」之類。第二字平入，謂之偏格，如「四更山吐月，殘夜水明樓」之類。唐名賢輩詩多用正格，如杜甫律詩用偏格者十無一二。

居士按：唐詩多正格而少偏格，固如沈夢溪氏所言。非惟唐爲然，宋明亦然。如汪伯玉

《太函》之集，五律總計四百有五首，而用偏格者才一百十有八首。五言排律二十有二首，而偏格才二首。可以見焉。但沈氏所謂老杜偏格十無一二者，稍過當已。且其所證在五律正偏，而未言七律奚如，實欠於周匝矣。

王嘉候曰：絶句以第二字仄入者爲正格，第二字平入者爲偏格，五言七言俱然。

居士按：王氏但言絶句，不及律體，亦頗而未完。且謂五七言俱然，恐非是矣。七言正偏，予自有説云。見于附録論二。

拗體

方虛谷曰：拗字詩在老杜集七言律詩中，謂之吴體。老杜七言律一百五十九首，而此體凡十九出，不止句中拗一字，往往神出鬼没，雖拗字甚多而骨骼悉峻峭。今江湖學詩者，喜許渾詩「水聲東去市朝變，山勢北來宫殿高」「湘潭雲盡暮山出，巴蜀雪消春水來」，以爲丁卯句法。殊不知始於老杜，如「負鹽出井此溪女，打鼓發船何郡郎」「寵光蕙葉與多碧，點注桃花舒小紅」之類是也。如趙嘏「殘星數點雁橫塞，長笛一聲人倚樓」亦是也。唐詩多此類，獨老杜吴體之所謂拗，則才小者不能爲之矣。五言律亦有拗者，止爲語句要渾成，氣勢要頓挫，則换易一兩字平仄無害也。但不如七言吴體全拗爾。

居士按：所引「水聲東去」已下數聯，皆上下句第五字平仄相拗者。

周伯弼曰：確守格律，揣摩聲病，詩家之常。若時出度外，從横放肆，外如不整，中實應節，則又非造次所能也。

又曰：有拗體，謂三句第二六字與次句第二六字平仄相反也。如柳宗元《柳州二月》云「宦情羈思共淒淒，春半如秋意轉迷。山城過雨百花盡，榕葉滿庭鶯亂啼。」「城、花」二字平，與「半、轉」二字仄相反。又王維陽關送別篇亦是拗體，必得奇句，可時出而用之。不然，便有失粘之誚矣。

居士按：伯弼之説，特指七絶，不問七律，語焉而未詳者。且唐人七絶用是拗甚多，予已具於本編。其謂「非造次所能」，又謂「得奇句而時出」者曷必然？古人有成規，後人據以循用，亦何有於失粘之誚哉？且失粘，變也，非病也，奚必誚爲？但不可篇篇如兹耳。

胡元任《漁隱叢話》曰：律詩之作，用字平側，世固有定體，衆共守之。然不若時用變體，如兵之出奇，變化無窮，以驚世駭目。如老杜「竹裏行厨洗玉盤」，此七言律詩之變體也。韋蘇州「南望青山滿禁闈」，老杜「山瓶乳酒下青雲」，此絶句之變體也。東坡嘗用此變體云「華髪蕭蕭老遂良」七律，「總角黎家三小童」七絶，「半醒半醉問諸黎」七絶，又有七言律詩，至第三句便失粘落平側，亦别是一體。唐人用此甚多，但今人少用耳。如老杜「摇落深知宋玉悲」，嚴武「漫向江頭把釣竿」，韋應物「夾水蒼山路向東」共七律，此三詩起頭用側聲，故第三句亦用側聲。老杜「暮春三月巫峽長」，韋應物「與君十五侍皇闈」共七律，此二詩起頭用平聲，故第三句亦用平聲。凡此皆律詩之變體，學者不可不知。

居士按：胡苕溪所引諸詩，原本録全篇，然皆予本編所既收，今厭煩複，唯舉一句，隨注以「律、絶」，覽者審諸。其杜嚴韋三詩，予所謂正格拗起句者，杜韋二詩所謂正格拗前聯者，體製自異，觀於其後句而可見焉。宜就本編考之。《叢話》只以起頭平側一例論之，尚欠於密矣。

梁冰川《詩式》曰：拗句换字法，或二四皆平或仄，或六四皆平或仄，或三字一連皆平或仄，或當平處以仄聲易之。

又曰：拗句格，其法以當下平字處以仄字易之，則其氣挺然不群。此體始于杜子美、李太白。

居士按：此法沈宋已下，歷歷可徵。梁公濟以爲始于李杜，失於考。

《詩法入門》曰：律詩平仄不差則不失粘，一失粘則爲拗體，或句拗、字拗亦爲拗體。

居士按：五七言律詩第二字所用，首聯平仄則頷聯必仄平，頸聯、末聯又平仄、仄平，是爲常調。蓋每二句仄與仄、平與平必相粘帶，其平接仄、仄接平者，乃謂之失粘。予於是乎言失粘，變也，非病也。

王元美曰：王摩詰七言律自《應制》《早朝》諸篇外，往往不拘常調。至「酌酒與君」一篇，四聯皆用仄法，此是初盛所無，尤不可學。凡爲摩詰體者，必以意興發端，神情傅合，渾融疎秀，不見穿鑿之跡，頓挫抑揚自出宮商之表可耳。

居士按：初唐李迥秀「詰旦重門開警蹕」及李青蓮「杜陵賢人清且廉」，與王摩詰此篇全同。但青蓮起句「陵」字下一平，其拗更甚。予既倶收在七律拗格部，可按焉。元美評摩詰詩，斷言初盛所無，則偶未之考耳。

又曰：王摩詰《酌酒與裴迪》篇，與岑嘉州「嬌歌急管雜青絲，銀燭金尊映翠眉。使君地主能相送，河尹天明坐莫辭。春城月出人皆醉，野戍花深馬去遲。寄聲報爾山翁道，今日河南異昔時」，蘇子瞻「我行日夜見江海，楓葉蘆花秋興長。平淮忽迷天遠近，青山久與船低昂。壽州已見白石塔，短棹又轉黄茅岡。波平風軟望不到，故人久立天蒼茫」，八句皆拗體也，然自有唐宋之辨。

居士按：王摩詰，予所謂一偏一正交互體。岑嘉州，所謂一正一偏交互體。皆已列乎上篇。東坡是篇，與老杜《宴洞中》《題院壁》《白帝最高樓》諸篇相爲出入，别自一種吴體，異撰于王、岑。予居恒謂，老杜吴體，宋人往往學之者，蓋指是類也。元美以此與王、岑竝論，因以爲唐宋之辨，則謬矣。夫以詩命家，用睥睨千古者，曷以粗鹵之至此。且元美集七律拗格，往往與蘇氏此詩同科，未嘗有一首入此王、岑之調者，豈自以爲唐明之辨乎？是亦可異矣。

王敬美曰：四詩之有變風變雅，便是《離騷》遠祖。子美七言律之有拗體，其猶變風變雅乎？

又曰：失粘之句，摩詰嘉州特多，殊不妨其美。然就至美中，亦覺有微缺陷。如吾人不能運，便自誦不流暢，不爲可也。

居士按：古人所爲鮮少者，固不爲而可。若夫例用孔多者，後人亦觸意出之，何不可之有？如上文所載《漁隱叢話》之説，是爲得之。敬美一視多寡，或失則硬。且渠以爲自誦不流暢，惡知唐聲不必然哉？抑王元美間出以拗體，其《四部正稿》中，得五律二十有四首，七律五十有七首，七絶六十有一首，是不爲屢屢者。蓋昆弟所見不同焉耳。

雜評

劉貢父《中山詩話》曰：白樂天詩云「請錢不早朝」，「請」作平聲，唐人語也。

居士按：五律平法押韻句，第一字當必平。若不獲已用仄，第三字定當用平。此二字俱仄，失律之大者。七言側法押韻句，第三字第五字亦同之。觀於本編附圖而可見焉。貢父辨明唐聲，以證白氏之不觸犯，良有以也。我邦聲病，此失最多，大率十首居其六七者。誰昔然，豈非習焉而弗察者也邪？學者宜猛省而勇改矣。抑「請」字平上去三音，義亦相通。若高適「梗」韻詩云「慷慨幕中請」，許棠「印心誰受請，講疏自携歸」，周繇「公庭飛白鳥，官俸請丹砂」，祖詠「論功還欲請長纓」，皆係仄用。則貢父斷爲平聲唐人語，失於頗矣。

《詩話類編》曰：「空」字有四音。天曰大空，從平聲。《考工記》鑽空，《舜紀》匿空，《張騫傳》空道，《大宛傳》鑿空，皆作上聲。《論語》屢空，《楊子》俄空，唐詩「潭影空人心」，又曰「天空霜無影」，皆去聲。入聲音「窟」，古者穴地而居，謂之土空。司空，官名，居四民時地利，故曰司空。《周禮》注「司空，主國空地以居民」，空地即窟地也。

居士按：此説難全從，請以古人詩證之。鑿空固上聲，然駱賓王「尋源屢鑿空」係「東」韻。《論語》「屢空」作去聲，蓋古注一通「虛中」義。然王摩詰「性空無所親」，白香山「心與竹俱空」，李義山「上士悟真空」，皆虛中，而係平用。吴鼎芳「籬空從雲補」固去聲，黄魯直「乃見天宇空」亦從「送」韻。而宋之問「仙來月宇空」，高達夫「人覺四天空」皆係「東」韻，是與「天空霜無影」有何别？諸字書絶無入聲，而土空作上聲，司空作平聲。若岑嘉州「副相漢司空」，李于鱗「河堤使者大司空」，皆係「東」韻是也。唐詩又有「更著皮裘入土空」，亦從「東」韻。據此，空字平上去三音，而其義有時相通。其不可通者，大空、司空之平聲，鑽空、匿空之上聲耳。《類編》之説，豈不疎且繆乎哉。予在本編，遇古人變調用空字者，往往舍之，以其平仄不可的識也。但五律變調所附儲光羲「明月空長霄」，華察「木落空山秋」，予嘗以他詩例之，定其爲平聲。以今思之，其係仄用，亦未可知也。因分疏於此。且是字詩中所多用，而後學易眩，予既三折肱，故詳而出之，以爲辨乎聲詩之一助焉。

王敬美曰：詩有古人所不忌，而今人以爲病者。摘瑕者因而酷病之，將並古人無所容，非也。然今古寬嚴不同，作詩者既知是瑕，不妨並去。如太史公蔓辭累句常多，班孟堅洗削殆盡。非謂班勝於司馬，顧在班分量宜爾。今以古人詩病，後人宜避者，略具數條，以見其餘。如有重韻者，若任彦昇《哭范僕射》一詩三壓「情」字，老杜排律亦時誤有重韻。有重字者，若沈雲卿「天長地闊之三「何」，至王摩詰尤多，若「暮雲空磧、玉靶角弓」，二「馬」俱壓在下，「一從歸白社，不復到青門」，「青菰臨水映，白鳥向山翻」，「青、白」重出，此皆是失點檢處，必不可借以自文也。又如「風雲雷雨」，有二聯中接用者，一二三四，有八句中六見者，今可以爲法邪？

居士按：此説雖是，而於聲律無干涉。今特標而出之，以有可類推焉者也。蓋本編所附聲病諸圖，唐宋明諸名家而有爲之者。今摘瑕因而酷病之固非矣，然其點檢欠密，則與重韻、重字蓋無以異焉。不可藉以自文也必矣。

李笠翁曰：未有沈休文詩韻以前，大同小異之韻，或可協入詩中。既有此書，即《三百篇》之風人復作，亦當俯就範圍。李白詩仙、杜甫詩聖，其才豈出沈約下？未聞以才思縱横而躍出韻外，況其佗乎？設有一詩於此，言言中的，字字驚人，而以一東二冬竝叶，或三江七陽互施，吾知司選政者必加擯黜，豈有以才高句美而破格收之者乎？

居士按：是説原爲塡詞而發，故就世所共知極言之，假此形彼耳。今日詩家，誰不遵沈韻者？固不待此呶呶而後知焉。然予特斷章標之者，蓋自牖納約，欲人之因詩韻推諸詩律也。夫平仄排比之法，戛玉敲金，唐聲鏘然。宋明諸大家縱横馳騁，無所不至，亦皆俯就範圍。今也或謂「代異域殊，今詩可誦不可歌，工麗是可，聲律精當非我所急乎」，必爲司選擯黜，不以才高句美而收之，的也。又或謂「雖有選政，亦唯若人。不患乎其不收歟」，是猶鑄刀者直爲觀美，曰「今日太平，不問利鈍而可也」，是爲天下賤工。果爾併不守沈韻而可，是笠翁之説，予所捃以資乎警發也。但其曰「沈韻以前大同小異之韻，叶入詩中」者謬矣。古韻自諧和，世載言而還，後人以今韻讀古韻，故有協韻之說。可謂殺頭適冠者，豈不謬乎？其謬尚矣，奚翅笠翁？前輩固有辨其謬者，惜乎擇之未精，語之未詳也。此雖非是編所關乎，既舉笠翁之說，則技癢及之，以絶餘考之筆云。

詩律兆卷十一

附録

論一

沈休文以四聲定韻，唐氏因以製今體，平仄排比，晝有塍區，千載一定，不可復易矣。然唐氏而來，無言排比之法者。蓋以彼中語言之素，依一世謳歌之聲，字止五七，句限四八，從幼服習，人人善曉焉。宋之與明，亦皆依夫成規，晨諷夕誦，以順其喉舌所熟焉。異乎絶域殊俗，影響而得者也。則何必屑屑乎菟園册遺臭之爲？但輓近有若陳西文、黄美發乃著書，有一三五不論、二四六分明等之説。殊不知一三五甚有可論，二四六或者不事分明也。其他説亦往往疎脱鹵莽，要之即所謂菟册之臭，不足乎列也已。我邦今之言詩法，其格五：曰平起，曰仄起，曰二四異二六同，曰履仄，曰挾平。其病三：曰同音，曰下三連，曰四仄一平。篇什一切以此蔽之，其佗一置於不問。嗚呼！律體之精嚴，已非三病所能限焉。及其變也，乃有字拗，有句拗，又有起結二聯之同異，紛紜轇轕，豈是五格所能該焉哉。且所謂三病，亦大有可議。直欲執此以律天下，吁甚矣術之粗鹵也。

夫排比之爲法，實初學急務。而爲之者不言，言之者又謬矣。非惟我邦爲然，雖華人亦然。苟欲航於詞海，誰與問津？是我《律兆》之撰，所以不容乎已也。大氐聲律寬於初唐，完於盛唐，嚴於中唐，極於晚唐。若李商隱之倫，每篇秩然不復拗換，蓋在當時乎勢所必至也。但自後世觀之，盛唐之律，矩矱儼然而餘裕綽然，胡必過嚴之責？且也，詳而論之，其嚴於初盛而寬於中晚，亦往往而有焉。學者不可不知矣。宋人體製大變，以取後人呰謷，固也。然其聲律大氐守盛唐之法，有時乎馳騁於吴體。明人振體製，羹墻於開天，而其聲律大氐晚唐焉依，無復餘裕矣。之二者，前輩所不言，予獨徵諸衆篇。且也亦詳而論之，宋明之於唐律各存小異，寬嚴參差，未能重規而叠矩。要之宋自宋，明自明，蓋亦復時勢使然也與？今也我邦尸祝於嘉萬，而律之粗鹵滔滔皆是也。則今自今，何有於善學？是我《律兆》所以必具四唐宋明，以砭於今也。嗟哉！律詩，唐聲也。從唐乎？從宋乎？抑明乎？今乎？吾知所從矣。

論二

我邦所謂五格中，曰平起，謂首句第二字平入，即是五言偏格、七言正格。曰仄起，謂首句第二字仄入，即是五言正格、七言偏格。宋明又有平法仄法之目，就每句第二字平仄言之，蓋一章一句各有名稱。今也以平起仄起爲章法，至語句法，亦假之以稱之。强且混矣。且也二起對稱，罔攸軒輊，不復知正偏之别，是亦疎矣。抑予嘗竊有異也。沈氏《筆談》所論格之正偏，係五律而不問七律。王氏《類編》言絶句正偏，而不及律體，此二説見《餘考》。胡然而疎？唯梁冰川併七律，以第二字仄平分正偏，與五律同。王氏亦謂絶句以第二字爲正偏，五七言倶同。蓋皆謬矣。予獨斷然以七言第二字分正偏，與五言反焉。何者？以多少決之也。夫以多爲正，少爲偏，理之所必。五言既然，七言奚獨不然？七言多於平起，少於仄起，華人集往往皆然。試以會萃諸家者言之，一部《品彙》，七律平起過五百，其仄起不及二百，可以見已。佗集若選，或有相半者，未見仄起豐過於平起者也。則七律正偏之與五律反者，章章乎明矣。均是律也，五、七言正偏之相反者何哉？予以臆得之。蓋詩本於五言，唐氏已製五律，又加兩字於五律以爲七律。今試於七律平起詩，去上兩字乎宛然正格；七律仄起詩〔一〕，去上兩字乎宛然偏格。五律、七絶亦然。是其相反，實所以相合。予之斷然於此，不亦宜乎哉？曰二四異，二六同，袁中郎亦稱之，即陳黄所謂一四六分明，大端固爾。但及其變也，五律若杜少陵起句「二月頻送客」，王右丞前聯「流水如有意」，張司業後聯「夜静江水白」，白香山結句「水户簾不捲」之等，例用紛紛，不容瑕疵焉。七律若少陵起句「錦官城西生事微」，戴叔倫前聯「風吹楊柳漸拂地」，曾幾後聯「柳條弄色政爾好」，李攀龍結句「春來病起少吏事」之類，雖匪熟套，亦豈盡被汰邪？乃是法亦有時乎窮矣。曰履仄，謂七言起句不

〔一〕七：底本訛作「五」。按五律去二字則成三言詩，而七律仄起詩去二字則爲五律平起偏格。且下文又列舉五律、七絶，則此字當作「七」。據改。

韻。華人用是格皆是拗字，蓋第五字之仄與第七字之平拗也，非徑用仄腳也。獨白香山七絶在正格履仄，多第五字之仄，是無佗，再與下句第五字拗耳。世多不省，概而一之，不亦繆乎？偏格履仄，世亦知拗之，蓋以其犯三仄也，不能不拗已矣。但至於孟遲「山上有山歸不得」，似有可異焉者。此詩係「微」韻，乃作「不得歸」，韻本自諧，曷以顛倒用之，故爲履仄？予嘗疑之，已而獲其解。蓋仄法韻句，第三字用仄，是邦習之悞，華人所慎避，無已，則第五字必施一平。若「獨把一杯山館中」「楊柳渡頭行客稀」是也。孟詩「山上有山」係熟語，「有」字上聲不可改，因以「歸」字承之，雖格入履仄也，暗於句中押韻，古人斡旋之方，不可不知焉。曰挾平，謂五言平法仄腳句，第三字與第四字拗；七言仄法仄腳句，第五字與第六字拗。然用之者，其句五言第一字、七言第三字必平而後可。世徒知挾平可用，不復知其上用平之規，可謂粗矣。此在五言差寬，七言爲至嚴，不可不慎焉。唯七絶如儲光羲「借問故園隱君子」已用挾平，而「故」字去聲，然是唐詩千萬中之一，且其起句「孤舟還」連用三平，則此詩最變調，後世不得引焉以爲據矣。已上所論，率散見於本編，往往已匡其謬。雖然我邦沿習之久，恐世人弗猛省，故不避太絮，竝舉而究論，令覽者易曉。夫談於梗概，五格固所不廢，但至於世人裁存是法，悍然自足，而後爲非耳。抑立法之初，務就簡捷，以成今日之弊，乃亦羿有罪焉。

論三

我邦所謂三病中，曰同音，謂詩中字犯韻腳，即沈約八病中第五大韻是已。夫八病，唐人所斥，嚴滄浪嘗言「蔽法不足據」，楊升庵、王弇州皆援唐詩排八病，以後四病爲尤無謂。今八病中唯舉其一，又取於尤無謂者，以爲大禁，欲首首而汰乎？是亦無謂之甚焉者。人之不學無知，何至於此極也。曰下三連，謂句末連用三仄若三平，世以此爲最忌。因又言病在偏用，上句不得已用三仄，下句宜用三平以拯之。忌之之法已疎，拯之之説益謬。按是有三仄三平之取捨，五言七言之同異。概而論之，忌三平不忌三仄。岐而言之：五律三仄，起結二聯俱爲熟套；七律三仄，起句忌之。蓋以主於押韻也。前聯頗多，後聯較少，結句爲熟套，七絶亦然，其句五言第一字、七言第三字當必平焉。其説若此方備矣。蓋偏用三仄者，五律，首聯老杜「荒村建子月，獨樹老夫家」，頷聯李白「山花插寶髻，石竹繡羅衣」，頸聯劉長卿「城池百戰後，耆舊幾家殘」，末聯高適「遥知幕府下，書記自翩翩」；七言，末聯王維「朝罷須裁五色詔，珮聲歸向鳳池頭」及李嘉祐「回首青山獨不語，羡君談笑萬年枝」；七絶，張説「聞道神仙不可接，心隨湖水共悠悠」之類，紛錯相望，宋明俱遵用焉。若七律頷聯老杜「悵望千秋一灑淚，蕭條異代不同時」，頸聯張説「佩勝芳辰日漸暖，燃燈美夜月初圓」之類，亦諸家所不廢。凡此皆未嘗拯以三平也。若夫偏用三平，孟浩然首聯「遠遊經海嶠，返棹歸山阿」併用三仄三平。老杜首聯「文章亦不盡，竇子才縱横」之類，諸家亦在首聯間見。

方虚谷評之曰：「起句十字，拗律變換，詩家所許。」乃匪夷所思，而不可施諸二聯結句者，可以見焉。至若盛唐獨孤及末聯「所嘆在官成遠別，徒言屼水纔容舠」，「纔」字特注曰「去聲」，乃古人忌三平者益明矣。至於五律頷聯，如老杜「如何關塞隔，轉作瀟湘遊」，頸聯如李白「雲從石上起，客到花邊迷」，末聯如元稹「坐看朝日出，衆鳥雙徘徊」之類，實千萬中之一，其拯與不拯，均是稀有之例。七律最爲寥寥，要皆不足以爲法矣。是豈非予所謂「有取捨於仄平」者也邪？又豈非俗説「疎於忌而謬於拯」者也邪？夫詩律寧可多平，不可多仄，但至下三連不忌仄反忌平，予嘗異之。覽前輩論詩餘，有言「上下句末連用二平，則聲帶喑啞，不能聳聽」，予因參取律法曰：「字有四聲，平居其一，仄居其三。句末三平同聲，喑啞不收。若三仄，名一而實不同，足以聳聽。」乃推諸古人詩，三仄句多參入聲，如上文所引「建子月」以下皆然。其不用入聲，如張説「戎王子婿禮」是上去上，老杜「星臨萬户動」是去上上，李白「懷君未忍去」去上去，劉長卿「登高復送遠」去去上，錢起「鄉心不可問」上上去，姚合「塵中主印吏」上去去，未嘗連一聲，佗詩舉然。至於老杜「鄰人有美酒」用三上，李頻「河聲入峽急」用三入，亦猶彼用三平之類，蓋屢屢而已矣。於是宿疑涣然，益知我邦舊法之非，信三仄定可用也。曰四仄一平，謂不啻五言。在七言，試除首尾兩字，或除上兩字，或除下兩字，皆欲不爲四仄一平。是則協律捷徑，不爲亡益乎初學。然謂之病則未也。蓋恒調固無之，及其變也，如老杜「力疾坐清曉」，李頎「白露傷草木」，許渾「蝶影下紅藥」之類，詩家拗換之常，難更僕數。甚至於全句皆仄，如老杜「客裏有所適」，于良史「掬水月在手」，六仄一平如白香山「獨有不眠不醉客」，是其所以爲變，豈得遽以病目之哉？夫詩病別自有在，而所謂三病不與焉。本編所圖列，可考而知矣。故無是病，未爲得焉。有是病，未爲失焉。張弛之間，固不當執一而論也。以上所論，多具於本編，而饒舌至此，亦猶上文之意云。猗嗟古人設法之周密，我邦概之之粗鹵，予已屢談之。是編所撰次，乃厖焉雜焉似寡要者。然欲矯過簡太疎之弊，勢不能不爾。武侯治蜀之法，與漢高三章反，有以也。夫事有巨細，理則一矣。且也讀者反復沿泳之有日，必有見其整而不見其厖，見其粹而不見其雜者，是予之所深望於後學也。若夫因陋襲固之徒，厭煩苦密之夫，或罵以爲傖父之撰，世之以詩知我罪我，蓋將於是乎在矣。

論四

老杜詩聖，千載所宗，唐宋諸名家皆崇奉以爲蓍龜焉。或曰「詩人已來，未有子美」，或曰「集大成者」，或曰「光焰萬丈」，或曰「光掩前人，後來無繼」，或曰「如周公制作，後世無得而擬議」。至明興也，高廷禮氏評騭四唐，標老杜以大家，是皆論之確者矣。及其中葉，學之術一變，唯反宋是務，然律法之於老杜，無復異辭。獨有李于鱗氏力持鷙辯，病老杜以「憒焉自放」，以推王維、李頎。其心豈爲非是而不貴也，無佗焉。《品彙》正聲，終明世館閣宗之者，史册可徵。歆艷之衷，與妒忌會，乃騖殊見，欲以陵駕廷禮氏也已。文士傾軋之態可憎矣。世之醉其毒者奉以爲金科玉條，其謬不足道也。予於是編，以老杜爲主，從唐宋已還之公論，以復廷禮氏之舊云。且是編有極乎詩律之變，則尤不容不取於老杜焉。蓋老杜之調不拘一律，若七言律動輒變怪百般，神出鬼没，雄渾沈鬱之氣自在乎宫商之表，前輩稱之爲吴體。宋距唐未遠，自黄陳諸家學而爲之者，往往而有焉。歷元逮明，幾息響矣。是所謂「慣焉自放」者與？夫守一而不得以通二，執此而不能以融彼者，實爲物而未化，矧律詩唐聲也。惡乎得以後世寥落，而遽議其慣放也哉？胡元瑞氏有言「唐法律甚嚴惟杜，變化莫測亦惟杜」，是得之。且詳而考之，杜集變怪中，亦自有規度可類推者。全唐諸家，先杜者與之符，則其所自來可知焉；後杜者與之契，則其不孤行可睹焉。苟究詩變者，其可不取法於兹乎？故予斷然益主老杜也，斷然益斥于鱗氏之説也。

論五

近時一二儒先言詩，以學華音爲主。其意蓋謂詩原乎諷詠，華音既通，則聲律諧否，古人風調求之諷詠，皆自然而得焉。苟不之知，所作皆是邦習，令華人見之，不免匿笑矣。世人相承，往往從事於斯，以爲得唐明詩法。嗟乎！好創奇標新，人之通情，況於其説似是而近真乎？宜矣世之趨焉。然以予觀之，今體一定之規，存乎簡册。欲蠲我邦沿習之弊，宜稽於斯而已矣。置之弗問，特索諸偏方之舌，影響之餘，抑末也。且主華音之説，大有可議。蓋唐創今體，自沈宋李杜王岑錢劉元白諸家，長句短章，朝野競傳，被之歌絃。如高適、王昌齡、王之涣共飲旗亭，潛聽名妓奏樂，皆係其作。如李益每一篇出，樂工以賂求取，供奉天子。當時流傳之盛，可想見已。故四聲排比之法，與天下共之，唯唐爲然。歷五季至宋，俗尚寖異，而詩餘盛行。如秦黄工填詞，天下争唱是也。填詞即詩餘也。然而詩卒爲學士大夫之用。元明以降，詩餘移入演劇，可誦而不可歌，世别有歌謡新曲，而詩益與俗隔。明何良俊曰「詩亡而後有樂府，樂府闕而後有詩餘，詩餘廢而後有歌曲」是也。王世貞亦嘗論之，以發浩嘆。乃明詩特守唐氏成規而弗失焉耳矣。湖上笠翁李漁者，詞曲之雄也。其言曰：「曲宜耐唱，詞宜耐讀。」又曰：「曲以圖歌時利吻，詞則全爲吟誦而設，止求便讀而已。」漁當明季清初，其時劇中詩餘自盛，而何氏先是言詩餘廢者，非辭之廢，乃聲之廢。故明清但以供吟誦，詩餘猶然，矧詩乎？乃明清而或歌唐詩，出於假設强爲爾，豈唐聲之真也與哉。蓋歷年之久，音韻亦不得不變，觀於《洪武正韻》可見焉。洪武之制，東併冬、庚併青蒸猶可，乃若陽併江、削微分屬支齊灰、削元分屬真寒删先、魚與模相爲出入、麻與遮分爲二韻之類，與唐韻大異科。明人以此爲順耳，則其誦唐詩必多逆耳者矣。夫正韻，時王之制也。然詩家舍用者，風習一定，勢不行也。以勢不行也，寧舍順耳之新韻，勉勉乎依逆耳之舊韻，雖周郎百顧而有不卹者，尚何「諷詠自然」之有焉？明人猶然，矧清人乎？又矧我邦乎？乃所謂「求自然之調於聲音之間」者，似是實非，近真反僞。華音之學，可以已矣。予嘗尚友夫近時儒先，讀其書，誦其詩，竊考其得失。則行文有倒語錯字，聲律不脱我邦舊習，文姑舍旃，詩則本編所波及，蓋有其人。若是乎華音之亡益乎詞藝也。長崎府有柳正殷名良弼，從其幼也，其家欲以業於象胥，乃令與清人來寓者周旋。少長於其館中，習慣成性，群狄鞮之食於官者，舉推服稱善，而非其志也。乃挈家千里來遊，嘗與吾黨結詩社，假予以忘年，甚相善。時予已知華音亡益也，未嘗學一語。柳氏亦洞見其然，卒不彊焉。屢爲予語曰：「凡親炙華人，莫我若也。然渠相共劇談笑謔，我自傍聽之，大率不解。蓋其與我邦言，若老嫗囑兒，而後通已。今也上國東陬，未嘗與華人接，而沾沾焉自喜乎操華音者，我知其爲管豹。」談及聲詩，輒曰『詩莫不可歌，而律之諧否，不可以斯而知焉』。『上天下天鶴一隻』，下三入聲，清客歌之，無異佗詩。蓋古詩聲調不可復徵，第隨詩成聲，不復依聲度詩，乃詩自詩，何事乎華音？」確矣哉，其言之也。大氏人挾一長，幸乘他人不能，莫不詡衒嬌飭，以誇一時矣。柳氏舌技，世莫與京。而詞氣悃愊無華，退然盡其實而止，可謂有古人風矣。是其言豈不足取信於來者邪？惜也齡彊仕而没，言不立於世，唯存一二乎吾社中之耳而已矣。悲夫！今也浮躁之士，耳食於夫奪朱亂苗之説，小嫻西譯，藉以爲衒名躲拙之資，傲然自大，每覽人詩，不問佳惡，浪言某字不入律，某句不成調，以歷詆前修，迺諷其所作曰：「此盛唐之調。」掉頭鼓舌，醜態畢露，令人嘔噦。予嘗睹其徒詩，巧拙亡論已，其律依然陋習，略無與唐聲合者，不覺失笑。蓋研究之術不施，刻勵之功不稔，務出於人意表，以干一時譽，其弊至如此，不可不慎矣。夫尚新奇之學，率天下趨媮薄，豈翅詩哉？噫！

答大出子友書

積善白：獲書，審體履康裕，甚慰。領高作數首，才業益鋭進，可敬矣。承喻積善訂詩之密恐傷乎過嚴，因疑其率意偶作，或不得點檢如此。又疑初學奉其律令，或不能成篇。唯唯，否否。足下實學之人也，嘗觀於程叔子之事乎？有人勞叔子曰：「先生謹於禮四五十年，應甚勞苦。」叔子曰：「吾日履安地，何勞何苦？他人日踐危地，此乃勞苦也。」由此而談，非惟道義爲然也，在道藝亦是已。夫近體詩自有一定之矱，蓋以聲律爲基，從以字法句法，一篇之體製，井然不可紊矣。苟熟讀四唐詩，沿泳有日乎，苛癢當自知，不竢佗人呶呶也。大氐學富識高，踐正路而不惑，則運用由己，縱横四達，如驅六驥而騁康莊，所謂一定之矱雖然嚴乎，遊刃自有餘地，銜口成句，應手成篇，人窘以爲難者，我易易視之，何必臨撰造之時，右扞左格，若孤軍突重圍哉？嚴儀卿有言：「作詩應有萬卷氣象爲得之。」王敬美亦言：「柏梁餘材，搠爲别館；武昌剩竹，貯作船釘。」此尤善形容，愚每舉以爲譚柄矣。我邦詩人之疎於聲律，其來尚矣。近世鉅公，亦多不講於此。蓋一一四異二六同苟簡之法撓之，從幼習慣，用蔽《三百》，卒不復致思。加之世人往往學術淺短，識趣卑陋，鼓以一種浮艷之説，所誦止於《唐詩選》《七才集》數品，每一題到，東剽西掠，南摸北擬，戛戛乎湊合支吾，諺所謂「錦褐雜織」者。而巧黠者百方緣飾，假而不歸，以爲瞞世釣名之資。惡！是奚足道哉？或平正者，自謂李杜已矣，不逮之資，不求其佳，苟得填字諧韻，以鎖燕間欠伸之氣，以給應接副急之用斯可，是亦策之下者，不若不爲之愈也。足下學之端才之秀，殊異乎常倫，决不爲世人輕佻之態。然既留心於道術，餘力以游於詞藝，則愼勿出於下策，以自屬厭也。積善平日率初學之士，使其多讀四唐宋明詩。先記其聲律，其所製作，務令易解，有字句乖法、篇失體製者，輒加繩削。待其運用略熟，然後理論格調，深以蹈襲勦竊爲戒。故每篇必己出，工之與拙皆其本色，寧捉衿肘而露貧，不借喪馬以彰富。門户既正，堂壼可望，將來學愈進而才愈挺，日就月將，左右逢原，理勢然也。是我律令，何難奉行之有？來諭謂「雖古人不如夫子用心」，所謂「古人」果誰與？指唐宋明諸家與？抑我邦先輩乎？唐有「苦思緣詩瘦」，又有「只將五字句，用破一生心」。宋有擁被而卧、呻吟累日者，明有棲踞於喬樹之顛、霞思天想者。積善雖駑也，從事正學，深知辭章之爲餘事，未嘗沈淫如彼輩也。然我邦而爲華人語，元非易事，矧句琢而章彫，繡於口而錦於腸，惡乎得不用心？先輩莫不皆然，但其所以用心各有所見，不可以一轍例焉爾。來喻又謂「夫子觀古人詩，見有所失否」，夫華人以詩命世者，豈復有顯然之失如村學蒙師邪？然自責則難，責人則易。若諸詩話中所譏彈多中肯綮者，在今日亦固不無遺議也。於華人尚爾，況我邦乎？但既是作家，其瑕瑜自不相揜而可。今人所作，病痛相望於篇，輒引前人以自諉，是則甚不可，請足下幸留意焉。來書屢目鄙人以「夫子」，有踧踖不寧者。朱子嘗論及此事，見於其《與許順之書》。即不記，宜覆視也。朱子且然，况於後進末學哉？切望嗣音宜見删。信筆奉答，煩冗溢紙，語亦似多不遜。然扣問之切，當一傾倒，則勢不能不爾。萬垂炤察，幸幸甚甚。積善拜復。

小貼子

聲律之説，書中主張。然世習之沈錮上下千年，竊恐足下亦未遽釋然。請試出唐集一部，耐煩查考一過，必有我邦熟用而華人無是、華人常套而我邦不知者。是可以見梗概矣。我邦先輩留心宮商者，唯白石、萬庵二家，其佗蓋有之，吾未之見也。夫聲調有正有變。正者易知，其變也紛紜轇轕似無頭緒，而其中秩然自有條理。此則夫二家猶未悉也矣。是以愚者嘗不自揣，有《詩律兆》之編，竊謂揭正究變，庶乎立詞壇基址。但稿未脱，且砭世之深，不敢輕播也。兩地千里，會面無期。足下姑度力所及，務蠲世俗頑弊，是實區區至願。猶有可商量，再見教。積善又拜。

上府城大鎮羽侯書

積善頓首再拜：謹奉手記，大鎮閣下。伏惟閣下崇尚聖學，迺貶損光塵，以延布韋之士，又以其講德討儒之餘，游心於導揚諷諭之業，屢垂示尊稿，以録蒭蕘之言。僕荷盛遇，展布四體者，蓋已有歲矣。曩者鎮臺清閒之暇，陪燕于網嶼，偶論聲詩及八病之説，僕盛談沈法拘滯，唐氏所擯，而唐聲之粹，我邦多忽焉者，深蒙嘉納，益見扣餘蘊。僕於是乎潛易冒瀆，有《詩律兆》之獻。是編稿未全脱，雖然，舍其闕略而求其要歸，或有思過半者矣。蓋以閣下眷注之厚，忘良工不示樸之諺也。不圖閣下欣賞之極，轉致諸府帥泉侯。僕嘗聞之帥臺善詩，在東之日，講於服子遷氏。迺知齊門之瑟，雖工亡益也，況乎曾無上下鬼神之妙哉？前日閣下錫示帥臺復閣下書，薰沐伏讀，則首曰：「《詩律兆》精密，可賞可賞。子慶之爲大家，就斯卷亦可卜焉。」又曰：「所考證論辯，嗟皆詳確矣。其爲藝囿至珍，詞壇大寳，莫以尚焉。」僕讀未畢，呀然惶駭。心口相語曰：「尊卑懸絶，所習異業。胡遽得知己之言者如此？」且淺陋之撰，而來此過奬，毛骨以竦，愧汗盎背，未遑發喜笑於一抃也。至於其曰「編中警發既夥，若多年所疑與一二曾竊者，亦皆併苞無遺」，則足以知帥臺留心於聲律，與世之粗鹵異科矣。其不以出於寒賤微末之手而輕忽之，不以有淩犯東儒之語而棄絶之，忘貴美，撤軫域，唯善是與，則謙降之衷，淵雅之度，可以想見焉。宜矣閣下平素相驩，非唯方面列職之密也。承閣下既命謄寫於侍史，帥臺書中亦言此舉，是在僕尤所怵然弗勝也。是稿搜討未周，剖析未力，挂漏相望，甚不滿鄙意，深恐播布以誤後學也。今有意修改，漸次紬繹，已別起稿，其成必不延歲月。伏冀一塵覽之後，且得還賜，竢完備可傳，以改呈焉。若尚以爲彌久，不允此請乎，雖不敢比《論衡》，而且祕帳中，尋得以浄本交換，其於帥臺亦然。伏請道達此意，浼瀆崇聽，輒此陳乞，萬垂採納，幸甚幸甚。昨辱使命曰：「泉侯有延請之意。間喻西衙録納里居，玄纁必指日而至。泉侯所歸嚮在淵學茂行之實，不以區區詞章之技。先生幸一應之。」僕既拜命辱，但聲羸而情絀，無以當盛禮，惶愧尤深。貴价復私於僕曰：「寡君再四有囑。泉侯之學出自服氏，請先生少加回護，勿以疢遭際。」嗚呼！閣下恩意之勤，軫念至此，敢不唯命之從？抑僕誦法往哲，從事於直方之訓，白曰白，黑曰黑，合則進，不合則退，未嘗以推託之説澳涊之態取容於一時。其受知於閣下，實以是始焉，則亦將以是終焉。是僕之所自信，而閣下能悉者。難然下游訕上，訐而爲直，聖賢所惡。僕奉以周旋，則顧必不護戾於此。蓋閣下之慮於僕者，不在太柔而在過剛，僕固不敢有所依阿，以陷閣下弗慮之失；又不敢有所緯繣，以引閣下所慮之愆。是所以成帥臺好善之美，以答閣下辱知之隆也。昨復貴价以此意，未審反命亡漏與否，故鄭重及之。冒干威尊，不勝戰兢屏營之至。積善頓首再拜，謹奉狀不備。

與紀世馨書

三月四日，積善拜手奉書世馨尊兄座右。歲月不居，忽復上巳。參商之闊，尤感於令節。鄉獲歲首書，審道履多祉，甚慰。所需《太平潭記》評語一通，及舊作《孝子義畫像引》一篇，已隨鄙答附納，想徹矣。《通語》十卷，家弟業也。前歲積善在東，尊兄暨諸名勝照臨僑居之日，語及《保建大記》。《大記》固出名手，然積善夙心竊有不滿焉者，因口斯撰，時酒酣耳熱，詞氣殆類乎歐陽氏《明妃曲》之談，子章君乃詎以「常棣之四」，發哈而止。家弟今因積善納一本，幸賜觀覽，併致諸子章君。不知一時醉中之語，有所驗邪否邪？當時又縱言至於詩律，以積善講於此之久也，欲言者填溢胸次，但醆斝交錯，談鋒四出，故所舉不及一二，轉入佗蹊，不得奉清教以斷鄙說當否。爾後雖會屢乎，經史子集，應酬亦多端，意不復繹前緒。惜夫！今慕昔遊，記起往言，竊願有請也。蓋近體詩平仄奠位，畛域秩然，不容踰越者決也。然又有恒變之别，未可執一而論矣。建櫜以降，作家繼武而興，錦綺紛錯，珪璋輝映，然其於聲律則未有定軌，往往乎因俗襲陋，疎且繆矣。一唱百和，不識不知，鍛成一個和習，可嘆也哉。近時以開天嘉隆高自標榜，詡談華辯，震撼一世者，物茂卿，服子遷二氏也。操觚之士蜂萃螘合，蒲伏歸之，到今餘風未殄。積善之愚，未足以斷其實然。但其自信之如彼，衆信之之如此，乃其於陰陽排比，初學之務，宜無毫差，而吾所謂疎繆者自若也。基本既失，尚奚暇開天嘉隆之問哉？試以其甚者言之，五言平法韻句，第一字第三字俱用仄，七言仄法韻句，第三字第五字俱用仄，詩家大忌，唐宋明皆慎避者，歷歷可證焉。若茂卿五言「白雲忽自親」及「一舟到郭門」、七言「路過佛顛白日平」及「北雁羽儀數影連」，若子遷五言「涙痕積作冰」、七言「霜墜但關白髮情」，皆犯此忌。其他世所謂挾平格者，五言第一字、七言第三字必平而後可，五言稍寬，七言爲至嚴。而如茂卿「絡繹共揮彩毫動」及「近説漢家卻千里」，如子遷「縱飲自應使人遠」及「明月似知玉階怨」，皆犯之。詩家於句末忌三平，不必忌三仄。今之法反是。世又有句末三仄拯以三平之弊法，皆大失唐聲。然是有五言七言之取捨，起結二聯之同異，又有常格拗格之辨，其説頗長，今不畢具。夫二氏概乎遵蹈，不復致察，可謂鶻崙吞棗矣。蓋茂卿五言「敢懷猿鶴怨，能憶田園荒」，七言「倘值洛陽才子問，東方新築黄金臺」，子遷五言「一棋王質至，數斗淳于催」，七言「歲杪兼知嵩少雪，人間苦憶匡廬煙」之等，皆係三平偏用焉。茂卿五言「鈎疑柳葉月，雪似蘆花秋」，七言「照影分明玉女鏡，類衣縹緲仙人舟」，子遷五言「蓮花一嶽白，山勢孤城深」，七言「潦激西江轍跡闊，霽歸大岳雲根開」之等，皆系平仄竝用焉。右所列諸忌，唐明諸家一二有之，亦戛戛乎千萬首而得之已，豈足以爲正據哉？是其爲和習也的矣。二氏如此者，集中相望，不一而足。顯著之失而尚然，况乎微瑕小纇哉？二氏之刻意而尚然，况乎平平諸家，洎經生醇儒之餘業哉？未敢言瓦缶雷鳴，金石絶響，然舊習所錮，不亦幾于悶殺才人，倒了豪傑乎？子遷初編最多疵病，後來漸次悔悟，頗揜前誤。然老將知而耄及之，後編更横軼亦有之。夫一集四編，而每編各存異同，則其無定範，章章乎明矣。渠捨命作詩，刓精竭慮，竟不得正路而殁，可悲也哉。抑若七言拗格，唐氏熟用而宋明亦遵依者固多矣。唯在本邦，漠然弭跡，獨何與？假令明人弗然乎，既受成規於唐，始無不可。矧明亦爲之乎？試舉一二言之。七律拗首聯，有若杜少陵「摇落深知宋玉悲」，高達夫「黄鳥翩翩楊柳垂」，徐昌谷「爾放金鷄别帝京」，李于鱗「白雲愁色滿秋天」之諸篇；其拗中聯，有若少陵「青蛾皓齒」，有若李太白「鳳皇臺上」，有若王摩詰「居延城外」；其拗末聯，爲賈幼鄰「銀燭朝天」，爲摩詰「絳幘鷄人」，爲錢仲文「爽氣朝來」，盧允言「野寺昏鐘」；其半截相拗，爲少陵「竹裏行厨」，爲岑嘉州「西掖重雲」，爲楊用修「長榆塞上接龜沙」；七絶之拗，沈雲卿則「北邙山上」，太白則「誰道君王」「劍閣重關」，幼鄰則「楓岸紛紛」「日長風暖」，韋蘇州則「獨憐幽草」，柳柳州則「宦情羈思」，李獻吉是「將軍鐵騎戰金微」，何仲默是「群公陪宴柏梁臺」，邊廷實是「露冕南征火井西」，唐荆川是「青袍白馬紫茸裘」，如兹者層層累累，難更僕數。本邦唯於物集七絶得一焉，他諸名家，亦數千百中，指屢僂而不復起，蓋皆類乎偶失熠管而致然者耳。愚之有時乎出以拗格也，讀者輒瞿瞿梅梅，視以爲失律。或爲後進慫慂焉，則其不彳亍次且者幾希。甚矣世之弗察也。積善自未與尊兄面，既耳尊兄之辨乎聲詩，一别已還。每誦佳篇，頗知高衷所在，益悔於疇曩可與言而不言焉。顧平昔守己率人，有明説以淘滌宿弊者否乎？積善雖無似也，嘗不自揆度，輒有《詩律兆》之撰，竊謂於聲律一路推正極變，略得要歸。唐嶽明洋，是可以梯航矣。今稿既脱，但未有兼本，可納以咨扣。川岑阻絶，益永其嘆。故概舉宿見，姑貢左右。不審明者以爲如何？伏以尊兄趨舍，必有先獲我心者，借令千慮一失，尚有襲舊習焉者，而上文所議或不免唐突冒觸歟？是亦石交相信之深，不必避諱矣。有則改之，無則加勉。吾紫陽以稱於曾子，顧是尊兄所希焉。進脩之重，尚能然乎。詞章末技，蓋不待道也。但積善意甚鋭，論甚力，安知非擔板之見明者所嗤哉？藥石之言，甚所願聞。護病忌醫，尊兄所耻，而積善亦耻之。如有可見告語，幸不吝遠誨。時下淒燠不常，伏冀萬萬保衛。謹奉狀不宣。

詩律兆跋

律詩之盛於吾邦也久矣，然於聲律則疎焉。及竹山先生《詩律兆》出，而後唐聲之真始炳如也。凡律之正之變，自唐徂明，無復遺逸。陰陽排比，纍纍乎端如貫珠。夫歷千斯年歷萬斯人而未得要領者，一旦昭明若此，先生之功豈不偉哉？苟從事於詩，奉此律令而周還焉，則字句之美借未及前人，而宫商更駕其上。嗚呼！生於後之幸何其多也。不翅後生之幸，乃聲詩之可與華人竝馳者，其在於斯哉！其在於斯哉！實亦邦家之光也。先生經明，述亦富矣，而刻始於此者，勢有不可止也。或視以爲詞章家，豈知先生者哉？抑餘事之功而精密如是，蓋君子無所不用其極耳。暨刻成焉，喜而書。

安永丙申仲冬，平安中村有則謹識。

淇園詩話

皆川淇園

《淇園詩話》一卷，皆川淇園(一七三四—一八〇七)撰。據文會堂《日本詩話叢書》本校。

按：皆川淇園(みながわ きえん MINAGAWA KIEN)，江戸時代儒者。京都(今屬京都府)人，名願，字伯恭，世稱「文藏」，號淇園、筠齋、有斐齋、筇齋、呑海子。東福門院御殿醫皆川春洞(名成慶，號白洲)之長男，四、五歲即能識字，才具穎異。漸長，認爲明確字義乃讀書作文之要訣，思考潛藏於字典，廣泛類集古人用字範例，取其象形，求其音聲，最初知曉名物之義源於音聲，進而領悟基於音聲之易，最終制定出「音記象式」之法則。自此立志著述，推敲字義，明確文理，逐章逐句追究著作之宗旨，著《易》《詩》《書》《儀禮》《春秋》《論語》《孟子》之解釋，遂確立其一家之學。俊才三千餘人集於門下，不少公卿諸侯亦執弟子之禮。文化三年(一八〇五)建學堂取名「弘道館」。受龜岡藩(又稱龜山藩，今屬京都府龜岡市)「賓師」禮遇，其子皆川允(號篁齋)亦被聘爲儒臣，可見與龜岡藩關係深厚。爲人温厚沉毅寬宏，雖因經學文章名馳海内，但晚年耽奢豪，嗜酒食，愛絲竹，鄙視時論或佯裝無所謂狀。享保十九年生，文化四年五月十六日歿。享年七十四歲，謚號明經先生、弘道先生。

其著作有：《大學繹解》一卷、《中庸繹解》二卷、《論語繹解》十卷、《孟子繹解》十卷、《詩經繹解》十五卷、《詩經助字法》二卷、《書經繹解》四卷、《儀禮繹解》八卷、《老子繹解》二卷、《莊子繹解》、《列子繹解》、《荀子篇旨》二卷、《易原》一卷、《易學開物》三卷、《周易繹解》十卷、《周易十撰釋例》一卷、《周易六十四卦名開物》一卷、《左傳助字法》二卷、《史記助字法》二卷、《春秋非左》二卷(校)、《實字解》六卷、《虚字解附後編》四卷、《虚字詳解》十五卷、《助字詳解》三卷、《名疇》六卷、《古文尚書辨僞》、《有斐齋劄記》四卷、《蓍卜考誤辨證》一卷、《説卦傳字釋》一卷、《補正韻鑑》四卷、《唐詩通解》六卷、《唐詩絶句選》二卷、《杜律評注》六卷、《習文録五篇》十卷、《汪道崑尺牘注》二卷、《問學舉要》一卷、《歐陽公全集》九卷(點)、《遷史戻柁》三卷、《歐蘇文彈》一卷、《物服文彈》一卷、《譯文要訣》一卷、《九丘八索》一卷、《遊記類語》五卷、《醫案類語》十二卷、《二南訓闡》二卷、《均谿三十六則》一卷、《淇園文集》十五卷、《淇園文訣》二卷、《淇園答要》三卷、《淇園詩話》一卷、《淇園詩集》三卷、《淇園唱和吟》一卷、《淇園隨筆標衍》一册、《有斐齋文集》七卷等。

序

余嘉時人稍知惡明人王李七子之輕佻牽强焉，而病其纖弱鄙細日趨於衰晚之氣也。夫王李數人所得於唐者，獨結構字句之間而已。其神韻風情，無復所容力，則漫作支離散涣不了之語以當之。時陸梁誇詡，强張氣勢以作大欺人。輕薄之徒從而影附，風靡末流之弊，殆至于有不成語者。職七子遺禍也。今既能知惡之，則何不易之以盛唐諸公風神格調沈實優柔者乃可，而又附同閏季頹風倦俗以自喜者何也？世道日降，文章隨污。雖則理勢所然，亦得莫非指導乖方乎？余性薄劣，其於詩最不嫻，而好時言之。但以出於己者拙陋也，言不足信于世。試間出其一二，則人皆俯而笑。余亦羞與輕俊子弟衡錙銖於小技，輒不畢其説而止。此歲冬得暇歸京，友人皆川伯恭首示詩話一卷，其談詩特於精神格調繾綣致意，而一以盛唐爲標準，錢劉以下則不屑。其論四唐之品及明人之失，衡懸度設，不失平量。其他篇章之體裁，與字句之法局，至乃證引解故之細，皆鑿鑿可據。其於詩道，善亦盡矣。而伯恭詩高古雅健，以領袖後進，其所言乃其所能，則非如余之取笑比也。則余知此編出，而夫惡王李而不得門者知方向矣。而向笑余者，亦知其言之不大悖矣。余是以喜伯恭此書非淺淺，故於其屬序也，不復辭云。

辛卯十二月，東讃柴邦彦撰。

夫詩有體裁，有格調，有精神，而精神爲三物之總要。蓋精神不缺，而後格調可得高，體裁可得佳。盛唐之詩主興趣，興趣亦由此精神而出。要認此所在，須求之冥想中而後得之。冥想者何也？若聞古人之詩，而默會其意；若觸述作之境，而潛理其旨。此默會潛理之間，總名之曰冥想。如何求精神於此中？蓋冥想恍惚之間，天地位焉，萬物備焉，隨感而現，隨念而變。主此感念者，即所謂精神也。静察訂觀其物情狀，蓋與平生應外之作用有不同。應外之作用者，旋轉旋易，動止無常，而無時而不存。如冥想中之精神乃不然，方其感現之時，其人必須繼志緝意，念念相續，以執持之，以觀玩之，而後始得長存。此其異也。作家之詩，字字不離此境，句句不違此界。念念相續以執持之，以鼓蕩之，爲歌詩恍兮有象，惚兮有理，於是詠之可聽，諷之可發。而拙者一一反此，文理皆失，陰陽皆訛，不可不知也。

凡詩之篇章字句，皆所用以繼緝而存存者也。古人動曰「篇章字句各有其法」，以余觀之，篇章字句何嘗有別法？亦皆不外此存存之業爾。學者苟能參透此旨，則於談詩之書，皆可以不復待其求讀之矣。

凡詩之所吟，天地萬物，大約有四，曰色，曰狀，曰物，曰位。在《易》曰爻等物文，即亦是物也。而此四者之别，大抵從目感者皆色，依體而别者皆狀，因有而玩者皆物，就在爲地者皆位也。是故雖秋毫之末，有時皆爲位；雖虚空之無物，有時乎皆可言之色狀。蓋所以分其四物者，其本在我，而初不在彼也。而言之之法，勿搪突，勿重複，勿闢而又開，勿闔而又閉，勿有頭而無尾，勿有上而無下，勿俄大俄小，勿言彼未盡而遽及此，勿言外未周而卻及内。凡如此類，不遑枚舉。但透悟者拈來皆是。

凡學作詩，先欲多誦得古詩。其工夫有三，一要口頭朗誦來；二要將其所朗誦得來之詩意景象，及篇章闔闔之法，而默存在心；三要就心頭所記景象及意思而别與之擬議一遍，不必把筆書出，而但要在心頭運思，擬議一遍。每誦一詩，必下此三段工夫。至積多篇，而後始自去作自己之詩，仍是宛然古人之聲口。

凡詩中所言之景象意思，其别大約有二。其一參飄忽變動之象者是也，其一參永久固定之境者是也。參飄忽之象者，其風雲雪月，倏來旋滅，其色眩爛，使視聽者意想爲之不安，驟見可喜，而久之生厭心。參永久固定之境者，其山川草木，取象深遠，其情優柔，置辭不促急，使視聽者三復致思不已。此是立象動静之别，不可不審擇也。

精神亦有動静之别。昔人稱王維詩中有畫，畫中有詩。自有是語以來，世人效顰，每見人詩句巧寫景致者，輒贊之以如畫。而作詩者亦當其鍛句煉字之時，務要使己所言如畫。殊不知王維佳處，本不止於曰如畫。且曰如畫，未如曰逼真也。蓋如畫則其佳處乃未過佈景點色之美，而逼真則更兼天趣。如畫即其佈置結構，自然有限於邊幅之患，而逼真即其佈置結構，自然有雋永之味，有無窮之思，有活動之機。是故定象莫善尚静，寓精神莫善尚動。

鍛鍊句字，人往往善言之。而及叩之以其所以鍛鍊之故，則茫然莫辨。殊不知其所以必用鍛鍊者，亦唯象與精神之故也。蓋凡作詩未成一語之先，必立以象，象立則精神寓焉。而其爲物也，窈然冥然倏然忽然，於是心爲之生哀感，情爲之發永嘆，於是文辭以明之物象，和聲以平其所聽，詩蓋於是乎始成。是故其語未切物象者，必改造之，務以使凱切。其文未當物象者，必换易之，務以使允當。此古人鍛句鍊字之要旨也。然學者晚進，或不能審此義，篇章字句，不論權衡，妄改妄换，一取綺麗，不知其卻以累全篇也，而猶自謂善鍛鍊矣。我不知其嘗點幾黄金以爲瓦礫也，可嘆甚矣。

詩家用字，貴平常而不貴奇僻。押韻，貴平易而不貴艱險。使事，貴用熟故而不貴出新異。此三者何以然乎？亦不欲以累象及精神也。立象寓神，譬之内氣血也。用字押韻使事，譬之外肌膚也。肌膚無所病於外，而氣血旺於内。外有所牽滯，内必爲昏憒。是故字之奇僻，韻之艱險，事之新異，譬猶美疢，愈美愈害。

連熟字面，或有宜用於五言，而不宜用於七言。其辭意頗促急者，宜用於五言，不宜用於七言。大抵五言語短，用字不妨意急節促。而七言稍長，語勢動苦弛散，若雜意急節促之字面，一句之間，一曼一促，調之甚難，不可不辨也。同是七言，而古律絶已異其體，則其調之之法，亦各有其所宜。律句要渾圓而有力，古詩句要流暢而宕，絶句要含蓄有餘響。五言仿此。

明鍾伯敬《詩歸》批評，擊節於奇譎，而不比於正雅。初學讀之，貽害不小。蓋古人之作，間亦有奇譎者，然竝皆其正雅之餘，十僅出一二而已，固非以新奇爲標的也。《詩歸》之所選，乃聚鷸而冠，頭頭是邪路，尤當戒之迷陷者也。

綺麗之弊，必之纖弱。昔賢往往論之。而近時人士，雖或知其弊，而不肯遷棄。譬猶牽戀聲色之人，不復顧其身也。聞其所言，乃云「詩寄興而足，何必論體格之高卑」？余曰：此故遁辭。蓋其人已事綺靡，豈寄興而足者哉？杜甫嘗有言「多見翡翠蘭苕上，未掣鯨魚碧海中」。據此，少陵未以綺麗爲當行也。夫古今詩人未有不宗少陵者，雖以元輕白俗，亦靡有異論，則「何必論體格之高卑」之言，余恐雖元白亦耻作此語。蓋格力不高者，未足以掣鯨魚於碧海也。

初盛中晚四唐之别，其風格各異，本不得相同。近有人欲混而一之，可謂不能辨菽麥者矣。明一代詩人，務摸擬於盛唐，而優孟竟與真叔敖不相近，蓋風度雖類而精神大遠。明人志氣輕佻而語皆促迫，盛唐之人志氣安舒而語皆優柔。雖言時風不同，而要之明人於唐詩失之皮相故也。唐人聲律未甚嚴，而宋人已降，拘束日甚，殊不知古韻多三聲相通用，如宋《禮部韻》本非唐人之舊也。後世乃奉之殆如金科玉條，豈非可笑之甚？詩話載，宋秦少游詩律極嚴，當時譏其「入小石調」。據此，則宋人聲律尚未甚極其嚴。至明李攀龍輩，苛刻嚴急，不容細過，其意蓋恐人或指摘之也。殊不知詩本吟詠性情，略調聲律，可歌則可矣。人或指摘其餘，要之彼人未達之故爾，本非己所傷也。李攀龍輩不知其當作如是觀，而拘拘束束，殆如小禪縛律，是以其詩不唯聲律嚴急，而辭氣亦促迫，此皆未究其本之過也。

凡學作詩，當先從七言始。七言長，五言短，作長已熟，則短自在其中矣。其於體，當先從絶句始。絶句用辭不多，篇法易，習之已熟，則雖古詩律體篇法，既亦皆成於其中矣。

學作絶句，始先作三四。既因其三四，而學作之起承，務令其意旨前後接應，可以連續成篇。及稍熟而後，乃始作從一二起。初學必須從三四作起者，譬猶棋先置勢子，勢子已定，而後開闔離合，始可論其法也。不則漫然作去，雖累數千篇，而終不能長進，徒枉費歲月而已。

相如三月，枚皋一日。文思遲速，自古有不同。然余性遲鈍，詩思甚困。因嘗學捷作，數月始得其法。蓋始先作七言絶，每首限以線香一寸。初作之甚難，而有或殆不能成語者。然强作之，漸久熟，乃復换以五言律。既復换以七言律，亦初皆不能成語。及稍熟，則必至從容有餘思，而雖走筆疾書，間復出佳語，乃其藝之已成也。而其要訣乃在韻脚。韻脚定，則句亦速成。故一轉念間，能憶各韻之字七八字，乃至九十字，則詩莫不速就也。然而此捷作之詩，本唯所逐字逐韻而成，所謂逐景生情之類，視之經思鍛鍊者，究竟有間矣。但初學之人學此捷作，而筆頭得文字三昧，則作詩可免於造語之艱苦。於是始去入於鍛鍊，則一思一念，有數百文字隨之而轉。雖一思一念，無虚想頭，其所益亦甚多矣。此亦不可不以學也。但捷作之詩，雖佳者意思淺。晚唐蓋多捷作者。

登高能賦，自古稱之。蓋人一到景物夷曠之境，平日之文思頓減一半。無他，乃情爲景奪故耳。余有一法，可以得護我文思，使不隨境而轉也。每到景物夷曠之境，或欲有所賦，我先閉精斂神，盡收其景物歸之冥想。而就冥想中擇情所愜會，繼以文字寫之景象。則雖以萬里之寥曠，吾或可一言以領略之也。而此法亦非自余始有之，而人苟有賦詠，篇篇首首，總皆以此法。但人獨能知心設虛象文字實之，而未知實景又當歸之虛象耳。

凡學作詩，須先多誦古人之詩。又須將其所誦之詩，一一皆領解透徹其意旨。蓋誦以參其調，領解以參其格。格調既習，而後可得以參其法。未得參其法，則雖欲揚搉之，亦將何以乎？輕俊子弟，耳食相和，猥品千古。漢唐必佳之，宋元鄙之。以佳鄙二字概而論之，不復究求其故。是以妄稱妄舉，權衡皆失矣。若此何以進步？學者不可不以自戒也。

學詩須先多知詩家熟用文字。當須每字蒐集古人用例，以精辨其義。字義已熟，而後以廣解古人之詩。既得解了，則其目中必已能辨之巧拙佳否。詩蓋至是，始可與商論矣。而所謂鍛鍊之手段，至是始亦可以點化瓦礫作黄金矣。

嚴滄浪云：「劉公幹《贈五官中郎將》詩『昔我從元后，整駕至南鄉。過彼豐沛都，與君共翱翔』。元后蓋指曹操。至南鄉，謂伐劉表之時。豐沛都，喻操譙郡也。王仲宣《從軍詩》云『籌策運帷幄，一由我聖君』，聖君亦指操也。」又曰：「『竊慕負鼎翁，願厲朽鈍姿』，是欲效伊尹負鼎干湯以伐夏也。是時漢帝尚存，而二子之言如此。一曰元后，一曰聖君，正與荀彧比曹操爲高光同科。《春秋》誅心之法，二子其何逃？」按此論甚正，二子固無所逃其罪矣。然而後世詞人文尚褒溢，辭務侈大，則其於名號稱謂之類，往往濫妄，過其等階。此等之弊，皆不可不痛改也。

盛唐諸人之詩，規模皆宏遠，而意思皆著實，譬猶廟廷宮懸，金聲玉振，而餘韻無窮。如杜甫

《秋興》「千家山郭静朝暉，日日高樓坐翠微」，日日字，固雖爲下言「信宿漁人」作地者，然非規模宏遠，决不能下此二字。如賈至《早朝》「銀燭朝天紫陌長」，長字乃見銀燭衆多。如崔顥《黄鶴樓》「昔人已乘白雲去，此地空餘黄鶴樓。黄鶴一去不復返，白雲千載空悠悠」，直將黄鶴樓頭一千年來雲物景象，僅以七言四句摸寫盡。其規模宏遠，率皆此類也。意思著實，乃前所謂參永久固定之境者即是也。如「千家山郭」句，驟讀只謂此唯泛然寫山郭朝景，不知作者苦心，特添以「千家」二字，然後以見望中民舍如織，街衢如棋，朝光正滿，卻自静闃，稀見車馬人物往來走動之景狀者也。如賈至句言「銀燭朝天」，即陪寫紫陌，然後以得想見衆多銀燭，照耀如星成行列焉。如崔顥詩即其已字空字，先捉定寥落千古，卻更借言雲物，以點其中間日日之景象。其意思著實，率皆此類也。餘韻無窮，譬如沈宋同賦昆明池詩，上官昭容定之優劣〔一〕，必以沈爲上。可見雖初唐，風尚已然。而當時詩人，亦皆有意作之，而莫不求其詩有餘韻也矣。

精神譬傀師木偶也，文字譬傀師木偶機絲機輪也。機絲能長短相順應，機輪能大小相推轉，則木偶起舞自中節奏矣。人或務施采於機絲，而雕畫於機輪，而木偶乃手拘足礙，或乃節節顛仆，而猶不能知其當改，可笑。

盛唐諸人作樂府詩，皆欲其入於歌詠，是以規模務宏遠，意思務著實，收結務有餘韻。雖其應

〔一〕官：底本訛作「宫」，據《詩話總龜》卷十七改。

酬贈送閑適遊覽之作，未必入歌詠者，亦皆總帶此意思。而其樂府佳者，果亦皆入於歌詠。小説所載王之渙「黄河遠上白雲間」爲麗妓所歌，李白《清平調》直入内宴檀板之類，不遑枚舉。中唐此風尚盛，至白居易更欲其愜於俗聽，每作一詩，必先令家中老嫗聽之，而其所難解者輒改之，於是詩體一變，鄙俚滿篇，而雅響正音掃地而盡矣。然晚唐李賀七言歌行，尚入觱栗平調，則可見唐一代詩人，皆亦莫不以其入歌詠爲主矣。宋元以來，詩歌分行。而詩竟如啞鐘，徒供觀覽耳。降至明人，競巧於飾辭，誇博於用事，調峻辭急，意短氣佻，殆所謂五降之後，不容彈者矣。

盛唐詩人用事，不過欲自明其情，援舊事與相類者以言之爾。明人用事先自有意於誇己博覽，一言一語必由典故，雖不相類者亦以情遷就，輕薄莫甚焉。古人亦有一言一語必由典故者，五言排律間見之。而至以情遷就者，斷無有斯法矣。

盛唐人喜用地名，而其地皆世所著聞者。而至僻遠者，名稱雖佳，亦罕入詩料。蓋亦不欲以累象及精神也。近時詩人不問地之著否，而字稍不俗，即輒充採用。甚者乃至擅自换易其名以用之，而讀者必再三詰問之，然後始得知是言其地者也。可笑甚矣。

有一士人作詩辭皆尚典實，嘗作《春日仁和寺賞花》詩曰「青帷半褰映氈紅，鈿榼朱杯落日中。莫怪三絃調偏苦，櫻花如雪點春風」。或難之云：「今所用酒器是盞非杯也。仁和寺花乃漢土所無，謂之櫻者亦誤矣。」士人不能答，即裂其詩而棄之。亦可笑。

王昌齡「秦時明月漢時關」，明月二字殊似無著落。明王世貞讀之，不能得其解，即云：「詩妙在可解不可解之間。」夫世豈有以不可解而爲詩者邪？然此言一出，後進皆惑，務出可解不可解之言，是以當時詩篇，大率皆是醉人囈語矣。而殊不知龍標此語，乃本於楊炯「望斷流星驛，心馳明月關」者也。

李白《清平調》三首，不唯其調，而其詩所命意乃亦專言清平。蓋瑶臺月下等語，皆爲清字寫其神者也。第三首專言平，乃「解釋春風無限恨」之句，爲平字寫其情也。第二首乃欲調停兩首之意，以使相貫承，故於其中間又添置此一首者耳。則不止其辭絶妙，而全篇結撰奇拔更甚。惜前人説此詩者，尚未論及是旨也。

詩有不易解者，如王維《鳥鳴澗》詩「人閑桂花落，夜静春山空。月出驚山鳥，時鳴春澗中」，桂花落即是晚秋，言春山，又何以重言春澗也？如楊炯《夜送趙縱》詩「趙氏連城璧，由來天下傳。送君歸舊府，明月滿前川」，趙氏璧雖是因姓用事，二句畢竟不知何以有此語？結末殊不見其意相接應之處。且明月滿前川，亦將何解？如孟浩然《送朱大之秦》詩「分手脱相贈，平生一片心」，何以言平生？何以心又言一片？如李白《獨坐敬亭山》詩「衆鳥高飛盡，孤雲獨去閒。相看兩不厭，只有敬亭山」，夫目送飛鴻，心玩閒雲，自是韻事。何以忽有厭不厭之言也？此特舉五言絶句，而其他此類難解者甚多。試思此等解，亦是一適。

盛唐諸公體格各别，少陵狀物情態皆切，而語皆有力，如撑巨岳於將崩，回洪流於方漲。青蓮置思於天地之外，而望物於杳眇之際，如憐歸鴻於雲表，惜落日於海垠。王維如望煙雨於青嶂，瞰霞彩於澄江。李頎如行過絳嶺月下，杳聞笙聲鶴唳雲霄之際。崔顥如金龍迎日而動，體已嬌健，而遍身鱗甲，無所不見光怪矣。余别有律罫之書，精辨諸家體格之别。今略摘其一二云。

晚唐之人氣象衰颯，其詩率多只在文字上設架子。譬如趙嘏《江樓書感》詩「獨上江樓思渺然，月光如水水連天。同來翫月人何處，風景依稀似去年」，江樓風景即「月光如水水連天」句也。獨上字與同來字相反應，而去年「同來翫月人何處」，即起句思渺然是也。此等詩全篇二十八字，意思皆吐露，此外無甚餘藴，只僅配列其文字平仄，以爲一首之詩耳。盛唐決無此等詩。如思渺然字，趙嘏只是不能此外道著一語，若使盛唐諸公代作此詩，必能在此三字上更下一段工夫，而以成一篇絶妙佳詩。此乃盛唐晚唐之别也。

盛唐諸家七絶，辭皆渾成，意皆圓足，是以得全體活動，而天機有餘。中唐錢劉七絶，稍乏渾成之力，其篇法率皆至中間則略一頓，卻分出以爲結煞。是以其語氣至末則差細，竟與所起語勢難復接應。故一篇已完，尚須著數語以補其意。如劉《送裴郎中》《送李判官》詩，及錢《歸雁》詩皆是也。韋應物、皇甫冉輩率亦多用此法，而其稍異者，又乃其起或漫然布景，至結語急生意思，韓翃是也。其他如張繼《楓橋夜泊》詩言姑蘇城外寒山寺夜半鐘聲，此殆非他鄉客裏語，是篇腹已潰裂矣。顧況、戴叔倫輩，亦總皆同一症候。李益語稍渾成，而情乏含蓄，至如「磧裏征人三十萬」，是七言歌行語氣。劉禹錫亦以歌行語作絶句，至結往往難收束。其他諸人，率亦皆此類也。

張仲素《漢苑行》「回雁高飛太液池，新花低發上林枝。年光到處皆堪賞，春色人間總未知」，是太液上林，乃以第三句中到處二字小束。回雁高飛，新花低發，乃以第三年光二字小束。而皆堪賞三字，乃併二小束，而又大繳結之者也。盛唐無此法。其似結束者，亦唯是照前一提者。譬如賈至《送李侍御》詩「雪晴雲散北風寒，楚水吴山道路難。今日送君須盡醉，明朝相憶路漫漫」，此今日字非結束，乃一提雪晴雲散之句者也。明朝字亦非結束，乃一提楚水吴山者也。如李白「此夜曲中聞折柳，何人不起故園情」及「此行不爲鱸魚膾，自愛名山入剡中」之類〔一〕，亦皆是此法。蓋繳結則前言皆死，只提破則前言猶活。七言絶句纔是四句，盛唐人每句存之，以爲反應回映之地。中唐人每句繳之，欲以便後之收煞。此亦盛中作法所以相異之一端。

盛唐人作絶句，每其首所命意，往往堪取以爲一箇絶妙佳題。譬如王昌齡《春宮曲》所命意，乃是隔簾望月色；如王維《崔處士林亭》，乃是萬緑中間一雙白；如李白《秋下荆門》詩，乃是溪口樹空望剡中；如《峨眉山月歌》乃是身在三峽舟，思懸平羌月；如王昌齡《送別魏三〔二〕》乃是雨航坐想遥天月。此類甚多。

王昌齡集中《長信秋詞》五首，第五首乃合前四首之意以爲一首者。蓋其第一首金井梧桐，乃詠其第五首起句「長信宫中秋月明」之詩也；其第二首高殿秋砧，乃詠其第五首承句「昭陽殿下擣

〔一〕剡：底本訛作「郯」，據《全唐詩》卷一百八十一改。
〔二〕二：底本訛作「三」，據《全唐詩》卷一百四十三卷改。

衣聲」之詩也；第三首奉帚平明，乃詠其轉句「白露堂中細艸色」之詩也；第四首真成薄命，乃詠其合句「紅羅帳裏不勝情」之詩也。《採蓮曲》二首荷葉羅裙，乃詠其第一首第三句「來時浦口花迎入」之詩也。意此外尚當有詠其第二四句之詩，蓋逸之也。

本邦釋空海所著《文鏡秘府論》所引昌齡句，率多今集中所無。《寄驩洲》詩「與君遠相知，不道雲海深」，又《見讁至伊水》詩「得罪由己招，本性易然諾」，又《題上人房》詩「通經彼上人，無跡任勤苦」，又《送別》諸詩云「春江愁送客，蕙草生氛氳」，又云「河口餞南客，進帆清江水」，此外尚甚多，而皆今集所不有。乃知今所傳諸家集，闕脱亡逸者固多矣。

昌齡集中《殿前曲》二首殊淺淺，恐非龍標所作也。以《春宫曲》唐人絶句中題作《殿前曲》思之，蓋此二首本作於他人之手，而與「昨夜風開」詩當時樂府採而合之，以《殿前曲》命其名者。而後人不知，第見其中有昌齡之詩，因併其二詩亦編入於集中者也。其如「駕出長安」五律，本是宋之問詩，亦誤竄入者也。

少陵七言律，解者往往未能到作者之意。如《曲江對酒》詩三四「林花著雨臙脂濕，水荇牽風翠帶長」，臙脂、翠帶二語，竝皆爲結言「暫醉佳人錦瑟傍」作引者。如「江亭晚色静年芳」句，蓋言曲江晚春，是爲一年芳菲最盛之會，而此日滿苑細雨，遊玩者無一人至也。如《即事》詩「暮春三月巫峽長，皛皛行雲浮日光。雷聲忽送千峰雨，花氣渾如百和香」，巫峽長乃爲第三句千峰字作伏也，「皛皛行雲浮日光」乃爲第三句忽字作反襯者也。而解者不知矣。如《題張氏隱居》詩「乘興杳然迷出處」，出處二字乃本《易》「君子之道，或出或處」，蓋謂仕與隱者。而解者以爲出路，而不知如此解則殆不成語也。如《城西陂泛舟》詩「青娥皓齒在樓船，橫笛短簫悲遠天」，解者以爲悲遠天，哀吟於空闊之地也。不知其言橫笛短簫悲嘹飛響，而自遠聞其聲，卻若在雲霄之表也。如《贈獻納起居田舍人》詩「獻納司存雨露邊，地分清切任才賢」，分字本分際之義，蓋亦三聲通轉也。如《贈田九判官》詩「宛馬總肥春苜蓿」，春古本作秦，蓋字誤，而解者不知。此類不遑枚舉矣。

明譚宗公《近體秋陽》論詩疵病而切中肯綮，曰：詩有篇病，有聯病，有句病，有字病。亡情强作，見韻率爾爲之，奮興而躓末，無比興之趣，前後不相屬，輒相矛盾，無層折，無次第，先構中聯而以首尾襯帖成之，此篇病也。兩聯對法略同，讀之取厭，如李群玉「灘惡黄牛吼，城孤白帝秋。水寒巴字急，歌迴竹枝愁」，四句一法。又上聯以甲乙分對，而下聯單承甲或單承乙，偏發其一，以虚對實，以客對主，千必偶萬，似必匹如，如羅隱詩「時來天地雖同力，運去英雄不自由」，時來、運去駢俗到不了。此聯病也。語拙意庸俗，結撰平直，本無意思，而邂逅成言，過取切近，使風情墊墮，用古而爲古所拘牽，不能化裁斡運，此句病也。雙字單用，如燥燥逢逢霏霏萋萋等字，不可折取之類，白居易「鸚爲能言常剪翅」，李嘉祐「登艫一望倍含悽」，折用鸚鵡、舳艫字，大爲疚病。單句犯曲韻，如盧綸「玉壺傾菊酒，一顧一淹留。彩筆徵枚叟，花筵舞莫愁」之類。本非連用成語字，而句尾兩字同韻，如韓翃「人家舊在白鷗洲」之類。若香山「共賒黄叟酒，同上莫愁樓」，則二病齊犯之矣。五言七言二五字同韻，如高適「諸生曰萬盈」，杜甫「鋒稜瘦骨成」之類。即七言五七字同韻，亦不好讀。又一字之筋力，恒生一句之色，凡煉句皆然。此法少陵最工。即此一字不佳，一句索然矣。此字病也。學詩者尤不可不知此等四病也。

王績《野望》詩句句字字皆傷時將亂之語，孟浩然《臨洞庭》詩句句字字皆傷權臣蔽君之語。唐詩固多此比喻借言以述己意之作。而近時解詩者，務其説平易，乃不敢言及此，亦一概之見，非公論也。

高適詩「東路雲山合，南天瘴癘和」，和字，前人解，皆爲融和之義，誤矣。當爲和兼之義。蓋言南方風土多瘴氣，兼有癘風也。「思深常帶別」，常字是當字誤。思深二字，本於延陵季子聽樂之語者。「山空木葉乾」，山空者，謂搖落候早林已空虚，而委地隕籜又皆成槁乾也。杜甫詩「范蠡舟偏小，王喬鶴不群」，言其所携資裝不必求多，故比他舟更偏小也。鶴不群，亦謂不事與群類相依也。岑參《送張子尉南海》「海暗三山雨，花明五嶺春」。此鄉多寶玉，慎莫厭清貧」，暗、明二字，自然與結語戒勿行暗汙濫之事之意相映。李白《送友人入蜀》「芳樹籠秦棧，春流繞蜀城。升沈應已定，不必問君平」，芳樹句與升字映，春流句與沈字映。綦毋潛《送章彝下第》「黄鶯啼就馬，白日暗歸林。三十名未立，君還惜寸陰」，日暗、寸陰相映。盛唐詩多用此映接法者。

《黄鶴樓》詩全篇主意，言昔人已去不復返，則此地黄鶴樓，不知餘此古迹者，竟成何用乎？徒令吾輩羈旅之人登臨以望故鄉，卻增客愁耳。《鳳皇臺》詩全篇立意頗冗雜，不如崔直截痛快，宜矣其嘗欲槌碎之也。

岑參「秦女峰頭雪未盡，胡公陂上日初低。愁窺白髮羞微祿，悔別青山憶舊溪」，白髮與峰頭雪，亦是映接法。

排律本不得强作，唯視其所賦之事，當必用大篇雄辭繁言縟稱，然後始得盡其物狀情態者，而後用此體賦之。其起語不宏壯，則其氣不以足貫穿其中間數聯，以成一篇。結語亦然。

排律篇長句多，而其開闔變化之法，雖亦難以一律定，而要之秖亦律絶同法，而不過其重疊之間，手法有小異耳。

兩漢天質自然，魏稍加筆贍而渾樸尚完，馬晋已下文益勝質，而漸流綺靡。昔賢言古詩必推漢魏者，論固不可易已。雖然，李唐以後詩體既已一變，人無不習律絶，而其所以吟性詠情之道，辭已不便於法彼，而文亦固宜於守此。則當今之世欲爲漢魏之古詩者，乃亦不達之尤者也。少陵一生不作擬古樂府，豈亦有見乎此者與？明李攀龍云「唐無五言古詩。而其有古詩，陳子昂以其古詩爲古詩，不取也。」乃其集中自漢《鐃歌》已下，無所不擬，而送別贈酬，率做漢魏。於是當時詩人慕尚成風，《朱鷺》《上之回》必列於集中，送別贈酬必裝漢體。唯論巧拙於詭遇，而不知馳驅無範之可耻。古云「文章關時運」，則當時士風之輕佻，斯亦可以睹焉矣。

李白擬古樂府，題雖因古，而機軸由己，是以如《烏夜啼》《烏棲曲》諸作，辭思超拔，賀監欽其天才。其人平生數稱謝朓不置，而其詩句法與謝相類者間亦多見。意其欽慕之至，諷習之久，不自期而致此邪？非摸擬而然者也。至於子美前後《出塞》《無家別》《新婚別》等作，辭不離唐，而神氣骨格殆與漢魏抗衡者，乃又學古之尤善者矣。

詩之有排律也，猶文之有賦也；有古詩也，猶文之有記序也。故古詩之作，亦不以記事則以叙事。是故古詩長篇，必專用起伏頓挫抑揚開闔，然後成篇。排律成篇，亦雖有用此數法。然對偶排聯，其體所尚，是以言物貴有分域，成章貴有界段，如軍伍部署已定，不容復踰列而立。而古詩乃專以反覆照應成篇，此排律、古詩體裁之異也。

孟浩然集今本誤字甚多，今摘其一二。《宿桐柏觀》詩「鶴唳清露垂」，今本唳作淚；「鷺濤空浩浩」，今本作露濤。《過吴張二子檀溪别業》詩「停杯問山簡，何似習池邊」，今本似作以。《峴潭作》「美人騁金錯」，今本騁作聘。《登總持浮屠》詩「四門開帝宅，阡陌俯人家」，今本俯作附。《宿武陽川》詩「就枕明滅燭，扣船聞夜漁」，明字疑吹字誤。《永嘉浦逢張子容》詩「蠻宇鄰鮫室」，今本蠻作解。《同儲十八洛陽道中》，中字誤衍者也。此類甚多。

岑參《燉煌太守後庭歌》「美人紅妝色正鮮，側垂高髻插金鈿〔一〕。醉坐藏鈎紅燭前，不知鈎在若箇邊。爲君手把珊瑚鞭，射得半段黄金錢。此中樂事亦已偏〔二〕。」半段黄金錢，言初所賭金錢堆垛作積，今美人手把珊瑚鞭，射以中之，竟赢得其半段也。段，蓋分割截斷之義。岑參集《送李

〔一〕側：底本訛作「倒」，據《全唐詩》卷一百九十九改。

〔二〕偏：底本訛作「遍」，據《全唐詩》卷一百九十九改。

卿賦得孤島石》詩「緑窠攢剥蘚，尖頂坐鸕鷀〔一〕」，今本頂作碩。

岑參集中句多雷同者。「夫人堂上泣羅裙」句再見，一《與獨孤漸道别》七言古詩，一《送李明府》七言絶句。「暮雨濕行裝」，《送懷州吴别駕》詩；而「細雨濕行裝」，見《送天平何丞入京》詩。其前句云「回風醒别酒」，而《送薛播》詩「雨氣醒别酒」，《送劉郎將河東》「山雨醒别酒」，《崔駙馬山池重送宇文明府》詩「池涼醒别酒」。《虢州西亭陪宴》詩「紅亭出鳥外」，《早秋與諸子登虢州西亭觀眺》詩「亭高出鳥外」，《登嘉州淩雲寺作》「寺出飛鳥外」。《陪封大夫宴瀚海亭納涼》詩「細管雜清絲」，《送嚴河南》七言律「嬌歌急管雜青絲」。若此類不一而足。至如《送崔全被放》《送薛彦偉》《送蒲秀才》三詩，全篇大半雷同。因知岑參詩多不經思而成故也。

杜甫「林花著雨臙脂濕」，今本作「落」。按王彦輔説云：「此詩題於院壁，濕字爲蝸蜒所蝕。蘇長公、黄山谷、秦少游偕僧佛印，因見缺字，各拈一字補之。蘇云潤，黄云老，秦云嫩，佛印云落。覓集驗之，乃濕字也。」見《杜詩詳注》。前輩雖讀古人詩，於其字眼之處輒用心便爾。

杜甫七言古詩往往出奇語，以令其格頓高。如《偪側行》中「行路難行澀如棘，我貧無乘非無足」，《姜七少府設膾歌》「河凍味魚不易得，鑿冰恐侵河伯宮」，《趙公大食刀歌》「憑軒拔鞘天爲高，翻風轉日木怒號」，又云「蜀江如線針如水」，《前苦寒行》「楚行夾峽水入懷」，又云「凍埋蛟龍南浦

〔一〕 鷀：底本訛作「鷁」，據《全唐詩》卷二百改。

縮」，《晚晴》詩「赤日照耀從西來，六龍寒急光徘徊」，《惜别行》「裁縫雲霧成御衣」，《久雨期王將軍不至》「異獸如飛星辰落，應弦不礙蒼山高」，《送孔巢父》「釣竿欲拂珊瑚樹」，又云「蓬萊織女回雲車，指點虚無是征路」，《丹青引》「須臾九重真龍出，一洗萬古凡馬空」，《曹將軍畫馬圖歌》「輕紈細綺相追飛」之類，皆是奇語。而子美出奇，其意唯在以此約冗語，且使無失其神彩生色。譬猶名畫用筆大劈大畫，寧失形似，無挫氣勢。如白樂天七言歌行乃是俗畫，但知摸畫象形而塗抹丹青耳。至如韓退之、盧仝，尚專尚怪奇，卻亦是粗畫惡筆，殆所謂里婦而效西施之病顰者矣。

初唐七言古詩，辭雖過繁縟，而作者主意率亦皆在，以此寫其神彩生色。盛唐去繁縟尚雅健，而用筆稍兼有流動之態。中唐乃喜事流動，而不知寫神彩生色之爲善。然此其所失，亦在其句句求結束，以便收煞。

太白《烏夜啼》乃爲黄雲城中將士〔一〕，寫其日暮想像秦川家雲裏閨閤之神象者。故繫黄城以其日晡之景，而秦川女，其形神意態，卻唯在朦朧彷彿之中寫。「隔窗語」，乃其寫朦朧者也。「停梭悵然」，乃其寫彷彿者也。

王維古詩《同崔傅答賢弟》詩〔二〕，氣跌蕩而語錯落，全篇主意乃結語所云「遥想風流第一人」

〔一〕夜啼：底本訛作「棲曲」，據《李太白文集》卷二改。

〔二〕傅：底本訛作「傳」，據《王右丞集箋注》卷六改。

者，即是全篇主意。其前十五句，竝是遥想中語。或以景逼之，或以時事逼之，或以他人所品題逼想之，而一一皆莫所不以其風流灑落也。人唯知稱其佳句「夜火人歸富春郭」，「秋風鶴唳石頭城」等類，而不知其篇法之妙更倍也。

《酬張諲》詩，亦寫盡其人物風流，而「時復據梧聊隱几」，「故園高枕度三春，永日垂帷絶四鄰」等語，作者意思唯要將其人平日家居風流逸態寫出來。而李頎、高適、岑參古詩率皆如此。中唐人絶無如此意想。賈島五言律《暮過山邨》詩「數里聞寒水，山家少四鄰。怪禽啼曠埜，落日恐行人。初月未終夕，邊烽不過秦。蕭條桑柘外，燈火漸相親」，此詩備寫山村昏行之景况，人家寥落，禽叫日昏，新月忽没，邊烽遠燒，望遠林燈光，不覺趁逐相親。其摸寫非不妙，唯寫景雖逼真，而寫情如影響，不復見其有身分，竟不免類鬼詩也已。

詩寫情須必有體有用，體則未入場前，心本已有蓄之者是也。用則凡應物而感、觸境而生之屬皆是也。蓋體爲内，用爲外。如王維「不知香積寺，數里入雲峰」，「不知」是體，「入」是用。然而或因言外以著其内，或因舉内以見其外者，皆必不可無此法。而但偏言者，内如夢境，外如幻影，則斷不可爲一語也。

本邦中古文風太盛，科第銓選一仿唐制。雖清華樞切，時由詩賦進。於是海内彬彬，賢俊踵興，蓋數百年間家藏和璧，人握隋珠，殆比其隆於開天矣。其後數次兵燹，名公著作都亡灰燼，前烈典刑蕩滅略盡，可惜莫甚焉。蓋其遺篇剩什間存者，或見焚餘之殘簡，或傳海外之偶録，率皆莫不以競光於珪璋，争彩於錦繡矣。如安部仲麻吕銜命使本國五言排律，已膾炙盛唐諸人之口，其詩載於《唐詩品彙》，但其書名胡衡者，乃朝衡之誤。仲麻吕在唐留學時，玄宗授以秘書監職，因自改其姓名稱朝衡。朝音近晁，故或又稱晁衡。李白有「日本晁卿辭帝都」詩，王維有《送秘書晁監歸日本》詩序，皆乃爲仲麻吕作者也。

《三百篇》固詩之源也。然孔門之教，以詩爲先者，其意本非尚夫田畯紅女之謡也。詩者，蓋聖人採其民所謳歌之辭，因纂緝以次序之，編列以先後之，而於其纂緝編列之間，因以言天下所宜志之志，因以立天下所宜道之道者也。是故謂温柔敦厚者，亦唯稱於夫所立之道，與所言之志，而初非稱其辭氣文彩也已。後之論作詩者，昧乎斯義，動輒引《禮記》、口《風雅》而不置，然而彼且連篇累章，月鍛日鍊，曷嘗見有益於其爲人也？於虖！誣矣。雖然，吟情詠性，哦風弄月，人所必有之事，而其既有辭之，則安得不又文之哉？其既已辭之，則必五言七言。其已文之，則必體裁格調。舍此數者，詩不詩矣。則不以足託情感於吟諷，而寄興趣於百載也。且吉甫不有「清風」之頌乎？夫子不有龜山之操乎？蓋有暇而學，有感而作，君子未必譏之。抑又後進小子速習於文字，莫善學作詩，蓋數其用文邇其情故也。是故余不敢以今歌詩儕之《三百篇》者，而以吟情詠性，則又未欲其輒廢之也。

跋《淇園詩話》

淇園先生詩話成，命淡、園二君及僕校之。今既卒業，以授剞劂。僕嘗聞之於先生，夫詩吟詠性情者爾。然高山仰止，景行行止，學者曷可無所仰行焉。如夫宋主骨力，明主聲調，各偏於一端者也。欲學其文質彬彬者，舍唐奚適？然僕亦竊謂，崔氏二童，夙振騷壇之金玉；胡家宿儒，其詩不免酒肆行厨之嘲。則天稟所資非邪？要亦在不以資廢學、以論縛才也歟？此書先生特爲後進示義方者也。學者由是思之，則庶幾能駸漸開天佳境云。

明和庚寅春三月，門人平安巖垣明謹書。

白雲館近體詩式

熊阪臺州

《白雲館近體詩式》(亦簡稱《白雲館詩式》)一卷，熊阪臺洲(一七三九—一八〇三)撰。據寛政九年(一七九七)尾陽書肆風月堂刻本校。

按：熊阪臺洲(くまさか たいしゅう KUMASAKA TAISHU)，江户時代儒者。陸奥伊達郡(今屬福島縣)人，名邦(一説定邦)，字子彦，世稱「宇右衛門」，號臺洲、曳尾堂、白雲館。最初從江户入江南溟學，入江南溟歿後，師事松崎觀海。歸鄉設學舍「海左園」以講授爲業，並曾救濟窮困與墾荒。善詩文，晚年批判「古文辭派」(特別是服部南郭)。元文四年四月二十三日生，享和三年三月二十一日歿，享年六十五歲。

其著作有：《律詩天眼》一卷、《詩文眼式》《白雲館文罫》一卷、《白雲館詩式》一卷、《白雲館詩眼》一卷、《白雲館九日會集詩》一卷、《白雲館三日會集詩》一卷、《文章緒論》一卷、《海左園寄題詩集》二卷、《西遊紀行附别録》七卷、《信達歌》二卷、《含錫紀事》一卷、《永慕編》三卷、《皇和語林》、《道術要論》八卷、《京氏易傳增注》、《古文尚書直解》、《論語徵補》二卷等。

合刻詩式詩眼序

《詩式》《詩眼》二書，熊阪子彦氏之所撰也。余開卷讀之，其論近體之詩，一以唐爲鵠。商榷有據，盡中肯綮，爲初學指迷解惑焉。廣其傳，則有益來者必矣。於是使書林長如川象府，上梓躍如。語于卷端如此。岡田挺之撰。

白雲館近體詩式自序

唐興，文章承陳隋之風，綺靡相尚，聲律未純。神龍以還，始變雅正，乃穩順聲勢，定爲近體。蓋聲律之於詩道，雖卑卑焉下哉，唐詩之所以爲唐詩，亦唯以其唐律故耳。觀集昌黎詩者之不論律絶長短，謂聲勢穩順者爲律詩，謂音韻拗澀者爲古詩，可以見已。自茲以降，論詩者，率上自商周漢魏，中及六朝四唐，下至趙宋胡元，如宋嚴儀卿《滄浪詩話》，明謝茂秦《四溟詩話》，王元美《藝苑巵言》，小美《藝圃擷餘》，胡元瑞《詩藪》等是已，而於其論聲律，未嘗有成書。蓋西土五尺童子，纔諳吟詠，則能知聲律。我東方則土音既殊，方言又異，是以碩儒鴻生，尚不能知聲律，何況初學邪？此所以彼未有成書，而東方不可無其書也。寛保中，長州林義卿作《諸體詩則》，其書率引嚴儀卿、胡元瑞諸人之説以立論，其意殆似不欲使學者讀其全書矣，且一小册子欲以盡歷代諸體，亦惑矣。而其論聲律，一以于鱗爲準，於唐諸家蓋闕如也。余則嘗謂學近體者，當論聲律於唐詩矣，舍此取彼，意所不解。故今作兹編，一取法於高李之選。書成，名曰《白雲館近體詩式》。庶吾黨小子，知近體之所以爲近體也，亦登高必自卑之意也。若迺論歷代諸體，則前脩成籍具在，是爲序。

寛政六年甲寅二月丁亥，白雲館主人撰。

白雲館近體詩式

東奥　熊阪邦子彦　著
男　秀君實
門人　崗部忠保伯孝　校

一、自物子唱李王之業，服子遷左祖於滄溟選以來，海内學者率視《唐詩選》猶《國風》《雅頌》，不但學詩者朝習夕誦，號稱善書家者亦唯其詩句是書。亡論輦轂之下都會之地篆隸法帖行草石刻，至於僻邑窮鄉水村草市，酒家屏障茶店題壁，亦莫不書李選所收者。噫！亦盛矣。然以是塗一世之耳目，其於風雅之道，豈得非一罪人乎哉？故家墅立法，令學詩者先誦《文選》詩，《選》詩成誦，而後《正聲》，而後《品彙》，而後李杜諸集，庶幾乎免捐本逐末之誚矣。

一、高廷禮既窮數十年之力，廣搜博採，編《唐詩品彙》。又恐其博而寡要，雜而不純也。乃復窮精闡微，選其聲律純正，得性情之正者，名曰《唐詩正聲》。是世所知也。余因撿《正聲》，其詩前後有與《品彙》不同者，乃知廷禮之選《正聲》，朝諷夕誦，五日採一章，十日録一篇也。而于鱗之選則異於是，其詩次序，一唯與《品彙》同，乃知于鱗之選唐詩，以其英豪之氣，唯點撿《品彙》一過，批點於其合乎己者，遂命侍史録之，即輒序而傳之也。況其取捨有不滿人意者乎？是余所以不得不宗高廷禮也。按王元美當時意既不滿於于鱗選，觀《巵言》所論可見也。太宰子亦有《書〈唐詩選〉後》文，皆至論也。而世之滔滔者，褎如充耳，可勝嘆哉。

一、高李之選，所收五言律百六十一首，五言排律九十三首，七言律百三十一首，五言絶句百七十一首，七言絶句二百七十四首，此余所論法也。而余論法，其守唐律之正者則置而不論，唯列其變體者。學者計其體之多寡，而知忌之淺深，不學其變者，而學其正者可也。若高李之選所不收，及雖收不多，而唐諸家多有之者，則取諸《品彙》，註於其下，使學者自擇焉。且近世物門學者，率取法於于鱗，故註中間引于鱗詩，以證于鱗亦有此體，亦使學者自擇焉。若夫七言排律及六言律絶、六言排律，則二家之選所不取，則取諸《品彙》及明諸家以作式，庶乎學者知源委之所由矣。

一、余嘗觀紀齊名、江匡衡省試詩論，其論聲律爲最嚴矣。而其所引，有《文筆式》《諸詩髓腦》《文章儀式》《詩格》等書。匡衡謂爲「唐家不易之文」，則知其爲唐人三尺也。而其書今皆不存，豈亡於保、平、治、壽之亂邪？蓋有之矣，我未之見也。爾來數百年，人人唯口相傳授，不復載諸簡。是以今律之唐人，則雖物門諸子，猶未免聲病也。豈非人不躓泰山而躓蟻垤、目見毫毛而不見其睫之類乎？故今作《詩式》，不從世人之所傳，而唯徵諸唐詩。《詩》云「伐柯伐柯，其則不遠」，觀者勿以其近而忽諸。

五七言律

一、太宰子曰：「唐詩法，五言第二字第四字異平仄，七言第二字第四字異平仄，第二字第六字同平仄，此不易之法也。後之作詩者莫不遵守此法。唯五言平起有韻句第一字、與七言仄起有韻句第三字必須平聲。若其第一字第三字仄聲，則第三字第五字必平聲者，時有之矣。」此説明且盡矣。無復可容喙。平仄位置法圖于左方。按林義卿《詩則》别立一三同聲、三五同聲、五七同聲等目，鑿空成説，愈使學者惑焉。今不取也。又如拗體失黏，考諸周伯弼、王元美諸人之説，拗體即失黏，失黏即拗體，本無差别。然今作《詩式》，不可無定名，故姑從春臺之説云。

五言律仄格圖 圜中字，五言律上加二字則爲七言律圖耳，下同。

(平)(平)仄仄仄平韻　(仄)(仄)平平仄仄韻

(平)(仄)仄平平仄仄　(仄)(平)平仄仄平韻

(平)(平)仄仄平平仄　(仄)(仄)平平仄仄韻

(平)(仄)仄平平仄仄　(仄)(平)平仄仄平韻

五言律平格圖

(仄)(仄)平平仄仄韻　(仄)(平)平仄仄平韻

(平)(平)仄仄平平仄　(仄)(仄)平平仄仄韻

㊥㊀仄平平仄仄　㊀㊥平仄仄平韻

㊥㊥仄仄平平仄　㊀㊀平平仄仄韻

右五言律仄格上加二字則爲七言律平格，五言律平格上加二字則爲七言律仄格，引五言律而伸之則爲五言排律，引七言律而伸之則爲七言排律，半截五言律則爲五言絶句前半首者爲韻起，後半首者爲仄起，七言絶句亦然，半截七言律則爲七言絶句。唯五言不宜韻起，七言不宜仄起，律絶皆然。且句末不可連下三平聲、三仄聲，及仄間平、平間仄皆當忌之。若細論之，則有無韻句末連下三仄聲，有韻句末連下三平聲者；有無韻句末仄間平，有韻句末平間仄者；有單平間仄者，有單仄間平者；有單連下三平聲者，有單連下三仄聲者；有五字一平者在七言則指上五字；有拗體者，有失黏者；有無韻句末偶同韻者。

○所謂無韻句末連下三仄聲，有韻句末連下三平聲者，五言律則常建「山光悦鳥性，潭影空人心」，錢起「鶯聲出漢苑，柳色過漳河」，李端「睢陽陷虜日，外絶救兵來」，韋濟「都門信宿近，歌舞從周王」，于鱗「白雲海色斷，落日秋陰來」。七言律則王維「草色全經細雨濕，花枝欲動春風寒」是也。杜甫「衮職曾無一字補，許身愧比雙南金。」

○所謂無韻句末仄間平，有韻句末平間仄者，五言律則李白「海上碧雲斷，單于秋色來」「揮手自茲去，蕭蕭班馬鳴」「誰念北樓上，臨風懷謝公」，孟浩然「木落雁南渡，北風江上寒」「鄉淚客中盡，孤帆天際看」，杜甫「花隱掖垣暮，啾啾棲鳥過」「已近苦寒月，況經長別心」「帶甲滿天地，胡爲君遠行」「赤日石林氣，青天江海流」，高適「爲惜故人去，復憐嘶馬愁」「驅馬薊門北，北風邊馬哀」「世上謾相識，此翁殊不然」，綦毋潛「塔影挂清漢，鐘聲和白雲」，常建「萬籟此俱寂，唯聞鐘磬音」，韋應物「爲此斷行別，邑人多頌聲」「策馬雨中去，逢人關外稀」，劉長卿「飛鳥没何處，青山空向人」，韓翃「片雨楚雲暮，千家淮水秋」。于鱗「但去卧芳草，山中鴻雁春」「共醉薊雲白，相看燕草青」「藉草到流水，看花延落暉」「高枕夏雲出，空亭斜照含」「月上梵輪滿，湖開天鏡光」。七言律則崔顥「晴川歷歷漢陽樹，芳草萋萋鸚鵡洲」，杜甫「映階碧草自春色，隔葉黄鸝空好音」是也。韋應物「高齋獨宿遠山曙，微霰下庭寒雀喧。道心淡泊對流水，生事蕭條空掩門」，許渾「湘潭雲盡暮煙出，巴蜀雪消春水來」「百年便作萬年計，巖畔古碑空緑苔」「溪云初起日沉閣，山雨欲來風滿樓」「水聲東去市朝變，山勢北來宫殿高」「芰荷風起客堂静，松桂月高僧院深」，劉滄「潮聲歸海鳥初下，草色連江人自迷」「青山殘月有歸夢，碧落片雲生遠心」「禹門山色度寒磬，蕭寺竹聲來晚風」，于鱗「折腰差自强人意，白眼那堪無宦情」「新裁薜荔忽無色，更集芙蓉應未工」。

○所謂單平間仄者，五言律則高適「蕭蕭嘶未休」，李頎「逶迤城闕重」「凄其霜露濃」，張巡「安知天地心」「遥聞横笛音」，常建「禪房花木深」「誰堪羈旅情」，韋應物「遥遥心曲違」，錢起「誰聞清梵音」「離居春草多」，皇甫冉「其如芳草何」「相似何處尋」，李端「時清明主哀」，王績「山山唯落暉」「長歌懷采薇」，張説「能忘遲暮心」「誰知恩遇深」，王維「深山何處鐘」「潮來天地青」，祖詠「到來生隱心」，孟浩然「往來成古今」。于鱗「濯纓湖水清」「聊留塵外驂」「猶餘狷鶴群」「奪歸平虜章」「秋來漳水深」。七言律則宋之問「素滻宸遊龍騎來」，蘇頲「東望望春春可憐」，李白「鳳去臺空江自流」「晉代衣冠成古丘」「試宰中都天下聞」，王維「酌酒與君君自寛」「積雨空林煙火遲」，李頎「昨夜微霜初渡河」「坐臥閑房春草深」「月隱高城鐘漏稀」「颯沓仍隨秋雨飛」「物在人亡無見期」「歲歲花開知爲誰」，高適「黄鳥翩翩楊柳垂」，岑參「鶯轉皇州春色闌」「積素凝華連曙暉」「西掖重雲開曙暉」「使節横行西出師」「柳䙂鶯嬌花復殷」，杜甫「伐木丁丁山更幽」「玉露凋傷楓樹林」「已映洲前蘆荻花」「承露金莖霄漢間」「石勢參差烏鵲橋」「花近高樓傷客心」「日暮聊爲梁甫吟」「丞相祠堂何處尋」「野老籬前江岸迴」「露下天高秋水清」「新月猶懸雙杵鳴」「風急天高猿嘯哀」「遠害朝看麋鹿遊」「吹笛秋山風月清」，錢起「二月黄鸝飛上林」「繞仗偏隨鴛鷺行」「西日横山含碧空」「塔苑空聞松柏風」，皇甫冉「極浦遥山含翠微」，韓翃「才子當今劉孝威」「南望千山無盡期」，沈佺期「別業初開雲漢邊」「丹鳳城南秋夜長」，蘇頲「不羨乘槎雲漢邊」是也。于鱗「南國雙帆河嶽來」「花滿胡姬春酒樓」「北眺中原秋色來」「檻外空林何處鐘」「攬轡昆明秋色來」「君去春華車馬前」「短褐論交天地間」「天下軍儲飛輓來」「大漠蒼蒼鴻雁回」「遥落偏驚祇樹林」「歸去嘉陵江上春」「擬草玄經還未成」「徙倚三峰峰上頭」「金虎署中誰大名」「御苑東風吹客過」「有客中原回白頭」「更恐清陰凝作霜」「客渡秋風瓠子河」「憶醉卿家春艸芳」。

○所謂單仄間平者，五言律則李白「歲落衆芳歇」「兩水夾明鏡」「此地一爲別」，王維「知爾不能薦」，陳子昂「明月隱高樹」，孟浩然「户外一峰秀」，高適「五將已深入」「白髮老間事」是也。王昌齡「爲問易名叟」，于鱗「十載薊門客」「來雁授衣後」「夜半忽風雨」「何物子虚賦」。七言律則絶無之也。按蔡希周「自憐遇坎便能止」，岑參「漢王城北雪初霽」，柳宗元「一身去國六千里」，劉滄「雲晴古木月初上」，趙嘏「鱸魚正美不歸去」

是單仄間平者也。然高李二家所不取，故曰絶無之。後仿此。○按于鱗「相將牛酒勞從事」句，亦單仄間平者。

○所謂單連下三平聲者，五言律則高適「豁達胡天開」沈佺期「羅帳春風吹」，于鱗「春塢花冥冥」「不是蓬蒿人」，七言律則李頎「遠公遁跡廬山岑」是也。李商隱「一絃一柱思華年」，于鱗「我今出守邢州城」「下機便入吴王宫」。

○所謂單連下三仄聲者，五言律則杜審言「雲霞出海曙」「羅衣一此鑒」，沈佺期「陽烏出海樹」，張九齡「奔流下雜樹」，王灣「潮平兩岸闊」，崔顥「單于莫近塞」，李白「霜威出塞早」「羽林十二將」「愁聞出塞曲」，祖詠「楚山不可極」，孟浩然「迷津欲有聞」，王維「憐君不得意」「須令外國使」「當令外國懼」，杜甫「星臨萬户動」「清秋望不極」「亦知戍不遠」「常時任顯晦」「親朋盡一哭」「別離已昨日」，岑參「山開灞水北」「橋回忽不見」「晴開萬井樹」，高適「功名萬里外」「秋聲萬户竹」「誰憐不得意」，賈至「停杯試北望」，綦毋潛「觀空静室掩」「天花落不盡」，常建「清晨入古寺」，韋應物「官閑得去住」，劉長卿「城池百戰後」「荒村帶晚照」，錢起「人煙一飯少」，竇叔向「宫花一萬樹」，郎士元「暮蟬不可聽」，崔峒「辭家日已久」，王績「東皋薄暮望」。于鱗「嗟君復失意」「門無荷蕢過」「可能袪物役」「詩驚噉蔗客」「寒郊不可望」。七言律則王維「朝罷須裁五色詔」，杜甫「此別應須各努力」，沈佺期「誰爲含愁獨不見」，岑參「秦女峰頭雪未盡」是也。李義府「野外初迷七聖道」，崔湜「庭際花飛錦繡合」，薛稷「花鏤黄山繡作苑」，耿湋「南北東西各自去」，杜甫「秋水纔深四五尺」。

○所謂五字一平者，五言律則祖詠「楚山不可極」，李白「海上碧雲斷」「歲落衆芳歇」「羽林十二將」「此地一爲別」「兩水夾明鏡」，孟浩然「木落雁南渡」「戶外一峰秀」，杜甫「亦知戍不遠」「已近苦寒月」「帶甲滿天地」「別離已昨日」「赤日石林氣」，高適「爲惜故人去」「五將已深入」「世上謾相識」「白髮老閑事」，綦毋潛「塔影挂清漢」，常建「萬籟此俱寂」，韋應物「慰此斷行別」「策馬雨中去」，郎士元「暮蟬不可聽」，韓翃「片雨楚雲暮」。于鱗「古來失意事」。七言律則杜甫「映階碧草自春色」「武陵一曲想南征」，韓翃「幾回奏事建章宮」，錢起「未央月曉度疎鐘」，李益「綠楊著水草如煙」是也。杜甫「百年世事不勝悲」，韋應物「與君十五侍皇闈」，司空曙「閉門不出自焚香」，崔峒「舊書稍稍出風塵」，楊巨源「兩河戰罷萬方清」，姚合「百官拜表禁城開」「石橋寺裏最清涼」，李商隱「碧城十二曲闌干」，張說「禁林艷裔發青陽」，李嘉祐「一官萬里向千溪」，于鱗「使君五馬五驊騮」「白雲不散一山孤」。

○所謂拗體者，五言律則李白「高閣橫秀氣」，王維「流水如有意」，孟浩然「八月湖水平」「人事有代謝」「北闕休上書」，崔塗「漸與骨肉遠」，杜甫「草木歲月晚」。孟浩然「吾道昧所適」，于鱗「不獨名未成」。七言律則崔顥「昔人已乘白雲去」「黃鶴一去不復返」，沈佺期「龍池躍龍龍已飛」是也。于鱗「九河水流何濺濺」「春來病起少吏事」「西施浣紗江水中」「知君贈我視縞帶」。

○所謂挾聲在第一句者，五言律則陳子昂《度荆門望楚》，盧象《雜詩》，孟浩然《題義公禪房》〔一〕，王維《歸嵩山作》，杜甫《登岳陽樓》《別房太尉墓》，綦毋潛《題靈隱山頂院》，劉長卿《穆陵

〔一〕孟浩然：底本脱，據《唐詩品彙》卷六十補。

關北逢人歸漁陽》，錢起《送少微師西行》，郎士元《送李將軍赴鄧州》是也。于鱗《賦得屏風》《吴舍人喪内》第一首、《秋日村居》第一首。若夫七言律則絶無之。揔令有之，七言不宜仄起，則置而不論可也。按杜甫「蜀主窺吴幸三峽」「愛汝玉山草堂静」「春日春盤細生菜」「苦憶荆州醉司馬」「東閣官梅動詩興」，耿湋「慣習干戈事鞍馬」，賈島「作尉長安始三日」等，是挾聲在第一句者。

在第三句者，五言律則李頎《送人尉閩中》，王維《送平淡然判官》。于鱗《聞砧》《送沈郎中守順慶》《春日韋氏園亭》第二首、《夏日集子相宅》《柬子相》第二首、《寄元美》《元美以家難羈京作此爲唁》第一首、《寄懷余德甫》第一首。七言律則高適《送李少府貶峽中王少府貶長沙》，杜甫《秋興》第五首蓬萊宫闕首、《題張氏隱居》，韋應物《自鞏洛舟行入黄河即事》是也。

在第五句者，五言律則杜甫《擣衣》《天河》，岑參《送鄭少府赴滏陽》，劉長卿《餞别王十一南遊》，郎士元《送錢大》，王維《過香積寺》，韓翃《送壽州陳録事》。薛稷《登樓野望》，于鱗《早夏城南放舟》第六首。七言律則絶無之。按張九齡《奉和早發三鄉山行》，于鱗《郡齋》《題周天球小像》是挾聲在第五句者。

在第七句者，五言律則宋之問《夏日仙萼亭》《奉和梁王宴龍泓》《緱山廟》，李嶠《侍宴甘露殿》，張九齡《奉和途次陜州作》，李白《太原早秋》，王維《漢江臨汎》《登辨覺寺》，杜甫《春宿左省》《夜》《房兵曹胡馬》《玉臺觀》，高適《送李侍御赴安西》《贈張九旭》，劉長卿《尋南溪常道士》，李季蘭《寄校書七兄》，戴叔倫《除夜宿石頭驛》，崔塗《除夜有感》，楊炯《從軍行》，王勃《杜少府之任蜀州》，張祜《題松汀驛》。于鱗《送孟得之》《登省中樓》《殿卿至》《夏日同元美諸人集張氏園亭》《初夏集姚明府園亭》

《早夏城南泛舟》第四首、《春日閑居》第七首、《同許右史遊南山宿天井寺》。七言律則賈曾《奉和春日出苑矚目》，高適《送前衛縣李寀少府》《夜別韋司士》，杜甫《詠懷古跡》群山萬壑首，錢起《和李員外扈駕幸温泉宫》，皇甫曾《秋夕寄懷契上人》，郎士元《詶錢起》《秋夜宿靈臺寺見寄》，司空曙《酬李端校書見贈》，李益《送賈校書東歸》《寄振上人》《鹽州過胡兒飲馬泉》，李頻《樂遊原春望》《湘中送友人》，劉滄《鄴都懷古》，張喬《河中鸛雀樓》，張籍《寄蘇州白二十二使君》，沈佺期《龍池篇》《遥同杜員外審言過嶺》，張説《遥同蔡起居偃松篇》，李邕《奉和初春幸太平公主南莊》，李頎《送李回》是也。于鱗《送謝中丞還蜀》第一首。

在第一句、第七句者，五言律則陳子昂《晚次樂鄉縣》按此詩頷聯失黏是也。第一句第五句挾聲者，高適《别韋五》，李頎《晚歸東園》，綦毋潛《若耶溪逢孔九》，常建《江行》，劉長卿《逢郴州使因寄嚴協律》，儲光羲《渭橋》。于鱗《毛刺史姑蔑高齋》《吴舍人喪内》第二首。于鱗又有第一句第三句第七句挾聲者，《送楊子正還濟南》是也。七言律則絶無之。

在第三句、第七句者，五言律則陳子昂《春日登九華觀》《春夜别友人》，李白《過崔八丈水亭》，杜甫《曉望》，錢起《和萬年成少府寓直》是也。楊炯《送臨津房少府》《送豐城王少府》，崔湜《婕好怨》，孟浩然《宿立公房》。七言律則絶無之。按趙嘏《經漢武泉》，李郢《江亭春霽》，是挾聲在第三句第七句者。

在第五句、第七句者，五言律則絶無之。若非失黏，則五七無用挾聲理。七言律則賈至《早朝大明宫呈兩省僚友》是也。此詩落句失黏。

○所謂失黏者，五言律則陳子昂《晚次樂鄉縣》頷聯、《送别崔著作》頷聯、落句，王維《使至塞上》頷聯。虞世南《侍宴賦韻》頷聯，王勃《麻平晚行》頸聯，《白下驛》頸聯，盧照鄰《入秦川界》頷聯落句，《石鏡寺》頸聯，《折楊柳》頷聯落句，駱賓王《秋雁》頸聯，《秋日餞陸道士陳文》頸聯落句。七言律則沈佺期《龍池篇》頷聯、落句，李白《鳳凰臺》中二聯，賈至《早朝》落句，王維《和早朝》落句，《和温泉寓目》頸聯，《酌酒與裴迪》後六句，《積雨輞川莊作》頷聯如《訪吕逸人》，則頷聯及落句共失黏，《嵩丘蘭若》落句〔一〕，高適《别韋司士》頸聯，岑參《虢州東亭》頸聯，《西掖省即事》頸聯，《九日餞衛中丞》頷聯，杜甫《宣政殿退朝》頸聯，錢起《贈裴舍人》頷聯，韋應物《舟行入黄河》頷聯是也。

○所謂無韻句末偶同韻者，五言律則岑參《送張子尉南海》發端曰「不擇南州尉，高堂有老親」，頷聯曰「樓臺重蜃氣，邑里雜鮫人」，尉、氣同韻。七言律則沈佺期《興慶池侍宴》頸聯曰「向浦迴舟萍已緑，分林蔽殿槿初紅」，落句曰「古來徒奏横汾曲，今日宸遊聖藻雄」，緑、曲同韻。錢起《夜宿靈臺寄郎士元》頸聯曰「石潭倒映蓮花水，塔苑空聞松柏風」，落句曰「萬里故人能尚爾，知君視聽我心同」，水、爾同韻。釋靈徹《送鑒供奉歸蜀》頷聯曰「雙樹欲辭金錫冷，四花猶向玉階飛」，頸聯曰「梁山拂漢分清境，蜀雪和煙戀翠微」，冷、境同韻。謝榛曰：「子美《移居夔州郭》頷聯云『春知催柳别，江爲放船清』，頸聯云『農事聞人説，山光見鳥情』别、説同韻。王維《温泉矚目》頸聯云『新豐樹裏行人度，小苑城邊

〔一〕嵩：底本訛作「蒿」，據《全唐詩》卷一百二十八改。

獵騎回』，落句云『聞説甘泉能獻賦，懸知獨有子雲才』，度、賦同韻。此非詩家正法。」微意蓋在病于鱗矣。按于鱗多犯之者。五言律則《送孟得之》第五句後字、第七句酒字同韻，《黄河》第一句役字、第三句席字同韻，《廣陽山道中》第五句事字、第七句意字同韻，《春日閑居》第六首第一句見字、第三句變字同韻，《夏日東村卧病》第三首第三句地字、第五句餌字、第七句事字同韻，第十一首第三句客字、第五句席字同韻。七言律則《劉員外家宸翰樓》第三句墨字、第五句色字同韻，《葛丈山房》第五句易字、第七句客字同韻，《懷順甫》第五句色字、第七句識字同韻，《初至京與元美明卿子與分韻》第一首第五句隔字、第七句客字同韻，《上郡》第一首第三句落字、第五句策字同韻，《送劉侍郎歸臺》第三首第三句仗字、第五句壯字同韻，《和余德甫江上雜詠》第三句酒字、第五句斗字同韻，《九里松圖》第五句露字、第七句顧字同韻，《汪中丞臺火》第三句起字、第五句水字同韻，《勤中尉園亭》第三句興字、第五句乘字同韻是也。

五言排律

一、高李所選五言排律，自六韻至二十韻，而于鱗所作亦不能上二十韻。蓋于鱗欲篇篇純粹，故致此局促耳。而近世物門諸子，亦皆宗于鱗，以故以子遷之博大，猶不能上十四韻，遂至使後進絶望於長篇，豈非風雅之罪人乎？今作《詩式》，雖據高李之選乎，非謂不入二家之選者盡不足法也。學者其自度力所任，一師古人可也。言至五十韻如百餘韻。而其法亦有仄間平者，有平間仄者，有無韻句末仄間平，有韻句末平間仄者，有無韻句末連下三仄聲，有韻句末連下三平聲者，有單連下三平聲者，有單連下三仄聲者，有挾聲者，有拗體者，有失黏者。

○所謂仄間平者，則李白「諸謂楚人重」，孟浩然「竹繞渭川遍」是也。蘇頲「絲竹路傍散」。

○所謂平間仄者，則盧照鄰「風塵關塞中」，沈佺期「紛從霄漢回」，李白「三吴張翰杯」，李頎「雲霄何足難」「門清河漢邊」「輝輝星映川」，王維「安知滄海東」「主人孤島中」「應知黄綺心」「山深無鳥聲」，高適「嘉期安在哉」，岑參「江猿看洗兵」，錢起「梧桐秋露清」，劉長卿「猶疑林下逢」「苔生雙履痕」「孤煙何處村」「誰堪江浦猿」「悠悠鄱水春」「全生天地仁」「惟憐鷗鳥親」，楊炯「烏號明月弓」，皇甫冉「年年津路迷」「經秋空念歸」「蟬聲江樹稀」，韋應物「英豪燕趙風」，蘇味道「嗟爲臺閣分」，李嶠「東巖王佐居」，張九齡「留侯功復成」「人占仙氣來」「年隨行漏新」，杜甫「此生何太勞」「兼疑菱荇香」，祖詠「清明煙火新」是也。于鱗「攤經祇樹傍」。

○所謂無韻句末仄間平，有韻句末平間仄者，則宋之問「壯麗一朝盡，威靈千歲空」，孟浩然「竹嶼見垂釣，茅齋聞讀書」「回也一瓢飲，賢哉常晏如」「洗幘豈猶古，濯纓良在兹」，李頎「墜葉和金磬，饑烏鳴露盤」「夜宿翠微半，高樓聞暗泉」，杜甫「萬壑樹聲滿，千崖秋氣高」「吾舅惜分手，使君寒贈袍」，錢起「谷口好泉石，居人能陸沈」「一徑入溪色，數家連竹陰」，駱賓王「桂子月中落，天香雲外飄」，劉長卿「落日獨歸鳥，孤舟何處人」是也。于鱗「白石飲牛客，黄金圖駿臺」。

○所謂無韻句末連下三仄聲，有韻句末連下三平聲者，則岑參「殘虹挂陝北，急雨過關西」是也。王縉「浮雲幾處滅，飛鳥何時還」。

○所謂單連下三平聲者，則蘇頲「邊月思胡笳」，李白「寶塔凌蒼蒼」是也。

○所謂單連下三仄聲者，則李頎「清吟可愈疾」「漁舟帶遠火」，杜審言「胡兵戰欲盡」，陳子昂

「猶悲墮淚碣」「誰知萬里客」，王維「清江一女浣」「登高萬井出」「樓開萬户上」，高適「常吟塞下曲」，岑參「亭高出鳥外」，杜甫「浮舟出郡郭」「窮愁但有骨」「他時一笑後」「從來謝太傅」「先鋒百勝在」，錢起「厨煙住峭壁」「山通玉苑迴」，劉長卿「山僧候谷口」，皇甫冉「還將大戴禮」，李商隱「池光不受月」，楊炯「離亭不可望」，駱賓王「龍庭但苦戰」「還應雪漢耻」，蘇味道「明光共待漏」，宋之問「天文日月送」「寒輕彩仗外」「漢王未息戰」，張九齡「晨嚴九折度」「陪遊七聖列」「河津會日月」「寧思竊抃者」「明時獨匪報」「聞風六郡勇」是也。于鱗「明珠滿合浦」「星榆散使者」「乾坤百越震」。

○所謂挾聲在第一句者，則杜甫《哭李尚書》六韻詩是也。按于鱗《送祠部莫郎中貴州提學》六韻詩、《題歐職方鵝山泉高齋》六韻詩，共挾聲在第一句者。

在第三句者，則杜審言《贈蘇味道》八韻詩，宋之問《奉和幸昆明池》六韻詩，《玄宗早度蒲關》六韻詩，錢起《題玉山村叟壁》六韻詩是也。按崔融《和張光禄是王子晋後身》十韻詩，亦挾聲在第三句。

在第五句者，則宋之問《奉和幸長安故城未央宫》六韻詩是也。按陳子昂《宿驤河驛》六韻詩，亦挾聲在第五句。

在第七句者，則王維《送秘書晁監》六韻詩，李嶠《奉和幸韋嗣立山莊》十韻詩是也。按李頎《送劉主簿歸金壇》六韻詩，則挾聲在第七句第十一句。

句者。

在第九句者，則二家之選，絕無之也。按韋抗《奉和送張説上集賢學士賜宴》六韻詩〔一〕，是挾聲在第九句者。

在第十一句者，則陳子昂《白帝懷古》，李頎《宿香山寺石樓》，沈佺期《同韋舍人早朝》，張九齡《奉和早度蒲關》，劉長卿《送鄭説之歙州》，李商隱《戲贈張書記》，駱賓王《靈隱寺》，王維《奉和暮春送朝集使歸郡》，杜甫《九日》《千秋節有感》《王閬州筵奉酬十一舅惜别之作》，蘇頲《同餞楊將軍兼原州都督御史中丞》共六韻詩是也。

在第十三句者，則二家之選無之。按陳子昂《入東陽峽》十韻詩，宋之問《奉和幸韋嗣立山莊》八韻詩，張説《遊洞庭湖》七韻詩，是挾聲在第十三句者。

在第十五句者，則宋之問《至虚氏村作》八韻詩，張説《將赴朔方軍應制》十韻詩，岑參《送郭僕射》，錢起《奉和登朝元閣》，鄭審《奉使巡撿兩京路種菓樹》共八韻詩是也。按于鱗《七夕集元美宅詩》《送茂秦詩》共八韻，而挾聲在第十五句。

在第十七句者，則劉長卿《謫至干越亭》十韻詩是也〔二〕。

在第十九句者，則王維《奉和幸玉真公主山莊因題石壁》十韻詩是也。按宋之問《遊雲門寺》十一韻

〔一〕韋：底本訛作「韓」，據《全唐詩》卷一百八改。

〔二〕干：底本訛作「于」，據《全唐詩》卷一百四十九改。

詩，則挾聲在第二十一句。

在第二十三句者，則杜甫《謁先主廟》十六韻詩是也。按武平一《奉和幸新豐温泉宮》十四韻詩，則挾聲在第二十五句。

在第一句、第五句者，則劉長卿《留題李明府霅溪書堂》十韻詩是也。按第一句、第三句挾聲者，則陳子昂《過荆州崔兵曹使》六韻詩。第一句、第十三句挾聲者，則于鱗《送宋宇少府之蒲城》八韻詩是也。

在第一句、第五句第九句者〔一〕，則李頎《聖善閣送裴迪入京》六韻詩是也。按高適《賀哥舒太夫破九曲》十二韻詩，則挾聲在第一句第十三句、第十七句。

在第三句、第十一句者，則盧照鄰《送孟學士南遊》六韻詩是也。按楊炯《遊廢觀》六韻詩，于鱗《集元美宅送徐汝思吴峻伯袁履善三比部》詩亦皆六韻，而挾聲在第三句、第十一句。

在第三句、第三十九句者，則杜甫《投贈哥舒開府》二十韻詩是也。按鄭義真《奉和過温湯》六韻詩，則挾聲在第三句、第九句。

在第三句、第十五句者，則王昌齡《華萼樓醐宴》八韻詩是也。

在第七句、第十一句者，則張説《奉和途經華嶽》六韻詩是也。按楊炯《和入隆唐觀》十韻詩，第十一句、第十五句挾聲。王光庭《奉和送張説赴朔方軍》十韻詩，第十一句、第十九句挾聲。孫逖《奉和崔司馬登稱心寺》十韻

〔一〕一：底本訛作「十」。按挾聲無在偶數句者，且考李頎《聖善閣送裴迪入京》第一句「雪華滿高閣」符合挾聲之規則，據改。

詩，第十五句、第十九句挾聲，蓋挾聲者，唐人之所以穩順聲勢，故凡平起無韻句，遇字之不可換者，則必用挾聲，故盡撿唐詩，則不止此所舉云。

○所謂拗體者，則王維「積水不可窮」，杜甫「良會不復久」是也。

○所謂失黏者，則宋之問《未央宫應制》七、八句六韻詩，張九齡《和許給事直夜》五、六句八韻詩是也。按陳子昂《過荆州崔兵曹使》六韻詩，三、四句。王績《贈學仙者》六韻詩，五、六句。王勃《泥溪》六韻詩，九、十句，《三月曲水宴》十韻詩，九、十句。盧照鄰《山莊休沐》六韻詩，五、六、七、八句，《山林休日田家》六韻詩，七、八句，亦皆失黏也。又有聯中自失黏者，太宗「驅馬出遼陽，萬里轉旍常」，王勃「傅巖來築處，磻溪入釣前」，楊炯「漢君祠五帝，淮王禮八公」，盧照鄰「欲叙他鄉別，幽谷有綿蠻」等是也。

七言排律

一、高李之選，不取七言排律，而《品彙》唯收四首，而其爲篇，僅自七韻至八韻。而于鱗則自六韻至十二韻，獻吉則自八韻至二十韻，元美則自五韻至三十韻。按胡元瑞《詩藪》曰：七言排律，唐人僅數篇，而施肩吾乃有百韻者，其詩必不能佳，然亦異矣。而物門諸子，則雖才如服子遷乎，未遑及之，蓋元美有言曰：「七言排律，創自老杜。按子美有《清明》二首，及《題鄭十八著作文》一首。然亦不得佳，蓋七字爲句，束以聲偶，氣力已盡矣。又欲衍之使長，調高則難續而傷篇，調卑則易冗而傷句，合璧猶可，貫珠益難。」此其所以不敢作邪？然既爲一體，學者豈可畏縮其難，而不作之也邪？故今取法於

《品彙》及杜集，參以明諸家爲之式云。

○有平間仄者，僧清江「月照疎林驚鵲飛」，于鱗「憲府松杉風亂鳴」，獻吉「遥憶西風懷漢南」，元美「嶰谷裁將鸞鳳鳴」「三月江南花柳齊」「感事驚心論舊遊」是也。

○有挾聲者，杜甫《清明》第一首「鐘鼎山林各天性」，第二首「風水春來洞庭闊」，元美「六郡良家紫騮馬」是也。

○有連下三平聲者，獻吉「梁城積滯心煩婪」是也。

○有連下三仄聲者，獻吉「絶頂營居只自住」「寵豈盡軒衛國鶴」，元美「頗爲酒饒袪物役」是也。

○有五字一平者，于鱗「一時出處有餘情」是也。

○有無韻句末仄間平，有韻句末平間仄者，元美「褭蹄繡錯鐵如意，琥珀光凌金叵羅」是也。

○有拗體者，獻吉「北岡雪風虚多阻」，元美「秫田已滿七百斛」是也。

○無仄起有韻句第三字仄聲者，及單仄間平者。按七言排律，貴言從字順音響沖和，故雖以獻吉、元美之豪放乎，猶無犯聲病者，况於于鱗之謹嚴乎？

五言絶句

一、世人多謂五言絶句「唯尚調古而不拘聲律」，余因撿高李選，亦自有法，論列如左。

○有韻起者，駱賓王《易水送別》第二句失黏，李白《静夜思》第二句拗體，第四句失黏，劉長卿《平蕃曲》二首，韓翃《漢宫曲》，盧綸《塞下曲》，李端《溪行逢雨》，李益《幽州》，張籍《寄西峰僧》，王建《故行宫》，令狐楚《從軍行》，張仲素《春江曲》，司空圖《樂府》，薛瑩《秋日湖上》，皇甫冉《婕妤怨》，西鄙人《哥舒歌》是也。錢起《江行無題》第一首、第七首共是韻起。又于鱗《戲呈子坤》第三首、《羽林郎》《羅浮曲》《歲杪再得殿卿書卻寄》《和子與留別》二首亦皆韻起者。

○有平間仄者，蓋嘉運「莫教枝上啼」，楊炯「由來天下傳」，李白「落花盈我衣」，王維「君王恩幸疎」「王孫歸不歸」「時鳴春澗中」「復聞啼鳥聲」，儲光羲「相邀歸渡頭」，崔國輔「年年愁處生」，韋應物「高齋聞雁來」「幽人應未眠」，皇甫冉「閒雲朝夕來」，劉方平「宫中河漢高」，暢當「非關秋氣悲」，張籍「夜深人未眠」，李商隱「驅車登古原」，柳宗元「哀猿何處鳴」，文宗「上林花滿枝」，于武陵「涼風吹不休」是也。于鱗「白雲知幾重」，亦平間仄者。

○有仄間平者，孟浩然「分手脱相贈」是也。

○有無韻句末仄間平，有韻句末平間仄者，李白「醉起步溪月，鳥還人亦稀」「但見淚痕濕，不知心恨誰」，儲光羲「百萬一時盡，含情無片言」，王昌齡「別後冷山月，清猿無斷時」，杜甫「萬國尚戎馬，故園今若何」「江碧鳥逾白，山青花欲然」，韋應物「獨鳥下高樹，遥知吴苑園」「高閣一長望，故園何日歸」是也。于鱗「立馬折楊柳，已無前日枝」亦是法。

○有仄韻者，孟浩然《春曉》，李白《玉階怨》，王維《孟城坳》《鹿柴》《辛夷塢》《漆園》《宫槐陌》

《臨高臺》《竹里館》，崔顥《長干行》第二首，崔國輔《怨辭》《古意》，王昌齡《題灞池》《送李十五》，王縉《別輞川》，劉長卿《送靈徹上人》，錢起《古藤》，耿湋《秋日》，李端《拜新月》，柳宗元《江雪》，孟郊《古別離》《古怨》，賈島《劍客》，孫革《訪羊尊師不遇》，施肩吾《幼女詞》，裴迪《孟城坳》《鹿柴》是也。按于鱗亦多仄韻者。

○有仄韻而二四平仄不失黏帶者，孟浩然《春曉》第三句失黏，王縉《別輞川》，顧况《憶番陽舊遊》是也。于鱗《冬日》第二首亦仄韻，而二四平仄不失黏帶者。

○有起句用他韻者，崔國輔《少年行》，李白《怨情》，孟郊《歸信吟》是也。

○有平韻詩第三句末下平聲者，王昌齡《送胡大》，于武陵《高樓》是也。

○有仄韻詩第三句末下仄聲者，王昌齡《送李十五》，裴迪《孟城坳》，《鹿柴》是也。

○有第一句拗體者，李白《自遣》，孟浩然《送友之京》，劉長卿《湘妃怨》是也。

○有第一句拗體第三句挾聲者，宋之問《別杜審言》，皇甫冉《山館》是也。

○有第三句拗體者，祖詠《終南望餘雪》是也。

○有全篇拗體者，蕭穎士《九日陪元魯山登北城留別》是也。

○有第三句失黏者，張九齡《自君之出矣》，太上隱者《答人》是也。

○有第一句挾聲者，孟浩然《送朱大入秦》《宿建德江》《洛陽訪袁拾遺不遇》，王維《鳥鳴澗》，崔顥《長干行》第一首，王昌齡《送張四》，韋應物《聞雁》《秋夜寄丘二十二員外》，李頎《奉送五叔入京兼寄綦毋三》，賀知章《題袁氏別業》是也。于鱗《別意》《立春》第一首亦第一句挾聲者。

○有第三句挾聲者，崔顥《長干行》第三首，岑參《行軍九日思長安故園》《見渭水思秦川》，韋應物《西樓》，李白《見京兆韋參軍量移東陽》，王維《雜詩》，儲光羲《關山月》，王昌齡《答武陵田太守》，東方虬《昭君怨》，張説《蜀道後期》，皇甫曾《送王司直》，司空曙《金陵懷古》《別盧秦卿》，李益《幽州》，劉禹錫《秋風》，張籍《寄西峰僧》，元稹《夏陽亭臨望》，許渾《塞下曲》，崔道融《歸燕》，司空圖《歲盡》，朱放《竹林寺》，柳宗元《登柳州峨山》是也。于鱗《五嶽遊囊雜録》中《杖》詩亦第三句挾聲者。

○有連下三平聲者，王維「夜静春山空」，孟浩然「予望青山歸」，于武陵「照此誰家樓」，劉長卿「千歲空蛾眉」，郭振「已被春風吹」，祖詠「積雪浮雲端」是也。于鱗「五嶽真形圖」亦連下三平聲者。

○有連下三仄聲者，王維「看花滿眼淚」，李白「相看兩不厭」，杜甫「江流石不轉」，劉長卿「空留一片石」，皇甫冉「那堪閉永巷」，李端「那堪兩處宿」，柳宗元「孤臣淚已盡」，張仲素「歸時不覺夜」，權德輿「秋風一夜至」，丘爲「春風且莫定」，韋應物「還愁獨宿夜」是也。于鱗「黄金結客盡」亦連下三仄聲者。

七言絶句

一、高廷禮云：「七言絶句，始自古樂府《挾瑟歌》，梁元帝《烏栖曲》，江摠《怨詩行》等作，皆七言四句。至唐初，始穩順聲勢，定爲絶句。」則聲律之於絶句，不亦可嚴乎？乃亦論列于左方。

○有連下三平聲者，儲光羲「新林二月孤舟還」是也。于鱗「胡姬十五堪當壚」「請君聽我秋風辭」「廣陵城上秋瀟瀟」「可須浮白勞鄱陽」「五月五日榴花杯」亦皆連下三平聲者。

○有連下三仄聲者，張説「聞道神仙不可接」，張籍「復恐怱怱説不盡」，樓穎「一去姑蘇不復返」是也。

○有無韻句末仄間平，有韻句末平間仄者，李白「孤帆遠影碧空盡，唯見長江天際流」，王維「相逢意氣爲君飲，繫馬高樓垂柳邊」「勸君更盡一杯酒，西出陽關無故人」，元結「停橈静聽曲中意，好是雲山韶濩音」，韋應物「春潮帶雨晚來急，野渡無人舟自横」，盧綸「卧驅鳥雀惜禾黍，猶恐諸孫無社錢」，張謂「縱令然諾暫相許，終是悠悠行路心」，許渾「高歌一曲掩明鏡，昨日少年今白頭」是也。按于鱗「已知無意二千石」，是則單仄間平者。

○有單平間仄者，郭知運「萬里煙塵昏戍樓」，李白「影入平羌江水流」，「李白乘舟將欲行」「舊苑荒臺楊柳新」「曾照吴王宫裏人」「雲想衣裳花想容」「誰道君王行路難」「霜落荆門江樹空」，王昌齡「奉帚平明金殿開」「欲捲珠簾春恨長」「水殿風來珠翠香」「白馬金鞍從武皇」「馬首東來知是誰」「總是關山離别情」「萬里長征人未還」「不破樓蘭終不還」「莫道秋江離别難」，王維「廣武城邊逢暮春」「萬户傷心生野煙」「楊柳渡頭行客稀」，賈至「離恨空隨江水長」「醉殺長安輕薄兒」「江路東連千里潮」，岑參「極目蕭條三兩家」「漢將承恩西破戎」「苜蓿峰邊逢立春」「不見沙場愁殺人」「匹馬西來天外歸」，李頎「羡爾城頭姑射山」，元結「千里楓林煙雨深」，劉長卿「寂寂孤鶯啼杏園」，韋應物「上有黃鸝深樹鳴」「一郡荆榛寒雨中」，朱放「渺渺天涯君去時」，錢起「谷口春殘黃鳥稀」「斗酒忘言良夜深」，張繼「月落烏啼霜滿天」，李益「横笛偏吹行路難」「露濕晴花春殿香」「汴水東流無限春」「風起楊花愁殺人」，宋濟「花暖江城斜日陰」，劉商「君去春山誰共遊」「他日相思來水頭」，戴叔倫「盧橘花開楓葉衰」「縱有清光知對誰」，劉禹錫「言幸平陽公主家」「堤上女郎連袂行」「堤下連檣堤上樓」「今夜初聞長樂鐘」，陳羽「香徑無人蘭葉紅」，韋莊「江雨霏霏江草齊」，許渾「十二山晴花盡開」「白日秦兵江上來」，崔惠童「昨日殘花今日開」，鄭谷「楊子江頭楊柳春」，杜審言「遲日園林悲昔遊」，劉廷琦「況復當時歌舞人」，沈佺期「山上惟聞松柏聲」，儲光羲「水滿清江花滿山」，杜甫「湖月林風相與清」，常建「日暮沙場飛作灰」「愁殺江南離別情」「雨歇楊林東渡頭」「直到門前溪水流」，吳象之「使氣常遊中貴人」，張潮「蓮子花開猶未還」，張仲素「朔雪飄飄開雁門」，張喬「一曲涼州金石清」，張子容「隴上明星高復低」，張敬忠「正是長安花落時」是也。于鱗「江上遥看衡嶽峰」「客有將歸張翰才」「腰下并刀明月環」「鴻雁蕭蕭楓樹丹」「繫馬青楓江上臺」「三月漁陽春水來」「北斗闌干南斗低」「梁苑無人秋氣悲」「長夏園林黃鳥來」「昨夜春風吹酒香」「昨日罷官今日貧」「此日雙鳧何處飛」，亦皆單平間仄者。

○有挾聲者，李白《峨眉山月歌》《永王東巡歌》《巴陵送賈舍人》《聞王昌齡左遷龍標尉遥有此寄》，王昌齡《西宫秋怨》《别李浦之京》，王之渙《涼州詞》，韋應物《寒食》，嚴維《丹陽送韋參軍》，李益《上汝州郡樓》，張仲素《秋閨思》，劉禹錫《石頭城》，張籍《涼州詞》，鮑溶《隋宫》，李商隱《宫詞》《寄令狐郎中》，許渾《四皓廟》，趙嘏《寄遠》，韋莊《江上别李秀才》，羊士諤《郡中即事》，崔敏童《宴城東莊》是也。于鱗「借問何人賦揺落」「堪是樽前幾知己」「我亦潁陽飲牛客」「莫按腰間鹿盧劍」「九日空齋似寒食」等句，亦皆挾聲者。

○有拗體者，李白「横江館前津吏迎」「故人西辭黄鶴樓」，王昌齡「白草原頭望京師」「黄河水流無盡時」，按于鱗「濤聲欲來風色驕」蓋法于此。王維「新豐美酒斗十千」「咸陽遊俠多少年」，杜牧「監官引出暫閉門」「長空澹澹孤鳥没」，王勃「九月九日望鄉臺」，按于鱗「五月五日榴花杯」蓋法於此。張謂「世人結交須黄金，黄金不多交不深」，韋應物「廣陵三月花正開」是也。

○有五字一平者，李白「忽聞岸上踏歌聲」，王維「出身仕漢羽林郎」「罟師蕩槳向臨圻」，杜甫「一辭故國十經秋」，崔敏童「一年始有一年春」，崔惠童「一月主人笑幾回」是也。王昌齡「送君不覺有離傷」，劉禹錫「此中道路古來難」「只緣一曲後庭花」，王建「謝恩未了奏花開」等句，亦五字一平者。

○有仄起者，王維《九月九日憶山中兄弟》，韋應物《寒食》，李益《夜上受降城聞笛》，劉禹錫《石頭城》，張籍《哭孟寂》，竇鞏《南游感興》，杜牧《登樂遊原》，張謂《九日宴》是也。于鱗「洲邊處士」首，亦仄起。

○有仄韻者，岑參《春夢》《酒泉太守席上醉後作》《送劉判官赴磧西》，無名氏《胡笳曲》是也。于鱗「濁酒自沽」首，亦仄韻。

○有第二句失黏者，王維《少年行》是也。「出身仕漢」首。

○有第三句失黏者，王勃《九日》，沈佺期《邙山》，劉廷琦《銅雀臺》，李白《上皇西巡歌》二首「誰道君王」「劍閣重關」二首，王維《送沈子福》《送元二使安西》，賈至《西亭春望》《洞庭湖》《岳陽樓》，岑參《封大夫破播仙凱歌》第一首、《磧中作》，杜甫《奉和嚴武軍城早秋》，高適《九曲詞》《塞上聞吹笛》，蔡希寂《洛陽客舍》，韋應物《滁州西澗》，張敬忠《邊詞》，張子容《水調歌》第一疊是也。

挾聲揔論

一、余閲高李之選，七言挾聲句，似忌第三字仄。因遍撿《品彙》，律詩六百首中，挾聲者凡七十七句，而唯杜甫「愛汝玉山草堂静」及張喬「達理始應盡惆悵」二句犯之矣。絶句九百三十六首中，挾聲者凡八十四句，而唯儲光羲「借問故園隱君子」一句爲第三字仄焉，而于鱗則往往犯之矣。律則如「直擬賊平答明詔」及「白眼自宜置丘壑」等句。絶句則如「我亦潁陽飲牛客」句皆犯之矣，而物門諸子，皆誦法于鱗，則亦無有能覺其非者也。余亦嘗於西遊諸什，往往犯之矣，今而悔之，噬臍不及云。按五言律排律挾聲句，理亦當忌第一字仄。因略撿《品彙》，律詩如陳子昂「故鄉杳無際」，孟浩然「義公習禪寂」，杜甫「昔聞洞庭水」皆第一字仄，而共居第一句矣。排律如李頎「雪華滿高閣」亦然矣。間有居中聯者，亦百中之一耳，而于鱗則於中聯亦往往見之矣。孰謂濟南生嚴刻乎？要之如吾人不能自運，則忌之可也。

六言律絶排律

一、六言律，即除七言律之第五字者也。半截之，則爲絶句；引而伸之，則爲排律，律絶共亦有平格者，仄格者，韻起者，仄起者，失黏者，拗體者。其法第二字與第四字異平仄，第二字與第五字同平仄，蓋高李之選，無六言體，唯《品彙》載律五首、絶句十九首，此余所取法云。

○八句詩有平格而韻起者，張説《破陣樂》第五句失黏，篇中又拗一「朝」字，韓翃《送陳明府》第三句失黏，篇中又拗一「芳」字，「花間一杯促路，煙外千里含情」，自是拗字法。猶王維「桃紅復含宿雨，柳緑更帶朝煙」，劉禹錫「世事不同心事，新人何似故人」也是也。有仄格而韻起者，盧綸《送萬臣》第三句失粘，且拗「村路」二字是也。有平格而仄起者，劉長卿《苕溪訓梁耿别後見寄》篇中拗一「萬」字，周賀《送李億東歸》是也。按于鱗律詩僅二首，共仄格仄起，無失黏無拗體。

○絶句有平格而韻起者，韓翃《宿甑山》《别甑山》是也。有平格而仄起，而失黏者，皇甫冉《送鄭二之茅山》是也。有仄格而仄起者，劉長卿《尋張逸人山居》，顧况《歸山》是也。有仄格而韻起而失黏者，劉長卿《留别鮑侍御》是也。有仄格而仄起而失黏者，皇甫冉《懷靈一上人》，王建《宫中三臺》《江南三臺》是也。按于鱗六言絶句僅二首，共平格，一首韻起，一首仄起，亦無失黏，無拗體。有拗體者，李景伯「回波爾時酒巵」「侍宴既過三爵」，王維「採菱渡頭風急」「杏樹壇邊漁父」「牛羊自歸村巷」「童稚不識衣冠」「一瓢顔回陋巷」「酌酒會臨泉水」「南園露葵朝折」，劉長卿「楊柳暮雨霑衣」，張繼「潮至潯陽回去」，皇甫冉「山色東西多少」，劉禹錫「北固山邊波浪」是也。

○元美有六韻排律一首《江南樂》仄格仄起，袁中郎亦然《别恨篇》亦仄格仄起。

白雲館近體詩眼

熊阪臺洲

《白雲館近體詩眼》（亦簡稱《白雲館詩眼》）一卷，熊阪臺洲撰。據寬政九年（一七九七）尾陽書肆風月堂刻本校。

白雲館近體詩眼自序

余既作《白雲館近體詩式》以授兒輩，其書獨論唐詩之聲律，而不及其體裁格調。以謂論其體裁格調，則《滄浪詩話》《四溟詩話》《藝苑卮言》《藝圃擷餘》《詩藪》等書悉之矣，學者當盡讀之，豈可恃人之抄録者不寓目於全書乎哉？屬者兒輩苦其浩乎無涯涘，慫慂爲著一書指示津涉者數矣。余因語之曰：嚴滄浪有言曰：「夫詩有別材，非關書也；詩有別趣，非關理也。然非多讀書多窮理則不能極其至。」而以余觀寶曆以後詩人，其所讀率不過臨川王《世説》及李安平《蒙求》，其所誦率不過《唐詩選》及明七子輩詩，而其所宗多是于鱗，則其所作亦人人刻鵞，甚則不知字法、句法、篇法爲何物，又甚則不識字，猶公然口格調，抗顔稱詩人，高自標榜，覬覦時名，豈不可爲斯道長大息流涕乎？何以言之？譬諸人身，四肢百骸、耳目鼻口各居其所，而後始可稱全人，全人而後始可論風姿矣。若手足易所，七竅失位，則豈可稱全人乎？不唯不可稱全人，有目者將驚愕而走矣，奚暇論風姿？惟詩亦然。首尾開闔、點綴關鍵皆得其法，而後始可稱完篇，完篇而後始可論格調矣。若首尾失法，唤應乖宜，則豈可稱完篇乎？不唯不可稱完篇，具眼者將盧胡而笑矣，奚暇論格調？而閲今之詩人，率不問經術文辭，而唯詩是攻，乃以專業自負。則亡論其詩不能成句成篇，即其題引，亦十數字以上者則不能成語，顛倒錯置，殆如寱語，使人讀之，往往不堪捧腹。

豈不悲乎！嘻！是寧獨其人之罪哉？物子蓋作俑焉。何以言之？昔者物子憫子式之少喪明而教以詩也，遂使子式以盲而取詩人之名。自爾而後，世始有所謂詩人者不事經術文辭而專業詩，欲以竊時名。蓋其心以爲兼美詩文，古今所難，則詩人而不善文章，固其所也，靦不以爲耻。殊不知唐人之文雖亦不無工拙，要皆一時之選也，觀《文粹》諸書所載，可以見已；乃比諸今之詩人，至於作文章，則茫乎不能下筆焉者，奚翅霄壤也！夫文之與詩，固異象同則，豈有不多讀書而能屬文者乎？豈有不能屬文而能作詩者乎？文，猶言語也；詩，猶歌謡也。如未能言語而曰「我能歌謡」，則豈理也乎哉？汝曹宜先多讀書，且學作文，慎勿似乎今之詩人。爲汝曹著書，我則不暇也。兒輩尚猶時時慫慂不已，於是乃論于鱗之所以選唐詩之心，與其所以學唐詩之跡，附以緒言餘論，名曰《白雲館近體詩眼》，蓋取諸嚴滄浪「金剛眼睛」之説也。兒輩如善讀之，其於論詩之法，縱不得著「金剛眼睛」，庶乎得具一隻眼云爾。

寬政甲寅秋九月戊申，白雲館主人撰。

白雲館近體詩眼

東奥　熊阪邦子彦　著
男秀君　實
門人岡部忠保伯孝　校

王元美、胡元瑞意不滿于鱗《唐詩選》，而獨推高廷禮《正聲》，其論往往見於《卮言》及《詩藪》焉。而余亦嘗謂于鱗之選唐詩，非選其可選者，要選其合乎己者，以立門户耳。何以言之？如其「君去何時歸」首，則取法於司空曙《别盧秦卿》詩；「白雲湖上」首，則脩辭於宋之問《送司馬道士遊天台》詩。諸如此類，《正聲》所不取而于鱗選收之者，不遑枚舉。則知于鱗之選，有所不公也。乃略論，列左方。

一、「越王城上黯銷魂，萬里秋風動薊門。君自平生稱國士，南遷豈負信陵恩。」出自王昌齡《答武陵田太守》。而王詩有「大梁」字以照應，于鱗詩則否。乃知于鱗此詩，唯趁韻而已也。按，如「大梁車騎」首，則第二句有「夷門」字以照應，乃爲佳耳。而王詩，《正聲》所不取，而于鱗選收之者。

一、「五月五日」首「五月五日榴花杯，故園故人北渚來」，學王勃《蜀中九日》詩者也，亦《正聲》所不取，而于鱗選收之者。按，王勃亦有所本。盧照鄰「九月九日眺山川，歸心歸望積風煙」是也。

一、「蕭蕭風雨」首第三句「君但能來長夜飲」，出自王維《答張五弟》詩結句。按，「胡姬十五」首第三句亦從此句變來者。亦《正聲》所不取而于鱗選收之者。

一、「西風蕭瑟」首，突然下「相如」字，下無照應，難以爲法。此詩蓋出自李商隱《寄令狐郎中》詩，而李詩有「梁園」「茂陵」等字以相照應，于鱗則否。亦《正聲》所不取，而于鱗選收之者。按，李商隱，晚唐人，則是于鱗學晚唐者。

一、「五月五日」首，一、二句法于王勃《九日》詩則已論之矣。至其結句，則出自萬楚《五日觀妓》「誰道五絲能續命」句與温庭筠《楊柳枝》「繫得王孫歸意切」句。而二詩亦《正聲》所不取，而于鱗選收之者。按，王元美論萬楚詩曰：「『眉黛奪將萱草色，紅裙妒殺石榴花』，真婉麗有梁陳韻。至結語『誰道五絲能續命，却令今日死君家。』宋人所不能作，然亦不肯作。于鱗極嚴刻，却收此，吾所不解。又起句『西施謾道浣春紗』，既與五日無干；『碧玉今時鬬麗華』，又不相比。」則豈弇州亦未悟于鱗之選唐詩唯選合乎已者邪？

一、「莫道江南夢裏遥，白楊明日便蕭蕭」，是法于王昌齡「莫道秋江離別難，舟船明日是長安」者也。亦《正聲》所不取，而于鱗選收之者。

一、「片月不離桐柏水，白雲偏傍弋陽山」「高齋卧理」首，出自張潮《江南行》「妾夢不離江上水，人傳即在鳳凰山」。亦《正聲》所不取而于鱗選收之者。

一、「憑將白雪」首結句「古來能得幾鍾期」，「綈袍十載」首結句「使君能得幾回看」，共出自子美「錦城絲管」首。亦《正聲》所不取而于鱗選收之者。

一、「羅姑春酒」首三、四句「爲問君家三婦艷，今朝若箇畫眉長」，出自李適之《罷相作》「爲問門前客，今朝幾箇來」，蓋引五言而伸之者也。亦《正聲》所不取，而于鱗選收之者。

一、「青海長雲萬里秋」句，出自王昌齡《從軍行》「青海長雲暗雪山」句，亦《正聲》所不取，而于鱗選收之者。

一、「玉壺春酒調吴姬」句「彩筆含花」首及「玉壺春酒石榴殷」句，「玉壺春酒」四字，共本於岑參「回風度雨」首。亦《正聲》所不取，而于鱗選收之者。

一、「仙郎歌動白雲秋，酒滿金樽月滿樓。借問西園飛蓋客，座中誰不似應劉」，全學儲光羲「新林二月」首者也。「新林二月孤舟還，水滿清江花滿山。借問故園隱君子，時時來往住人間」。亦《正聲》所不取，而于鱗選收之者。

一、「燕支山下幾回春」句，出自杜審言《贈蘇綰書記》詩。亦《正聲》所不取，而于鱗選收之者。

一、「君最往還知五柳」句「青雲明日」首及「賦就無人解往還」句「乞得梁園」首，共出自韋應物《答李澣詩》。亦《正聲》所不取，而于鱗選收之者。

一、「梁園高宴」首第三句「若使平臺賓客在」，「來自盧山」首第二句「梁園賓客更相從」，共出自王昌齡《梁苑》之作。「梁園秋竹古時煙，城外風悲欲暮天。萬乘旌旗何處在，平臺賓客有誰憐」。亦《正聲》所不取，而于鱗選收之者。

一、「茱萸美酒」首第三句「愁見孤城秋色裏」，出自王維《送韋評事》詩「愁見孤城落日邊」。亦《正聲》所不取，而于鱗選收之者。

一、「北風吹雪」首一、二「北風吹雪雪漫漫，雪裏題詩淚不乾」，出自岑參《逢入京使》「故園東望路漫漫，雙袖龍鐘淚不乾」與《送人還京》「送君九月交河北，雪裏題詩淚滿衣」。而《送人還京》詩，則《正聲》所不取，而于鱗選收之者。按，「北風吹雪」字，似自盧弼《邊庭四時怨》變來。亦《正聲》所不取，而于鱗選收之者。

一、「北風吹雁雁群呼」句，出自高適《別董大作》「十里黄雲白日曛，北風吹雪雪紛紛」。亦《正聲》所不取，而于鱗選收之者。按，高適詩三、四曰：「莫愁前路無知己，天下誰人不識君。」雖亦流暢，與一二句絶無照應，不成篇矣。何以言之？試以韓翃「江口千家帶楚雲，江花歷亂雪紛紛」爲此詩一二，亦頗成篇矣。而于鱗選之，益見其唯選合乎己者。

一、「從他白髮病中生，醉後寧知世上情」，出自蔡希寂《逢祖詠留宴》「綿綿漏鼓」首。亦《正聲》所不取，而于鱗選收之者。

一、「清樽華髮」首結句「一時回首孟嘗門」，出自李益《從軍北征》「一時回首月中看」。亦《正聲》所不取，而于鱗選收之者。

一、「使君秋憲府中才」句「帝里初分」首，出自孫逖「忽睹雲間」首「秋憲府中高唱入」句〔一〕，亦《正聲》

〔一〕孫：底本訛作「遜」，據《唐詩品彙》卷八十二改。

所不取，而于鱗選收之者。

一、「白雲東望」首落句「縱有三山何可到，不如相見且銜杯」，出自王維「酌酒與君」首落句「世事浮雲何足問，不如高卧且加餐」。亦《正聲》所不取，而于鱗選收之者。

一、「華頂岧嶢」首落句「君王倘問仙人掌，願上芙蓉露一杯」，出自張説《幽州新歲作》「遥遥西向長安日，願上南山壽一杯」。亦《正聲》所不取，而于鱗選收之者。

一、「九日陶家菊自黄」句，出自崔國輔《九日》詩第三句。亦《正聲》所不取，而于鱗選收之者。

一、「春日照城隅」首，出自《古樂府》，固矣。然實出自杜審言《贈趙使君美人》詩。「紅粉青蛾映楚雲，桃花馬上赤榴裙。羅敷獨向東方去，謾學他家作使君。」亦《正聲》所不取，而于鱗選收之者。按，「高蓋峻嶒」首結句，亦出於此。

于鱗常以開、天自期，而其所作落中、晚者，不遑指數。豈英雄欺人邪？將先聲而後實邪？而物子稱于鱗於盛唐諸家外别構高華一色，而終不離盛唐。余則謂，高華一色蓋有之矣，未敢輒許其盛唐也。今乃取其落中、晚者，略論列左方。

一、「馬上垂楊」首三四「明朝何處風塵吏，回首青雲是舊遊」，出自皇甫冉「秋夜沈沈」首「歸舟明日毘陵道，回首姑蘇是白雲」。是于鱗學中唐者。

一、「少婦紅妝」首第三句「無情最是他鄉月，不就仙郎掌上看」，出自韋莊《金陵圖》詩「無情最是臺城柳，依舊煙籠十里堤」。亦于鱗學晚唐者。

一、「怪來長得君王寵，自是麒麟閣上人」「再領樓船」首，「怪來不作人間夢，一夜寒泉拂牖飛」「盥漱焚香」首，共取法於韋應物《休日訪人不遇》，其詩曰：「九日驅馳一日閒，尋君不遇又空還。怪來詩思清人骨，門對寒流雪滿山。」此詩《品彙》《正聲》及于鱗選共不取，唯《三體詩》收之。且韋應物中唐人而于鱗學之，豈自謂「點鐵爲金手」邪？

一、「二月城頭」首結句「自起開樽喚客嘗」，出自雍陶《和孫明府懷舊山》詩結句「自起開籠放白鷴」。亦于鱗學晚唐者。

一、《詠牡丹》詩「即令解語應相笑」，出自羅隱《牡丹》詩頷聯「若教解語應傾國，任是無情亦動人」。雖律絶異體，亦同詠牡丹者，則豈能免爲鈍賊乎？而羅隱亦晚唐人，則亦于鱗學晚唐者。

一、「梁園脩竹」首第三句「此夜斷腸聽不得」，出自顧況《聽角思歸》「此夜斷腸人不見」，亦于鱗學中唐者。

一、「桃花不似」首結句「黄金無賦買春風」，出自崔道融《長門怨》「長門春欲盡，明月照花枝。買得相如賦，君恩不可移」。豈于鱗亦取鎔乎晚唐自鑄其唐邪？崔蓋晚唐人。按，趙氏有「無金可買長門賦，有恨空吟團扇詩」句，亦可以參見矣。

一、「北斗闌干南斗低」，出自劉方平《夜月》詩「更深月色半人家，北斗闌干南斗斜。今夜偏知春氣暖，蟲聲新透緑窗紗」。而取第二句以成起句，却覺有趣。亦于鱗以晚唐鑄其唐者。

一、「萬顆葡萄」首三、四「故人更比相如渴，不向金莖夜夜看」及「裘馬翩翩」首結句「説甚金莖露未嘗」，共出自李商隱《漢宫》「侍臣最有相如渴，不賜金莖露一杯」。亦于鱗祖晚唐者。

一、「匣裏龍泉」首「匣裏龍泉北斗文，携來燕趙客如雲。自言此劍千金買，不是窮交不借君」，出自李涉《送魏簡能》之作「燕市悲歌又送君，目隨征雁過寒雲。郵亭宿處時看劍，莫使塵埃蔽斗文」。不必曰字法、句法同，唯是氣象相似。而李涉中唐人。

一、「看君繡斧」首落句「當道狐狸何足問，邊城今有郅都才」，出自盧綸《宫中樂》「可是邊城用郅都」。亦于鱗祖中唐者。

一、「漢江春水」首「漢江春水竟陵東，楓樹蒼蒼繞沛宫。父老只今猶望幸，君王按劍顧雲中」，出自皇甫曾《萼嶺四望》「漢家仙仗在咸陽，洛水東流出建章。野老至今猶望幸，離宫秋樹獨蒼蒼」。亦于鱗取法於晚唐者。

一、「白雲湖上酒家春，那更桃花照眼新。」「照眼」字出自韓愈《榴花》詩「五月榴花照眼明」。亦于鱗以晚唐鑄其唐者。

一、「張郎新製合歡衾，醉擁紅顔燭影深。」物子註「深」字下曰：「字法。蓋一『深』字含蓄許多意思，故註云爾。」然「燭影深」三字，實出自李商隱《嫦娥》詩「雲母屏風燭影深，長河漸落曉星沉。嫦娥應悔偷靈藥，碧海青天夜夜心」。則益見其於晚唐亦有所襲矣。

一、「虚傳車騎」首第二句「侍宴無非繞吹臺」，出自花蕊夫人《宫詞》「厨船進食簇時新，侍宴無非列近臣」。亦于鱗祖晚唐者。

一、「詔遣詞臣集漢都」句，出自張籍《寄宋景》詩「詔發官兵取亂臣」。亦于鱗學晚唐者。

緒言

一、「莫將白雲廬，不及紅塵陌」，雖學司空圖「無將故人酒，不及石尤風」，一二既不能及，三四亦無風韻，殆落六朝對偶。然初學當以此爲學唐詩之法，是謝榛所謂「臨字之法」也。又如「白雲湖上」首，第一句出自宋之問「離筵數處白雲飛」，第二句出自「桐柏山頭去不歸」。于鱗既取宋第二句以作起句，取第四句以作第二句，故至第二句，意既盡矣，因以「君在幾峰秋色遍」句轉之，以「何人共結薜蘿衣」句結之。按，孟浩然《送友之京》詩曰：「君登青雲去，余望青山歸。雲山從此別，淚濕薜羅衣。」「薜蘿衣」三字蓋出于此。而余遍檢唐詩，未見轉句如此不流暢者，蓋于鱗窘於意既盡于第二句，而露此醜態耳。然于鱗所以工於詩者，則「君在幾峰」四字以照「去不歸」三字，「秋色遍」三字以照「白雲飛」三字，「何人」二字生自「幾峰」二字，「薜蘿衣」三字生自「山中」二字，前後照應，神脉流動，豈他人所能及乎？然亦自是于鱗法耳，以爲與唐人無異，則非具眼者也。

一、「相逢杯酒薊門關，腰下并刀明月環。開匣贈君當落日，能令秋色滿燕山。」此詩既曰「腰下」，又曰「開匣」，似不成語。改「開匣」爲「臨別」，則稍佳矣。

一、「北風吹雪雪漫漫，雪裏題詩淚不乾」，自岑參「故園東望路漫漫，雙袖龍鍾淚不乾」與「送君九月交河北，雪里題詩淚滿衣」變來者也。而岑曰「雙袖」、曰「衣」，皆指淚所濕。而于鱗則否，亦于鱗所以與唐人異矣。按，如崔國輔「九日陶家雖載酒，三年楚客已霑裳」及杜審言「忽聞歌古調，歸思欲霑巾」，則皆隱「淚」字，而指淚所霑矣。有味哉！

一、「五柳陰陰」首，「五柳」字無照應，唯照題「林亭」字耳。「自買南山」首，則前後照應，開闔得法。然其格調則似，不以彼易此也。

一、「君試狐奴城上聽」「漢兵圍合」首及「推窻君試雪中看」「白雲湖上」首「試」字，共出自岑參《虢州後亭》詩「君去試看汾水上，白雲猶似漢時秋」，而自有唐、明之分，是學者所當著眼也。

一、「塞北江南萬里長」，雖用王昌齡全句，承以「各天兄弟正相望」句，則却覺有生色。余《西遊》詩《相中懷古》，則用許渾全句「鶴歸華表已千年」句，《望小野瀑布》，則用李白全句「疑是銀河落半天」句。殆亦此法矣。

一、「清楓颯颯雨淒淒」，出自張倜「秋風颯颯雨霏霏」句，而「颯颯」字於「清楓」似不穩妥。附張倜詩：「秋風颯颯雨霏霏，愁殺棲遑一布衣。辭君且作隨陽雁，海内無家何處歸。」

一、「來自廬山五老峰」，勃率甚。唐人起句，未見如此者。

一、「客來堪自見，酒盡且須酤。不是南山色，貧家一事無」，出自無名氏《山中客》，云：「酒盡君莫酤，壺乾我當發。城市多囂塵，還山弄明月。」于鱗蓋自「酒盡且須酤」句思起，而彌縫以「客來」「南山」「貧家」等字成篇，可謂工矣。

一、「漢家高宴」首第三句「珠履」字，用之於諸侯之客則可，用之於天子之臣則不可。

一、「春光明日是長安」句，出自王昌齡「舟船明日是長安」句。而以王第二句爲第一句，故氣既盡於起句矣，則雖下句妙加點綴乎，所謂續貂以狗尾者，要不足取也。「春光明日是長安，楊柳青青傍酒寒。也自道君爲客好，那應猶作故園看。」

一、「金馬風流」首第三句用屈原事，而與一、二氣脈不相貫，大可議也。「金馬風流漢主恩，一時冠蓋盡王孫。不知澤畔行吟日，那得周郎却在門。」

一、「翠羽明珠映掌新，君家長是武陵春。一時紅淚千行下，腸斷君家有幾人。」「武陵」二字勃率，前後無照應。且結句「君家」二字，有何風致？

一、「青海長雲萬里秋」句，出自王昌齡《從軍行》「青海長雲暗雪山」句。「蘭陵美酒日長携」句，出自李白《客中行》「蘭陵美酒鬱金香」句。于鱗往往偷古人起句字以作己起句，恐未免爲鈍賊矣。按，「桃花流水赤城山」，則雖出自李白《山中問答》「桃花流水杳然去」，取第三句字以作第一句，則爲無妨耳。余昔在平安作《觀妓》二律，其第一首發端曰「遠客悠悠尚未還，主人携妓宴東山」，又《法輪寺問小督故居》發端曰「千載遺蹤不易尋，法輪高閣晚登臨」。及讀張籍《感春》之作「遠客悠悠任病身」，唐彦謙《仲山》之什「千載遺蹤寄薜蘿」，大悔其蹈襲焉。然取絶句起句以作律詩發端，猶似可自恕矣。

一、「月出梁園」首第三句「照乘珠」字，豈以斥右史才邪？然「照乘珠」於「梁園」無干，則恐未免識者指摘也。

一、「三十三峰」首第三句「自從歸去神仙尉」，及「吴門詞客」首結句「至自清秋日觀峰」，唐詩中未見如此句法，當是于鱗自家法。學唐詩者，勿學之可也。

一、「桃花流水」首三四「若道不如天上好，何緣二女憶人間」，學王維《題磐石》詩三四「若道春風不解意，何因吹送落花來」。則不入《選》者，亦可取法乎？

一、「廬山北望」首分、雲、君爲韻及「中原北望」首亦分、雲、君爲韻，唯趁李白韻耳。而「中原北望」首則三四與一二意脉不相接，最可議也。

一、「帝謂使君終長者」「水如垂瓠」首，「帝自垂裳拱玉京」「咸池一奏」首，「不知帝遺神仙吏」「紫禁清秋」首，唐詩中未見如此字法，亦當是于鱗自家法。

一、「上苑繁華此一時。」按，「彼一時，此一時也」，固《孟子》語。于鱗好用之，而唐人則未嘗用之。學唐詩者勿用之可也。

一、「橋邊取石鯨飛動」句「主家池館」首，出自杜甫「石鯨鱗甲動秋風」句，而覺「飛」字爲白璧微瑕。「向夕不堪車馬散，朱門空鎖月明孤」，則出自杜甫《崔氏東山草堂》「何謂西莊王給事，柴門空閉鎖松筠」，而于鱗優爲之也。

一、「孤亭遠上」首頸聯「雲光忽落黿鼉窟，雨色飛來鸑鷟峰」，出自杜甫《玉臺觀》頸聯；而其落句「自信登臨能作賦，肯令陶謝不相從」，則本于少陵「爲人性癖」首「焉得思如陶謝手，令渠述作與同遊」。而五、六僅堪輿臺；七、八頗見冰青矣。

一、「樓上春陰」首落句「臨軒若問羊裘客，莫道江湖有釣竿」，出自少陵「淮海維揚」首落句「朝觀從容問幽側，勿云江漢有垂綸」。而「釣竿」字比「垂綸」字頗覺費講矣。

一、「蕭瑟賦悲哉」首落句「如何此時望，客思轉難裁」，出自陳子昂《次樂鄉縣》詩矣「如何此時恨，噭噭夜猿鳴」，而意興大不及也。

一、「美酒新開」首結句「怪爾能飛五月霜」，用鄒衍事，無照應，不成篇，唯照題「夏日」字耳。

一、于鱗字法句法同者常多，如「白雲湖上白雲飛」「白雲湖上華陽山」「白雲湖上北風寒」「白雲湖上酒家春，那更桃花照眼新」「白雲湖上酒家春，坐愛青山誤此身」「白雲湖上白雲還」等句，按，七律「傲吏高齋」首亦有「白雲湖上秋何處」句。雷同實可厭矣。而余嘗於《西遊》諸什頗效其尤，今而悔之，駟不及舌。其《別白鷺峰》曰：「白鷺峰邊白鷺飛。」《菊花溪》曰：「菊花溪上菊花寒。」《黑谷》曰：「紫雲山上紫雲浮。」《望白雲山》曰：「白雲上山白雲屯。」諸如此類，皆未免於爲于鱗之奴隸也。

一、「五柳先生漉酒巾，蕭然東壁挂青春」「五柳先生漉酒巾，門無車馬斷紅塵」，有何佳趣？若迺「大刀嶺上大刀頭」，則覺與于鱗稍異矣。

于鱗再出此句也。況此句出自雍陶詩，而雍陶爲晚唐人乎！附雍陶詩：「五柳先生本在山，偶然爲客落人間。秋來看月多歸思，自起開籠放白鷴。」

一、如「湖上青山繞屋斜」「湖上青山繞郭斜」「湖上青山對濁醪」「春風忽送漢臣還」「春風忽送雁行回」「春風忽斷雁行疎」，「五柳陰陰逼酒清」「五柳青青醉裏春」「漢家遷客幾人還」「古來遷客幾人還」，「白雲愁色滿吴門」「白雲愁色滿秋天」等句，亦其雷同者。按，絶句云「總爲風塵去住難」，五言律「幾年金虎署」首亦有「風塵去住難」之句。

一、「不知何處是巴陵」「洞庭仙使」首，「不知何處弔番君」「廬山北望」首，「不知何處不堪愁」「燕山寒影」首，「不知何處白雲多」「玉函山色」首，此皆望青蓮之門墻而未得入者，余亦嘗於《西遊》諸什一二學之矣。

一、「仙郎起草漢明光」，「明光起草推高第」「花滿胡姬」首，「明光起草羨青春」，「明光起草君莫薄」「歸去嘉陵」首，「明光起草自高明」，「稍似明光起草年」「青春五馬」首，「明光起草」字出於老杜，亦雷同可厭矣。

一、「將因著賦乞文園」「白雲何處」首，「將因顧眄一先登」「北風吹拆」首，「將因卧病白雲隈」「相傳精舍」首，共出自王維「將因卧病解朝衣」矣。而其最費講者，「將因卧病白雲隈」句耳。

一、以「使星」對「人日」者，則「萬里誰傳」首頸聯「西極使星遥入部，中原人日好登臺」。以「人日」對「客星」者，則「新知握手」首頷聯「萬里風煙人日過，十年江海客星孤」，雖固的切，亦近陳腐矣。

一、用數目字者，如「尺書萬里存交誼，一歲三遷見主恩」「北風飛雪」首，「七星已佩干將劍，五色還乘鮑氏驄。江海雙懸精自合，陽春一曲步逾工」「吳客緘書」首，「君自一毛求駿馬，我將雙眼送歸鴻。青萍交映千秋色，玉樹長含萬里風」「客星遥犯」首則佳。如「三齊茅土星漢近，二國松楸雨露回。百丈自天垂瀑布，五雲佳氣接蓬萊」「聖主新恩」首，則「三」「二」「百」「五」共在同位焉，似不可以爲法矣。又如「白雲三署還堪起，黄鵠千秋更可逢。象合星辰雙執法，心隨江漢一朝宗」「刺史樓臺」

首，落句有二字，則一篇中五用數目字。又如「鳳闕雙懸雲五色，龍樓交映日重光。九天氣王旌旗動，三殿風清劍佩長」「燕臺依舊」首，落句又有「咫尺十年」等字，則不啻乎前所舉也。要之，無害乎格調，則雖多用數目字，不必瑕殄也。余嘗於《西遊》諸什，多用數目字，人或病之，故表而出之。

一、物子解于鱗絶句，每遇其難通處，則必加數字以通其意。此無他，于鱗之詩，詞理多所不合也。而世之詩人，率不悟其然，見以爲詩法固如此，則其所作亦有難通處，則自加數字以解之。雖以子遷工詩，尚未免此患也。近世之詩，所以多不成語不成篇者，職此之由。唐人之詩則否，誦之行雲流水，聽之金聲玉振，觀之明霞散綺，講之獨繭抽絲，中間增一字不得，著一意不得，而一唱三嘆之妙在乎言外。豈如于鱗之詩，待加數字而後意始通乎哉？是學者所當知也。

一、物子註「白雲湖上」首第二句下曰：「三用白字，疊字法。」是物子阿其所好云爾。若實論之，則「長白」之「白」字是病已，豈可以爲法乎？若夫真疊字法，則如劉禹錫「酒旗相望大堤頭，堤下連檣堤上樓」及鄭谷「揚子江頭楊柳春，楊花愁殺渡江人」是也。是所謂「差之毫釐，謬以千里」者，不得不辨也。按，如「北風吹雪雪謾謾，雪裏題詩淚不乾」及「北風吹雪雪毿毿，雪裏開樽酒半酣」，雖雷同可厭，亦疊得有力矣。

一、「爲政風流不下堂。」「爲政」字下物子註曰：「《論語》篇名，正經起妙。」蓋此句及「使君爲政雜風騷」、「美人爲政有如君」「海郡争傳」首、「美人爲政復誰同」「百里絃歌」首、「美人爲政有輝光」，「爲政」字共出自李頎《寄韓鵬作》。又何妙之有？凡學唐詩者，當以唐詩爲法，若外唐詩而求其妙，則恐墮野狐外道矣。物子阿其所好，出是溢美之言，一轉語之錯，大足誤後生，則亦不得不辨也。

一、「使君時時來繫馬」下，物子註曰：「淵明未有此興。」是物子非譽其新奇，暗以病于鱗者。蓋于鱗此詩唯趁韻耳。

一、「梁園脩竹孝王栽，散入秋風繞吹臺。」「散入」二字難通，故物子於「栽」字下加「其聲」二字，以纔通其意。然竹本無風則無聲。豈得無風之前先有聲，而其聲散入秋風也邪？則猶尚覺難通。按，物子於「臺」字下註「梁園古來自有竹聲」以護其短。亦大瞶大瞶！唐人則否。觀李白「誰家玉笛暗飛聲，散入春風滿洛城」句可以見已。

一、「繫馬青楓江上臺」句「廣陵秋色」首，于鱗唯愛高適「青楓江上」字而用之，不復遑問意義何如。不獨此句爲然，于鱗每每多類此者，亦其自家法洒爾。而物子「馬」字下加「于」字，「江」字下加「登」字以解之。然青楓繫馬，本非佳趣，要附之於可解不可解之間可也。

一、「身爲漢主分憂吏」「千騎如雲」首，「身爲二郡風塵吏」「春色平臺」首，「身自楚臣誰不識」「曾遊上國」首，物子註「身爲二郡」「身」字下曰：「晋人自稱語」。按，《宋書》宋人亦往往有自稱曰「身」者，則「身」是晋宋間俗語耳。是則然矣。然唐詩中未見如此字法，于鱗則可，學于鱗則不可。

一、「可是尋常作使君」句「高蓋崚嶒」首，物子「可」字上加「豈」字，「君」字下加「乎」字以解之，是解雖生於「尋常」二字，似與盧綸「塞垣萬里無飛鳥，可是邊城用郅都」字法不合也。

一、「將因卧病白雲限」句「相傳精舍」首「病」字下加「隱于」二字，始可解也。「誰知天地此徘徊」句「姑蘇城上」首「地」字下加「之間」二字，意方通矣。此蓋于鱗法，唐人則無如此句法。

餘論

一、吾邦之詩，上世蓋姑置焉。逮乎昭代御運，圭壁增輝。有若木太史始唱唐詩，其徒如白石源公、鳩巢室公之倫，蓋彬彬焉。若比諸明代，豈不似北地虎嘯之時乎？亡何，有徂徠物子者出，始唱復古之業，而詩亦以李、王爲標準。其徒如滕東壁、服子遷之屬，相與切劘，其業亦各斐然，互相標榜，謂海内無人，若比諸明代，豈不似濟南龍興之時乎？亡何，數子物故，服子遷獨爲文章宿老，而高子式又以後進，一日與之齊名。自時厥後，自服門出者，景慕子遷猶青蓮、少陵；自高門出者，鑽仰子式猶少伯、嘉州。乃至各結其黨，引繩排根不附己者。而其詩則率抵掌捧心、畫虎刻鶩，千篇一律，使觀者厭。於是爲公安、竟陵者往往而出，然幸未至於立赤幟詞壇，以風靡一世也。方今之時，若有一狂妄男子，振臂一呼，則必多起而應之者矣。乃風雅之道，將墜於地矣。豈不殆哉！而今海内不無豪傑之士，然視詩道之興廢，猶越人視秦人之肥瘠。詩人亦不能自發一識以挽回其頹波，不倚二家之門墻，則公安竟陵，否則賤沉著而貴輕浮，去宏麗而就膚淺，以巧媚爲清新，呼纖細爲巧雅。故予謂以李王爲至者，非也；爲公安竟陵者，亦非也。何則？李王雖刻意於唐，豈能盡唐乎？如公安竟陵，則設黠計以文陋者已。何以言之？彼自知其不能及李王，唱清新輕俊、幽深孤峭之説以誘時人耳。而今之爲公安竟陵者亦然，曰「我學元白」，曰「我學蘇黄」，曰

「我學陸務觀」，曰「我學袁中郎」。要之，唯口之以文其陋耳。其實，公安竟陵亦不能也。何以言之？人情得隴復望蜀，若實能元白蘇黄邪，豈復安於元白蘇黄哉？且學元白蘇黄亦豈容易乎？要之，非用終身之力，則不能也。均之乎用終身之力矣，豈可舍此而取彼也乎哉？然則，學之之方如何？曰：當一意以盛唐爲師，慎勿以李王爲法。唐詩數百家，何求而不有？當求新奇於其中，慎勿求諸元白以下。是余救時之論也。

一、余暇日撿《高子式集》失辭理者、不成語者、不成篇者不可勝數，則豈足與子遷並論哉？而其名所以隆隆日起者，則此時子遷年最高、才最大，聲華意氣，殆將牢籠海内矣，於是妒者漸多、攻者漸起，然不欲公言之，唯奬子式以齒牙餘論，暗奪之名耳。且子式以少喪明，憐者既多，譽者不少。以憐者之耳聞譽者之言，以妒者之口傳攻者之言，子式之名，由是大起。舉天下士大夫以及山人詞客、衲子羽流，莫不奔走門下，遂至與子遷割鴻溝焉。可謂一時之天幸也已。龜山松子序其集，亦與子遷並論，豈阿其所好邪？抑亦隨時勢而論之邪？古人云「名下無虚士」，欺我矣哉。或曰：子式少喪明，故其教人不務多讀書，托以「詩有别才」，人情避難趣易，此其所以寔繁有徒矣。

一、東方之文章，率與彼西土污隆矣。今試誦其詩，隋則爲隋，唐則爲唐，宋則爲宋，元則爲元，夷考歷代皆然。如昭代右文之化洋溢乎海内，濟濟之美郁郁之文超于寰宇，猶且有一種人物欲棄我而從彼，去醇而就醨矣。今夫西土承晚明之風，其污可知也。日者，西肥一傖父不知其然，貴彼賤我，序其《七子詩選》者以傳中國，且作詩以寄其人，貢諛求容，以遺羞于他邦。且其意似欲以一新海内，豈不可罪也乎！豈獨其罪也乎哉，人情厭故悦新，從古以然。且今觀遊客輩，其稍黠者，則以唐、明難及，多逃乎清。其言曰：「清詩字字含新秀。」又曰：「絶無黄金白雪字。」吠聲之徒和之於前，逐臭之輩從之於後。方今之時，非有强有力者援之，恐致淪胥難救矣。余越在田間，手無風雅權，雖有區區之心，無由救之矣。噫！

律詩天眼

熊阪臺州

《律詩天眼》一卷，熊阪臺洲撰。據寬政十年(一七九八)尾州名古屋書肆風月堂助梓本校。

律詩天眼序

昔者王豹處於淇而河西善歌，綿駒處於高唐而齊右善謳。今子彦氏之深於詩也，有所獨得，乃筆于書，名曰《律詩天眼》。能令藝苑之士，各具詩眼，豈不快睹乎？余附諸書林鎸刻，以傳于世云。

寛政戊午嘉平，尾張岡田挺之撰。

律詩天眼序

太史公論鄒子怪迂之變，終始大聖之篇，以爲其語閎大不經，然要其歸，必止乎仁義節儉君臣上下六親之施，始也濫耳。家君嘗作《律詩天眼》，蓋亦有類此者。先引佛説，以不經其言，使觀者懼然顧化，然要其歸，獨止乎起束唤應虛實沈響六對之藴，始也亦濫耳。而有《附言》七則，《餘論》十則。《附言》略舉前脩之成説，以告學者；《餘論》痛論近世詩家之流弊，以戒學者。則實後輩可以爲帳中秘之書也。若夫《餘論》中，數嘆風俗之日走浮薄，及稱竢千載之子雲，則家君藉以小吐胸中磊塊者，秀不敢具論云。

寛政戊午四月甲辰，太行熊阪秀撰。

律詩天眼

東奧　熊阪邦子彦　著
男秀君實　校

佛説以爲得八百功德殊勝眼，則雖未得天眼，以父母所生肉眼，悉見三千大千世界，内外所有山林河海，下至阿鼻獄，上至有頂天，亦見其中一切衆生，及業因緣果報生處，則其所謂天眼者可知也已。昔余與南溟江先生論詩及律法，先生迺稱善，曰：「今吾子所發明，乃律詩正法眼藏。雖徠翁亦秘之矣。吾子其秘諸胸中焉可也。」時余以先生既耄，未甚信之矣。自後，稍稍以其法觀律詩，悉見其錙銖斤兩，意象體裁。下至當世，上至唐代，亦見其學力造詣，推敲合否，及一切詩魔，野狐外道，不啻若八百功德殊勝眼見三千大千世界也。試以告人，纔拈聲律者，輒亦能辯菽麥。余於是乎始深信其實爲正法眼藏矣，則載諸簡，益以《附言》《餘論》，名爲《律詩天眼》，遂以授吾黨小子云。天明戊申五月記。

凡觀律詩法，固當豎看，又當横看，此所謂正法眼藏也，乃圖下方：

【按胡元瑞論律詩，既有偏枯及銖兩等語，學者玩味之，固自不竢余言，然余横看二字，先覺之所未發，比諸胡語，殊覺簡且盡矣】

如此圖，則不必問對名字法，而妙處自見，所以爲正法眼藏也。

風實　急響　天實　高響　猿實　嘯態　哀沈
渚實　清八字就對響　沙實　白響　鳥實　飛態　迴沈
無虛　邊實　落形容　木物　蕭　蕭　下活
不虛　盡實　長形容　江物　滾連珠　滾來活　來活
萬客　里主　悲死　秋實　常虛　作死　客實
百客　年主　多死　病實　獨虛　登死　臺實
艱　難　苦虛　恨死　繁形容　霜實　鬢支體
潦疊韻　倒　新虛　停死　濁形容　酒實　杯器物

就對，句中自對也，如岑嘉州「嬌歌急管雜青絲，銀燭金杯映翠眉」及王右丞「明到衡山與洞庭，若爲秋月聽猿聲」，亦皆就對也。

【按律莫難於七言律，難者既舉，易者自見。故不復論五言律及排律。且五七言絶句，亦有前對者，有後對者，有四句全對者。如皇甫曾《送王司直》及王之渙《涼州詞》，前對也。如孟浩然《宿建德江》及劉長卿《照陽曲》，後對也。如令狐楚《從軍行》及杜審言《渡湘江》，全對也。雖體殊格異，要不出此範圍，恐兒輩漫不省之，故言及。】

可見風天渚沙、急高清白、猿鳥嘯飛、無邊不盡、落木長江、蕭蕭滾滾，下來，萬里百年、悲秋多病、常獨、作客登臺、艱難潦倒、苦恨新停、繁霜濁酒，或以物對，或以類對，或以言對，或以事對，或以正對，或以反對，或以意對，或以音對也。按「秋」與「愁」同音，假以對「病」，「客」與「閣」同音，假以對「臺」，共妙。若更細論之：則「猿」，獸中一物；而「鳥」，則羽族皆鳥也。乃覺「猿」重而「鳥」輕。「哀」繫人情，「迴」則不然。乃覺「哀」重而「迴」輕，如「苦恨」「新停」、「霜鬢」「酒杯」，亦覺不甚密，此蓋亦自律詩法耳。凡律詩，起結欲對偶極切，則害乎意象，是以良工不爾。起則如岑嘉州「嬌歌急管雜青絲，銀燭金杯映翠眉」，及「鷄鳴紫陌曙光寒，鶯囀皇州春色闌」，「絲」與「眉」、「紫陌」與「皇州」不切。結則如杜工部「關塞極天唯鳥道，江湖滿地一漁翁」及「一卧滄江驚歲晚，幾回青瑣點朝班」，「鳥道」與「漁翁」、「卧」與「回」、「晚」與「班」不切。按「漁」與「魚」同音，假以對「鳥」，亦妙。唯如仄韻對起，則不得不極切，且如右丞「渭水自縈秦塞曲，黄山舊繞漢宫斜」，誰謂爲不極切乎。按胡元瑞曰：「右丞多仄韻對起，無風韻，不足多效，蓋仄起，宜五言，不宜七言。」此亦學者所當知也。

右爲秘密大藏印可之妙，不唯可以觀詩，亦可以解詩，不唯可以解詩，亦可以自作，小子珍之。

附　言

一、胡東越以爲：「『風急天高』一章，如海底珊瑚，精光萬丈，力量萬鈞，通章法句法字法，前無古人，後無來者，當爲古今七言律第一，不必爲唐人七言律第一也。」又以爲「一篇之中句句皆律，一句之中字字皆律，而實一意貫串，一氣呵成，驟讀之首尾若未嘗有對者，胸腹若無意于對者，細繹之，則錙銖鈞兩，毫髮不差。真曠代之絶作也。」故余論律法，特取此詩以爲圖。

一、余近更得一法，曰：凡觀律詩，當除中二聯合首尾而誦之，非自然有一氣相貫，則雖金聲玉振未許其可也。且如子美《送韓十四江東省覲》除中二聯則爲「兵戈不見老萊衣，嘆息人間萬事非。此别應須各努力，故鄉猶恐未同歸」。如《延清途中寒食》，除中二聯，則爲「馬上逢寒食，愁中屬暮春。故鄉腸斷處，日夜柳條新」。如此二詩，以爲絶句，恐未易辯，可見有一氣相貫也。此法雖不及大藏印可之妙，要爲頓悟之門，抑亦可以爲次也。按如老杜「野老籬前」一章，驟誦之，則似有與余言齟齬者；然細味之，則自有一氣相貫處。

一、余常哂人謾作七言律，蓋有説焉。胡東越以爲：「近體之難，莫難于七言律。五十六字之中，意若貫珠，言如合璧。其貫珠也，如夜光走盤，而不失迴旋曲折之妙；其合璧也，如玉匣有蓋，而絶無參差扭捏之痕。纂組錦繡，相鮮以爲色；宫商角徵，互合以成聲。思欲深厚有餘，而不可失之晦；情欲纏綿不迫，而不可失之流。肉不可使勝骨，而骨又不可太露；詞不可使勝氣，而氣又不可太揚。莊嚴則清廟明堂，沈著則萬鈞九鼎，高華則朗月繁星，雄大則泰山喬嶽，圓暢則流水行雲，變幻則淒風急雨。一篇之中，必數者兼備，迺稱全美。」故名流哲匠，自古難之其難如此者。而容易作之，能免識者之笑哉。

一、王弇州曰：「老杜集中，吾甚愛『風急天高』一章，結亦微弱。」胡東越曰：「結句似微弱者，第前六句既極飛揚震動，復作峭快，恐未合張弛之宜。或轉入别調，反更爲全首之累。只如此軟冷收之，而無限悲涼之意，溢于言外，似未爲不稱也。」之二公之論，孰是孰非，此學者之所當辯也。

一、弇州又曰：「『玉露彫傷』，『老去悲秋』，首尾勻稱，而斤兩不足。」胡東越曰：「『盧家少婦』，體格丰神良稱獨步，惜頷頗偏枯。」蓋「玉露彫傷」，「菊」輕而「舟」重，「日」重而「園」輕。「老去悲秋」，「短髮」輕而「傍人」重，是爲斤兩不足耳。「盧家少婦」，以「寒砧」對「征戍」，以「木葉」對「遼陽」。蓋寒砧，砧耳，寒以形容其聲，猶白馬之白，以語其色也；曰征曰戍，自是二事。木葉只是木葉，而遼陽則地名。作如是觀，偏枯自見，可見二公之論律法，不少假貸也。

一、弇州又曰：「七言律，不難中二聯，難在發端及結局耳。發端，盛唐人無不佳者，結頗有之，然亦無轉入他調及收頓不住之病。篇法有起有束，有放有斂，有喚有應，大抵一開則一闔，一揚則一抑，一象則一意，無偏用者。句法有直下者，有倒插者。倒插最難，非老杜不能也。字法有虛有實，有沈有響，虛響易工，沈實難至。」王敬美曰：「如雲卿《嵩山石淙》前聯云『行漏』『香爐』，次聯云『神鼎』『帝壺』，俱壓末字。岑嘉州『雲隨馬』『雨洗兵』『花迎蓋』『柳拂旌』，四言一法，摩詰『獨坐悲雙鬢』『白髮終難變』，語異意重。《九成宮避暑》三四『衣上』『鏡中』，五六『林下』『巖前』。在彼正自不覺，今用之，能無受人揶揄？」胡東越曰：「作詩最忌合掌，近體尤忌，而齊梁人往往犯之。如以朝對曙、將遠屬遥之類。初唐諸子尚襲此風，推原厲階，實由康樂。沈宋二君始加洗削，至於盛唐盡矣。」又曰：「杜《題桃樹》等篇，往往不可解，然人多知之，不足誤後生。惟中有太板者，如『思家步月清宵立，憶弟看雲白日眠』之類。有太凡者，『朝罷香煙携滿袖，詩成珠玉在揮毫』之類。若以其易而學之，爲患斯大。」又曰：「如李頎『朝聞游子唱離歌，昨夜微霜初渡河』，頸聯復云『關城曙色催寒近，御苑砧聲向晚多』，『朝』『曙』『晚』『暮』按詩中無『暮』字，當是夜字誤四字重用，惟其詩工故，讀之不覺，然一經點勘，即爲白璧之微瑕，初學首所當戒。」又如：「右丞《早朝詩》『絳幘』『尚衣』『冕旒』『衮龍』『佩聲』，五用衣服字；《春望詩》『千門』『上苑』『雙闕』『萬家』『閣道』，五用宫室字；《出塞》詩『暮雲空磧時驰馬』『玉靶角弓珠勒馬』，兩用馬字；《郴州》詩『衡山』『洞庭』『三湘』『夏口』『汾城』『長沙』〔一〕，六用地名。雖其詩神骨冷然，絶出煙火。要不免于冗雜。」此諸公論，實爲律詩之良詮，故拈出于此。

一、「空中之音，相中之色，水中之月，鏡中之像」，自是嚴滄浪千古妙解，而非於斯道打破一關者，則不足與語也。是以余之論詩，論法而不論象，蓋如絶句姑舍是。律詩而無法，豈得謂之律詩哉？

餘　論

一、亡友鹿柴茂，字瞀人，資性豪邁，好飲酒，亦頗好學，而其於文章無所甚解，且如其於詩，以

〔一〕郴：底本訛作「柳」，據《杜詩詳註》卷五仇注引胡應麟語改。

爲詩自然而已矣。其意蓋欲如謫仙賦《清平調》，或於醉后恍惚時，以不用意得之，此蓋泥滄溟「工者顧失」語也。殊不知其似不用意者，則其用意之最至者；而其似工者，則其用意之未至者也。今有璞玉於此，使玉人攻之，雖割之以切玉之刀，錯之以他山之石乎，始則尚見錯礪之痕。琢之又琢之，琢之不已，孚尹旁達，於是乎至矣，此謂人工竭天真至，此謂自然也。且夫謫仙，所謂錦心繡口，開口成篇，奚害其美？今人才非謫仙，雖腹能便便，唯是三斗爛腸，任口吐句，其能得佳乎？瞀人又横言「明詩非自然」，蓋以明人刻意于唐也，亦大謮大謮。要彼所謂自然，非吾所謂自然也。小子識之。

一、近世詩人，率不多讀書，故不識字。是以其所作，雖以和訓誦之，則如可聽。至於以漢語觀之，則間有失意義者焉。且如龍公美《浪華懷古》云「堯仁曾許三年貢」，蓋用仁德帝免天下三年租税事焉，而下字大誤也。若使華人讀之，則必以帝爲聚斂之君矣。何則？以公美之句，似民請輸三年租税，而帝乃許之也。且「許」字與「免」字異義固矣，而「貢」字又與「租税」字異訓焉。而公美以爲同義，不亦謬乎？觀於諸史書「某國遣使入貢」，可以見已。諸如此類，不遑枚舉。彼名高之士，而尚如此，何况瑣瑣者邪？小子其勉讀書可也。

一、今世詩人，專以詩人自命，視經術文辭，猶越人之視章甫也。偶觀儒生詩，則唾而詈之曰：「窮措大何作此難解語？」殊不知唐人之詩，雖貴流暢乎，非學窺二酉，亦有不可得而解者也。世稱白樂天每作詩，令一老嫗解之，解則録之，不解則又復易之者，以其詩近鄙俚故云爾，其實豈無知老嫗之所能解乎？觀於其諷喻閒適等諸篇，可以見已。且也，唐代女流動有文藻，則安知樂天家老嫗非關盼盼、崔鶯鶯一流婦人也？若以易解爲美乎，則我邦詩人何不以國字作詩，而窮年兀兀，學彼詩之爲？豈非以我詩僅可以傳我日出之邦，而彼詩足以通彼我之志，而不朽乎天地之間邪？則豈可以不學而容易作之乎哉？明謝茂榛以詩人自命，以長詩社，猶不免不學之誚矣，而況我邦今世詩人乎？今世詩人，動輒引嚴滄浪「詩有别材」之語，以文其陋，猶方技家引許胤宗「醫者意也」之語，以藏其拙也。懶惰子弟悦其易而多歸之，遂至於引類結黨，牢不可解，皆非吾徒也，小子鳴鼓而攻之可也。

一、凡明人命題，莫不取法於唐人者。間有不便於自運者，則必取法於宋人。要之，以彼其才，何創而不可也？而必有所取法者，則其好古之風迺爾。嚴滄浪有言曰：「唐人命題，言語亦自不同。雜古人之集而觀之，不必見詩，望其題引，而知其爲唐人、今人矣。」蓋詩者，志之所之也。而題引，志之先行於言者。宋人之詩與唐人之詩，氣象自不同，則其志亦隨異矣。則其志之先行於言者，亦豈得不異其撰也邪？而猶且有時乎取法於彼者，則亦好古之風迺爾。若夫小序短引，則唐人率用四六，明人率用散文，雖亦各從其所好乎，要之詩既學唐體，則小序短引，亦似當用四六矣。是則亡論已。而近世詩人於命題，多漫不省之。至於有侏儒鴃舌，不可知爲何等語者。假令其詩金玉鏗鏘，豈可傳邪？况乎無有其力不足舉一羽而能舉百鈞者哉。嘻！亦不思之甚矣！

一、袁中郎詩云：「多少窮烏紗，皆被子曰誤。」凡如此類，其敗風俗之大者，豈不可惡乎？近時童謡亦有「子曰儒學身」之句，亦見其效矣。於是都下又有一二惡客，多治小説演義詞曲，以爲射利之具，以説不根之事，以載可愧之行，淫言媟語，至於父子之間，不可披覽。今夫小説，俚語以記其事，圖書以見其態焉，則都鄙兒童，所朝耽夕玩，所謂少而習焉。習與性成者，遂至於不畏父兄之言，不承師長之教矣。然小説猶可，至於演義詞曲，則亡論每一本出，一國之人皆若狂。即至於山村水市，窮閻阨巷，亦每有開一劇場者，其後必致有士女淫奔之行。由是觀之，聲音之移人，奚翅小説？其使風俗之日走浮薄，速于置郵而傳命。吾將請尚方斬馬劍，而斷此輩以懲其餘矣。亦唯賢士大夫在朝廷，日論治道，而措天下於泰山之安。如吾儕小人，則得長在隴畝，時時曬腹中書於堯日，且擊壤而歌太平，是爲可喜耳。誰謂風俗之美惡，不關詩道之盛衰乎？

一、當世詩人，大抵有兩種人物：一種稱奉服門之遺教，傲然棄薄中晚，自傳開天，然誦其詩，則往往有不成語不成篇者焉，尚何暇語格調哉？一種稱爲公安竟陵，公然排擊李王，紹述蘇黄，而問其業，則有詞理兩失，殆不上口者焉，又何足論宗派哉？嘻！甚矣風俗之日走浮薄也。彼既以非其任，而敢主詞翰之席，以誑後輩，以重其糈，此又以非其器，而敢摘李王之瑕，以欺後生，以賣其名。甚矣風俗之日走浮薄也，小子其慎勿爲此輩所惑哉。

一、當世又有一種俗物，自幼專業詩，而不事經術文辭，性亦聰慧，旁解屬文，則輒作爲文章，以傳于世，乃妄意是足以干王公而取富貴矣。試取而讀之，則唯拾掇詩語，暖暖姝姝以成篇者，乃覆甕之不足，豈可以當敝帚哉？譬諸婦人之詭爲男裝，雖冠高冠佩長劍，態度終非丈夫氣象，豈不可耻乎？如耻之，莫如姑舍女所學，而讀經史子集。讀經史子集三年，而後知余言之不妄矣。知余言之不妄，而後知文章之所以難矣。知文章之所以難，而後知其所爲之可耻矣。知其所爲之可耻，而後始可與言文也已。若尚迷而忘復，飾固陋之心，以僥倖萬一乎，縱有天幸，竊一時之譽，或得文學掌故，寧不愧於尸素乎哉？何況望不朽於後世邪？余不欲此輩之安於小成也。故不避其睚眦，聊言及爾。

一、今時游客輩，間有左袒清人者。曰「清詩神韻獨勝」。又曰「絶無黄金白雪字」。此豈有所見而言者哉？唯藉以自衒耳。夫近體詩，唯唐爲至。唐後唯明爲善學唐，觀跡乎明，方軌乎唐，前脩之良規也。弇州有言曰：「前規盡善，無事旁搜。不踐兹途，便爲外道。」小子思諸。

一、余近讀清人七言律，勿論其高者不能錢劉，下者既墮鬼國，亦頗有不上口者。且如程可則《長安春望》云「春風何處只徘徊」，此黄吻兒曹所不言，「教人無那獨銜杯」，亦稚語可笑也。如程嘉燧《過易水懷古》云「遷史至今疎劍術，酒人從此送荆軻」。後句猶可誦也，前句何語也？按劍術二字，魯勾踐論荆軻語，豈繫遷史哉？則見其牽强。且題中亦剩一「過」字，極可笑也。如錢大昕《潤州懷古》云「登臨極目氣縱横」，有何佳致？「僧寮碑版照三吴」，亦何語也？如曹仁虎《贈惠定宇》云「身通六籍方成博，學貫三才始號儒」，亦一措大語耳。蓋清人襲晚明之風，固不足置齒牙間也。

一、昔者我嘉應帝侍讀清賴業，讀《禮記》至《大學》《中庸》二篇，未嘗不喟然嘆也。曰：「中原如有名世者出，則必取此二篇，以爲聖學之標凖矣。」後數十年，西土始傳朱元晦《新註》，則果取《大學》《中庸》二篇，以合《論語》《孟子》，名爲「四書」云。由是觀之，此不必襲彼。而天壤之間，氣運之所使然，有不期而然者。要之，名世之人，豪傑之士，或先彼而彼不違，或後彼而承彼風，則亡論惺窩、羅山繼濂洛之統，即徂徠唱古文辭，亦承滄溟、弇州之遺風者已。唯其所謂「以古言視古言」云者，則前脩之所未發，可謂千古之卓見也已。而其於詩，亦以李王爲凖則，則比諸白石、鳩巢諸公，雖同宗唐人乎，亦不無大徑庭也。自後，數十年于今，物門諸子零落殆盡，於是乎漸有祖述公安竟陵者矣。而其學鹵莽，其識滅裂，未至於風靡一世也。然履霜堅冰至，積漸之所至，不可不早戒也。余故嘗論詩道以謂，以李王爲至者非也，爲公安竟陵者亦非也，當一意以盛唐爲師。唐詩數百家，何求而不有也？當求新奇於其中，慎勿求諸元白以下。是余救時之論也。夫市枯骨者，雖無千里之用，終有致駿之喜，李王是也。事詭遇者，雖有十禽之獲，終有失馳之憂，袁鍾是也。蓋步趨追人者，率乏風神；爐錘由己者，率失榘矱：此詩人古今之常患。維此片言，足以折明世李王袁鍾之獄也。嘻！救時之論，嬌枉之言，大抵不能無弊。朱元晦專斥詞章之學者，有所指而言也。而不學儒生，假以爲文固陋之具，時時見笑於大方。物茂卿力排性理之説者，有所爲而發也。而輕薄少年，假以爲趨浮華之資，往往獲罪於名教。余故嘗誨人，以孝弟忠信爲本。蓋仲尼有言曰：「弟子入則孝，出則弟，謹而信，汎愛衆，而親仁。行有餘力，則以學文。」有子亦曰：「君子務本。本立而道生。孝弟也者，其爲仁之本與？」夫子又曰：「十室之邑，必有忠信如丘者焉，不如丘之好學也。」《禮》亦曰：「甘受和，白受采。忠信之人，可以學禮。」由是觀之，縱有周公之才之美，非孝弟忠信以爲質，不足以爲君子也明矣。而棘子成稱「君子質而已矣」，則子貢責以「駟不及舌」，此仲尼之所以貴文質彬彬也。蓋聰敏俊爽者率無行，篤實愿慤者率不才，此學者古今之恒弊。維此數語，足以解宋代洛黨蜀黨之紛也。吁！先明既有李于鱗、王元美輩出，稱文必西漢，詩必盛唐。亡何有袁中郎者出，嬌以清新輕俊之風。明季又有鍾伯敬、譚友夏輩出，又嬌以幽深孤峭之致。變而又變，靡有底止，文雅之道，於是乎幾於熄矣。大凡物極則變，變則化。今夫有清代明百四十有餘年，安知不彼有豪傑之士出，厭晚明之風，復唱復古之業也？又安知余之論，非所謂先彼而彼不違者也？余未知其果然邪？果不然邪？聊記以竢千載之子雲云。

鶴林詩話抄

市川鶴鳴

《鶴林詩話抄》一卷，市川鶴鳴（一七四〇——一七九五）撰。據日本國立國會圖書館藏寫本校。

按：市川鶴鳴（いちかわかくめい ICHIKAWA KAKUMEI），江户時代中期至後期儒者，古學派。高崎藩（今屬群馬縣高崎市）藩士市川正芳之子，出生於江户。名匡、匡麻吕，字子人，世稱「多門」，號鶴鳴。從學於荻生徂徠門生大内熊耳，屬「蘐園派」。其家代代爲高崎藩士，待雙親亡故，遂去藩。輾轉於信濃、尾張、京都、大坂、薩摩各地講學，名聲日漸。晚年，寬政三年（一七九一），應高崎藩招爲世子侍讀。「寬政異學之禁」（一七九〇）時，作爲正面反對之「五鬼」之一而聞名。且著《末賀能比連》（まがのひれ），用以批判本居宣長所著《直毘靈》之國學思想——古道論，於思想史意義重大。元文五年生，寬政七年七月八日歿，享年五十六歲，葬於東京都芝神谷町光明寺。

其著作有：《大學精義》《中庸精義》《帝範國字解》《臣軌國字解》等。且以市川匡麻吕之名義著《末賀能比連》。

唐王楊盧駱謂之四家。王好用金銀珠玉字，以爲富貴相，人譏之，名曰「至寶丹」。楊好用人姓名，謂之「點鬼簿」。駱好用數字爲對，人謂之「算博士」。王勃、楊炯、盧照鄰、駱賓王謂之四家。好用金銀珠玉字即王岐公，非王勃也。

或問陵陽公曰：「下字法如何？」對曰：「正如奕棋，三百六十路都有好著。顧臨時如何耳。」是語誠是。應事依題，時時不同，難預可定。齊己詩早梅「前村深雪裏，昨夜數枝開」，鄭谷見此詩云：「『數枝』不應『早梅』，不如改作『一枝』。」齊己不覺下拜曰：「一字師也。」又唐王貞白大有詩名，賦御溝柳一聯曰「此波涵帝澤，無處濯塵纓」，乃自負，以爲無疵。示僧貫休，休曰：「此詩甚好，只是剩一字。」貞白揚袂去。休公曰：「此公敏才當復來。」乃掌中書「中」字，握手而待。貞白果來曰：「改『波』作『中』字如何？」休公開掌示之，自是定交云。

東坡視或詩云「杜鵑一聲斜陽暮」，謂曰：「句意甚好。但曰『斜陽』又曰『暮』，重複也。」乃沈思曰：「請改『簾櫳暮』。」其人曰：「作此詩處，非有簾櫳境。願再改之。」復沈思弗得，乃云：「時無好字，姑待他日。」乃止。又陳從易偶得杜集舊本，字多脱誤。《送蔡都尉》詩「身輕一鳥」，脱下一字。陳公乃會數人補脱字。或補「落」字，或以「疾」字，或以「起」字，或以「下」字，争論不止，終莫一定。後得杜集善本，披見作「身輕一鳥過」，陳公乃服。衆客所補四字遂不妥帖。

凡詩有一意格，或謂之「順流直下」，又謂之「聯珠格」，是非凡才所及也。如無名氏《伊州歌》「打起黄鶯兒，莫教枝上啼。啼時驚妾夢，不得到遼西」是也。七言亦有是體，如王建詩「鴛鴦瓦上瞥然聲，晝寢宮娥夢裏驚。元是君王金彈子，海棠窠下打流鶯」，亦同格也。又如李群玉「一合相思淚，臨江灑素秋。碧波如會意，却與向西流」，及僧無本「松下問童子，言師采藥去。只在此山中，雲深不知處」皆是，可謂五絶冠冕矣。又有「四異格」，與「全對格」略同，與「一意格」相反。老杜「江動月移石，溪虚雲傍花。鳥棲知古道，帆過宿誰家」是類也。又杜詩「遲日江山麗，春風花草香。泥融飛燕子，沙暖睡鴛鴦」，是亦同一格。

作五言法，雖加二字而不能成七言，是之爲好。李嘉祐詩「水田飛白鷺，夏木囀黄鸝」，此句未全美。王維加「漠漠、陰陰」四字，而遂爲好句。又如王方平「雙雙瓦雀連書案，點點楊花入硯池。獨坐小窗讀周易，不知春去幾多時」，可謂佳矣，然試除去四句上二字則成五言矣，是非其至者也。凡詩增一字則有餘、減一字則不足，是之謂全美。絶句最宜有斯戒矣。

古人之作有平易順流者，又有奇僻苦澀者。如「春風堪賞還堪恨，纔見開花又落花」，及「馬上相逢無紙筆，憑君傳語報平安」，是不爲奇語而温厚雅馴者也。又如「孤燈燃客夢，雙杵擣鄉愁」，及「藥杵聲中擣殘夢，茶鐺影裏煮孤燈」等，是所謂奇僻者也，盧仝、馬異輩好爲之。又有蕭散閑澹者，陶淵明、韋蘇州、柳子厚輩是也。又有纖穠流麗者，李商隱、韓翃、温庭筠輩當之。又有典重温雅者，王維、岑參其人也。有悲悽寒苦者，孟郊、賈島是也。有雄渾雅健者，杜子美、李太白其人也。有豪放超邁者，韓退之、李賀輩是也。兼以上諸體者，天下鮮矣。古今唯有一老杜耳。以今觀之，杜詩有古體，有漢體，有魏晋體，又有初唐盛唐及中晚體，又有宋元體，有明體，諸體森然，莫所不有，可謂富矣，又可謂盛矣。故老杜謂之集而大成。古云「李白神於詩者也，杜甫聖於詩者也」，雖有來者，此論不可易矣。

杜審言句「綰霧青條弱，牽風紫蔓長」，老杜點化之云「林花著雨燕脂落，水荇牽風翠帶長」。又審言句「寄語洛城風月道，明年春色倍還人」，子美亦云「傳語風光共流轉，暫時相賞莫相違」，是謂點化。又有取古人一聯以爲一句者，盧仝詩「草石是親情，小山作友朋」，山谷取此意云「香草當姬妾」是也。又有點化古人一首而精彩愈生者，徐陵鴛鴦詩「山鷄映水那相得，孤鸞照鏡不成雙。天下真成長會合，無勝比翼兩鴛鴦」，山谷點化此意，作《畫睡鴨》詩云：「山鷄照影空自愛，孤鸞舞鏡不作雙。天下真成長會合，兩鳧相倚睡秋江」，是點化而工者也。此體盛行於宋。韋應物詩「野渡無人舟自横」，寇萊公取此以爲二句云「野水無人渡，孤舟盡日横」，可謂善點化矣。又山谷句「老色日上面，歡悰日去心」，是本樂天句，但改「情」作「悰」耳，是恐非點化也。何則？歡情、歡悰本無差别，蓋是山谷句偶與樂天暗合耳。

山谷云：「不易其意而造其語，謂之换骨法。規模其意而形容之，謂之奪胎法。」濟按：李白詩「鳥飛不盡暮天碧」，山谷取其意云達觀臺詩「不知眼界闊多少，白鳥去盡青天回」，是即换骨法也。又樂天詩「臨風杪秋樹，對酒長年身。醉貌如霜葉，雖紅不是春」，東坡取其意云「兒童悮喜朱顔在，一笑那知是酒紅」，是即奪胎法也。又如庾信《月》詩「渡河光不濕」，杜子美取此云「入河蟾不没」。及李涉「因過竹院逢僧話，又得浮生半日閑」，東坡取此云「殷勤昨夜三更雨，又得浮生一日涼」，是亦奪胎之類。

王元之本學白樂天詩，在商州時賦《春日雜興》云：「兩株桃李映籬斜，妝點商州副使家。何事春風容不得，和鶯吹折數枝花。」其子嘉祐見之云：「子美句有之，云『恰似春風相欺得，夜來吹折數枝花』與此相似，請改之。」元之欣然云：「吾詩精語，暗與子美合歟？」乃賦詩云「本與樂天爲後進，敢期杜甫是前身〔一〕」，遂不改之。

隱逸閒適，詩家所愛。唐張志和常居江湖，自稱煙波釣徒。陸魯望隱於松江甫里，茶竈筆牀釣具盡載之小舟，常往來江湖中，自號江湖散人，又稱天隨子，又稱甫里先生。宋管師復，隱者也，自號卧雲先生。仁宗皇帝召問：「卿所得如何？」對云：「滿塢白雲耕不盡，一潭明月釣無痕。是臣所得也。」

梁《王僧孺傳》，齊竟陵王夜聚學士，刻燭賦詩，四韻則刻一寸。蕭文琰曰：「燒一寸燭以賦四詩，是何難之有？」乃與江洪輩叩銅鉢，其響未絶中定韻賦畢，皆莫不好詩。

樂天《生別離》云：「食蘗不易食梅難，蘗能苦兮梅能酸。未如生別之爲難，苦在心兮酸在肝。晨鷄載鳴殘月没，征馬重嘶行人出。回看骨肉哭一聲，梅酸蘗苦甘如蜜。」讀此不覺酸鼻。

詩之污隆，與時相從。風騷而降，漢魏之際，於斯爲盛。五胡猾夏，梁隋不振。唐人創體，聲

〔一〕前：底本訛作「後」，據《詩人玉屑》卷八改。

調格律，彬彬乎備焉，莫以尚焉。初盛中晚，雖有污隆，要亦《三百篇》之遺響也。古人既論之悉矣，今不敢贅。降至宋人，詳於議論而略於自運，雖然，性靈吐情，機杼由己，往往俾人感動焉。譬諸野花溪草，雖非上苑、宜春之觀，亦自天性色香，可愛可翫，要之格調雖卑，猶不失風雅之旨矣。就中一二鉅匠，拔乎萃出乎類，其所不必於唐者，便所必於唐也。汴京一遷，雖則同文，兒戲憒憒，且不雅馴，是未遑論。朱明受代，七子勃興，乃模擬剽竊之教興焉。一時風靡，海内如狂。其教不求諸性情而求諸言辭，於是「中原、萬里、風塵、湖海」銜口以出，千篇一律，萬口同調，殆不堪煩，蒙莊所謂「終日言之未嘗言」者非邪？弇洲既云「于鱗詩十篇以上，不堪雷同」，誠不誣矣。名雖繫諸盛唐，豈開天之餘響云乎哉。先儒譬諸彩剪花，其論確矣。其選唐詩，亦取合於己調者。試就唐人本集視之，其與《選》中詩同邪非邪？大不相似。有彼是皆然，然則其非作者本色者可知矣。故予嘗斷曰「《唐詩選》非作者真面目」者，爲此故也。世人不察，以謂唐詩若此而已矣，其不陷於于鱗阱中者幾希。方今作者不知唐詩真境，大抵皆于鱗影子者，亦爲此故也。夫詩者，情語也，奚以模擬剽竊爲？雖然，言之不文，君子鄙焉。故性靈吐情，修飾以行，則風雅之旨不失，而感人之道立焉。雖于鱗乎豈不知之？故又曰「擬議以爲變化」，是自其卓見，孰敢間於是？然至自運則大不然。試看于鱗詩，擬議則有之，變化則吾不知也。開口輒「風塵」「白雲」，不知變化之惡乎在也。當時稱之曰「李風塵」云。夫擬議以爲變化者，求諸辭者而高華可觀，然其於感人心不亦遠乎？以無生色也。詩本性情，言而不感，雖多亦奚以爲？其弊至於萬口同調而極矣。性靈吐言者，雖質野似鄙，然其於感人心不亦近乎？以有生色也。况及修飾以行之，則動天地泣鬼神，亦不外乎是也乎？萬啓之際，詩道一變。袁中郎、徐文長之徒出，而唱清新性靈之説，乃以眼前口頭囈語醉詈立教，不覺自陷於詼諧耳。變之又變，至鍾伯敬、程孟陽而極矣。夫袁徐所謂清新性靈者，豈非乎至俚語常談押韻爲詩，則亦太甚矣。蓋發於性靈而不琢，野人之語也；求於清新而不飾，怪妄之談也。豈可列諸藝文乎？夫《國風》者，民間歌謡也。太史采於前，仲尼删於後，而後列諸四教，遂爲萬世之教矣。所謂删者，删潤之義也。不然田畯紅女之不嫻乎辭，豈若是其美哉？袁徐不知是義，一在嬌模擬之弊，所謂懲羹吹虀者也。古云「齊則既失之，楚亦未爲得之」。嗚嗟先王四術之教，豈若是狹小也哉？學者狹小之。豈若是鄙俚也哉？學者鄙俚之。均是聖教之罪人、風雅之蟊賊也。

吾朝上古邈矣，中葉姑置焉。降迨昭代，文運隆興，作者輩出。享元之際，有唱王李模擬之説者，一時雷同，從風而靡。近時有嬌以袁徐者，復又睥睨一世。其得失亦猶李王袁徐，而鄙俚陳腐殆不可已焉。予曾戲評之曰「學李王者，詩譬諸王侯城門莊嚴，竿旄孑孑，執戟森如，武人衛騎，張臂怒目也。故其詩如從軍出塞，雖飣餖有之，體則未失也。學袁徐者，詩譬諸茶人園中，光景狹隘，裏面樹石妝點，穿池通橋，屑屑爲山野景狀也。故其詩如田園閒適，江湖風致。雖纖緋有之，體則未失也。若大王李者流賦田園江湖，則所謂茶人園中揮戟張臂者也；袁徐者流賦從軍出塞，則所謂王侯城門點石穿池者也。」予論至此，不覺撲案失笑矣。今也模擬之教與性靈之説相半於世，非風塵湖海，則紫之白出，無往不然。悲夫！先王四術之教，至此幾乎息矣。夫詩者，人情之發也。情者遇境而生。今之言詩者求情於境外，其不涉狂妄者幾希。境無常狀，天地萬物，人間萬事，紛紛擾擾，皆境之無常狀也。境既無常狀，詩豈有常調？動乎中，發於外，苟性靈吐言，修飾以行之，則平淡奇險，無往不可。漢魏唐宋諸公，皆以此其選也。豈如近世所爲飣餖鄙俚、依人爲事者也哉？大抵後世詩學，過於精而失者有焉，過於粗而失者有焉，俱失風雅之旨矣。學者忌諸。予也孤陋，不與世作者頡頏，屏息閒居，袖手觀變。詩道之衰，莫今爲甚。世之競進者與時馳逐，而不知其與風雅之旨相去逾益遠矣。何其好古之不厚耶？抑無特操也？戊辰仲夏，土屋濟書于東都萱洲寓居。

詩無古今而有古今焉。有古今者辭也。自《三百篇》，歷漢魏六朝，以迄于唐，所異者辭，而其所以道性情者未始不同也。宋儒不知詩，見《三百篇》之列于六經，則視《三百篇》之詩如聖人之言，於是説《詩》者一句一字必求其義，其疾也固。遂以《三百篇》詩爲經，漢魏以後詩爲詩，自是古今之詩歧爲二途，學者惑焉。殊不知六經者，聖人所以治天下之具，而詩其所以達人情也。夫人情無古今之殊，則詩之所以達之亦豈有古今之殊哉？宋儒之説詩也，可謂謬矣。純少從宋儒之説以治經，又好唐詩，略能爲之。後見徂來先生而問詩焉。先生曰：「今之詩猶古之詩也。」知言哉。純退而思之久之，忽悟詩無古今，有古今者辭也。苟得其辭，則《三百篇》可爲于今也。其所以道性情而咨嗟詠嘆者，極宇宙無以異也。大哉詩乎！予既有得於唐詩，雖沿流而上至於風雅頌詩，則視《三百篇》猶唐詩也。於是顧視舊所爲宋儒詩説，譬如執繩墨以臨曲木，不待睨而見其曲焉。豈不愉快哉。夫宋儒唯朱氏爲大家，而朱子之學，釋氏之學也。朱氏之書，唯《詩傳》爲其所不甚用心，故比他所著猶爲寡過。予故著此以示同志。初學幸得是一隅而能以三隅反，則庶乎其可與言詩已矣。以上《膏肓》抄書

曹元龍《題村學堂圖》云：「此老方捫蝨，衆雛争附火。想當訓誨間，都都平丈我。」語雖調笑，而曲盡村師之狀。杭諺云：「社師讀『郁郁乎文哉』，訛爲『都都平丈我』。委巷之童習而不悟。一日，宿儒到社中，爲正其訛。學童皆駭散。時人爲之語云：『都都平丈我，學生滿堂坐。郁郁乎文哉，學生都不來。』」曹詩蓋取此也。《委巷叢談》

毗陵郡士人姓李，家有女方十六歲，能詩，甚有佳句。吴人多得之。有《拾破錢》詩云：「半輪殘月掩塵埃，依稀猶有開元字。想得清光未破時，買盡人間不平事。」宋皇甫牧《玉匣記》

春日偶作　　程明道

雲淡風輕近午天，傍花隨柳過前川。傍人不知予心樂，將謂偷閒學少年。

春日　　朱文公

勝日尋芳泗水濱，無邊光景一時新。等閒識得東風面，萬紫千紅總是春。

首夏　　司馬温公

四月清和雨乍晴，南山當户轉分明。更無柳絮因風起，惟有葵花向日傾。

寄陳時應　　于革

俗情險涉千層波，時事危登百尺竿。賴有西窗書一架，暖風晴日閑一看。

示姪　　黄山谷

莫去溪邊學釣魚，莫將百丈作轆轤。清江濯足坐窻下，燕子日長宜讀書。

閨怨　　葉苔

長安遊子誤歸期，懶織回文錦字詩。約臂黄金寬一寸，逢人猶道不相思。

赤壁　　杜牧之

折戟沉沙鐵未銷，自將磨洗認前朝。東風不與周郎便，銅雀春深鎖二喬。

書憂　陸務觀

時人應怪我何求，白盡從來未白頭。磅礴崑崙三萬里，不知何地可埋憂。

雨晴　韓偓

昨夜三更雨，臨明一陣寒。薔薇有花否？側卧捲簾看。

梅　荆公

墻角一枝梅，凌寒獨自開。遥知不是雪，爲有暗香來。

華清宫　杜常

行盡江南數十程，曉風殘月入華清。長元閣上西風急，都入長楊成雨聲。

烏江　杜牧之

勝敗兵家不可期，包羞忍耻是男兒。江東子弟多才俊，捲土重來不可知。

樂天

臨風杪秋樹，對酒長年身。醉貌如霜葉，雖紅不是春。

羅隱

暖氣潛催次第春，梅花已謝杏花新。半開半落閑園裏，何異榮枯世上人。

鐘山

荆公

澗水無聲繞竹流，竹西花草弄春柔。茅簷相對坐終日，一鳥不鳴山更幽。

陪李七司馬皂江上觀造竹橋

杜甫

伐竹爲橋結構同，褰裳不涉往來通。天寒白鶴歸華表，日落青龍見水中。愧吾老非題柱客，知君才是濟川功。合歡却笑千年事，驅石何時到海東。

僧舟子

千尺絲綸直下垂，一波才動萬波隨。夜静水寒魚不餌，滿船空載月明歸。

宿山寺　項斯

栗葉重重覆翠微，黄昏溪上語人稀。月明古寺客初到，風度閑門僧未歸。山果經霜多自落，水螢穿竹不停飛。中宵能得幾時睡，又被鐘聲催著衣。

憶太白　杜甫

渭北春天樹，江東日暮雲。何時一樽酒，重與細論文。

夜別故人　于武陵

白日去難駐，故人非舊容。今宵一別後，何處更相逢。過楚水千里，到秦山萬重。話來天未曉，月落滿城鐘。

聞鶯　楊廷秀

曉寒顧影惜金衣，著意聞時不肯啼。飛入柳蔭多去處，數聲只許落花知。

楊廷秀

一殼空空紙樣輕，風前卻有許多聲。叫來叫去渾無事，叫到詩人白髮生。

團扇歌 班婕妤

新製齊紈素，皎潔如霜雪。裁作合歡扇，團圓似明月。出入君懷袖，動搖微風發。常恐秋節至，涼意奪炎熱。棄捐篋笥中，恩情中道絶。

扇 張芸叟

紈扇本招風，曾將熱時用。秋來挂壁上，却被風吹動。